Une Chance sur un Milliard

DU MÊME AUTEUR

L'exil des anges, Fleuve Éditions, 2009 ; Pocket, 2010.

Nous étions les hommes, Fleuve Éditions, 2011 ; Pocket, 2014.

Demain j'arrête !, Fleuve Éditions, 2011 ; Pocket, 2013.

Complètement cramé !, Fleuve Éditions, 2012 ; Pocket, 2014.

Et soudain tout change, Fleuve Éditions, 2013 ; Pocket, 2015.

Ça peut pas rater !, Fleuve Éditions, 2014 ; Pocket, 2016.

Quelqu'un pour qui trembler, Fleuve Éditions, 2015 ; Pocket, 2017.

Le premier miracle, Flammarion, 2016 ; J'ai lu, 2017.

Une fois dans ma vie, Flammarion, 2017 ; J'ai lu, 2018.

Vaut-il mieux être toute petite ou abandonné à la naissance ?, avec Mimie Mathy, Belfond, 2017 ; Le Livre de Poche, 2018.

Comme une ombre, avec Pascale Legardinier, J'ai lu, 2018, 2020.

J'ai encore menti !, Flammarion, 2018 ; J'ai lu, 2019.

Les phrases interdites si vous voulez rester en couple, avec Pascale Legardinier, J'ai lu, 2019.

Pour un instant d'éternité, Flammarion, 2019 ; J'ai lu, 2020.

Une chance sur un milliard, Flammarion, 2020 ; J'ai lu, 2021.

Mardi soir, 19 h, Flammarion, 2021.

GILLES LEGARDINIER

Une Chance sur un Milliard

ROMAN

J'AI LU

1

Je venais d'avoir onze ans lorsque j'ai pris conscience de ce qu'était le destin. Il faisait nuit, un peu froid. Ça s'est passé dans le garage de mes grands-parents. C'est drôle, en repensant à cette soirée et à tout ce qui m'est arrivé d'important depuis, je me dis que dans une vie, on ne voit jamais venir les événements qui vont vraiment compter.

Dans la cuisine, ma mère et ma grand-mère Mamette préparaient le dîner en papotant. Leurs propos se mêlaient aux bruits métalliques des ustensiles. Je ne comprenais pas ce qu'elles disaient, ou plutôt je m'en moquais, car j'avais un plan précis en tête. Le fait qu'elles soient occupées en faisait partie.

Un choc sourd ébranle soudain la vénérable maison de famille. L'ancestrale plomberie se met à vibrer en résonnant dans les murs, m'assurant que mon père, après avoir fini de bricoler, vient de passer sous la douche.

Le compte à rebours est lancé. Je tends l'oreille. Au salon, mon oncle et ma tante préparent l'apéro pour tout le monde. Un rituel estival pour nous, une funeste habitude pour eux.

Mes cousines et mon petit frère, Julien, jouent à l'étage. Leurs voix se font plus fortes chaque fois qu'il refuse de se soumettre à leurs injonctions de prétendues institutrices. Mon frère se défend comme il peut en hurlant que la rentrée n'aura lieu que dans une semaine.

Excepté cette relative agitation, il règne ce soir-là une paisible atmosphère de fin de vacances. Même si je ne suis pas encore capable de l'analyser, je la ressens profondément. Un bonheur discret, presque banal, un décor familier dans lequel tous ceux qui constituent mon monde jouent parfaitement leur rôle. Mais une autre aventure m'attend.

Ne pas oublier ma lampe torche. Sortir discrètement de la maison, la contourner en me méfiant du crissement de mes pas sur le gravier pour rejoindre la dépendance attenante : un petit hangar plein à craquer, un capharnaüm labyrinthique, promesse de fabuleuses découvertes.

Nous n'avons en principe pas le droit d'y pénétrer, mais aucun adulte ne nous l'a formellement reprécisé cette année. Ce vide juridique permet à ma conscience de m'accompagner sans tomber dans les pommes. Je risque cependant gros si je me fais prendre. Ma mère, garante de l'ordre familial, endossera le rôle du procureur. Ma tante sera, à elle seule, la foule beuglante qui exige une condamnation exemplaire ; heureusement, mon grand-père sera mon avocat. Papilau pour les intimes – contraction de son rang et du début de son prénom, Laurent. Grâce à lui, je n'ai jamais perdu un seul procès, même lors de la terrible affaire du gâteau au chocolat destiné à la voisine que je m'étais empiffré deux ans plus tôt. J'avais alors découvert sa grande éloquence, mais aussi le fait que mon père était un juré facile à retourner, d'autant qu'il avait profité des miettes et léché le plat. De toute façon, ce soir, si je me fais capturer, je n'aurai aucun mal à plaider l'oubli de l'interdiction. Le principe est bien connu et la jurisprudence abondante : les garçons de onze ans ne sont pas bien malins. Sauf pour ce qui les intéresse.

Dans ce prodigieux débarras, ma mère prétend que l'on peut se blesser, périr enseveli sous des monceaux de vieilleries entreposées en équilibre, et même attraper le tétanos. Mais il y a bien mieux à ramasser.

Ouvrir la porte – assez rapidement pour qu'elle ne grince pas, mais pas trop pour éviter qu'elle n'aille cogner le mur. Tâtonner dans l'obscurité pour atteindre l'interrupteur préhistorique en porcelaine. L'actionner jusqu'au gros déclic. L'ampoule suspendue au milieu du plafond s'allume en grésillant dans son déflecteur de métal. Retenir son souffle et franchir le seuil du lieu interdit comme on pénètre dans un temple secret frappé de malédiction. Refermer aussitôt derrière soi. Si l'on tarde à cette étape, on risque de se faire repérer. Plus grave encore, l'appel d'air fera tanguer la lampe… Alors les ombres tapies dans les multiples recoins s'animeront, se mettant à danser leur sarabande, déchaînant l'imagination au point de vous donner envie de courir vous constituer prisonnier auprès du procureur afin qu'il vous fasse un de ses fameux câlins rassurants. Mais ce soir-là, je ne me débrouille pas trop mal et la lampe n'oscille pas. Je m'offre même le luxe de quelques instants pour savourer le panorama sur ce monde mystérieux, ce bric-à-brac absolu de malles, ce palais de cartons pleins à craquer couronnés de vieilles valises parfois entrouvertes.

Au milieu de cette profusion, pile sous la lampe, une voiture de sport décapotable prend la poussière. Dépassée par les hautes vagues de l'océan de désordre qui l'encercle, elle semble sur le point d'être engloutie. Je l'ai toujours connue là, chaque année un peu plus submergée. On m'a raconté que Grand-père s'était juré de la retaper à l'époque où il n'avait encore que de vraies dents. Mais elle n'a plus jamais roulé. Un après-midi, on a surpris Papilau en train de faire la sieste dedans. Je crois qu'il a gardé cette habitude, parce que contrairement aux autres sièges, celui du conducteur est parfaitement propre et lustré. On distingue aussi la marque de ses mains sur le volant. C'est certainement ce qui s'appelle s'accrocher à ses rêves.

Une fois, alors que j'étais tout petit, je m'y suis assis sur ses genoux et j'ai joué à faire semblant de conduire. On a klaxonné, on a ri et on a même hurlé comme si on avait eu un accident dans les piles de boîtes de linge qui ont l'indécence d'envahir le capot. Papilau m'a murmuré qu'il aurait bien voulu qu'elles explosent pour de vrai. Mais ce soir, bien que très content de la retrouver, je ne suis pas revenu pour la voiture. Même une Shelby Cobra 427 de 1966 ne peut pas vous apprendre ce qu'est le destin.

2

Sur mes gardes, je me coule entre deux colonnes de caisses. En moi, la peur et l'envie disputent un match de championnat. Les deux équipes ont l'habitude de s'affronter, mais cette fois, c'est une sorte de finale. L'envie mène, mais le score est serré. La partie pourrait facilement basculer en faveur de la trouille, qui compte d'excellents supporters, comme les bruits bizarres ou les formes qui surgissent et semblent vouloir m'agripper. Pour assurer la victoire, j'allume ma lampe qui repousse la pénombre et déjà, j'aperçois mon but. On va gagner !

Qu'elles sont belles, ces étagères gavées à ras bord qui courent le long du mur ! Je ne sais pas encore ce que je vais y trouver, mais j'ai la certitude de ne pas être déçu. C'est là que sont entreposés les vieux jouets de mon père, ainsi que ceux de mes cousins plus âgés. Un trésor à portée de main pour le jeune aventurier qui ose braver les interdits et les pièges. Un choix phénoménal, une opulence sur plusieurs couches, et souvent en bon état. Petites voitures, déguisements, jeux de construction, anciens jeux électroniques, dînette, circuit de course, train électrique, pistolets à véritables amorces dont certaines claquent encore, et même des jouets de tout-petits avec lesquels on peut s'amuser sans se faire traiter de bébé. Mieux qu'un catalogue, un paradis intemporel, l'Eldorado des rêves d'enfant. Toutes les joies des Noëls de la famille rassemblées en un seul endroit qui n'attend que moi. J'en tremble d'excitation.

Dans le faisceau lumineux, j'aperçois les couleurs vives d'un camion de pompiers avec son chauffeur articulé qui sourit. Juste dessous, je crois deviner d'anciennes manettes de console, cachées par une poupée. Avant d'atteindre le graal, il faut néanmoins se méfier du bouquet de cannes à pêche dont certaines sont encore équipées d'hameçons rouillés.

Quelques contorsions et un léger détour finissent par m'amener devant les boîtes débordantes de merveilles. Mon cœur s'emballe. Mes mains effleurent, hésitent, mes yeux dévorent.

Tout à coup, sur le côté de l'étagère, en limite d'une zone plus obscure, un mouvement le long du montant métallique attire mon attention. Je devrais plutôt parler d'une sorte de « vibration ». Je n'ai pas peur des rongeurs et je suis prêt à les repousser pour protéger notre collection de jouets.

Je braque ma lampe, mais je ne découvre qu'une petite masse blanche cotonneuse, de la taille d'une grosse noix, enserrée dans une toile d'araignée. C'est un cocon. Pourquoi s'agite-t-il ainsi ? Je me penche et je distingue alors des dizaines, des centaines de minuscules araignées qui s'en échappent aussi vite qu'elles le peuvent. Dans toutes les directions, elles s'égaillent sur la toile, sur les montants, les étagères, se répandant, cavalant de toutes leurs pattes en s'éloignant du nid qui les a vues naître. Cette armée d'arachnides miniatures semble bien décidée à envahir le monde ! J'imagine sans peine les hurlements qu'auraient poussés ma mère ou ma cousine Lou, mais pour ma part, je ne recule pas, je n'éprouve aucune crainte, aucun dégoût. Je suis hypnotisé par le spectacle, au point d'en oublier un instant pourquoi je suis venu ici. Je contemple les innombrables bestioles, si petites, si fragiles, qui toutes foncent avec la même énergie mais chacune dans sa direction. Vers quoi courent-elles avec une telle hâte ? À moins qu'elles ne soient en train de fuir. Qui a donné le départ de cet exode ?

La scène ressemble à un dernier jour d'école vu du ciel, lorsque les élèves se pressent à la sortie pour s'élancer sur leurs propres chemins. Ces petites araignées sont-elles comme je l'étais, triste de quitter ma bande et inquiet de passer chez les « grands », au collège ? Certaines paraissent aller plus vite, quitte à marcher sur leurs semblables. D'autres se terrent dans le premier recoin venu. Il y en a qui cherchent à monter, d'autres à descendre. Que vont-elles devenir ?

Sans doute plusieurs spécimens grandiront-ils magnifiquement au point de s'aventurer loin, tissant d'impressionnantes toiles jusque dans la maison, au risque de se prendre un coup de pantoufle si ma mère les découvre. D'autres se feront dévorer avant d'avoir réussi à sortir, peut-être même par des représentants de leur propre espèce. D'autres encore passeront toute leur vie dans ce hangar sans éprouver le besoin d'aller explorer d'horizon plus lointain.

En les étudiant, si nombreuses, j'imagine leurs possibles. À mi-voix, je me surprends à leur souhaiter bonne chance. Même en tant qu'enfant de onze ans officiellement pas bien malin, je sais à propos de leur existence des choses qu'elles ne soupçonnent même pas. J'en connais plus qu'elles sur leur propre vie ! Cela me chamboule. J'ai envie de les alerter, de leur confier ce qui les attend. Je pourrais apposer des petites affiches, comme au Far West, avec les portraits de ma mère et de ma cousine façon bandits patibulaires pour les avertir de s'en méfier. Mon premier élan serait de les aider, mais comment le pourrais-je ? Leur vulnérabilité me touche et des questions me viennent : si elles se recroisent, se reconnaîtront-elles ? Se souviendront-elles d'avoir grandi ensemble ? Se combattront-elles par pur instinct de survie ? Ne seraient-elles pas plus avisées de faire équipe ?

C'est à ce moment précis, devant la variété des réponses, que m'est clairement apparu le sens du mot « destin ». Pour ces petites créatures, il se jouait là, devant moi, dans toute sa diversité. Tel un géant, je les contemplais se jetant dans la première épreuve imposée par la nature. Même les araignées ont une destinée, et elle est différente pour chacune. Cette prise de conscience m'a profondément ému. L'expérience a résonné au plus profond de moi. Une image forte s'est gravée dans ma mémoire, fondatrice, donnant naissance à un sentiment qui a surgi des profondeurs de mon être pour exploser à la surface des flots comme une orque jaillissant hors de l'eau. J'ai immédiatement su que cette scène allait teinter toute ma façon de considérer l'existence.

C'est probablement ce soir-là qu'est née ma volonté de comprendre ce que l'on désigne comme « la chance ». Finalement, par la suite, j'ai toujours essayé de rationaliser le hasard, de le contenir, de le ramener à des facteurs quantifiables dont l'évaluation permet presque de prévoir l'avenir. Je préfère être honnête : ça ne marche pas souvent. En fait jamais. Mais bien avant d'en arriver là, il y a eu ces araignées minuscules qui couraient devant moi.

Peut-être qu'un dieu, bien plus grand et plus sage que nous, nous observe depuis le ciel lorsque nous quittons le cocon protecteur de l'école en nous dispersant comme ces petites bêtes. Peut-être nous souhaite-t-il lui aussi bonne fortune, sachant les risques et les opportunités que nous allons rencontrer sur nos routes. J'aimerais tellement découvrir qu'il existe dans l'univers quelqu'un qui comprend cet extraordinaire foutoir dans lequel nous nous débattons. Se pourrait-il qu'attendri par notre misérable condition, il nous fasse cadeau de deux ou trois conseils ? Au moins les basiques : ne pas admirer un plafond quand on approche d'un escalier, ne pas tenter de caresser des animaux sauvages sous prétexte qu'ils sont « mignons », ne jamais croire que parce que votre tête passe dans un sens, elle repassera dans l'autre. Et sans doute l'un des plus importants de tous : ce n'est pas parce que quelqu'un, même gentil, vous dit que la planche est solide qu'elle l'est.

Ce soir-là, ces petites créatures m'ont appris quelque chose que je n'ai jamais oublié. Quelques mois plus tard, le destin m'a offert un nouvel aperçu de ce qu'il était – un aperçu bien plus personnel. C'était la première fois qu'un homme me prenait dans ses bras depuis que je n'étais plus un bébé. Il s'agissait de mon grand-père, pour m'annoncer que mon père, lui, n'avait pas fait semblant de conduire, et que son accident n'avait rien d'un jeu.

Sur le coup, je n'ai rien compris. Mon petit frère non plus. Nous avons simplement constaté que notre vie avait changé brutalement. Papa ne rentrait plus et Maman n'allait pas bien. Après l'avoir vue beaucoup pleurer, on l'a vue de moins en moins. Elle a très mal vécu son veuvage, et elle a fini par tout laisser tomber. Surtout nous. Mais ça, on s'en est rendu compte plus tard. C'est ainsi que mon frère et moi avons été élevés par nos grands-parents. Le tétanos n'était plus notre principal problème.

Le soir où j'ai réalisé que je ne reverrais jamais Papa, j'ai immédiatement repensé à ces petites araignées qui cavalaient dans tous les sens. Tout à coup, je me suis senti comme l'une d'elles, et je venais de me prendre un coup de chausson. Mais comme l'aurait fait n'importe laquelle d'entre elles, j'ai continué à courir pour survivre, en y mettant toute mon énergie. Par chance, j'ai survécu. J'ai grandi, et je n'ai pas eu à me plaindre de mon sort.

Dans notre pays, on a coutume de dire : « C'est la vie ! » C'est même l'une des phrases les plus célèbres qui soient dans le monde, et partout on la cite dans notre langue. Une façon à la fois fataliste et ironique d'exprimer le fait que l'on ne contrôle rien. Une philosophie. C'est sans doute une expression un peu idiote, mais je n'en ai pas trouvé de meilleure pour résumer tout ce qui peut nous arriver durant notre passage sur terre. Car l'aventure n'est simple pour personne. Je regarde autour de moi et je constate que chacun, à un moment ou à un autre, avance contre le vent, traîne son boulet ou porte son fardeau. Il y en a même qui cumulent. Les promotions, les réductions et les avantages ne peuvent pas s'additionner. Les emmerdes, si. Sans limite.

Depuis ce jour tragique, plus aucun homme ne m'a pris dans ses bras. Enfin, jusqu'à la semaine dernière. C'était encore pour m'annoncer une nouvelle qui allait dynamiter ma vie. Les insectes ne sont pas les seuls à se prendre des coups de pantoufle. Je ne sais pas qui les donne, mais si c'est un dieu, il chausse grand.

3

Avec d'anciens copains d'études, ce qui n'a d'abord été qu'une occasion improvisée de faire la fête s'est mué en tradition. On fête le réveillon du Nouvel An chacun de notre côté, mais dès le second samedi de janvier – après un week-end de récupération indispensable pour certains – on se réunit entre nous.

J'aurais volontiers parié que ce rituel de célébration du bon vieux temps ne résisterait pas des années. Beaucoup d'obstacles risquaient de fragiliser ce bel élan : le temps qui émousse, le quotidien qui accapare, les parcours professionnels toujours plus exigeants, les responsabilités familiales grandissantes, sans parler de toutes ces choses dont on finit par se convaincre qu'elles sont plus importantes que l'essentiel. Toujours courir, sans trop savoir après quoi.

J'ai eu tort et tant mieux, parce que le fait est qu'en presque une décennie, on n'a pratiquement perdu personne. Ce rendez-vous a pris sa place dans nos agendas. Comme quoi c'est possible. En fait, ce n'est même plus au nom du passé que l'on se retrouve, mais pour ce que nous sommes au présent et pour ce lien dont, grâce au compteur qui tourne, nous apprécions chaque année davantage la valeur.

Nous sommes à l'âge où les familles se forment, où les réussites se profilent pour les plus chanceux. Les premiers doutes arrivent aussi ; certains sont déjà en reconversion. Sur le plan professionnel, je figure parmi les mieux lotis : je travaille dans le domaine qui m'a toujours passionné – les chiffres appliqués à la vie – et j'ai développé un indice de mesure statistique très largement adopté par les spécialistes qui m'épargne les soucis matériels. De l'avis général, j'ai réussi. Je n'en tire aucun orgueil. Je n'en tire d'ailleurs pas grand-chose, à part un taux d'imposition qui, je l'espère, aide à financer les hôpitaux et ceux qui ont besoin d'un coup de main. De toute façon, dans notre groupe, tout le monde s'en fout, je serai toujours celui qui avait des shorts trop grands pendant les cours de gym. Allez savoir pourquoi on retient certains détails plutôt que d'autres…

Notre petite assemblée n'a rien de mondain. On se fréquente pour autre chose que nos carrières. Tout le monde sait qu'Enzo dépensera toujours davantage qu'il ne gagne, qu'Inès mène son mec à la baguette, que Yacine voit grand mais qu'il est à la hauteur, que Kenza ne va pas s'arrêter à trois gamins « parce qu'elle aime trop les bébés » – je vous épargne la description de sa mine de psychopathe quand elle nous le répète. Zoé galère toujours autant pour trouver son prince charmant. Thibaud serait prêt à vendre sa mère pour un coupé sport plus puissant que celui qu'il possède déjà, et Nico peut partir en vrille sur une idée tordue même s'il est le type le plus gentil que je connaisse. C'est d'ailleurs le seul que je vois très régulièrement le restant de l'année. Avec lui, ça date du collège, et je me demande du reste s'il n'a pas choisi la même orientation professionnelle que moi simplement pour que l'on reste ensemble. Un jour, il faudra qu'on en parle et si c'est le cas, que je le remercie.

Lors de notre soirée annuelle, nous dînons chaque fois dans des endroits différents. Toujours un buffet pour garder la liberté de discuter avec chacun sans être coincé à une place fixe. La toute première édition, c'était chez Daphné. Dix-huit personnes dans son minuscule studio. À l'époque, par manque de place, j'étais assis dans l'évier. Notre mémorable festin composé de gâteaux apéritifs et de pizzas mal décongelées aurait fait basculer n'importe quel nutritionniste dans la dépression. Un excellent souvenir qui a sans doute contribué à notre envie commune de remettre ça.

Au fil des ans, l'âge n'apportant pas uniquement des désagréments, nous nous sommes offert de plus en plus de place et de confort. On choisit désormais de beaux lieux, que l'on privatise. Ce sont souvent les filles de la bande qui nous les dénichent. Elles ont du goût, et surtout la patience de chercher. On se fait découvrir des spécialités parfois venues de loin et des vins rares. Pour ma part, je suis moins sensible à la forme qu'au fond. J'apprécie de ne plus être assis dans l'évier, mais notre complicité qui fonctionne comme si on s'était quittés la veille, ces vrais regards et ces accolades chaleureuses me nourrissent bien davantage que n'importe quel plat. C'est une soirée que l'on attend tous.

Je suis de ceux qui avouent sans peine que c'est leur réveillon préféré. Dans cette époque d'apparences, on y trouve une ambiance bien éloignée de celle des réseaux sociaux, une parenthèse où l'instinct n'est pas obligé de se terrer derrière les conventions. Pas de costume imposé, pas de playlist tendance, pas de cuisine moléculaire. Personne ne se la raconte. On se connaît trop bien pour en avoir la possibilité. Cette réunion constitue une sorte de passage au stand pendant la course. On vérifie les niveaux, la direction, on prend des nouvelles, on évalue l'état de la carrosserie alors que les premières rayures apparaissent. Les voyants qui clignotent dans les yeux disent où chacun en est dans sa carrière et dans sa vie. Sans être jugés, on peut partager sur les dérapages et les sorties de route.

Depuis maintenant quatre ans, compagnes et compagnons sont les bienvenus. L'évolution s'est faite naturellement et apporte une dimension supplémentaire, une touche plus familiale. Perso, je suis venu deux années en couple, mais depuis que Cassandra m'a quitté, je m'y rends seul. Il n'y a qu'à cette soirée-là que j'arrive à en rire.

Tous les membres de cette équipe sont colocataires d'une terre sacrée où nos affections se donnent rendez-vous, un pays magique qui n'existe qu'une fois par an, une contrée cachée quelque part dans le temps, peuplée de nos souvenirs, de tout ce que nous avons appris et découvert ensemble, y compris sur nous-mêmes.

Si au départ, c'est le hasard qui nous a placés les uns à côté des autres, c'est de notre plein gré que nous avons choisi de continuer le chemin sans nous perdre de vue. Ce n'est pas anodin. Des amitiés élevées en parcours libre, uniquement nourries d'ingrédients offerts par nos natures, sans adjonction d'arômes ou de colorants artificiels. Le plus surprenant, c'est que pour l'instant, pas un couple ne s'est formé dans la troupe. Pourtant, ça bouge pas mal chez les trentenaires que nous sommes, et certains multiplient les relations à un rythme effréné. Je renonce d'ailleurs à mémoriser le prénom du nouveau copain de Lily – le pauvre bougre l'ignore mais sa date de péremption est forcément proche. Je ne veux même pas savoir où elle est écrite…

Lors de notre dernière soirée, Darshan, un excellent camarade devenu médecin, m'a trouvé fatigué. Il ne me l'a pas fait remarquer pour me dévaloriser, comme le font parfois des gens moins bien intentionnés qu'ils ne le prétendent. Il semblait réellement préoccupé par mon état. Il m'a interrogé sur mon rythme de travail, mon alimentation, et même sur ma vie sentimentale toujours en cale sèche. Pour la première fois, j'ai vu ce copain, toujours souriant et excellent dribbleur, faire autre chose qu'échanger joyeusement avec moi. Même s'il s'est montré adorable, j'ai senti qu'il faisait aussi son travail. Jamais je n'avais été témoin de cet aspect-là de sa personnalité, et j'en connais pourtant quelques-uns.

Il m'a incité à faire des analyses. Un petit bilan de principe. Je me suis laissé convaincre, davantage par respect pour sa chaleureuse sollicitude que parce que je le pensais nécessaire. C'était il y a plus d'un mois. Les premiers résultats lui ont semblé « bizarres », alors on a continué, et pas plus tard que ce matin, il m'a laissé trois messages pour me demander de passer, dès ce soir, à son cabinet, après son dernier rendez-vous.

4

Un groupement médical flambant neuf, réunissant une impressionnante variété de spécialités. Je n'avais jamais mis les pieds dans ce genre d'endroit. L'accumulation de plaques encadrant l'entrée est spectaculaire. Endocrinologues, rhumatologues, allergologues, cardiologues, radiologues, on se croirait dans un dictionnaire des rimes. Les portes s'écartent automatiquement pour mieux vous inviter à y pénétrer.

L'aménagement est aussi fonctionnel qu'impersonnel. Le risque quand on s'aventure là-dedans, c'est de rebondir de docteur en docteur comme une boule de flipper, parce qu'un examen en appelle souvent un autre. Vous venez voir le dermato pour une démangeaison au pied et après trois consultations, vous en êtes à passer des scanners de la tête parce que le cardiologue vous a découvert un souffle au cœur qui empêche votre cerveau d'être bien irrigué. En cinq portes, vous avez perdu vingt ans d'espérance de vie et gagné la certitude que vous allez finir sénile, alors que votre pied vous gratte toujours.

Sur les murs de la salle d'attente, trois immenses photos : une plage paradisiaque avec palmiers et eaux cristallines, un torrent montagnard dans un décor de neige, et une forêt d'arbres majestueux entourés de rochers moussus. On devrait se demander sérieusement pourquoi, lorsqu'il s'agit de créer un environnement apaisant, on retrouve toujours ces mêmes clichés. Comme si, pour se sentir mieux, on avait besoin de se rappeler à quoi ressemblait le monde avant que l'on commence à s'en occuper.

Je suis en train d'y réfléchir lorsque s'ouvre la porte du cabinet de Darshan. Il salue sa dernière patiente, la regarde s'éloigner puis me fait signe de le rejoindre.

— Bonsoir Darshan. Si je ne te connaissais pas, avec ta voix de velours, je te prendrais au sérieux...

Il reste dans son rôle de praticien.

— Bonsoir Adrien. Merci d'être passé aussi vite. Entre.

Il referme derrière nous et m'invite machinalement à prendre place dans le fauteuil. J'aime mieux rester debout, je ne suis pas malade. D'ailleurs, lui ne repasse pas non plus derrière son bureau, évitant ainsi le formalisme habituel.

Je le questionne directement :

— Que se passe-t-il ? Tu semblais inquiet sur tes messages. C'est Jennifer ? La guerre recommence entre vous ?

— Je préférerais, vraiment.

Je le trouve moins enjoué que d'ordinaire.

— J'ai reçu tes derniers bilans, déclare-t-il d'un ton neutre.

Il saisit quelques feuilles qu'il me tend. Je jette un œil : une succession de résultats d'examens, de courtes observations remplies de mots auxquels je ne comprends rien. Qu'est-ce que ça veut dire ? Mon bulletin scolaire est encore mauvais et je vais redoubler ?

Plus que le document, c'est le malaise de Darshan qui m'interpelle. Comme s'il cherchait à alléger l'ambiance ou à gagner du temps, il m'interroge avec une pointe d'incrédulité :

— Objectivement, tu crois vraiment que je t'aurais demandé de passer en urgence pour qu'on discute de mes problèmes de couple ?

— Pourquoi pas ? On est amis. Tes messages ne parlaient d'ailleurs pas d'« urgence ».

J'agite les feuilles de résultats d'analyses.

— Sinon quoi ? Je fais déjà du cholestérol ? Il faut que je me calme sur le fromage ?

— Sois tranquille, tu peux y aller sur le fromage.

— Mon pauvre Darshan, tu fais une de ces tronches...

Il s'efforce de sourire.

— La situation n'est pas facile. Il faut me pardonner, je n'ai jamais connu ça.

— Jamais connu quoi ?

— D'habitude, je n'ai pas de lien personnel avec mes patients.

— Je suis l'un de tes patients ?

— Par la force des choses.

Il marque une pause. Convaincu qu'en professionnel zélé, il donne trop d'importance à des broutilles, j'essaie de désamorcer la tension grandissante.

— J'ai le tétanos ? C'est ça ? Ma mère me l'avait bien dit...

Il semble vouloir s'exprimer, mais reste bloqué. Comme si les mots ne pouvaient pas sortir. Tout à coup, sans prévenir, outrepassant son rôle de praticien, il avance droit sur moi et me prend dans ses bras. Le voilà qui me serre contre lui. Je reste les bras ballants, sans savoir comment réagir. Deux solutions possibles : Darshan est un vampire et mes analyses ont révélé un sang exceptionnel. Je suis sa nouvelle bouteille d'apéritif. Et glou et glou ! Ou alors il est secrètement amoureux de moi depuis qu'en terminale, il m'a vu tomber des gradins en faisant le paon, et cette étreinte non consentie marque le début d'une nouvelle phase de notre relation. J'ai peur de ne pas être prêt. Dans les deux cas, je vais rester dans le déni. J'en suis capable. Mon record est de huit minutes.

C'est étrange, mais je vis la scène en tant que spectateur, comme si elle ne me concernait pas. Je lui tapote le dos le plus virilement possible.

— Qu'est-ce qui se passe, Darshan ? Que disent mes analyses ? Je sais que je suis un peu fatigué ces derniers temps…

Il me libère de son étreinte.

— Il y a autre chose. C'est compliqué à expliquer…

— Essaie quand même.

Il me fixe et demande :

— Ressens-tu parfois des douleurs au niveau de la poitrine, comme si tu te sentais écrasé par une masse ?

Je réfléchis.

— Genre douleur intercostale ? Ça m'arrive, mais pas plus qu'à n'importe qui.

Il sourit avec une pointe d'ironie.

— Tu as aussi des statistiques là-dessus ?

Il incline la tête et désigne le milieu de sa cage thoracique :

— Pas une douleur intercostale. Plutôt une barre, qui s'enfoncerait au niveau du sternum.

Je passe la main sur la zone et finis par répondre :

— Je vois ce que tu veux dire. Ça m'arrive effectivement.

— As-tu déjà perdu connaissance tout de suite après ?

— Jamais…

Je m'interromps à la faveur d'un souvenir qui me revient.

— … sauf une fois. Maintenant que tu me poses la question, c'est vrai, je m'étais réveillé sur le sol dans la cuisine sans savoir pourquoi.

— En as-tu parlé à ton généraliste ?

— Si je devais lui parler de tout ce qui m'arrive d'étrange, on ne se quitterait plus.

— Cette syncope, c'était quand ?

— Voilà environ quatre mois, peut-être six. Je ne sais plus.

— Ça ne s'est produit qu'une seule fois ?

— Affirmatif.

Il hoche la tête d'un air entendu. Je le presse :

— Qu'as-tu découvert ?

— Rien n'est encore certain à ce stade.

— Alors n'aie pas l'air aussi sombre, considérons que je vais bien et passons à autre chose !

— En l'état, cette option n'est malheureusement plus envisageable.

Il évite mon regard et commence :

— D'abord, je n'ai pas compris tes premiers résultats. Certains points me paraissaient incohérents, rapport à ton âge, à ta condition physique et à ton mode de vie. Ton potassium posait notamment problème. Certaines valeurs apparaissaient trop élevées dans plusieurs domaines, et trop faibles dans d'autres. L'ensemble ne renvoyait vers aucune pathologie classique. Alors j'ai sollicité des avis sur notre plate-forme d'échanges pros, et plusieurs collègues ont émis l'hypothèse que les analyses avaient été mal effectuées, voire même que les résultats provenaient de deux patients différents. Mais je savais que ce n'était pas le cas.

— Nous sommes tous multiples, mon ami...

Il poursuit sans ciller :

— Voilà deux jours, des confrères canadiens ont reconnu les symptômes d'une maladie sur laquelle ils mènent des recherches. Je les ai encore eus au téléphone tout à l'heure.

— Qu'ont-ils identifié ?

— Un syndrome d'Emerson.

— Jamais entendu parler.

— Personne n'en a entendu parler, sauf les patients qui en souffrent et les médecins qui les suivent. La bonne nouvelle, c'est qu'une équipe travaille déjà dessus...

— Et la mauvaise ?

— La découverte est tellement récente qu'il y a très peu de cas étudiés pour le moment. Ils sont dans le brouillard complet.

— C'est quoi, ce syndrome ? On est à moitié humain, à moitié raton laveur ? Avec le recul, tu sais, je m'en suis toujours douté. Je comprends enfin l'irrésistible attirance qu'exercent sur moi les petits gâteaux, même lorsqu'ils sont fermement tenus par des mains d'enfants...

— Adrien, c'est sérieux. Comment peux-tu plaisanter dans un moment pareil ?

Je connais la réponse à cette question. C'est d'ailleurs l'un de mes problèmes. En général, je suis parfaitement conscient de ce qui se passe, mais dès que ça devient grave, j'en fais trop. J'ai toujours été comme ça. Il suffit que l'on m'annonce du lourd, et la moitié de mon cerveau se met à fabriquer des plaisanteries stupides à la chaîne pendant que l'autre se recroqueville en position fœtale. J'identifie parfaitement ce trait de mon caractère, et je sais même pourquoi je me comporte ainsi : au fond, j'ai la trouille de tout, surtout de moi-même. J'ai peur de m'y prendre comme un manche quand ça compte, peur de faire une ânerie et de blesser quelqu'un que j'aime. Même aux fléchettes. Et puis d'un point de vue pratique, si ma blague fait rire celui qui m'annonce le pire ou me fait un reproche, ça me laisse le temps de fuir.

— Comment veux-tu que je réagisse ? Tu es là, devant moi, avec une mine d'enterrement…

Le mot que je viens d'employer spontanément provoque chez lui une gêne évidente. Il ne répond pas et baisse la tête. Son silence s'éternise.

— Parle-moi, Darshan, ne me laisse pas comme ça. Qu'est-ce que j'ai, concrètement ?

Il relève le visage.

— Pour le moment, nous n'avons pas l'absolue certitude que tu sois atteint de ce syndrome, mais le profil de tes résultats présente d'indéniables points de concordance.

— Génial, docteur. Et comment on sait si je l'ai effectivement ?

— En effectuant des examens complémentaires…

— Je comprends, mais cette maladie provoque sans doute d'autres symptômes que ces douleurs à la poitrine ? Il existe forcément d'autres moyens de s'assurer qu'on l'a ou pas ?

— Apparemment, oui.

— Lesquels ?

Il me regarde cette fois bien en face.

— Si tu vis vieux, tu ne l'as pas.

J'accuse le coup.

— Et si je l'ai ?

— Les douleurs à la poitrine vont se faire de plus en plus fréquentes. Plus violentes, aussi.

— C'est quoi ? Un genre de cancer ? Une malformation ?

— Ce serait préférable. On aurait une chance d'essayer des traitements ou de pouvoir opérer…

— De mieux en mieux. Donc en clair, si j'ai cette saleté, je suis condamné ?

Il ne répond pas.

Je souffle comme après un effort. Je n'étais vraiment pas venu avec l'idée d'entendre ça. Je ne tiens soudain plus en place. Je raisonne à haute voix :

— Es-tu certain de ne pas te tromper ?

— Crois-tu que je prendrais le risque de t'en parler à la légère ?

— J'ai quand même du mal à y croire. Je me sens plutôt bien. Je ne fume pas, je bois raisonnablement, je fais un peu de sport, je dors comme un bébé… Les assurances m'accorderaient sans problème un crédit sur trente ans.

— Les statistiques ont leurs limites, tu es bien placé pour le savoir… Des gens en pleine forme meurent tous les jours.

— C'est supposé me remonter le moral ?

Je tourne comme un lion en cage. J'ai de plus en plus de mal à aligner des idées cohérentes. L'intellect est en train de se laisser déborder par les émotions qui s'invitent, très nombreuses, à la fête.

Je m'efforce quand même de comprendre.

— Quel rapport avec un enfoncement de la cage thoracique ?

— Aucun. C'est du cœur qu'il est question. Sans raison fonctionnelle, le ventricule et l'oreillette s'emballent. Tout s'affole sans coordination. La fonction de pompage est désamorcée et c'est la catastrophe...

— Le cœur qui s'emballe... C'est tout moi, ça. Pas moyen de contrôler avec un pacemaker ou des médocs ?

— Le pacemaker pourrait agir. Mais pour le ventricule, de toute façon, il faudrait aussi assurer avec un défibrillateur implantable. Ça fait beaucoup et les Canadiens n'ont jamais eu le temps d'expérimenter cette alliance pour ce type de diagnostic. Ils ont essayé l'un ou l'autre, mais ça n'a pas changé le résultat. Aucun des traitements utilisés pour maîtriser les formes classiques de tachycardie ou de fibrillation ne fonctionne. C'est une version particulière, qui aboutit à un moment ou à un autre à une « panique » cardiaque.

Je me frictionne le visage comme si je cherchais à me réveiller.

— Une idée de ce qui déclenche ces crises ?

— Si on le savait, on pourrait agir dessus. Mais à ce stade des recherches... Parmi les éléments déclencheurs, ils évoquent des éléments multifactoriels, ou même des émotions extrêmes, des conjonctions alimentaires… Les suspects habituels lorsqu'on ne sait pas.

Ses précédents propos me reviennent soudain en mémoire et me font réagir après coup.

— Tu as dit que ce qui a été tenté par les Canadiens n'a pas changé le résultat… De quel résultat parles-tu ? Ceux qui ont eu cette maladie ont-ils été guéris ? S'en sont-ils sortis ?

— Adrien, pour le moment, nous ne sommes même pas certains que tu…

— Réponds, s'il te plaît.

Il secoue la tête comme un pur-sang qui essaie de se libérer et lâche :

— Non, ils ne s'en sont pas sortis. Même en excellente condition physique, ils n'ont pas tenu très longtemps après les premiers symptômes.

— La mortalité est de 100 % ?

— En l'état actuel du peu que nous savons, oui.

— Peux-tu expliciter « pas tenu très longtemps » ? J'ai éprouvé mes premières douleurs voilà presque deux ans. Selon votre modèle d'analyse, j'en suis où ?

— Comment peux-tu être aussi précis sur la date ?

— J'ai un repère. C'était la première soirée que je passais seul chez moi après le départ de Cassandra. En voilà, des émotions extrêmes, et je te confirme que j'ai mangé n'importe quoi…

— Je ne connais pas en détail l'avancement des recherches, mais mes confrères n'ont assurément pas assez de cas en référence pour déterminer une courbe fiable.

— Épargne-moi ces précautions oratoires ! Toi et tes éminents collègues avez bien une petite idée ? Vous vous êtes encore parlé tout à l'heure...

— Ce n'est pas aussi simple que ça. Plusieurs variables interviennent, dont l'aptitude de ton métabolisme à faire face... On pourra par contre suivre l'évolution en mesurant régulièrement certains facteurs.

— Darshan, s'il te plaît, j'ai besoin de réponses.

Poussé dans ses retranchements, il grogne :

— L'espérance de vie constatée après les premiers symptômes se situe dans une fourchette de deux à trois ans...

L'information me glace. Pour moi, tout a commencé il y a deux ans. Vingt-deux mois, une semaine et trois jours exactement. Il me faut fournir un effort considérable pour arriver à effectuer la soustraction dont le résultat, je le sens, ne va pas me plaire.

— Bon sang, il ne me resterait au maximum qu'un an ?

J'ai froid, j'ai chaud. Darshan essaie de donner le change :

— Ne tire aucune conclusion définitive. Rien n'est joué. On va te faire tous les examens nécessaires. Je te promets que nous allons tenter l'impossible...

Je l'interromps d'un geste de la main. J'ai besoin de m'entendre penser. Je m'assois dans le fauteuil. Maintenant, j'ai le droit. Je suis malade.

Mon esprit commence à bouillir, mon sens de la logique ne parvient plus à repousser les vagues de panique dont les assauts se multiplient. Si ça se trouve, c'est en apprenant qu'une émotion extrême peut me tuer que je ressentirai celle qui me tuera. Étonnant, non ? Je n'arrive plus à réfléchir. Darshan reste immobile. Je ne veux pas qu'il bouge, mais je voudrais encore moins qu'il me laisse. Sa présence me rassure. D'un autre côté, je suis tellement soulagé qu'il ne soit pas un vampire gay… Tout aurait été plus compliqué. Ça y est, je perds complètement la tête.

Je n'ai aucune idée du temps que j'ai passé sur ce fauteuil, anéanti, incapable d'élaborer la moindre pensée construite, sous le regard compatissant de mon ami. Je finis par me lever pour poser la main sur son épaule.

— Merci, vieux, j'apprécie vraiment tout ce que tu fais pour moi. Je vais y aller.

— Tu ne peux pas partir comme ça !

— Exact, il faut que je te règle la consultation.

Je tâtonne à la recherche de mon portefeuille.

— Adrien, sois sérieux, on doit s'organiser. Je t'ai préparé un arrêt de travail. Il faut aussi que je t'explique les différents rendez-vous prévus, avec les meilleurs spécialistes.

— C'est gentil, Darshan, mais je dois d'abord encaisser cette formidable nouvelle. Je ne sais pas combien de temps ça prendra, ni même si j'en suis capable. Ne m'en veux pas.

— Tu ne vas pas rentrer chez toi comme si de rien n'était ? Ta vie va changer, forcément. Ce n'est pas un rhume que tu as ! Il faut se battre !

— Tu as raison, mon pote. Ma vie va changer. Justement. C'est de cela que je dois discuter avec moi-même. Dès que je me croise, je m'en touche deux mots. S'il ne me reste que quelques mois à vivre, je ne suis pas certain d'avoir envie de les passer à jouer les rats de laboratoire.

— Mais…

— Darshan, on ne parle plus de taux de potassium ou de rythme cardiaque. C'est au-delà. Je te parle d'une vie, la mienne. Et si j'ai bien tout compris, elle risque de tourner court.

— Nous devons d'abord nous assurer du diagnostic.

— On va le faire, mais laisse-moi le temps de souffler.

Mes mots semblent trouver un écho, à moins que ce ne soit la surprenante sérénité avec laquelle je les prononce.

— Je m'en veux tellement d'avoir eu à t'annoncer ça… murmure-t-il.

Je lui fais signe que je ne veux pas entendre. Je ne veux plus rien entendre.

— Ne culpabilise surtout pas, Darshan. Bien au contraire. Sans toi, j'aurais sans doute gâché les prochains mois, comme tant d'autres. Pour une fois, grâce à toi, je vois venir ce qui va vraiment compter.

5

En un simple rendez-vous, je suis passé de l'état de jeune homme qui se demande où va sa vie à celui de condamné à mort en sursis.

L'annonce prend sa place en moi comme une météorite qui s'écraserait dans une réserve naturelle. En défonçant tout, dans un fracas assourdissant.

L'expérience est d'autant plus irréelle que je ne souffre pas physiquement. Je ne me sens pas différent. Si Darshan ne m'avait rien annoncé, à l'heure qu'il est, je serais en train de manger un morceau, de peaufiner un projet pour la boîte, ou même de cafarder en me demandant ce que fait Cassandra à l'instant où je pense à elle.

Même la plus déprimante de ces éventualités ferait figure d'étincelant carnaval en comparaison de ce qui m'oppresse à présent. Parce que ce n'est pas un coup de massue que j'ai pris sur la tête, mais un bombardement. Il n'est d'ailleurs pas terminé. Les points d'impact se multiplient et l'onde de choc intérieure progresse, dévastatrice, faisant exploser les points de repère que je considérais comme acquis. On se fixe tous des rendez-vous irrationnels avec soi-même, des projections fantasmées de ce que pourraient être les grandes étapes de notre futur. Vie de famille, carrière, projets, lieu de vie. On marche vers ces situations emblématiques plus ou moins rêvées. Elles nous aident à tenir pendant les traversées du désert. Les miennes sont balayées comme autant de mirages dans une tempête de sable.

La prise de conscience est décousue mais redoutable. Allez savoir pourquoi, je me suis d'abord dit qu'une fois mort, je ne pourrais plus aller faire de vélo ni avoir un chien. C'est vrai que c'est un problème. Mais restons positif, à plus court terme, je peux toujours avoir un papillon parce que ça vit moins longtemps ! Je ne pourrai pas non plus devenir cascadeur ou super-héros. N'importe quoi. Ma réalité se dessine à travers des cas concrets plutôt fantaisistes. Je ne serai jamais champion de lancer de hache, mais je n'ai plus rien à foutre des déclarations d'impôts.

Malgré les précautions avec lesquelles il m'a m'annoncé la nouvelle, Darshan n'a pas essayé de me faire croire qu'il me restait plus d'un an. Douze mois. Ce n'est pas énorme, quand on y réfléchit. Si le diagnostic se révèle exact, je devrais donc commencer à m'affaiblir aux alentours de Noël. Bonjour le scénario ! On dirait celui d'un de ces téléfilms larmoyants que les chaînes déversent dans les chambres des maisons de retraite. J'ai le titre du mien : *Ça sent le sapin et il a les boules*. Il n'y aura pas d'épisode 2. Est-ce que je peux refuser le rôle ?

Darshan a insisté sur le fait que le plus important était « de garder l'espoir parce que nous sommes dans l'inconnu et qu'il n'y a pas de règles ». Tu parles !

J'ai débuté ma carrière d'analyste statisticien en aidant les compagnies d'assurances à modéliser tout ce qui peut dérailler dans une vie. On n'a pas idée de tout ce qui peut foirer, n'importe quand, n'importe où. En me fondant sur les énormes bases de données du secteur, mon job consistait à répertorier les aléas de la vie par catégories, en listant les conséquences pour chaque type de cas. Il y avait quelque chose de très rassurant dans cette activité. Même les imprévus se retrouvaient un peu sous contrôle. Les plus graves sont qualifiés en France de « cas de force majeure ». Chez nos voisins britanniques, ça se dit *act of God*. Action divine. Déjà à l'époque, ça m'avait amusé. Tous les accrocs possibles ramenés à de simples faits et à leurs conséquences.

Trousseau de clés égaré. Impact : quelques heures perdues. Coût moyen pour la compagnie : 400.

Machine à laver qui se met à fuir en l'absence du propriétaire. Impact : variable selon la durée et l'étage du sinistre. Coût : 1 000 à 6 000 si travaux chez les voisins.

Perte de l'usage de la main principale. Impact : modification du mode de vie, temps de réadaptation moyen : 2 ans. Coût pour la compagnie : 30 000 à 500 000 suivant le contrat.

En recroisant des milliards de données compilées, le but était de faire émerger une cohérence, un modèle exploitable du grand bain dans lequel nous pataugeons tous. Comment aurais-je appréhendé mon propre cas ? Dans quelle catégorie l'aurais-je rangé ?

D'habitude, lorsque je pose une question, je déteste les réponses trop longues. Un ou deux mots suffisent toujours. Au-delà, l'expérience prouve que l'on embrouille le propos, que l'on dilue l'info. Ce soir, quelle que soit l'interrogation, elle conduit toujours à un « oui » ou un « non » affreusement définitif. Quoi que j'envisage, cela prend immédiatement place dans l'une des deux colonnes qui résument désormais ma vie. Serai-je un jour le patriarche rieur d'une famille nombreuse ? Colonne NON. Puis-je boire ce que je veux en négligeant mon foie ? Colonne OUI. Je devrais me réjouir de ces réponses courtes, franches et sans équivoque. C'est ce que j'ai toujours réclamé ! Pourtant, paradoxalement, j'aimerais qu'exceptionnellement, elles se perdent en nuances, en circonvolutions, au point d'oublier ce qu'elles impliquent au fond.

Toute analyse froide s'avère impossible. Chacune de mes pensées est incandescente. Bon sang, j'étais prêt à signer des contrats, des pétitions, et même des lettres d'amour ! Pas une convention obsèques…

Darshan a gentiment proposé que nous dînions ensemble, mais je ressentais le besoin d'être seul. Je ne suis pas allé bien loin, je n'en avais pas la force. En sortant, je me suis assis sur le premier banc dans la rue. Il était trempé et la nuit était tombée. Quelle importance ?

Des gens passent devant moi, pressés de s'abriter du froid et, peut-être, de retrouver leurs proches. Ils ne savent rien de ce qui m'arrive. Mon monde vient de s'écrouler, pas le leur. Je peux tomber à genoux, les bras levés au ciel, le visage noyé de larmes, en criant mon désespoir.

Mais personne n'en aura rien à faire. Comme je me suis moi-même foutu de tous ces drames qui ne me concernaient pas.

La plupart des badauds ne me remarquent pas, et les rares qui m'aperçoivent me prennent certainement pour un ivrogne ou un sans-abri. À cette heure-là, il n'y a que ces pauvres bougres pour rester assis dehors sans bouger. Voilà seulement deux heures, j'aurais sans doute pensé comme ces passants. Je ne suis pas un sans-abri, je suis un sans-avenir.

Je cherche à réduire la sensation d'écrasement qui bloque ma poitrine. Je m'étire en ouvrant les bras à fond. Parvenu à une position d'extension qui évoque davantage un supplicié moyenâgeux qu'un gymnaste de haut niveau, je respire enfin plus librement. L'air frais emplit mes poumons. Je savoure ces inspirations profondes, comme un noyé sauvé de justesse. Je me sens plus léger, plus grand, presque en paix. C'est la première fois que j'ai la perception de mon corps depuis ma consultation chez Darshan.

L'effet positif ne dure que peu de temps. La pluie revient. Elle ne me fera pourtant pas bouger.

La vision de mon futur n'était déjà pas très nette avant cette nouvelle, mais elle est désormais réduite à néant. La notion même de prévisionnel risque d'être au-dessus de mes moyens.

Dans le centre médical, je n'ai pas eu à rebondir entre les différentes spécialités pour remettre en question l'idée que je me faisais de mon existence. C'est la partie de flipper la plus courte de l'histoire. J'en perds la boule.

Bien sûr, comme tout le monde, je savais qu'un jour je finirais par mourir. On le sait tous.

Mais jusque-là, j'avais fait comme la plupart des êtres humains et relégué cette vérité hors de mon quotidien, comme un point de mire qui recule au fur et à mesure que l'on avance dans la vie. Je ne me sentais pas menacé par cette loi de la nature. Un peu comme ces missiles dont on connaît l'existence mais dont le rayon d'action n'est pas assez grand pour nous atteindre. À mon âge, les radars ont autre chose à détecter.

Un beau jour, sans savoir pourquoi, vous vous retrouvez propulsé dans l'existence comme un enfant au seuil d'un gigantesque magasin de jouets. Vous déambulez parmi les allées, fasciné par les myriades de lumières, entraîné par ceux qui se pressent avec vous dans une fièvre communicative, attiré par les musiques, les parfums qui vous donnent envie de courir de rayon en rayon.

Chaque découverte vous conduit de sensation en émotion, d'étage en étage, ne vous laissant aucun répit pour comprendre ce qui se joue. À peine avez-vous fait le tour d'un rayon qu'un autre s'ouvre à vous, dans un enchaînement sans fin. C'est ça la vie ! Le temps, comme un escalator, vous oblige sans cesse à avancer, aussi imperceptiblement qu'inexorablement. Toujours aller de l'avant, sans possibilité de revenir en arrière. Il vous dépose au seuil de nouveaux paliers. Certaines tentations sont placées bien trop en hauteur sur les rayonnages pour être atteintes. Peu importe, vous en saisirez d'autres davantage à votre portée. Trop occupé par cette chasse au bonheur, on ne réalise pas qu'un jour on atteindra le dernier étage, pour rencontrer le directeur qui nous présentera la note. Pas de sortie de secours, et la maison ne fait pas crédit.

Le magasin, lui, ne ferme jamais, mais votre ticket de visite arrive à expiration. Car c'est bien de cela qu'il s'agit : expirer. Notre faiblesse est là : on se rêve aussi éternels que le décor que l'on ne fait que traverser.

À mon âge, la fin de vie est un vague concept auquel on pense surtout pour les autres. On ne se sent pas concerné parce qu'on a statistiquement le temps de voir venir. La queue qui serpente jusqu'au grand précipice est encore longue ! Il faut d'urgence que je revoie ce schéma. Il ne s'applique plus à mon cas. Ce syndrome à la noix vient de m'offrir un coupe-file premium.

J'ignore combien de temps je suis resté sur ce banc. Mais j'y ai au moins appris deux choses : si vous vous tenez absolument immobile comme je l'ai fait, un chien peut vous prendre pour un poteau et vous pisser sur les pompes, et une gentille dame peut vous poser une pièce dans la main en vous souhaitant bonne chance.

J'ignore complètement comment je suis rentré chez moi.

6

En arrivant à mon appartement, j'étais tellement à côté de la plaque qu'il a fallu que je teste toutes mes clés pour savoir laquelle ouvrait ma porte. Puis j'ai dû recommencer parce que je m'étais trompé d'étage. Pas frais le garçon. La tête en vrac.

J'ai éprouvé un vrai soulagement en refermant derrière moi. Besoin de me réfugier. Parce qu'après le choc, vient la déprime. Ces deux-là traînent souvent ensemble, complices des mauvaises heures.

Je suis resté debout, figé dans l'entrée, mon blouson sur le dos, sans savoir si j'allais pleurer, rire ou chanter une chanson très triste dont un bataillon de soldats de l'Armée rouge entassé dans le salon allait reprendre le refrain d'une magnifique voix grave.

J'ai la désagréable sensation de ne plus reconnaître mon domicile. Tout me paraît trop grand pour ma toute petite vie. Je n'ai jamais souhaité y vivre seul, et c'est en réfléchissant pour deux et plus puisque affinités que je l'ai choisi. C'est pourtant bien mon logement, mais il me semble différent, étranger.

Mon regard s'arrête sur le grand calendrier qu'un conseiller bancaire m'a offert pour la nouvelle année et que j'ai posé au hasard en attendant de le recycler. Surprenant objet lorsqu'on y songe : des colonnes de dates bien ordonnées, des jours fériés, des lunes, des vacances par zones, une succession de fêtes à souhaiter. Un futur méthodiquement « pré-casé » que la réalité des jours qui s'écoulent remplit au fur et à mesure. Comme un sablier. Si Darshan dit vrai, ce calendrier-là sera probablement mon dernier. Finalement, je ne vais peut-être pas m'en débarrasser, mais au contraire le vénérer comme un symbole sacré.

Une évidence me saute aux yeux : chaque bien matériel constituant notre quotidien s'inscrit dans la perception que nous avons du temps. Faites le test chez vous, vous constaterez à quel point c'est frappant. La mienne s'est brisée ce soir. On conserve, on entasse parce qu'on se dit que ça pourra servir un jour. On collectionne, on archive parce que l'on parie que plus tard, cela nous aidera à nous souvenir. Dans mon cas, il vaudrait mieux que ça serve vite, et pour le reste, je m'en souviens très bien puisque rien n'est vraiment vieux.

J'ai voulu aller prendre une douche, mais sans savoir comment, je me suis retrouvé torse nu sur mon canapé, sans le moindre soldat pour chanter mon désespoir avec moi. Dommage, j'aurais bien bu un verre avec eux, ça m'aurait changé les idées. Le cerveau humain est quand même incroyable : chaque fois qu'il se trouve confronté à un événement qui le dépasse, il est prêt à sécréter n'importe quelle histoire pour s'en libérer. J'ai déjà vécu ce phénomène par trois fois.

La première, c'était à la mort de mon père. Pendant des semaines, j'ai raconté à mes copains d'école et à mes professeurs qu'il était en voyage d'affaires et qu'il allait revenir immensément riche. La seconde, c'est quand ma mère nous a quittés. Là, j'ai raconté à tout le monde qu'elle était morte. Elle n'a d'ailleurs pas ressuscité depuis dans mon esprit, même si je crois savoir que tout va bien pour elle dans le Sud. Paradoxal, n'est-ce pas ? J'ai nié la disparition réelle de mon paternel de toutes mes forces alors que j'ai inventé celle de ma mère, tellement je lui en voulais de refaire sa vie sans nous. Comme quoi ce qui nous épouvante dans un cas nous arrange bien dans l'autre.

La troisième fois, c'est quand je me suis fait larguer. Je n'y ai tout simplement pas cru. Cela ne pouvait pas être vrai. J'aimais vraiment Cassandra, elle était la femme de ma vie. Je suis convaincu qu'elle l'est toujours. Pourtant, c'est arrivé. Il n'y a rien d'autre à ajouter. Je trouve étrange que les douleurs liées au syndrome soient survenues peu de temps après. Mais est-ce si étonnant ? Que vais-je pouvoir inventer pour échapper au cataclysme qui m'atteint ce soir ? Se peut-il que Darshan, pressé par nos nombreux amis trop rigolards, se soit laissé convaincre de me jouer un vilain tour ? On s'est déjà fait des blagues stupides, mais de ce niveau-là, ce serait une première. Peut-être ont-ils fomenté cette histoire pour me donner le coup de pied aux fesses capable de me faire enfin sortir de ma léthargie ? Dans ce cas, c'est très réussi.

Je commençais presque à me convaincre que ce diagnostic n'était qu'une mascarade lorsque je me suis soudain souvenu du regard de mon ami. Il ne faisait pas semblant. Impossible.

Alors, que vais-je faire de ces mois qui me restent ? Toute la question est là. Il s'agit pour moi de redéfinir le sens des mots « jamais » ou « peut-être » appliqués à ma nouvelle vie. Toute une échelle de valeurs à revoir en fonction d'un potentiel qui vient de fondre comme un glaçon dans une poêle à frire.

Me morfondre ne servira à rien. Négocier avec un dieu quel qu'il soit pour obtenir un délai non plus. Est-il raisonnable de parier sur la science ? Dois-je utiliser une partie du temps qu'il me reste pour tenter d'en grappiller un peu plus ? Comme ces joueurs de casino qui misent leurs gains pour en obtenir davantage sans savoir s'arrêter, et qui de toute façon finissent par tout perdre. La banque gagne toujours à la fin.

Je me suis levé et suis allé chercher le seul objet personnel que je possède de mon père. La montre qu'il portait au moment de son accident. Je n'ai jamais su pourquoi Mamette me l'avait donnée le jour des obsèques. Je l'ai tenue serrée dans ma main pendant toute la cérémonie. Le verre est fêlé et les aiguilles bloquées sur 19 h 14.

Avec Papa, sur ce cadran, j'avais appris à lire l'heure. Privé de lui, c'est aussi dessus que j'ai compris que le temps pouvait s'arrêter. Après le drame, sans que j'ose la mettre, elle ne m'a pas quitté pendant des mois. Dans ma poche, sous mon oreiller, comme un talisman, protégée dans un carré de velours où elle se trouve encore ce soir, dans le tiroir où je range tout ce que je dois sauver si mon appart brûle. Autant dire pas grand-chose.

Je n'ai porté cette montre que très exceptionnellement, quand j'avais vraiment besoin de convoquer la chance. Ce genre d'amulette ne fonctionne que lorsque vous êtes assez en panique pour croire qu'à travers un objet, celui qui vous aimait peut encore vous protéger. La dernière fois, c'était pour ma soutenance de thèse. Elle a parfaitement joué son rôle.

Aujourd'hui, elle paraît plus petite que dans mon souvenir. Mes mains n'ont pourtant pas grandi depuis la dernière fois. Je ne vais pas l'enfiler, ce n'est pas de chance que j'ai besoin, mais de courage. Je la serre très fort en espérant que mon père est un peu avec moi.

L'espoir fait vivre, mais l'espoir mal placé vous fait perdre votre vie. Traîner quelques semaines de plus ne changera rien au fond du problème.

Mon esprit chamboulé carbure dans tous les sens. Ce n'est pas un match qui se prépare en moi, mais une course de vitesse, un sprint. Pour la première fois, toutes les équipes sont dans le même camp et on joue contre le chronomètre. Je ne vais pas me mentir. Je n'en ai plus le temps.

Certaines préoccupations s'évanouissent purement et simplement tandis que d'autres émergent. Dorénavant, ce qui ne sera pas fait rapidement ne sera pas fait du tout. Que vais-je faire de cette nouvelle donne ? Quels dossiers vais-je passer au-dessus de la pile ? C'est lorsque les gens ne sont plus contraints à rien qu'ils sont réellement libres. J'en suis là. Plus rien à perdre.

Étrangement, ce ne sont pas des envies de voyages, d'exploits ou d'excès qui me viennent. Ce sont deux visages qui m'apparaissent, et ils me sourient.

7

Bien que la salle commune soit bondée, on n'entend pratiquement rien sauf le son du grand écran qui diffuse un téléfilm mal doublé. Une musique grossière souligne les regards entendus qu'échangent ceux qui en savent plus que les autres. Ça sent le non-dit à plein nez. C'est sûr, ça va dégénérer avant la pub.

Je traverse la zone d'activités de la maison de retraite comme un funambule. Certains résidents regardent la télé, beaucoup somnolent devant, d'autres jouent par petits groupes à des jeux de société. On dirait qu'ils bougent au ralenti. D'un mouvement de tête poli, je salue ceux qui me reconnaissent.

Papilau se tient debout devant la baie vitrée donnant sur le jardin. Il m'attend. Je lui rends visite chaque semaine et je lui parle au téléphone presque tous les soirs. Je ne manque jamais de lui rappeler la date de ma prochaine visite, mais cela ne l'empêche pas de patienter là tous les jours après le déjeuner. Ça me bouleverse. Il ne veut même pas s'asseoir. Quand les infirmières lui proposent un siège, il répond que ce n'est pas la peine car je vais arriver d'une seconde à l'autre. Quand j'y pense, les larmes me viennent. Il reste là des heures, comme un chien qui guette le retour de son maître, comme un gamin qui fixe la porte parce que ses parents ne sont pas encore venus le chercher, comme une femme qui avait rendez-vous et à qui le serveur annonce que le restaurant va fermer. L'absence est un poison universel dont personne ne sait fabriquer l'antidote. Papilau prend sa dose de solitude tous les jours. Sur chaque case du calendrier, il occupe la même place, à la même heure, jusqu'à ce que j'arrive ou que la nuit tombe. Elle vient malheureusement plus souvent que moi.

Quel que soit mon emploi du temps, au moment où il prend son poste de vigie, une horloge intérieure m'envoie un signal et me transporte auprès de lui par la pensée. Où que je sois, je l'imagine seul devant sa fenêtre et je voudrais pouvoir être auprès de lui. Je suis le seul à venir le voir. J'ai bien essayé de lui expliquer, d'en parler avec les auxiliaires de vie pour qu'elles le raisonnent, mais rien n'y fait. Il se poste toujours au même endroit et s'use les yeux. On me dit qu'il n'a plus toute sa tête, mais je ne suis pas d'accord. Attendre, même pour rien, n'est pas un signe de dégénérescence, c'est simplement le sort douloureux de tous ceux qui espèrent être rejoints.

Quand je l'aperçois de dos, quand je vois ses épaules sur lesquelles je me suis si souvent juché désormais voûtées, ses cheveux blancs clairsemés, je me rappelle d'abord tout ce que je lui dois. Cet homme a tellement fait pour mon frère et moi... À l'époque, je le voyais si grand, avec une solution pour chaque problème. C'est grâce à lui si j'ai pu me construire malgré ces coups de chausson du destin.

Pour ne pas le surprendre, je m'approche par le côté.

— Bonjour Grand-père !

Il plisse les yeux puis se met à sourire. Il me désigne soudain le jardin et demande :

— Je ne t'ai pas vu arriver, par où es-tu passé ?

Comme chaque fois, je lui indique l'autre côté du bâtiment :

— Par l'entrée du parking.

— Bien, bien !

On s'installe à notre place habituelle, côte à côte devant une petite table à l'écart. C'est le début de notre rituel. Je vais lui proposer d'aller chercher sa boisson favorite au distributeur, un jus de pomme chimique et gazeux. Il en raffole. C'est toujours le même cirque : à la première gorgée, son regard s'anime et il fait la tête d'un baba cool qui découvre les effets des champignons hallucinogènes. À la moitié de la canette, il finit par reprendre son calme et passe à la phase suivante : en me montrant discrètement les autres pensionnaires avec une moue désapprobatrice, il me glisse qu'il ne comprend pas que l'on puisse perdre son temps avec ces jeux vains. « Perdre son temps », voilà une expression dont on ne devrait jamais oublier le sens.

Papilau promène son regard sur ses « collègues », comme il les appelle. Il les trouve vieux. Il va ensuite encore me demander quand est-ce qu'il sortira de cet hôpital, parce qu'il se sent bien mieux et n'a plus rien à y faire. Sans pour autant mentir, je vais éviter de lui faire de la peine. Je suis passé maître dans ce domaine. À force de visites, j'ai développé tout un arsenal de réponses parfaitement adaptées.

Une fois ces premières étapes franchies, il attaque les figures libres. Il semble très en forme aujourd'hui.

— Comment va ton petit Julien, il doit être grand maintenant ? Il marche ?

Un peu qu'il marche. Il a vingt-neuf ans. Julien, c'est mon frère cadet, mais Papilau s'obstine à le prendre pour le fils que je n'ai pas. D'ailleurs, il m'appelle régulièrement Jean-Michel, me confondant avec mon père. Quand je vous dis que notre cerveau est prêt à inventer n'importe quelle histoire pour échapper à ce qui le fait souffrir... Cela n'empêche pas Papilau d'être capable de vous sortir tout à coup une vérité absolue, semblant lire en vous comme dans un livre ouvert. Au début, ce joyeux mélange me déstabilisait, mais maintenant, je gère. Je réponds sans entrer dans son jeu, et il entend ce qu'il veut.

— Julien va bien. On s'est parlé la semaine dernière. Lui, sa femme et son fils t'embrassent. Il passera te voir dès qu'il pourra.

Il ne l'a pas fait depuis un an, mais il habite loin et son métier lui impose beaucoup de déplacements à l'étranger.

Papilau secoue légèrement sa canette pour jauger la quantité de liquide restant. Il semble satisfait de sentir qu'il a encore de la réserve. Je lui indique le jardin :

— Malgré le froid, tu arrives quand même à sortir pour marcher un peu ?

Il hoche la tête comme un enfant content de raconter.

— La petite Sonia m'accompagne, elle est gentille. J'aime bien quand elle me met mon écharpe. On fait un tour et on cause de nos vies. Moi de mes souvenirs, et elle de ses projets. Son petit ami n'a pas l'air très gentil. S'il continue, j'irai lui dire deux mots.

Je l'observe. J'aime le dévisager. Sa peau est ridée mais dans ses yeux, je retrouve cette étincelle de malice si particulière. Dans ce corps fragilisé, s'exprimant à travers les plus infimes de ses gestes, l'homme qui m'a sauvé est encore là. Je ne viens pas uniquement pour lui faire plaisir ou par sens du devoir, j'aime passer du temps avec lui. Je me sens à ma place. Il est le seul aîné qu'il me reste. Le dernier survivant du temps où j'étais le petit. Vu que je n'ai plus aucun contact avec ma mère, il est l'ultime dépositaire de mes regards tournés vers les grands. Contrairement à celle qui m'a porté, lui a toujours été là pour moi.

En roulant pour venir, je me suis demandé comment lui annoncer ce qui m'arrive. À part lui, je n'ai personne de plus âgé à qui me confier. Personne pour me conseiller, personne vers qui me tourner pour obtenir un peu de sagesse ou de réconfort. J'ai essayé d'imaginer comment lui parler de mon état, j'ai même répété différentes versions à haute voix. Rien de convaincant n'en est sorti, et pour cause : quelle que soit la forme, qu'il me prenne pour son fils ou pour n'importe qui d'autre, la nouvelle l'anéantirait. Le maigre réconfort que pourrait m'apporter le fait de la partager lui coûterait trop. J'en suis sereinement arrivé à la conclusion que j'allais garder ce fardeau-là pour moi et ne rien lui dire. Il a eu son lot.

Il a perdu son fils ; dans la foulée il a vu sa belle-fille s'éloigner et tout faire pour l'oublier. Mamette et lui se sont retrouvés avec deux jeunes garçons à élever, à tout assumer sur tous les plans, alors qu'ils devaient être brisés de douleur. Chaque jour, notre présence a dû leur rappeler cruellement celui qui n'était plus là. Lui n'en a jamais rien laissé paraître. Papilau n'a jamais rien fait peser sur nous. Même quand Mamette est tombée malade. Il s'est toujours montré enjoué, positif, impliqué, nous poussant constamment à aller de l'avant. Il n'a pas seulement été un second père pour Julien et moi, il a surtout été une chance extraordinaire sans laquelle nous serions partis en biais, moi le premier. Alors aujourd'hui, malgré le poids de ce qui m'attend, je ne vais pas m'en décharger sur ce brave homme. Il ne peut rien pour moi. Ce n'est pas grave. Il a déjà fait plus que sa part. Je crois d'ailleurs que je ne vais parler de ce qui m'arrive à personne. À quoi bon plomber les autres ? Cela m'épargnera d'avoir à gérer en plus les tristesses de principe et les jérémiades de certains, alors que je vais tout faire pour faire taire les miennes.

Pendant que nous discutons de tout et de rien, je considère les résidents qui nous entourent. Finalement, il y a de bonnes chances pour que la plupart me survivent. Un constat surprenant qui va à l'encontre de toutes les statistiques, mais c'est ainsi.

D'une oreille distraite, j'écoute Papilau qui m'explique, comme il le fait souvent, tout l'intérêt d'entretenir les machines à laver plutôt que d'en racheter de nouvelles. Lorsque je me tourne à nouveau vers lui, il accroche soudain mon regard et, changeant radicalement de ton et de sujet, me demande :

— Sais-tu à quel moment notre époque est devenue folle ?

— Quand ils ont classé les télés parmi les biens de première nécessité ?

— Pas loin. On a commencé à marcher sur la tête quand les pièces de 50 centimes sont devenues plus grandes que les pièces de 1. La moitié plus grande que le tout ! C'est insensé. Comment prendre au sérieux une époque qui croit que Dieu est mort et que Michael Jackson est toujours vivant ?

Il ne me lâche pas du regard et, comme s'il devinait ce qui me préoccupe, ajoute :

— Tu sais, mon garçon, on confond souvent vivre vieux et avoir une belle vie. La durée ne compte pas, c'est l'intensité qui fait tout. Quoi que tu affrontes, n'oublie jamais qu'exister est une chance. Profites-en de toutes tes forces.

8

Pourquoi Papilau m'a-t-il balancé cela pile aujourd'hui ? Je suis sorti de la maison de retraite chamboulé, et j'ai tout de suite pris la route vers mon rendez-vous suivant. Sauf qu'en fait de rendez-vous, je ne suis pas attendu.

Garé à proximité de l'adresse, je reste un moment au volant à me demander si ma démarche est la bonne. Je ne viens pas voir quelqu'un que j'aime, mais une personne dont je me méfie comme d'un boa constrictor. Elle peut me broyer et me bouffer tout cru.

La jolie maison parfaitement entretenue réveille beaucoup de souvenirs. Les haies ont grandi mais à part ça, rien ne semble avoir changé. J'aimerais bien qu'il en soit ainsi dans ma vie.

Ce n'est pas au deuxième visage qui s'est imposé à moi l'autre soir que je viens rendre visite, mais à sa mère. Pas le choix. L'Impératrice, comme je la surnommais alors, est mon seul moyen d'obtenir des réponses fiables concernant Cassandra. L'épreuve s'annonce rude mais constitue objectivement la manœuvre la plus efficace. Il faut un sentiment d'urgence comme seul le spectre de la mort sait en faire naître pour me convaincre d'accomplir ce périple à haut risque en terre hostile. Nous parlons donc d'une panique qui me pousse à rendre visite à une terreur. Je me régale déjà.

À ce niveau-là, on ne parle même plus de se jeter dans la gueule du loup. Je me sens comme un steak qui va demander de l'aide à un rottweiler à l'heure de sa gamelle. Devinez qui va se faire déchiqueter ?

Je me suis souvent demandé comment une femme aussi dure pouvait avoir donné naissance à une fille aussi douce que Cassandra. Françoise est bien plus qu'une personne de caractère. Autant que je m'en souvienne, son mari avait peur d'elle et ses adjointes la redoutaient ; quant à moi, son potentiel gendre, elle avait réussi à rendre mes frayeurs nocturnes complètement diurnes.

À l'époque, lorsque je devais me déplacer dans leur maison sans savoir dans quelle pièce se trouvait Françoise, j'avais l'impression d'évoluer dans un film d'horreur. Les couloirs défilaient avec une légère oscillation, et dès que j'entendais un craquement ou qu'une porte s'ouvrait par surprise, j'étais prêt à me battre contre un prédateur extraterrestre aux dents aiguisées, capable néanmoins de réussir les meilleurs sablés au citron que je connaisse. Il existait cependant une vraie différence entre le fait d'imaginer un film d'épouvante et celui de vivre dans la maison de Françoise : en général, au cinéma, lorsque vous avez enfin vu le monstre, vous avez moins la trouille. Pas là. Bien au contraire. Chaque fois que je me retrouvais devant elle, j'avais instantanément l'impression d'avoir six ans et qu'elle savait, rien qu'en me respirant, tout ce que j'avais pu faire de mal. Vous commencez à comprendre ce que je m'inflige en cette fin d'après-midi ? Le contraste va être puissant entre la bienveillance de Papilau et ce qui m'attend.

Je vais me présenter à elle, pieds et poings liés, en espérant qu'elle acceptera de me répondre. Je suis un steak inconscient. Cependant, réduire Françoise à ce qu'elle provoquait en moi serait injuste, parce qu'elle est aussi une femme remarquablement intelligente, à l'esprit d'analyse affûté, donc tranchant.

Je me décide à sortir de la voiture. Je remonte mon col pour me protéger du vent glacial qui souffle en rafales et marche vers mon destin d'un pas résigné. J'arrive devant le portillon qui marque l'entrée des contrées maudites. Dans les massifs, les premières jonquilles pointent. Étonnamment, toutes font précisément la même taille. Si ça se trouve, la maîtresse des lieux fait peur même aux végétaux, qui lui obéissent au doigt et à l'œil.

Je sonne. Je m'attends à tout. Si je vois un canon de fusil pointer à une fenêtre, je me planque et je négocie. Si elle apparaît avec les cheveux en flammes en s'adressant à moi dans un dialecte satanique, je détale. J'ai le temps d'imaginer bien d'autres versions durant les quelques instants qu'elle met à répondre, dont une où je suis bloqué dans un tank qu'elle écrase de sa grosse patte de tyrannosaure nourri de déchets nucléaires.

La porte de la maison s'ouvre et elle apparaît sur le seuil. Il faut bien admettre qu'elle a une sacrée prestance. Elle ne semble même pas surprise de ma visite. C'est certain, cette femme a des pouvoirs occultes. Elle voit à travers les murs, et elle peut écrire ses listes de courses en lettres de feu sur la peau de ses victimes. Je vais me retrouver avec « penser à prendre de la lessive et du café » marqué à chaud sur le cul.

Malgré le temps hivernal, je crève de chaud. C'est sûr, elle a une poupée à mon effigie dans son micro-ondes et elle vient d'appuyer sur « décongélation ». Le cauchemar commence.

— Adrien.

Ce n'est ni une question, ni l'expression de son incrédulité. Elle prononce simplement mon nom comme on constate un fait objectif. À moins qu'elle ne vienne de choisir le plat qu'elle va dévorer.

— Bonjour Françoise. J'espère ne pas vous déranger...

— Un peu tard pour vous poser la question.

Tout me revient : la peur qui se diffuse en moi, cette remise en cause du moindre de mes actes, la certitude que je me sentirais moins mal n'importe où ailleurs.

— Si vous venez chercher vos dernières affaires, enchaîne-t-elle, je suis désolée mais je ne les ai plus. Il fallait vous réveiller avant.

— Je ne suis pas là pour ça.

Je crois déceler un soupçon de surprise dans sa réaction.

— Alors pourquoi cette visite ?

— J'ai besoin de votre avis.

Cette fois, son étonnement ne fait plus aucun doute.

Elle s'avance jusqu'à la grille. Si on était au zoo, le public reculerait devant la bête. Le regard est franc, mais pas aussi dur que dans mon souvenir.

— C'est bien la première fois que vous vous souciez de ce que je pense. Sur quoi voulez-vous mon avis ?

— Vous ne m'avez jamais apprécié.

— Vous n'êtes devant moi que depuis quelques secondes, et déjà vous vous réfugiez derrière des petites idées simplistes pour vous faire plaindre. Allons, vous valez mieux que ça. Puisque vous êtes venu jusqu'ici, clarifions tout de suite un point important : je ne suis en rien responsable du fait que Cassandra ait souhaité vous quitter.

Pas de tir de sommation. Elle dégaine directement l'artillerie lourde. L'Impératrice dans toute sa splendeur.

— Je sais.

— Vous n'avez pas tourné la page ? Vous en êtes encore là ? Adrien, vous n'êtes pas un mauvais garçon, mais vous devriez grandir un peu.

— Il fait froid, Françoise. Je suis couvert, pas vous. Je ne veux pas que vous tombiez malade. Si vous ne voulez pas me parler, dites-le-moi et je repars. Mais si vous êtes d'accord pour m'accorder un moment, on pourrait peut-être se mettre au chaud ? Si vous ne tenez pas à me laisser entrer, venez dans ma voiture.

Mon audace la surprend. Lorsque j'étais avec Cassandra, jamais je n'aurais osé prendre l'initiative d'une telle proposition.

Elle ouvre son portillon en murmurant :

— Entrez. Bienvenue dans l'antre de la sorcière. N'est-ce pas le surnom que vous me donniez ?

— Non madame, je vous surnommais l'Impératrice, parce que vous teniez votre entourage d'une poigne de fer.

Elle éclate de rire. Ça y est, je suis pétrifié. En plus, elle m'invite à entrer chez elle et comme un abruti, j'y vais. Génial, je vais pouvoir visiter le purgatoire avec quelques mois d'avance.

9

En presque deux ans, la maison n'a pas changé. Tout est tellement identique que je pourrais jurer que ma dernière visite date de la veille. Les mêmes livres empilés sur le buffet, dans le même ordre. Chaque bibelot, chaque cadre est exactement à sa place, tel que dans mon souvenir, parfaitement astiqué. Bien qu'ayant elle-même traversé un divorce, Maman Dragon a réussi à conserver sa tanière et rien n'a bougé dans la tempête, comme si tout était vissé.

Au jeu des sept différences, j'en remarque cependant quelques-unes : les photos d'elle avec son ex-mari ont disparu, à l'exception d'une où ils posent avec leurs deux filles. La seule image de Cassandra et moi qui figurait dans la bibliothèque, souvenir d'un voyage à La Réunion, a aussi logiquement été retirée. Il m'avait fallu longtemps pour gagner le droit d'être exposé en si bonne place, et je l'avais perçu comme un excellent présage de mon avenir dans la famille. Comme quoi… Pour le reste, je suis certain que si l'on vérifiait les positions du Taj Mahal miniature ou du vase vénitien au télémètre laser, le degré de variation serait de l'ordre du dixième de micron. Terrifiant.

— Je n'ai que du thé à vous offrir. Vous n'en buvez toujours pas ?

— Je m'y suis mis. Ce sera parfait.

Françoise m'indique le canapé et file vers la cuisine. Je me retrouve seul, et l'expérience est perturbante à plus d'un titre. Je ne suis jamais venu ici sans Cassandra. Une contraction du temps se produit. Me voilà renvoyé deux années en arrière. Ma chérie ne va pas tarder à descendre de la salle de bains. Je crois même l'entendre en train de converser avec son père. D'un moment à l'autre, elle va apparaître dans l'encadrement de la porte, marcher vers moi, s'asseoir à mes côtés en ramassant ses jambes avec l'élégance d'une panthère, bien que sa mère lui interdise de mettre les pieds sur les coussins. Je ferme les yeux. J'y suis. Les bruits, l'odeur de propre. Je passe la main sur le tissu du siège. Elle va s'installer et je me réveillerai de ces vingt-deux mois de cauchemar.

— Vous n'avez pas répondu à ma question, lance Françoise, revenue sans que je l'entende.

J'ouvre les yeux, en panique. Elle m'a encore surpris.

— Laquelle ?

— Avez-vous tourné la page de votre histoire avec Cassandra ? J'ai l'impression que vous n'avez toujours personne aujourd'hui…

— Qu'est-ce qui vous fait penser cela ?

— Le fait que vous vous soyez aventuré jusqu'ici.

Elle dépose une tasse remplie d'un liquide ambré devant moi et gagne le fauteuil. Avant, c'était la place attitrée de Gérard, son mari. Avec un léger sourire, elle commente :

— Je ne m'attendais vraiment pas à vous revoir un jour.

— Moi non plus.

Nos regards se croisent. Ni défiance, ni ironie, il me semble même que, l'espace d'un instant, nous partageons le regret de tout ce qui n'est plus dans nos vies depuis notre dernière entrevue.

— Avouez que ça vous amusait de me terrifier.

Elle sourit.

— Vous terrifier, comme vous y allez. Un grand gaillard malin comme vous l'êtes… Il s'agissait surtout de vous tester. Vous verrez, lorsque vos propres enfants fréquenteront quelqu'un, vous aurez vous aussi envie de savoir à qui vous avez affaire.

Elle avale une gorgée de thé. Je fais comme elle, sauf que je me brûle. Pourquoi est-ce que je me sens si gauche devant elle ?

— Vous avez des enfants ? enchaîne-t-elle.

— Je n'ai même pas la personne avec qui les concevoir.

Elle n'insiste pas. Moi si, l'occasion est trop belle. J'avance un pion en adoptant le ton le plus détaché possible :

— Cassandra en a ?

Je redoute la réponse. Françoise prend son temps pour s'exprimer. À se demander si elle ne le fait pas exprès.

— Non, elle n'en a pas non plus.

Cette révélation me procure un sentiment de soulagement disproportionné. Je pourrais hurler de joie. « Cassandra n'a pas d'enfant ! » « Tout est dans l'état où nous l'avons laissé ! »

Françoise change de sujet :

— J'ai cru comprendre que vous aviez fait fortune... Félicitations.

— N'exagérons rien.

— Ne faites pas le modeste. Vous avez eu les honneurs de la presse. J'ai été très impressionnée.

— Merci.

— Je vous rassure, cela ne m'a pas empêchée d'éplucher les légumes sur l'article. D'ailleurs, je n'ai même pas compris à quoi correspondait votre découverte. C'était quoi au juste ? Un indice sur quelque chose...

— Le Global Brand Density Index, qui mesure la distance moyenne entre deux produits de même catégorie ou de même marque.

— Voyez-vous ça... Dites-m'en plus, j'adore me coucher moins idiote.

— Par exemple, une canette de soda se situe en moyenne dans le monde à moins de quatre mètres de l'une de ses semblables, ce qui signifie qu'elle est extrêmement présente dans notre quotidien, comme un téléphone connecté qui ne se trouve, lui, qu'à huit mètres d'un autre. Par contre, un nettoyeur haute pression sera à environ un kilomètre de ses alter ego, et une Rolls-Royce à soixante-cinq kilomètres d'une consœur.

— Fascinant... C'est donc ce genre d'information qui assure une réussite aujourd'hui ?

— Je vous accorde que j'en suis moi-même surpris, mais cette mesure a rencontré un succès foudroyant dans mon milieu professionnel.

— Il y a donc des gens qui se baladent avec un grand mètre ruban pour déterminer ces distances ? Certainement un métier passionnant et très utile. S'ils passent dans le coin, je veux bien qu'ils sonnent chez mon crétin de voisin pour lui signifier qu'il gare sa voiture trop près de la mienne.

— C'est un peu plus complexe que ça. Cet indice permet non seulement de déduire une grande quantité d'informations sur la notoriété et le taux d'utilisation par le public, mais aussi de cerner les marchés qui restent à conquérir.

— Bravo !

Elle se moque de moi et s'en cache à peine. J'avoue que cela ne me déplaît pas. J'aime qu'elle assume ce qu'elle pense. Mais je ne suis pas venu pour cela. À moi de jouer, et puisque la règle semble être de mettre les pieds dans le plat, allons-y franchement.

— À votre avis, pourquoi Cassandra m'a-t-elle quitté ?

Françoise ne bronche pas et prend le temps d'avaler une nouvelle gorgée.

— C'est de cela que vous êtes venu parler ?

— Pas seulement.

— Je préfère. J'aurais été déçue que vous ne soyez là que pour étaler votre succès.

— Je n'en ai jamais eu l'intention.

— Adrien, votre histoire avec ma fille appartient au passé. Mon point de vue sur votre rupture n'a plus d'utilité…

— Il m'intéresse pourtant beaucoup.

Elle hésite, avant de demander :

— L'entendre vous permettra-t-il de trouver la paix afin de passer à autre chose ?

— Quoi qu'il advienne ensuite, cela m'aidera, c'est certain.

— Vous êtes un garçon surprenant, Adrien. Si mature par certains aspects et tellement naïf par d'autres…

— Vous n'avez pas répondu à ma question.

Elle m'observe, me jauge.

— Espérez-vous de la franchise ou un baume cicatrisant ?

— Je suis chez vous pour savoir quoi faire de cette flèche plantée en plein dans mon cœur. Allez-y sans anesthésie.

— Je ne m'attendais pas à évoquer cela aujourd'hui. Mais je vous regarde et je m'aperçois que vous devez y penser tous les jours.

— Ça me réveille même la nuit.

Elle prend une longue inspiration, puis commence d'une voix apaisée :

— J'ai souvent repensé à l'époque où vous étiez ensemble.

— Pas autant que moi…

— Quelque chose d'évident a fini par me sauter aux yeux. Vous étiez amoureux d'elle, sincèrement. Vous aviez manifestement les meilleures intentions envers Cassandra.

Elle marque une pause.

— Je ne veux pas vous faire souffrir, mais puisque vous me demandez d'être franche… Je crois que ma fille n'était pas aussi éprise de vous que vous l'étiez d'elle.

— Je partage malheureusement votre avis.

— Vous savez, Adrien, lorsqu'un couple se forme, c'est toujours un peu la même histoire : l'un des deux en a envie, et l'autre laisse faire. D'une certaine façon, à des degrés divers, il y a forcément celui qui choisit, et celui qui est choisi. J'en ai régulièrement la confirmation dans toutes les formes de relations qu'il m'est donné d'observer autour de moi. Si l'alliance fonctionne, alors les deux finissent par avancer ensemble, et on oublie vite qui a joué quel rôle au départ.

Sa remarque jette un éclairage différent sur mon histoire avec sa fille.

— C'est juste. J'avais choisi Cassandra et elle n'a fait que suivre... pas très longtemps, d'ailleurs.

Elle me laisse quelques instants pour digérer avant d'ajouter :

— Dans votre cas, autre chose de frappant m'est apparu...

— Ça va me faire mal ?

— C'est vous qui avez demandé. Toujours pas d'anesthésie ?

— Au point où j'en suis...

Elle opine et lâche :

— Vous vous êtes toujours comporté vis-à-vis d'elle comme si vous ne la méritiez pas.

— Que voulez-vous dire ?

— Vous aviez l'air perpétuellement étonné qu'un garçon comme vous puisse être en couple avec une fille comme elle.

Je me fige. En une seule phrase, elle a mis le doigt sur un sentiment sourd que je n'avais jamais été capable d'exprimer.

— Cassandra s'était attachée à vous, poursuit-elle. Elle était prête à avancer. Nous en avions parlé. Peut-être a-t-elle finalement eu envie d'autre chose, mais le fait est que vous ne l'avez pas invitée à faire le pas qui vous aurait conduits plus loin. Comme si, par manque de confiance en vous, vous n'aviez vous-même jamais cru que votre couple puisse durer.

Ses mots se répandent dans mon esprit, dépoussiérant les idées toutes faites. Elle m'observe et reprend :

— Cette façon de blaguer en permanence, de prendre tout à la légère… Il était évident que vous étiez bien plus profond que l'image que vous donniez. Il y avait en vous quelque chose d'à la fois responsable et de volontaire. Pourtant, vous n'arrêtiez pas de faire le pitre, incapable d'être simplement vous-même. Vous n'avez jamais cessé de vous comporter comme le jeune homme qui, à la fête de fin d'année du lycée, en fait trop parce qu'il est convaincu que sinon, la fille qu'il aime ne s'intéressera pas à lui.

Je la fixe droit dans les yeux. Son regard ne me fait pas peur ; mieux, je m'y accroche.

— Vous m'avez tout de suite perçu de cette façon-là ?

— Gérard le premier. Il vous appréciait beaucoup. Lui et moi avions l'âge et le recul pour comprendre qui vous étiez au-delà du personnage que vous vous composiez. Par contre, Cassandra…

— Pourquoi n'avons-nous pas eu cette conversation voilà deux ans ?

— Parce que je n'étais pas en mesure de le formuler aussi simplement. D'ailleurs, auriez-vous été capable de l'entendre ? L'analyse est toujours plus simple à froid.

— Je ne suis pas certain d'être « à froid ». Je suis encore amoureux de votre fille.

Françoise paraît gênée. Une angoisse monte en moi.

— Ne me dites pas qu'elle s'est mariée...

— C'est pire que cela, mon garçon : elle est avec quelqu'un dont elle semble réellement éprise.

Je lance un coup d'œil affolé vers les photos pour vérifier si, dans mon inventaire, je n'aurais pas loupé celle de Cassandra avec son nouveau compagnon. Aucune trace. J'exulte intérieurement. Il n'a pas encore réussi à se hisser sur le buffet !

— C'est elle qui l'a choisi ?

Avec compassion, elle hoche la tête positivement et ajoute :

— Je ne devrais pas le dire, mais il la traite avec moins de dévotion que vous. Il ne devance pas le moindre de ses désirs. Elle ne le paralyse pas. C'est peut-être ce dont elle avait besoin.

Je détourne le visage. Je ne veux pas qu'elle lise tout ce que mon regard pourrait trahir.

— Adrien, je n'ai pas de conseil à vous donner, mais étant donné votre histoire familiale, vous avez certainement déjà appris que rester prisonnier du passé est la pire des erreurs à commettre. Vous êtes bel homme, tout vous est possible. Dans votre propre intérêt, s'il vous plaît, je vous invite à bien réfléchir avant d'envisager quoi que ce soit. Avec une honnêteté absolue, vous devez vous demander si c'est Cassandra qui vous manque, ou si vous n'avez pas digéré qu'elle vous quitte. Est-ce l'amour d'une femme ou la haine d'un échec qui vous a poussé à venir jusqu'ici ?

— Vous voulez dire jusqu'à votre palais ?

— Vous voyez, vous plaisantez encore...

Je lui souris. Dire que j'en avais une peur bleue en arrivant ! Elle vient de balayer mes préjugés sur ma relation avec Cassandra, mais aussi sur elle-même. Quelque chose se débloque en moi.

— Je crois sincèrement que c'est elle qui me manque.

— Alors je vous plains. Les chagrins d'amour sont les plus cruels, ils peuvent nous tuer.

— Je développe actuellement une théorie là-dessus…

— Puis-je vous poser une question très directe ?

Étant donné sa franchise, je suis curieux de savoir ce qu'elle appelle une question « très directe ». La peur fait son grand retour.

— Je vous en prie.

— Vous ne comptez pas sur votre réussite pour essayer de la reconquérir ?

— Ce serait un affront à son intégrité de penser qu'elle puisse en avoir quelque chose à faire. Je crois qu'elle se fout de mon Global Brand Density Index au moins autant que vous.

Françoise rit.

— Votre thé va être froid, fait-elle remarquer.

— Aucune importance. Par contre, n'auriez-vous pas en réserve quelques-uns de vos fabuleux sablés au citron ?

— Vous vous souvenez de ça ?

— Comment les oublier…

— Désolée. Je n'ai plus souvent l'occasion d'en préparer, et je surveille ma ligne.

Nous sommes restés ainsi à parler longtemps, de Cassandra et moi bien sûr, mais aussi de son divorce et de ce qu'elle a traversé. Je m'étais trompé sur elle. Sans doute trop centré sur ma relation avec sa fille, j'avais été incapable de la voir telle qu'elle est, au-delà des peurs et des idées reçues que l'on se fabrique trop vite. Je suis impressionné par sa clairvoyance. Je m'aperçois même que sur de nombreux points, nous partageons la même vision. Lorsque je me suis garé devant chez elle, jamais je n'aurais pu imaginer passer un moment aussi libre et sincère.

Je n'ai pas vu défiler les heures et lorsque j'ai réalisé que la nuit était tombée, je me suis excusé de lui avoir pris tellement de temps.

— Je n'ai rien manqué de plus important que ce que nous avions à nous dire, a-t-elle répondu.

Je me suis levé pour prendre congé. Sans réfléchir, je l'ai embrassée. Le steak a fait un bisou à la lionne...

— Merci, Françoise. Je vous promets de ne rien entreprendre pour de mauvaises raisons. Je ne veux pas importuner Cassandra, ni vous causer de complications. Je vous remercie sincèrement de m'avoir reçu.

— Vous comprendrez que je ne peux rien lui dire de votre visite.

— Bien évidemment.

Elle m'a retenu par le bras.

— Vous avez changé, Adrien... Je l'ai remarqué dès votre arrivée.

— C'est très récent.

— Ma porte vous est grande ouverte.

— Merci, Françoise. Du fond du cœur.

— Nous reverrons-nous ?

— Je l'espère, mais cela ne dépend pas uniquement de moi.

— Qui vivra verra.

— Exactement.

10

Voilà seulement vingt-quatre heures que je sais ce qui m'attend et paradoxalement, je me sens bien plus vivant qu'auparavant. Les remarques de Papilau et de Françoise résonnent en moi. En une seule journée, j'ai plus ressenti et espéré que durant les deux dernières années.

En rentrant chez moi, je songe à Cassandra, revisitant toute notre histoire au prisme de ce que Françoise m'a permis de comprendre. J'ai vraiment été stupide. J'aimerais tellement bénéficier d'une deuxième chance…

En arrivant à mon étage, je trébuche sur Nico, assis sur les dernières marches. Il fait sa tête de chien battu.

— Tu as oublié notre dîner. Je ne peux pas y croire. Tu m'as oublié !

— Excuse-moi, vieux, c'était une journée particulière…

— Ne prétexte pas ton travail, grogne-t-il. Tu n'y étais pas. J'ai appelé, ils ne t'ont pas vu de la journée.

Je l'enjambe à moitié pour aller ouvrir ma porte.

— Entre. Épargnons aux voisins une scène de jalousie dans le couloir…

Nico est bien plus qu'un pote. C'est lui que j'appelle en pleine nuit si j'ai une galère. Dans la pratique, c'est surtout lui qui me téléphone pour que je vienne le sortir des plans impossibles dans lesquels il a le don de se fourrer. J'ai encadré le PV qu'il s'est pris pour s'être fait passer pour un agent des services sanitaires auprès d'un élevage intensif de poulets afin d'ordonner leur libération.

Au collège, notre faculté à rire des choses qui n'amusaient personne nous a immédiatement rapprochés. Madame Semsa, notre enseignante de français, avait une théorie qu'elle ne manquait jamais d'exposer, comme quoi la bêtise serait le ciment qui lie les hommes. S'agissant de Nico et moi, elle n'avait pas complètement tort. On peut même parler de béton armé.

Deux événements ont porté nos relations à un autre niveau. Un jour, peu de temps après la mort de mon père, il m'a surpris en train de pleurer derrière le local électrique du gymnase. Il s'est pointé au moment où je craquais pour la première fois, cramponné à la montre de Papa. Il n'a rien dit. Il est simplement resté là, la mine désolée, éloignant ceux qui traînaient dans les parages pour ne pas qu'ils me voient dans cet état. Pour me protéger, il leur racontait n'importe quoi. Il a fait fuir Manon en lui baratinant que dans mon recoin se terrait un grizzli échappé d'un cirque et qu'il avait déjà bouffé Mathias. Nico ne pouvait pas savoir que Manon et Mathias sortaient ensemble en secret… Je crois qu'elle suit toujours une thérapie parce qu'elle pousse des cris quand elle voit un ours, même en photo.

Nico est le seul à m'avoir vu au fond du trou. À cette époque-là, je n'étais pas encore son meilleur ami. Il répétait à tout le monde que son meilleur ami, c'était son vélo. Un modèle bleu, 22 vitesses, tout suspendu. Il est comme ça, Nico. L'été suivant, son meilleur ami et lui ont eu un accident. Il s'en est bien sorti, mais son vélo y est resté. Cadre tordu, fourche irrémédiablement faussée. Les pompiers ont refusé de l'emmener à l'hôpital avec Nico. Ses parents n'ont pas compris qu'il soit dévasté par la perte de son vélo alors que lui avait eu beaucoup de chance. Sans rien leur dire, il a décidé d'organiser une cérémonie d'adieu digne de leurs aventures. Au terme d'un raisonnement dont lui seul est capable, il a choisi d'inhumer son guidon avec tous les honneurs dus à son chrome.

C'est ainsi qu'un matin, à l'aube, une fois ses parents partis travailler, on a enterré la barre de guidon à laquelle il s'était agrippé depuis sa plus tendre enfance pour gravir les côtes ou dévaler les pentes.

Au moment de la mise en terre, je me tenais légèrement en retrait derrière lui, dans une sorte de garde-à-vous raide comme celui qu'adoptent les héros dans les grands films, lorsque, avec une poignante dignité, les soldats témoignent de leur loyauté envers leurs frères tombés au combat. J'étais tellement dans son délire que j'ai même salué militairement des pigeons qui nous ont survolés en escadrille.

De ma place, je ne pouvais pas voir son visage, mais je l'entendais renifler. Une dernière fois, il a serré le tube de métal tout tordu contre lui et l'a glissé au fond de la petite fosse, creusée dans la hauteur pour minimiser le risque que sa mère tombe dessus en agrandissant son potager. Le repos éternel d'un compagnon d'armes ne doit pas être troublé par le repiquage des carottes. Nico a murmuré quelques mots, puis il a enseveli la pièce métallique et placé une petite pierre qu'il aimait beaucoup au-dessus du monticule. J'étais à ses côtés.

Jamais je n'aurais eu l'idée de ce dernier hommage, mais je saisissais parfaitement tout ce que cela pouvait représenter pour lui. Le fait qu'il pleure pour son vélo autant que moi pour mon père ne m'a pas choqué. Chacun ses douleurs, chacun ses manques. On ne partage jamais les blessures, mais on peut essayer de les guérir ensemble.

Ce jour-là, j'ai su que Nicolas n'était pas comme tout le monde, mais mon instinct m'a soufflé qu'avoir croisé sa route était une vraie chance. Ni lui ni moi ne sommes parfaits, mais on s'accepte comme on est et on rigole du reste, même quand ça pique les yeux. On ne s'est jamais reparlé ni de l'accident de mon père, ni de celui de son vélo bleu.

Nico a un visage très expressif. Sa joie se lit sur ses traits à des kilomètres et quand il est malheureux, comme ce soir, il fait la tête d'une belette qui réalise qu'elle ne pourra jamais pondre d'œufs alors qu'elle rêvait de couver.

— T'étais où ? Je me suis inquiété.

Si je décide de parler de mon état de santé à quelqu'un, ce sera à lui. Mais ce n'est pas pour tout de suite. Je noie le poisson :

— J'ai eu des nouvelles de Cassandra...

Sa figure se métamorphose immédiatement. Il est heureux pour moi. Il l'est même tellement que ça doit pouvoir se voir depuis un satellite.

— Elle t'a fait signe ?

— Pas exactement. Disons que sans avoir beaucoup d'espoir, j'ai moins de désespoir.

Pas certain qu'il comprenne la nuance.

— Tu vas la revoir ?

— Je n'ai encore rien décidé, mais la probabilité que ça se fasse est passée de 0 à environ 2 %.

— Énorme !

Il ne tient pas en place, il est plus excité que moi. Il sourit de toutes ses dents et me félicite en me secouant les épaules avec enthousiasme. Son sourire m'éblouit. Trop, à la réflexion.

— Qu'as-tu fait à tes dents ?

— Blanchiment. Ça fait classe, non ?

— Ça fait peur, surtout. Tu n'y es pas allé mollo. On dirait un lavabo neuf…

— Ouais, je sais. Pour atténuer, je vais peut-être me mettre à fumer, ou alors ne plus me brosser les chicots pendant deux mois.

— Une connerie pour rattraper un ratage, j'aime beaucoup.

On gagne la cuisine pour se trouver à boire. J'ouvre la porte du frigo en lui jetant un coup d'œil.

— Qu'est-ce que tu as en ce moment avec tes dents ? Tu n'étais pas déjà chez le dentiste la semaine dernière ?

— Si.

— Tu as des problèmes dentaires ?

— Non, je suis amoureux.

— Formidable. Donc tu comptes la séduire avec ton sourire qui se voit depuis l'espace ?

— Non, je suis raide dingue de ma dentiste. Elle me fait un effet dément.

— Je le vois bien : elle te fait blanchir les dents. C'est bien connu, c'est même l'un des symptômes de l'amour fou. Par contre, quand ça se passe mal, ce sont les cheveux qui blanchissent…

Le commentaire laisse Nico rêveur.

— T'as raison, j'avais jamais remarqué. Ça doit être pour ça que les filles se marient en blanc… On parle d'ailleurs des dents du bonheur !

Faites bien attention à ce que vous dites à Nico parce que ça peut vous entraîner très loin.

— Dis-m'en plutôt davantage sur ta dentiste…

— Elle vient de s'installer. En furetant sur les réseaux sociaux, j'ai trouvé qu'on avait précisément le même âge. C'est pas géant, ça ?

— Tu devrais te méfier des infos ramassées comme ça. Les gens racontent n'importe quoi. Myriam écrit bien sur son profil qu'elle est artiste.

— Même si elle a deux siècles de plus que moi, ça me va. J'étais venu pour une visite de contrôle et je pensais avoir rendez-vous avec mon vieux dentiste qui croit toujours que j'ai dix ans. Mais il a pris sa retraite. À la place, j'ai découvert un ange. Sa voix, ses yeux… Ils sont grands avec des vrais cils, comme ceux d'une biche.

— Super. Si tu lui offres un bouquet de jonquilles à la Saint-Valentin, elle le broutera !

Il ne relève pas, le regard dans le vague.

— Elle a une façon de tenir ses outils…

Il tente de mimer.

— De me toucher le visage… Depuis, je cherche n'importe quel prétexte pour retourner la voir.

— D'où le blanchiment…

— C'est ça.

— Tu lui as parlé ?

— Bien sûr, mais pas de ce que je ressens. Impossible.

— Elle ne se doute de rien ?

— Pas pour le moment. En attendant, pour maintenir le rythme de nos rendez-vous, je suis prêt à m'arracher une dent par semaine afin qu'elle me soigne. J'y ai déjà réfléchi, je peux parfaitement manger avec un chicot sur deux. Comme ça, je prends une pince, crac, et après, elle me reçoit en urgence…

— C'est d'un romantisme… Je vois déjà le tableau : du sang partout, la fraise qui tourne, et la perceuse qui attaque le pivot pendant que la petite souris manifeste avec une pancarte parce que tu lui coûtes une blinde. Tu tiens un vrai concept. Pourquoi ne pas simplement engager la conversation comme deux êtres qui se rencontrent ?

— Pas facile, avec ses doigts et ses outils dans ma bouche… Et puis qu'est-ce que je pourrais bien lui raconter ?

— Comment s'appelle-t-elle ?

— Barbara. C'est beau, tu ne trouves pas ?

— À croquer, avec les dents qu'il te restera.

Je lui désigne sa bouteille :

— Tu ne touches pas à ta bière ? C'est pour toi que j'en achète.

— Pas ce soir. Si tu veux bien, je vais boire de l'eau tiède à ton robinet parce que depuis que j'ai les dents blanchies, je ne supporte ni le froid ni le chaud. J'espère que ça va passer.

— Voyons les choses du bon côté : tu n'es pas tombé amoureux d'une proctologue… Ça aurait pu te faire vraiment mal d'aller en consultation trop souvent.

— T'as raison ! Pire encore si elle avait été coiffeuse !

Il me regarde soudain étrangement.

— Tes dents, toi, ça va ?

— Oui, pourquoi ?

— Parce que sinon, tu pourrais aller la voir et je t'accompagnerais. Ça me reposerait les crocs.

— On ne va pas jouer à ça, Nico.

Il essaie de me saisir le menton de force pour inspecter ma dentition.

— T'as sûrement une carie ? Tu pourrais me la prêter, c'est pour une bonne cause…

Il m'empoigne littéralement la mâchoire et je me débats :

— Nico, je ne suis pas un jouet !

— Raconte ça à d'autres, mon biquet, mais pas à moi.

11

La seconde nuit depuis que je sais a été différente de la première. Une réaction est en train de se produire en moi. J'ignore encore si elle est psychologique, chimique, ou même tectonique, mais après le mélange de déprime et de peur qui m'a terrassé, d'autres sentiments sont en train d'émerger.

Une logique inédite se met en place, modifiant radicalement mon sens des priorités. Si tout doit s'arrêter, il me semble judicieux d'en profiter avant, de me démener pour attraper tout ce que je peux.

Je me sens comme l'affamé qui se goinfre de ce que contient encore son assiette alors qu'on est en train de la lui retirer. Bon sang, c'est ma pitance ! Je pensais que j'avais le temps de savourer, mais puisqu'on en arrive déjà à l'addition, je ne vais pas pour autant filer ma part aux rats.

J'entrevois déjà tout ce que cet état d'esprit risque de changer. Quelques mois et bien assez d'argent pour faire ce qui me chante. Il va falloir que je m'interroge sincèrement sur ce qui me tente. Sur ce qui me tente vraiment.

Je me fiche complètement de me gaver de caviar, de coucher avec des top models, de piloter un bolide sur un lac gelé ou de sauter d'un hélicoptère accroché à un élastique. Ces clichés ne vont pas me suffire. Je me moque éperdument des rêves préfabriqués. Quoique l'idée de traverser un stade à poil un soir de finale me plaise assez…

L'envie de renouer avec Cassandra m'obsède. Passer du temps avec Papilau et Françoise m'a également galvanisé, et je suis résolu à multiplier ces moments avec tous ceux qui font la vérité de ma vie. Pour le reste… Qu'est-ce qui compte vraiment à la fin ? Des paysages à admirer ? Des sensations à éprouver ? Dormir avec un lion, nager avec des dauphins, ou l'inverse ? Si j'avais le temps, je ne dis pas, mais en l'état, c'est tellement loin de ce qui me touche. Ce qui me tente est uniquement lié à des gens. Je ne sais pas ce que cela va donner.

Cette fois, j'ai réussi à dormir un peu, mais de là à parler de repos… J'ai fait des rêves délirants, angoissants, épuisants, et plus que tout surpeuplés. C'était tellement n'importe quoi que même la couette a fui. Au petit matin, elle avait abandonné le navire et je l'ai retrouvée recroquevillée dans un coin de ma chambre. J'ai certainement dû me battre durant mon sommeil, peut-être courir, et probablement creuser vu les courbatures que j'ai aux pectoraux. Je ne me moquerai plus jamais des chiens qui jappent en bougeant leurs pattes pendant qu'ils ronflent.

Dans mes songes ont débarqué des gens auxquels je ne pensais jamais. J'aurais même juré que je ne les avais plus en mémoire, qu'ils étaient depuis longtemps effacés du disque dur. Comme quoi… Tous ces seconds rôles de ma vie, parfois même de simples figurants, devaient patienter tranquillement dans une sorte d'antichambre de mon inconscient, guettant la bonne occasion pour ressurgir. Quantité de femmes et d'hommes que je n'ai fait que croiser, dans un avion, un ascenseur, ou n'importe où ailleurs. Ex-voisins, compagnons d'études ou de clubs de sport, des commerçants, une serveuse, un mime, et même un type qui n'a fait que me doubler à vélo voilà des années. Pourquoi se souvient-on de ces visages ?

Certains se lamentaient sur ma disparition annoncée et n'en finissaient pas de pleurer en s'agrippant à moi. D'autres s'en réjouissaient, me hurlant au visage que c'était le juste châtiment pour mes fautes. Ce florilège de réactions m'a totalement conforté dans mon choix de ne révéler mon état à personne.

Les phases de réveil n'étaient pas plus agréables. J'ai alterné des moments d'abattement liés à la prise de conscience violente des conséquences de ma fin prochaine, avec de pures bouffées d'excitation parfaitement irrationnelles tellement je suis décidé à vivre tout ce qui est encore à ma portée. En quelques heures, j'ai connu l'exaltation, la dépression, le sentiment d'invincibilité, l'ivresse des profondeurs, la perte de l'odorat, la fièvre du samedi soir, le vertige de l'altitude, des ballonnements, la gueule de bois du lundi matin et six burn-out. Une petite douche fraîche n'a pas été de trop pour me remettre les idées d'aplomb.

Mon mental est en chantier. Il est trop tôt pour dire s'il s'agit de grands travaux ou de démolition. Quoi qu'il en soit, dans l'immédiat, je ne veux rien changer à mes habitudes. Enfin presque.

12

Ce matin, j'arrive au bureau de très bonne heure. Le jour est loin d'être levé, les rues sont encore désertes. Satisfaisante impression de prendre une petite longueur d'avance dans ma course contre la trotteuse.

Dans l'ascenseur, j'appuie machinalement sur l'étage habituel, mais lorsque les portes s'ouvrent, j'ai un mouvement de recul et je crois, là encore, m'être trompé.

Le décor m'apparaît nimbé d'un halo irréel. Un univers très design d'éclairages ponctuels et de fausses plantes, avec une fontaine zen dont le gargouillis peut laisser penser qu'il y a une grosse fuite quelque part. Je dois pourtant être au bon endroit puisque mon nom est écrit dans le beau logo en alu qui occupe le mur derrière le comptoir d'accueil : Venel Statistics.

Une jeune femme en tailleur se lève pour me saluer. Ses cheveux sont impeccablement coiffés en chignon. Son œil droit est maquillé, pas le gauche. Je l'ai probablement interrompue. Elle ressemble à une publicité comparative dont elle jouerait à la fois l'« avant » et l'« après ».

— Bonjour monsieur Venel. Vous êtes bien matinal.

J'avance d'un pas hésitant. Le nom de la jeune femme vient seulement de me revenir. Nous ne sommes pourtant pas si nombreux.

— Bonjour Léonie.

— Souhaitez-vous votre café ?

— Non merci, je vais arrêter d'en prendre. Je trouve ça répugnant. Il est grand temps que je cesse de faire semblant.

Un peu décontenancée, Léonie réagit cependant de façon très professionnelle.

— C'est noté.

Elle enchaîne :

— Vous avez reçu plusieurs appels hier, j'ai envoyé les mémos sur votre terminal.

— Merci.

Je choisis de m'engager dans le couloir de droite sans être certain que ce soit le bon. Du coin de l'œil, je surveille la réaction de Léonie, qui ne semble pas étonnée. Je dois donc avoir pris la bonne direction.

En parcourant les locaux encore silencieux, j'ai l'impression de découvrir ce qui pourtant m'appartient. Tout me revient peu à peu, comme si je me réveillais d'un coma. Ces lieux sont donc mon quotidien ? Une agence spécialisée dans l'expertise statistique ? C'est ça, ma vie ?

Je passe devant un vaste bureau paysager. Je m'arrête pour contempler ces postes parfaitement impersonnels, tous équipés d'écrans dernier cri, disposés face à face, en quinconce. Quelle tristesse. Impossible d'en déduire le métier de ceux qui vont venir s'y aligner. Il faut traquer l'infime détail d'une gomme fantaisie ou d'un autocollant placé sur le coin d'un moniteur pour trouver un soupçon de personnalité. Quiconque a déjà eu à se concentrer dans ces zones d'élevage en batterie sait quelle brillante avancée ils constituent pour la qualité du travail et la beauté de l'existence. J'ai échappé à ces « espaces collaboratifs » parce que mon « cerveau de compétition » – plus rationnellement la principale source de revenus de cette ménagerie – doit pouvoir fonctionner au calme, ce qui en pratique n'est jamais possible puisqu'il y en a toujours un pour débarquer avec une excellente raison de me déranger.

Ce matin, je porte sur mon environnement un regard neuf. Mon ressenti est limpide, sans concession. Comme si j'étais devenu incapable de ces raisonnements consensuels qui arrondissent les angles.

Je remarque soudain qu'au fond, la fourmilière n'est pas complètement vide et qu'une jeune femme est déjà à son poste. Elle me fixe par-dessus son écran. Son expression inquiète m'évoque un lapin qui aurait tout à coup remarqué un aigle planant au-dessus de lui alors que jusque-là, il se roulait le pompon dans la rosée. Provoquer cette réaction me désole, je n'aime pas impressionner. Cela revient à effrayer, à inspirer la crainte, ce qui n'est pas mon loisir favori.

Je la salue, ce qui ne semble pas la calmer, bien au contraire. J'avance vers elle entre les travées en déclarant :

— Bonjour ! Vous travaillez très tôt.

Je la reconnais. Elle s'appelle Aurore. C'est l'une des rares personnes que j'ai embauchées moi-même ces derniers temps. Elle a suivi le même cursus universitaire que moi, deux promos plus tard. J'avais beaucoup aimé son mémoire et sa façon d'envisager notre métier. Un esprit brillant qui peut apporter un vrai renouveau. Pourquoi est-elle pétrifiée en me voyant ce matin ?

Pour éviter que le lapin ne détale, je m'arrête à bonne distance.

— Bonjour monsieur Venel, répond-elle.

— Adrien, s'il vous plaît. Quel dossier exige de vous une présence si matinale ?

Elle semble gênée.

— En fait...

Elle cherche ses mots. Je la mets à l'aise :

— Si je vous déconcentre dans votre travail, pardonnez-moi. Je vous laisse.

Alors que je vais battre en retraite, elle se lève d'un bond.

— Non ! Attendez ! N'allez pas croire...

— Je ne crois rien, Aurore. Je vous ai surprise, vous m'en voyez désolé. Je sais à quel point il est pénible d'être interrompu quand on est concentré.

— Attendez, il faut seulement que j'arrive à m'exprimer clairement...

J'aime la simplicité avec laquelle elle a énoncé ce qui la bloque. Si j'avais été capable de formuler mes propres entraves aussi sobrement, ma vie serait sans doute bien différente.

À peine plus assurée, elle reprend :

— Vous ne vous souvenez sûrement pas du projet dont je vous avais parlé lors de notre premier entretien...

Je m'approche.

— Détrompez-vous. Vous aviez l'intention de modéliser les paramètres qui conduisent au divorce, c'est bien ça ?

Elle ne s'attendait visiblement pas à ce que je me le rappelle, mais comment oublier un thème aussi humain dans un univers statistique ? Sa bouche reste ouverte un moment. Je l'encourage :

— Vous travaillez donc dessus ?

— Tout à fait, mais comme je dois me focaliser durant la journée sur les développements de productivité, je viens plus tôt pour avancer quand même.

— Votre directeur de projet sait que vous faites cela en parallèle ?

— Oui, monsieur, je l'en ai informé.

— Appelez-moi Adrien, vraiment. Pourquoi devez-vous encore vous occuper de ce genre de routine alors que vous avez ce projet bien plus porteur ?

Elle hésite. Je la presse :

— Dites-le-moi, Aurore, n'ayez pas peur.

— Parce que mon projet ne rapporte rien...

Je lève les bras au ciel.

— Bien sûr que ça ne rapporte rien ! C'est de la recherche ! J'ai bossé huit ans sur cette saleté de Global Brand Density Index avant que ça me paie une demi-baguette !

Elle demande timidement :

— Ce n'est pas vous qui décidez des affectations ?

— Pas assez, visiblement. Mais ne vous inquiétez pas. Je vais faire en sorte que vous puissiez vous consacrer à votre concept. J'y crois, je pense qu'il peut apporter un regard atypique sur un fait de société susceptible de tous nous concerner. J'avais beaucoup aimé votre présentation, il y avait quelque chose de quasi philosophique dans votre approche. Continuez à travailler dessus, je m'occupe du reste. Cela vous va ?

Elle ne réagit pas vraiment. Elle reste debout, plantée, et me regarde. Une très légère oscillation anime son corps, qui se balance d'un pied sur l'autre. Étrange tangage qui lui donne des allures de métronome. Le phénomène s'accentue et j'ai l'impression qu'elle se dandine sur place comme un pingouin.

— Aurore, ça va ?

On dirait maintenant une enfant qui se retient de courir aux toilettes. Je n'avais jamais vu un tel comportement chez un adulte. Complètement décalé. Son regard affolé contraste avec son piétinement, comme si elle ne le contrôlait pas. Le bas continue de danser au pas cadencé pendant que le haut est pétri de honte. Deux moitiés de personnes qui n'avaient rien à faire ensemble ont sans doute été soudées par mégarde. Je souris franchement.

— Ce n'est pas gentil de vous moquer... s'alarme-t-elle.

— Je ne me moque pas, je trouve cela charmant. Qu'est-ce qui vous arrive ?

— Je suis contente.

— Très bien.

— En fait, je suis folle de joie que vous me permettiez d'avancer sur mon projet parce que plus je progresse, plus j'y crois.

À présent, elle sautille presque, tout en étant consternée.

— Vous faites toujours ça lorsque vous êtes contente ?

— Depuis que je suis enfant. Les grosses émotions me font immanquablement cet effet-là. Je suis désolée, je n'arrive pas à me maîtriser…

— Essayez de vous asseoir en coinçant vos pieds. Ou alors négociez avec eux ! Parlez-leur ! Promettez-leur des chaussettes neuves s'ils consentent à vous obéir. Ils pourront même choisir la couleur. Le gauche m'a l'air particulièrement dissipé.

Elle se laisse tomber sur son siège ; ses jambes semblent s'agiter encore davantage. Elle se met à rire avec moi.

— J'ai tellement honte. Vous devez me prendre pour une folle !

— Pas du tout, au contraire ! Vous et moi travaillons toujours avec nos têtes et nos doigts sur le clavier. C'est la revanche des panards ! Ils veulent vivre !

Elle rit, et cette fois ce n'est plus nerveux. Ses pieds finissent par se calmer. J'en suis presque déçu parce que pendant sa petite danse, elle m'a rendu cet endroit sympathique et fait oublier tout ce qui me pèse.

13

Voilà bien longtemps que je ne m'étais pas amusé à faire pivoter un fauteuil aussi vite que possible en étant assis dedans. Une joie simple et sans danger, à condition de ne pas avoir trop mangé avant. Mais j'ai bien grandi et cette fois, c'est dans mon bureau d'adulte responsable que je tourne sur moi-même. À chaque nouveau tour, je me demande vraiment ce que je fais là.

Je suis sur mon territoire, et pourtant rien de ce que j'y vois ne me ressemble. Les couvertures des magazines et les gros titres de la presse professionnelle encadrés au mur, les récompenses et les diplômes exhibés, les trophées commerciaux alignés, toute cette autosatisfaction étalée... Un cadre exclusivement conçu pour impressionner les clients à qui l'on fait visiter l'antre du petit génie, là où la magie opère, avec moi en situation s'ils ont de la chance. Ce matin, je sais exactement à quoi cette mise en scène me fait penser : à une cage. Pour animal en voie de disparition.

Je n'ai rien choisi, pas même l'immonde pot à crayons rempli de nos stylos publicitaires que je n'offre jamais tellement je les trouve vulgaires. Quant à mon fond d'écran à la gloire de l'entreprise qui porte mon nom, il me donne de l'urticaire.

Bien que cet aménagement soit aux antipodes de mes valeurs, j'en suis tout de même responsable. Coupable d'avoir laissé faire. Je me suis peu à peu fait envahir par ce que l'on considère à tort comme des détails, ces petites touches qui, en s'additionnant, finissent par dessiner un monde qui n'est plus le vôtre. Je suis en train de me prendre l'effet papillon en pleine poire. Je constate l'effarant cumul de choix faits par d'autres pour me pousser à jouer un jeu qui n'est pas le mien.

Chaque pas accompli malgré moi dans de mauvaises directions m'a conduit très loin de l'endroit où j'espérais arriver. Constat limpide. Mon rejet est viscéral, instinctif, puissant. Pourquoi n'ai-je rien vu alors que les signes étaient partout sous mes yeux ? Ne suis-je pas supposé être un champion de l'analyse ?

Ma carrière évolue désormais bien loin de l'esprit dans lequel elle a débuté. Mon domaine d'activité me passionne, pourtant. Mais la feuille de route a lentement dérivé, jusqu'à faire de moi la vache à lait d'une machine à vendre qui m'a échappé. Sachant que j'en suis l'actionnaire majoritaire, cela implique que sur mes quatre pis, j'en trais plus de deux moi-même. Extraordinaire ! Je viens d'inventer l'auto-traite ! Comment en suis-je arrivé là ?

Sur mon écran, les notifications clignotent, les rappels s'empilent pendant qu'alertes et messages en attente défilent. Pire qu'une chaîne d'info en continu. Du pur harcèlement. Je songe à arracher les câbles, lorsqu'une silhouette se présente dans l'encadrement de ma porte. Je saboterai ce qui m'appartient plus tard.

— Hello, Adrien…

Melinda se tient sur le seuil, s'appuyant contre le montant dans une pose qui a dû lui demander des heures de mise au point. Voilà le parfait exemple d'un choix que je n'aurais pas dû cautionner. C'est Max, mon associé, qui l'a embauchée. Comme les plantes vertes. Je le soupçonne d'avoir confondu son CV avec le contenu de ses chemisiers, qu'elle choisit – je dois l'admettre – avec un réel talent. Pas exactement le même genre de femme qu'Aurore.

Directrice des ressources humaines, Melinda s'emploie à les épuiser, soit en méprisant ses consœurs quitte à les piétiner, soit en jouant les séductrices avec les mâles susceptibles de servir l'ambition dévorante qu'elle n'essaie même pas de dissimuler. Avec elle, tout est simple : les femmes sont des concurrentes et les hommes des outils. Elle est aussi utile qu'une étincelle dans une cuve de propane. Cela faisait longtemps qu'elle n'était pas venue me rendre visite. Elle passe pourtant régulièrement, comme ces démarcheurs qui tentent de vous fourguer à intervalles périodiques ce dont vous n'avez aucun besoin.

— Bonjour Melinda. Que puis-je pour toi ?

Elle renverse la tête en arrière en éclatant d'un rire affligeant :

— Tellement de choses !

J'imagine qu'elle se croit irrésistible. Elle se reconfigure physiquement et passe à la position numéro deux : sensuellement déhanchée, buste en avant, sa longue chevelure pleine de dérivés pétroliers tombant en cascade sur ses épaules entretenues en salle de sport. La voilà qui ondule imperceptiblement en s'appuyant sur le montant. Une sorte de numéro de pole dance subliminal. C'est épouvantable. Si le chambranle dépose plainte pour harcèlement sexuel, je témoignerai en sa faveur.

Faut-il vraiment qu'elle nous prenne pour des abrutis pour espérer nous appâter ainsi... Est-elle réellement convaincue que, fascinés par ses prétendus charmes – dont je soupçonne certains d'être en silicone –, nous serions assez stupides pour être dupes ? Cette fille frise la caricature, une véritable insulte à ses semblables, qui ne peuvent d'ailleurs pas la voir en peinture, sauf les deux qui fonctionnent sur le même mode.

D'une voix suave, avec un regard de cabillaud pêché la semaine dernière et conservé à température ambiante, elle me susurre :

— Tu n'étais pas là hier. Trop fait la fête ce week-end ?

— Sauf erreur de ma part, j'ai cent trente-trois jours de congés à prendre, et j'avais des affaires à régler.

Ses paupières papillonnent.

— Je ne te demande pas de comptes, tu es le boss. Je voulais juste savoir si tout allait bien pour toi.

Technique classique qu'elle n'est pas la seule à pratiquer. Elle prend vite fait de vos nouvelles pour mieux vous donner des siennes. « Et toi, ça va ? » Elle se fout éperdument de la réponse, et vous êtes parti pour vingt minutes à écouter ses

« belles » pensées d'une profondeur inouïe, avec une pincée de beauté de la nature, un nuage de prétexte humanitaire, et de la bienveillance à deux balles autour... La panoplie habituelle de ceux qui font semblant d'être gentils pour mieux utiliser ceux qui le sont vraiment.

C'est drôle, jamais je n'avais réussi à synthétiser ce que je pense d'elle aussi clairement. Je dois dire que j'ai moins de mal à juger les hommes. Sans doute parce que l'on vit une époque telle que l'on n'ose même plus penser aux femmes librement, se privant tristement d'apprécier toutes celles qui valent vraiment le coup et n'ont rien de commun avec le spécimen qui est en train de m'imposer sa présence.

Je devrais peut-être la prévenir, lui expliquer charitablement que tout le monde lit dans son jeu, que même les mecs les plus bourrins évitent de prendre l'ascenseur seuls avec elle par peur de ce qui pourrait se dire lorsqu'ils en sortiront. Il paraîtrait correct de l'avertir, même si ça risque de lui faire tout drôle.

Elle sent certainement que je ne suis pas réceptif à son numéro, parce qu'elle n'ose pas franchir le pas de la porte. Elle ne lâche pas l'affaire pour autant.

— Tu as bien le droit de te faire un petit week-end en amoureux...

— On ne peut rien te cacher.

— Il y a donc une femme derrière tout ça !

— Assez grande, vêtue d'un long manteau à capuche pour préserver son mystère, et dotée d'un charme qui défie le temps.

— Wouah !

— Dommage qu'elle ne lâche jamais sa faux.

Le visage de Melinda est traversé par une expression étrange qui fait disjoncter son sourire idéal. Elle n'a pas compris.

— Tu n'es donc plus célibataire ? dit-elle en plissant son joli petit nez.

— Disons que je n'ai pas très envie de la revoir, mais qu'elle risque d'insister...

Son sourire se brouille à nouveau. Cette fois, je pense que c'est parce qu'elle a eu une idée.

— Si tu as besoin de moi pour qu'elle te croie déjà en couple, minaude-t-elle, n'hésite pas. Je jouerai le rôle que tu veux. Toi seul fixeras les limites...

Elle vrille langoureusement son corps pour poser son menton sur son épaule façon femme fatale qui lance une œillade. Ça fait flipper. Non mais qu'est-ce qu'elle se raconte ?

— Melinda, si nous n'avons à discuter d'aucun sujet professionnel, je vais devoir me remettre au boulot.

Mal à l'aise de constater que, malgré l'étendue des charmes qu'elle a déployés, je ne la suis pas sur le terrain où elle voulait m'entraîner, elle change instantanément d'attitude, passant de la statue grecque très légèrement drapée à une cadre payée sur quatorze mois enveloppée dans sa dignité.

— Bien sûr, je comprends. Je referme ta porte ?

— Je t'en remercie. Excellente journée.

14

J'ai menti à Melinda. Je n'ai pas la moindre intention de travailler. Je passe méthodiquement mes répertoires en revue afin de lister les personnes que j'espère revoir malgré le peu de temps dont je dispose. Cet exercice a le mérite de mettre en évidence le nombre ahurissant de celles et ceux qui ne se rendront même pas compte que je n'existe plus, ou qui n'en auront rien à faire. Cruel, mais salutaire.

J'ai fusionné toutes mes listes de contacts. Une expérience inédite qui produit un résultat étrange. À travers les différentes facettes de nos vies, nous croisons un impressionnant cumul d'individus, pour le travail, à titre personnel, mais aussi dans la multitude d'interactions qu'engendre le simple fait d'exister. Ils défilent tous sur mon écran, les uns à la suite des autres. Des coordonnées, des noms classés sur le seul critère alphabétique. Du coup, un cuisiniste est collé à l'une de mes amies d'enfance, Nico se retrouve entre un agent immobilier qui a essayé de m'avoir et le peintre qui a refait mon appartement en confondant les pièces. C'est grâce à ce brave artisan si mon salon ressemble à une cuisine. Zoé figure à côté d'un garde forestier qui pourrait très bien correspondre à l'homme idéal qu'elle traque. La charmante vieille voisine à laquelle je confie le double de mes clés côtoie un copain que j'avais hébergé et qui ne doit surtout plus les avoir. Qu'arriverait-il s'ils se retrouvaient réellement les uns à côté des autres ?

Passer d'un nom à l'autre provoque des étincelles. Les différents chapitres de mon histoire se télescopent. J'obtiens une géographie de ma réserve relationnelle, une vue satellite de mes attachements émergés. Des sommets abrupts, des vallées paisibles, et quelques marécages. Chacun des noms est important à sa façon, mais la seule question qui se pose est : avec lesquels existe-t-il encore un enjeu, sachant ce qui m'attend ? À qui ai-je des choses à avouer ? De qui puis-je encore apprendre ? À qui puis-je être utile ? Où sont ceux avec qui jouir encore du luxe de laisser filer les heures, conscient que chaque minute est comptée ? Et puis viendra le moment de se demander auprès de qui finir. À moins que je ne tire ma révérence pour disparaître sans rien dire…

En attendant, je suis heureux de constater qu'énormément de gens comptent pour moi. La part de celles et ceux pour qui j'éprouve des sentiments est bien supérieure à celle des liens qui se résument à des nécessités. Ce tri est aussi l'occasion de m'apercevoir qu'obnubilé par mes affaires, j'ai négligé certains de mes plus précieux repères humains. Le problème, c'est que ça fait beaucoup de monde au regard du temps qui m'est imparti.

On toque à ma porte. Avant même que j'aie pu répondre, celle-ci s'ouvre dans la foulée. Il n'y a que Max pour se permettre cela. Il entre sans se gêner.

— Salut Adrien ! T'as pas oublié la présentation de cet après-midi ? Pour les nouveaux clients malaisiens. On joue un gros coup, j'ai besoin que tu les éblouisses.

Je le fixe, impassible. Mon absence de réaction le désarçonne.

La scène de notre première rencontre me revient. Je revois le jeune commercial fougueux avec qui je me suis associé à mes débuts. Françoise a raison : dans chaque couple, il y en a un qui veut et l'autre qui laisse faire. J'ai laissé faire Maxence. Il avait sans doute flairé le pauvre diplômé qui ne savait pas se vendre. Le fait est qu'il a réussi à faire fructifier mon travail au-delà de tous mes espoirs, et je ne l'oublie pas. Mais à quel prix ? Il est depuis devenu « Max », parce que ça fait plus moderne. Plus il a eu de cartes de crédit, moins il a eu de cheveux. Il roule dans des berlines allemandes de moins d'un an et collectionne les conquêtes aussi carénées que ses bagnoles. Il peut parler toute la journée sans vous laisser en placer une, mais je ne l'entends jamais rien dire de sincère, à part quand il annonce à la cantonade avec une classe qui force l'admiration qu'il doit aller pisser. Aujourd'hui, on en est là : il se prend pour le directeur du cirque dont je suis l'ours vedette. Il est mon dresseur et vient d'entrer dans ma cage pour me rappeler l'heure de mon prochain numéro. Il a été très clair, il va falloir que j'assure : je suis supposé enfiler mon tutu, monter sur le gros ballon et jouer de l'accordéon pour ramasser quelques pièces.

Il claque des doigts.

— Adrien, je te parle. Tu as compris ?

Le dresseur devrait se méfier, l'ours est mal léché.

— Pas aujourd'hui, Maxence, je n'ai pas le temps. Je suis certain que tu t'en sortiras très bien tout seul.

Il semble choqué. Difficile de savoir si c'est à cause de mon refus ou parce que j'ai utilisé son prénom complet.

— Comment ça, « pas le temps » ?

— J'ai plus important à gérer, c'est tout.

Il hausse les sourcils.

— Laisse-moi te rappeler, Monsieur le président, que nos programmes ne se vendent pas tout seuls. Je ne peux pas me taper tout le boulot !

Il me désigne les couvertures sur les murs et enchaîne :

— Tu incarnes ce que l'on vend, et ça aiderait vraiment si tu daignais venir jouer ton rôle.

Je reste calme et réplique :

— Tu as raison, Monsieur le directeur général, je crée ce que l'on vend. Tu devrais t'en souvenir. Je suis la tomate dans le cageot. Je suis la fraise dans la barquette, le filet mignon du plat du jour. Du coup, si tu penses vraiment que tu es le seul à bosser, tu devrais y réfléchir à deux fois. Parce que si la tomate se barre, ton bel étalage sera vide.

— Que veux-tu dire ?

— C'est fragile, une tomate.

— Te fous pas de moi, Adrien, j'ai autre chose à faire. Pour ta gouverne, sans moi, tu serais deux fois moins riche.

— Ce serait toujours bien suffisant pour payer mes factures. Toi, par contre...

Il plisse les yeux et me dévisage.

— Qu'est-ce qui t'arrive ce matin ?

— Je sors d'hibernation et comme tous les ours à ce moment-là, j'ai le bouchon coincé dans le...

— Le bouchon ? Il y a une minute tu étais une tomate ! Et là tu es un ours ? Tu délires !

— Justement pas. Dans quatre minutes, je serai une mine antichar. Et maintenant, s'il te plaît, sors de ma tanière tant que je suis un ours. Crois-moi, c'est préférable. Tu n'imagines pas ce que peut te faire une mine antichar...

Il reste figé, incrédule. J'ajoute :

— Blague à part, préviens le chargé de projets que désormais, Aurore est affectée à la recherche et au développement. Qu'on la décharge de ses dossiers courants. À partir d'aujourd'hui, elle me rendra compte directement.

— La stagiaire ?

— Elle n'a rien d'une stagiaire ! Elle a davantage de diplômes que tu n'as de procès-verbaux pour excès de vitesse. S'il te plaît, arrête de considérer les femmes uniquement en fonction de leur tour de poitrine.

Il ne relève pas et tente de calmer le jeu.

— Je vais voir ce que je peux faire.

— Je ne te demande pas de « voir ce que tu peux faire », je te demande d'appliquer une décision rationnelle de celui par qui cette boîte existe. Est-ce clair ?

Il sort en claquant la porte. Un luxe impensable dans un bureau paysager.

15

Je suis arrivé au pub avec un quart d'heure d'avance. J'ai rendez-vous avec Darshan pour prendre un verre. Bien que ce soit une fin d'après-midi en semaine, l'endroit est bondé et l'ambiance celle d'un samedi soir. Ce genre d'établissement, quels que soient le jour ou l'heure, réussit l'exploit de vous faire croire que vous êtes en week-end avec des amis et que vous n'avez aucun problème.

Je me suis installé au fond, dos au mur, privilégiant comme toujours la position qui ne peut être prise à revers et offre le plus large point de vue possible. Du bois sombre sur les parois, un long comptoir de bar ouvragé, des Chesterfield au cuir patiné répartis face à face dans la salle au plafond bas, un vrai feu de bois et, heureusement, des petites appliques cuivrées qui éclairent juste assez pour ne pas s'étaler entre les différents niveaux du sol.

Le brouhaha des voix couvre la pop anglaise au point d'empêcher de reconnaître le morceau. Des couples, des groupes, des bandes. Certains se parlent les yeux dans les yeux, d'autres ne sont là que pour passer un bon moment en plaisantant de tout et n'importe quoi. À mon sens, ces lieux ne doivent pas tant leur popularité à l'alcool que l'on y trouve qu'à la solitude que l'on n'y trouve pas.

Darshan arrive. Je me lève pour l'accueillir. Il retire déjà son manteau tellement il fait bon.

— Bonsoir Adrien.

Une accolade, et il vérifie sa montre.

— Suis-je en retard ?

— Absolument pas. Ponctuel comme toujours. Merci de t'être déplacé. Pardon, mais je me sens plus à l'aise ici qu'à ton cabinet.

— Aucun problème, de toute façon ce n'est pas une consultation. C'est l'ami qui vient prendre de tes nouvelles…

Je fais signe au serveur.

— Qu'est-ce que tu prends ?

— Allons-y pour un Oban *Double Matured*.

Le serveur hoche la tête. Je complète :

— Deux, s'il vous plaît. Sans glace.

Darshan se coule dans son fauteuil et me dévisage.

— Comment te sens-tu ?

— Hormis des phases de déprime nocturnes, je vais étonnamment bien. Je me surprends moi-même. Il y a des moments difficiles, mais je me focalise surtout sur les bons.

— Et physiquement ?

— Tout roule. C'est sûrement ce qui me permet de relativiser. Je ne réalise pas totalement.

— Je te rassure, même les individus dont l'état est dégradé ont du mal à prendre la mesure de ce qui leur arrive.

— Vraiment ? Les patients restent sans comprendre, sans réagir ?

— Bien sûr qu'ils réagissent, et parfois de façon spectaculaire ! Cela ne signifie pas pour autant qu'ils comprennent. Lorsque j'étais interne, j'ai eu l'occasion d'en avoir un large aperçu. Certains se tournent vers la spiritualité, d'autres brûlent la chandelle par les deux bouts. La majorité d'entre eux restent dans le déni complet aussi longtemps qu'ils le peuvent. J'en ai aussi connu qui faisaient payer leur sort à leurs proches, sans parler des résignés qui passent leur temps à mettre leurs affaires en ordre. Aucune règle. Chacun se comporte en fonction de son histoire et de son mental.

Il change de ton.

— As-tu prévenu tes proches ?

— J'en ai eu l'intention, mais je me suis ravisé. Pour le moment, je vais garder cette nouvelle pour moi. On enverra les faire-part dès qu'on aura la date de l'enterrement !

Je suis le seul à rire.

— Ça risque d'être lourd à porter seul, même si je suis là…

— C'est mieux pour tout le monde. De toute façon, personne ne peut rien y changer.

— Tu sais que tu peux compter sur moi, pour t'écouter, pour t'aider, et accessoirement pour garder le secret médical.

Alors que le serveur dépose nos whiskies, Darshan ne me lâche pas des yeux. Il m'ausculte littéralement du regard.

— Darshan, tu viens de dire que ce n'était pas une consultation…

— Pardon, mais c'est vrai que tu as l'air en forme. Ça fait même un bon moment que je ne t'avais pas vu aussi…

Il laisse sa phrase en suspens. Sans doute allait-il dire « vivant », mais le terme lui aura certainement paru inadapté. Nous trinquons. Il reformule :

— Je sens de l'énergie en toi, ça fait plaisir. C'est un facteur très positif pendant un traitement.

Première gorgée. L'arôme très légèrement boisé se déploie en me réchauffant.

— Quel traitement ?

— Je conçois que tu aies besoin de quelques jours pour te faire à l'idée, mais il va falloir songer à te soigner. On doit préciser le diagnostic, suivre l'évolution…

— Vraiment ? Ce n'est pas si évident que ça pour moi.

— Tu ne peux pas baisser les bras. Il y a un espoir. On doit se battre.

— Je ne baisse pas les bras. Je suis pragmatique. Si je dois y passer, je vais jouer la montre et rentabiliser chaque moment disponible. Je préfère vivre plutôt que de dépérir dans une clinique en attendant des résultats qui n'iront pas en s'améliorant…

— Tu paries sur le pire.

Il réfléchit et déclare :

— Que penserais-tu d'un bonhomme prisonnier d'un tunnel effondré qui décide de ne plus respirer – alors qu'il a encore de l'air – simplement parce qu'il n'est pas certain que les secours pourront le sortir de là ?

Je souris.

— J'apprécie ce genre d'abstractions intellectuelles. Et toi, que penserais-tu d'un marin en pleine tempête qui, alors qu'une vague de vingt mètres lui déferle déjà dessus, ne songe qu'à vérifier sa glycémie sous prétexte que le diabète peut le tuer ? Il ferait mieux de faire face pour tenter le tout pour le tout, pas vrai ? C'est ce que je suis en train de faire. Je change de cap.

— Tu refuses donc de te faire soigner ?

— Disons que dans l'immédiat, j'ai d'autres priorités.

J'avale une gorgée.

— Quelque chose change en moi, Darshan. Je ne vois plus le monde de la même façon. Le diagnostic a mis un sacré bazar dans ma tête. Tout y passe : les souvenirs, le futur que je n'aurai pas, celui que je peux encore avoir… Au passage, certaines choses refont surface. Je me suis rappelé une anecdote familiale que j'avais complètement oubliée.

— Raconte.

— Lorsque j'étais gamin, mon oncle Franck avait une habitude qui nous faisait bien rire. Une fois par an, il se donnait une semaine pour rectifier tout ce qui clochait parce qu'il n'avait pas pris le temps de s'en occuper avant. Il pouvait s'agir de n'importe quoi : un interrupteur à changer, une lettre dont l'écriture avait été trop longtemps repoussée, un raccord de peinture, ou même une visite à une connaissance. Sept jours pour se débarrasser de ces petits détails qui s'amoncellent. Tout à coup, il ne remettait plus rien au lendemain. Il ne fermait plus les yeux. Place nette, sans concession ! Pendant cette parenthèse, il s'interdisait de contourner tout obstacle qui polluait son quotidien, du plus insignifiant au plus sérieux. Il n'abordait le suivant que si le précédent avait été aplani. Il se levait très tôt et s'activait avec une énergie qui épuisait sa femme. C'était un sacré chantier. Rien n'y échappait. Il purgeait sa vie ! À l'époque, on le prenait pour un fou. Aujourd'hui, je le comprends. Je suis dans le même état d'esprit. Je ne promets pas que je vais m'occuper de ma porte de placard de cuisine qui frotte ou du spot mal fixé dans la salle de bains, mais pour le reste…

Darshan reste songeur.

— J'ose à peine imaginer le résultat si tout le monde avait l'idée d'en faire autant…

— Ne commets pas la même erreur que moi, Darshan. De ma place, je ne peux t'offrir qu'un modeste conseil, mais il vaut le coup : ne laisse pas s'enraciner ce qui te ronge. Tu verras, ça fait un bien fou. Moi, ça me change la vie. Je n'arrive plus à me mentir, je n'essaie plus de me trouver des excuses pour ne pas voir. Tout me paraît soudain évident.

Je prends le temps de humer mon verre avant de lui demander :

— Tu connais cette petite voix en toi ? Celle qui te dit ce que tu ressens vraiment, ce que tu penses réellement, et que l'on passe notre temps à bâillonner pour ne pas faire de vagues ?

— Bien sûr, on la connaît tous…

— Eh bien je n'entends plus qu'elle. Désormais, plus personne ne lui coupe la parole. Je crois même qu'elle a trouvé un porte-voix !

— Qu'est-ce que ça donne ?

— Un bordel sans nom ! Pas un seul des secteurs de ma vie n'est épargné. Et j'ai l'impression que ce n'est que le début. Tu sais quoi ? Pour la tranquillité de mes semblables, il vaudrait mieux que cette saleté de syndrome ne me laisse pas en vie trop longtemps.

Cette fois, il rit avec moi.

— Une question m'obsède, Darshan, et il n'y a que toi pour me dire si je me trompe.

— À ton service.

— Mes premières douleurs sont apparues juste après ma rupture avec Cassandra. Crois-tu…

— … qu'un chagrin d'amour puisse favoriser ou même déclencher une pathologie ? Même si le lien n'a pas été scientifiquement établi, c'est une évidence que constatent tous les praticiens. Les gens malheureux sont fragilisés. Tu penses encore à Cassandra ?

— Encore plus depuis le diagnostic.

— Tu envisages de reprendre contact ?

— Entre nous, la question n'est plus « quand », mais « comment ».

— Tu sais ce que tu risques ? Votre histoire ne s'est pas bien finie…

— J'ai oublié. Par contre, je me souviens du sentiment que j'éprouvais auprès d'elle. Je voudrais qu'elle soit là. Plus que tout. Si elle était avec moi, je réussirais à m'apaiser. La nuit, je ne trouve le réconfort que lorsque je m'imagine contre elle. Le jour, je rêve de m'endormir dans le canapé, la tête posée sur ses cuisses, pendant que ses doigts jouent dans mes cheveux…

— Mon pauvre vieux. Excuse ma franchise, mais en admettant que tu la retrouves, qu'elle accepte de te revoir, et que par miracle vous repreniez votre vie commune…

— Je sais ce que tu vas dire et tu as raison. Mais que penserais-tu d'un type coincé dans une histoire effondrée qui ne se mettrait pas à creuser de toutes ses forces pour tenter de revoir la lumière, quitte à se prendre un mur ?

Il rend les armes d'un geste.

— C'est toi qui choisis, Adrien. Creuse si tu le désires, mais pardon d'être direct : il va falloir que tu composes avec le calendrier que ton état va t'imposer.

— Tout le paradoxe est là. C'est lui qui me donne envie de courir vers elle, et c'est lui qui risque de m'en empêcher. Cassandra et moi ne pourrions revivre que brièvement ensemble, et ce n'est pas une agonie que je veux partager avec elle...

— J'entrevois le « bordel sans nom » dont tu parles.

— Je n'ai pas envie de mourir, Darshan, mais je n'en ai pas peur. Je m'en veux de m'être laissé distraire par tant de choses qui ne me correspondaient pas. J'enrage de tout ce temps gâché à trahir ma nature. À laisser faire, à cliquer sur « accepter » sans mesurer les implications, on perd le contrôle. Quand je repense à ces couleuvres avalées, à tous ces chapeaux que j'ai bouffés, j'en ai une indigestion. Je ne peux m'en prendre qu'à moi-même. J'ai souvent joué la facilité, suivi le courant, mais à partir de maintenant, sachant que le sablier sera bientôt vide, c'est terminé. Je refuse tout ce qui ne me touche pas droit au cœur. Si mon temps doit s'achever, autant le finir en beauté.

Darshan me regarde avec circonspection.

— À te voir si décidé, si lucide, sans tristesse, tellement en phase avec toi-même... C'est insensé, mais je t'envie presque.

— On ne peut pas échanger nos places, mon ami. Tant mieux pour toi. Tu as une compagne et même si vous vous griffez comme de grands fauves, vous finirez par vous retrouver dans les fourrés pour faire des petits. Vous allez bien ensemble. Je vous souhaite de continuer longtemps tous les deux. L'avenir est à toi. Moi, si je pars sans rien faire avant, je n'emporterai que des espoirs déçus, des rendez-vous manqués. On vient de siffler ma fin de partie. Match nul dans tous les sens du terme. Alors avant de me faire virer du stade, je vais me déchaîner sur les tirs au but.

— Tu as une vision bien sombre de ton parcours…

— Soyons objectifs : que vais-je laisser derrière moi ? Je suis bien placé pour te dire que quand ça devient sérieux, les honneurs, les revenus bruts et toutes ces babioles qui brillent ne valent plus rien. Un indice commercial qui a cartonné ? Un spécialiste des modèles prédictifs ? C'est à ça que j'ai servi ? C'est de ça qu'on se souviendra ?

— N'oublie pas tes shorts trop grands et tes cris rauques quand tu as peur…

— C'est déjà mieux ! J'aurais quand même préféré rendre des gens heureux. Aimer en me disant que j'ai vécu pour quelqu'un d'autre que moi-même.

— La partie n'est pas finie.

— C'est ce que je me dis aussi. Alors je vais jouer la dernière mi-temps à ma manière. Plus rien à battre des lignes à ne pas franchir. Je vais tout foutre en l'air, mépriser ma peine capitale, et tout faire pour partir sans le moindre regret.

16

— J'étais convaincu que tu détestais marcher. N'est-ce pas toi qui disais que les promenades en forêt, c'est pour les retraités ?

Nico remonte avec moi la majestueuse allée forestière. Il ne comprend pas pourquoi nous sommes là. Logique, je ne lui ai rien expliqué.

— Parfois, on change.

— C'est toi qui dis ça ? Ceci dit, blindé de thunes comme tu l'es, tu pourrais en devenir un.

— Un quoi ?

— Un retraité.

Nous sommes loin d'être seuls. Nous cheminons parmi des promeneurs, souvent accompagnés de chiens ou d'enfants tout aussi incontrôlables. Les enfants, à la différence des chiens, ne rapportent pas leur balle. Certains marmots sont d'ailleurs tenus en laisse...

La forêt est aussi sillonnée par des sportifs et des groupes d'anciens équipés de bâtons de marche et de sacs à dos comme s'ils partaient pour plusieurs jours d'expédition. Ils sont heureux d'être ensemble et pleins d'énergie.

Je contourne les flaques formées par les dernières pluies. Nico ne semble même pas les remarquer. Il a déjà les chevilles trempées, mais cela ne lui pose apparemment aucun problème.

— Je te trouve bizarre en ce moment, ajoute-t-il. On aurait pu faire un tour à vélo, ou en courant, mais en marchant, franchement…

— Si ça t'embête, on rentre. Je reviendrai seul.

— Pas du tout, je suis content de passer un moment avec toi. Et puis j'ai eu l'impression que tu avais envie que je t'accompagne.

— C'est vrai, ça me fait plaisir.

Je vérifie discrètement ma montre. On est dans les temps, mais il ne faut pas traîner. Un cavalier passe au loin. Nico tourne en boucle :

— Pourquoi cette balade ? Tu nous fais une crise de nostalgie ? Juste avant le printemps ? D'habitude, c'est à l'automne.

— N'importe quoi.

Au loin, entre les arbres encore dénués de feuilles, il me désigne un imposant talus.

— Tu te souviens, c'est là-bas que tu t'es planté en essayant de faire des sauts façon bicross. Qu'est-ce qu'on a pu se marrer !

— Surtout vous, parce que moi, j'avais pris cher…

— C'était bien quand on pédalait par ici. Il y avait nettement moins de monde. Maintenant, pour être aussi tranquille qu'à l'époque, il faudrait se pointer à 5 heures du mat'.

— Et c'est moi que tu traites de nostalgique…

J'aperçois mon but : un banc situé au croisement de trois allées. Découvrir qu'il est toujours là après toutes ces années me procure une satisfaction inattendue. Il nous a vus passer des dizaines de fois, et nous a régulièrement offert l'hospitalité. C'est un peu un copain.

— N'est-ce pas dans ce secteur que tu courais avec Cassandra ?

— En effet.

— Quand je pense qu'elle avait réussi à te mettre à la course à pied...

— Entre autres.

— Toujours décidé à lui faire signe ?

— Une erreur, selon toi ?

— Tu étais heureux avec elle. Mais je t'ai vu souffrir quand elle est partie. Elle n'a pas eu pitié. Je ne sais pas si on peut recoller ce qui a été brisé. Je me demande même s'il est raisonnable d'essayer.

Je me tais. Nico se tourne vers moi pour lire sur mon visage la réponse que je ne lui donne pas. Je le vois soudain descendre d'un cran : il vient de s'enfoncer dans une flaque plus profonde. Il s'en moque et poursuit :

— Tu racontais qu'elle avait une sacrée foulée. Mais ça te gêne probablement d'en parler...

— Pas du tout. Je vais même te surprendre, ça me fait du bien. Voilà trop longtemps que tout le monde évite le sujet. Je sais que vous avez voulu me protéger et j'apprécie, mais au fond...

— Tu n'as jamais cessé de penser à elle. Je sais.

Quand nous arrivons au carrefour, je lui montre le banc :

— Tu veux bien qu'on se pose un peu ?

— Retraité et grabataire...

— J'ai envie de profiter du paysage, ce n'est pas un crime, non ?

Il s'installe de mauvaise grâce en soupirant bruyamment et étale ses bras sur tout le dossier.

Aux aguets, je fixe l'allée par laquelle Cassandra et moi débouchions au temps où nous courions ensemble. Chaque mercredi et chaque samedi, exactement dans ces heures-là. J'espère qu'elle n'a pas changé ses habitudes et qu'elle emprunte toujours le même parcours. Si par miracle elle court aujourd'hui et qu'elle arpente nos chemins, d'ici je pourrai la repérer de loin. Je sais que ça fait beaucoup de « si », mais l'espoir fait vivre. L'espoir fait vivre... Dans mon état, cette expression prend un sens encore plus puissant. Je distingue de plus en plus nettement ce qui me tue de ce qui me tient debout.

Je me suis préparé à l'éventualité qu'elle déboule en courant en couple, mais après mûre réflexion, la découvrir accompagnée serait de toute façon moins douloureux que de ne pas la voir du tout. J'ai tout prévu. J'aurai le temps de l'apercevoir assez longuement ; elle devrait ensuite bifurquer avant d'arriver à notre niveau, sans me remarquer.

Tout ce que je demande, c'est de l'entrevoir. Ce serait un vrai signe du ciel. Je suis certain que cela m'aiderait à décider comment m'y prendre vis-à-vis d'elle. Comme si, sans même s'en douter, rien qu'en apparaissant à l'horizon, elle pouvait m'apporter les réponses dont j'ai besoin. Il faut absolument qu'elle soit au rendez-vous. Je ne m'étais pas seulement mis à la course avec elle, mais aussi aux superstitions.

Nico renifle.

— Ça va, tu profites de la vue ?

Un enfant ferait moins de caprices. Je devrais lui lancer une balle pour le faire jouer.

Plusieurs sportifs passent à proximité, dont trois joggeuses. En les accompagnant du regard, Nico me glisse :

— Ne me dis pas que tu es venu mater les coureuses...

— Franchement, tu abuses.

— Tant mieux, parce que les gens commencent à nous regarder bizarrement.

— Normal. C'était déjà un lieu de drague louche quand on était ados.

Nico se redresse.

— Sérieux ? Alors qu'est-ce qu'on fait là ?

Je viens d'apercevoir une possible réponse. Une joggeuse se profile au loin parmi les promeneurs. Elle approche. Cette silhouette et ces cheveux longs attachés en queue-de-cheval... cette foulée aussi... C'est elle ! Elle court seule. Mon cœur se met à battre plus fort. Je suis tellement soulagé de la voir faire son sport sans mon remplaçant ! Si ça se trouve, elle a rompu hier parce qu'elle a enfin pris conscience du manque que j'ai laissé dans sa vie. Je le savais ! Nous sommes liés à jamais ! À moins que l'autre ne soit simplement trop malade pour galoper. Il va mal, tellement mal qu'il risque d'y passer avant moi. La vie est magnifique ! Ils ne sont pas si nombreux, les gens que je vais pouvoir avoir à l'usure.

Cassandra se trouve encore à quelques centaines de mètres. Nous n'avons pas été aussi proches l'un de l'autre depuis qu'elle a fait ses valises. Elle se rapproche. En fait, elle court vers moi ! Même si ce n'est pas au sens dont je rêve, je vais me répéter cette phrase jusqu'à m'en enivrer. Cassandra court vers moi ! Tant pis si ce n'est que d'un point de vue technique, je m'en fiche.

Mes battements de cœur sont en phase avec ses pas qui accélèrent. Je vais crever, mais qu'est-ce que c'est bon ! Elle est enfin là. Ce n'est pas sa beauté qui me fait le plus d'effet, mais l'énergie qu'elle dégage. Une dynamique, une capacité à se mettre en ordre de marche dans un but qu'elle choisit. Contrairement à moi, elle a toujours su où elle allait. Qu'est-ce qu'elle est belle !

Nico vient de remarquer mon regard fixe. Il se met à scruter dans la même direction. Soudain, il retient son souffle et murmure entre ses dents serrées :

— La forêt, la chlorophylle et les retraités : tu t'es bien foutu de ma gueule ! C'est Cassandra. C'est pour elle qu'on s'est tapé ta randonnée pourrie.

— J'avais peur de venir seul, et tu te serais payé ma tête si je t'avais dit la vérité.

— Sale traître ! Pour toi, j'ai marché dans des trucs immondes. Je déteste marcher. C'est un loisir de vieux !

— S'il te plaît, ne me gâche pas ce moment. Tout ce que tu veux après, mais je t'en prie, laisse-moi profiter du spectacle.

— Vilain fumier.

— Merci. Moi aussi.

Elle est encore plus rayonnante que dans mon souvenir. Le balancement de ses épaules, ses hanches, ses bras, ses mains… Elle est désormais assez proche pour que je distingue parfaitement son visage. Bon sang, si je ne la connaissais pas, j'en tomberais amoureux sur-le-champ. Le même coup de foudre, la même illumination, cette envie d'exister avec elle qui donnerait enfin un sens à ce que je suis.

Par contre, elle ne tourne pas à gauche comme on le faisait. Elle continue dans notre direction. Ça, c'est un gros problème.

— Nico, elle rapplique vers nous.

— Évidemment, abruti, c'est bien pour ça que t'es venu.

Je panique.

— Elle était supposée tourner avant d'arriver à notre hauteur !

Il me regarde, goguenard.

— Elle a déjoué tes probabilités ?

— Qu'est-ce qu'on va faire ?

— Parce que maintenant qu'il y a le feu, tu m'associes ?

— Regarde-la, on sent son caractère…

— … de cochon.

— Sa détermination…

— J'ai eu l'occasion d'en faire les frais, et toi aussi.

— Tu imagines le nombre d'hommes qui doivent en tomber raides dingues chaque fois qu'elle court en public ?

— Ça tombe bien, elle n'est plus très loin. Si t'as une grosse épuisette, tu vas pouvoir l'attraper.

— Par pitié, je ne dois pas lui parler. Il ne faut pas qu'elle me voie. Tout serait fichu. Je ne suis pas prêt, Nico. Aide-moi, je t'en prie !

Cassandra n'est plus qu'à quelques dizaines de mètres. Je cache mon visage, je tremble de tous mes membres. Nico prend enfin mon drame au sérieux.

— Que veux-tu que je fasse ?

— J'en sais rien, prends-moi dans tes bras comme si on s'embrassait.

— Tu vas pas bien ? C'est à cause de mecs comme toi que le coin est réputé louche.

Je ne contrôle pas mon cœur. J'alterne des coups d'œil émerveillés vers Cassandra et une expression suppliante vers mon pote, dont le visage s'anime tout à coup d'un sourire qui nous a déjà causé pas mal d'ennuis.

— Fais-moi confiance, murmure-t-il. Je peux tout arranger.

Je n'ai pas eu le temps d'avoir peur. Tout est allé trop vite.

17

Dans une éblouissante lumière, un ange apparaît au-dessus de moi. Il a les traits d'une jeune femme incroyablement belle, qui me regarde avec bonté. Ça y est. Je suis mort. Ma foi, l'affaire n'a pas été aussi douloureuse que je le redoutais.

Elle pose sa main sur ma joue et me glisse d'une voix douce :

— Ouvrez la bouche, s'il vous plaît.

C'est étrange, mon ange porte un masque chirurgical et tient un petit crochet métallique qu'il me fourre dans le bec. Elle s'en sert pour appuyer sur mes dents les unes après les autres. Que m'arrive-t-il ? Je suis complètement dans les vapes. Une autre voix s'élève :

— Merci d'avoir accepté de prendre mon copain en urgence.

Est-ce Dieu qui s'exprime ? Suis-je enfin auprès de celui qui pourra m'éclairer sur les mystères de la vie ? J'entends à nouveau Sa parole :

— Ça va ? C'est pas trop grave, docteur ?

Ce n'est pas Dieu qui parle, c'est ce malade de Nico ! Tout me revient en bloc ! Il m'a défoncé la tronche. Tout ce qu'il a trouvé à faire pour me planquer, c'est de me balancer une droite pour m'étaler dans l'herbe !

Je me tortille pour essayer de localiser ce fourbe, mais la dentiste me maintient.

— Ne bougez pas. Je pourrais vous blesser.

Elle n'a pas à s'en faire, l'angélique vision : mon complice s'en est déjà chargé.

— Je ne sais pas ce qu'il a en ce moment, commente Nico, il est tout énervé. Il a toujours été remuant, mais là…

Non mais je rêve, ou il parle de moi comme d'un labrador ? J'ai mal à la mâchoire. Ça me lance. J'ai le goût du sang dans la bouche et je n'aime pas la sensation du crochet qui m'asticote les incisives.

La dentiste se redresse.

— Rien de sérieux. Le choc a été rude, mais tout est en place.

Nico lâche un soupir de soulagement. Il me frictionne la tête pour me réconforter. C'est officiel, je suis son animal de compagnie. La dentiste se détourne vers son plan de travail. J'en profite pour me contorsionner. J'essaie d'attraper Nicolas par ses vêtements, mais il esquive. À voix basse, je grogne :

— Tu m'as détruit la tête. Je t'avais demandé de l'aide, et toi, tu m'as boxé !

Gêné, il sourit, mais comme je le vois à l'envers, ça lui fait une tête bizarre. Il ressemble à une glace Mickey en train de fondre. La dentiste revient et déclenche le redressement du siège.

— Des bains de bouche trois fois par jour, et surtout, évitez tout ce qui se croque.

Vous allez voir qu'elle va m'interdire les os et les croquettes. Il me faut tout de suite un miroir pour vérifier que je ne me suis pas réincarné en clébard.

— Merci, docteur.

Alors que je me relève, Nico recule prudemment au fond du cabinet pour maintenir une distance de sécurité entre nous. Pas grave, je l'aurai plus tard. Je sais avec quoi l'attirer et au moment où il s'y attendra le moins, paf ! Il se prendra un bon coup. Pour l'instant, il se tient le plus éloigné possible. Je règle la consultation.

Bien qu'il soit sur ses gardes, Nico est béat. Il sourit niaisement sans lâcher sa dentiste des yeux. C'est vrai que Barbara a beaucoup de charme. Je la remercie à nouveau, et nous sortons.

Dans l'ascenseur, Nico se tient plaqué à la paroi opposée, et je sens bien qu'il est prêt à parer les coups. À deux reprises, je fais mine de me jeter sur lui, et il lève les bras par réflexe pour se protéger le visage. D'habitude, c'est lui qui joue à ça. Je le fixe d'un regard qui se veut insoutenable.

— Lorsque je t'ai demandé de faire diversion, est-ce que tu m'as frappé parce que c'est la seule chose qui t'est passée par la tête, ou ton cerveau malade a-t-il tout de suite choisi de tirer honteusement parti de ma détresse pour revoir ta jolie dentiste ?

— Toi aussi tu la trouves jolie ?

— Réponds !

Il se contracte.

— Honnêtement, je ne sais pas. Cassandra arrivait vite… Ça a grésillé dans ma tête et j'ai pas réfléchi.

— Ça a grésillé dans ta tête ? C'est ça ton excuse ? J'ai mal à toutes les dents parce que ça a grésillé dans ta tête ?

L'ascenseur fait une halte et une petite dame avec un cabas monte avec nous. Je la salue, mais Nico, trop occupé à se méfier de moi, ne lui prête aucune attention. Il me demande :

— Tu aurais préféré que je te prenne dans mes bras et que je t'embrasse devant tout le monde ?

La petite dame se raidit.

— Oui, je crois. Mes dents aussi.

La gentille mamie va avoir autre chose à raconter aux commerçants que le dénouement du téléfilm qu'elle a vu hier soir. Le thème de sa matinée sera donc : « Nous vivons une époque de dépravation sans limite. »

À peine les portes entrouvertes au rez-de-chaussée, elle s'enfuit.

— Ton acte barbare a-t-il au moins porté ses fruits ? fais-je à Nico. Cassandra ne m'a vraiment pas vu ?

— Un peu que ça a fonctionné ! De toute façon, elle avait tourné avant en coupant à travers bois.

— Tu es catégorique, elle ne m'a pas reconnu ?

— Aucune chance.

Je réfléchis.

— Mais dis-moi, si elle a bifurqué avant d'arriver à ma hauteur, étais-tu obligé de m'exploser la figure ?

— Désolé, j'ai tapé avant qu'elle change de direction… Tu gisais déjà dans l'herbe quand elle a pris la tangente.

— Merci bien.

— C'est toi qui as voulu une diversion…

Voyant que l'argument semble me calmer, Nico reprend de l'aplomb.

— Dis donc, j'avais jamais vu Cassandra en tenue de sport, elle est sacrément gaulée !

— Épargne-moi tes commentaires.

— Non mais sans rire ! T'as pas vu parce que t'étais hors service, mais je te jure que…

— Nico, tu veux que je t'arrange une bonne raison de remonter chez Barbara ?

18

— Bonjour professeur Taner.

— Bonjour Adrien. Entre, je t'en prie, et appelle-moi Bernard. Tu n'es plus mon étudiant.

Je pénètre dans l'appartement. Contrairement à ce que j'avais imaginé, il n'est ni vieillot, ni encombré de livres du sol au plafond, mais remarquablement épuré, lumineux, et décoré d'œuvres aussi modernes que colorées. Comme quoi…

Mon ancien professeur n'est pas un vieux célibataire non plus. Une femme fait son apparition à l'autre extrémité du couloir. Sensiblement du même âge que lui. Cheveux poivre et sel joliment assumés. Elle me salue d'un signe de tête tandis qu'il s'adresse à elle dans un italien parfaitement fluide. Elle me dévisage avec curiosité. Il se retourne vers moi.

— Je te présente Giulia, ma compagne. Elle s'obstine à ne pas maîtriser notre langue, mais ce n'est pas sa seule qualité !

Je m'incline. Il est évident que la réserve de Madame n'est qu'apparente. Son maintien et l'intensité de son regard laissent deviner une personnalité avec laquelle il faut compter.

Le professeur Taner lui glisse quelques mots et m'entraîne vers son bureau.

— J'ai été surpris que tu reprennes contact avec moi. Ça fait combien de temps ? Dix ans ?

— Neuf.

Son antre est d'un autre genre, très conforme à celui d'un chercheur en mathématiques. Des bibliothèques pleines à craquer, un buste d'Euclide, un tableau noir couvert d'équations. Il m'invite à prendre place.

— J'ai suivi tes publications. Félicitations, tu t'en sors très bien. Dans notre spécialité, réussir à formuler un principe que le plus grand nombre comprend n'est déjà pas évident, mais parvenir à gagner sa vie avec...

— J'ai eu de la chance.

— Garde ce genre de réponse pour ceux qui ne savent pas ce qu'est une probabilité !

Nous rions. Même assis, il paraît grand. Il nous impressionnait à l'université, et une décennie de plus n'a en rien affaibli sa prestance, bien au contraire.

— Que me vaut le plaisir de ta visite, mon garçon ?

— Alors voilà. Je souhaitais vous voir... Enfin, je voulais surtout pouvoir vous parler de quelque chose d'important pour moi et peut-être pour vous... C'est un peu compliqué, cela va sans doute vous sembler étrange...

— Adrien, ce n'est pas une soutenance. Épargne ma capacité de concentration et viens-en directement à ce qui t'amène. Oublie les circonvolutions inutiles ! Déjà à la fac, tu te perdais trop souvent en manœuvres d'approche avant d'arriver au cœur de ton sujet.

Je prends une inspiration et me lance :

— Je suis venu vous remercier pour le rôle que vous avez joué dans ma vie.

Il a l'air surpris, voire amusé, comme lorsqu'il attendait de voir où allait mener une de ces démonstrations que nous déroulions maladroitement en cours. Je suis loin d'être à l'aise, l'exercice est inédit et celui à qui il est destiné m'intimide. J'espère réussir à dépasser le stade de l'enfant qui récite son compliment...

— Vous êtes un modèle pour moi. Vous avez été mon mentor et sans vous, je n'aurais jamais eu le courage de m'aventurer dans les domaines qui m'intéressaient vraiment. Je vous dois une bonne part de mon succès. Vous m'avez guidé, même quand vous n'étiez pas là.

Il écoute avec attention. Je souffle pour me détendre avant de reprendre :

— C'est en pensant à vous, en imaginant vos commentaires, que j'ai persévéré. Même si vous n'étiez pas présent, vous étiez quand même auprès de moi, à relire mes travaux par-dessus mon épaule. C'est toujours en me demandant ce que vous auriez fait que j'ai trouvé le moyen d'aller plus loin dans mes résultats. Vous ne mesurez certainement pas l'influence que vous avez eue sur moi. Vous m'avez enseigné la souplesse dans les raisonnements, la rigueur dans les développements. Plus qu'une méthode, vous m'avez transmis un état d'esprit.

Plus aucune des émotions que je lui connais ne se lit sur ses traits. J'ose m'écarter de ce que j'avais soigneusement prévu de lui dire.

— C'est sans doute votre capacité à faire passer les notions les plus complexes à travers les mots les plus simples qui m'inspire le plus. Toujours avec cette étincelle dans l'œil, comme si le vrai défi n'était pas de comprendre, mais de faire comprendre. Contrairement à beaucoup d'autres professeurs, je ne vous ai jamais vu faire preuve de mépris, et encore moins de condescendance, envers nous. Certains ont besoin de cela pour asseoir leur autorité, pas vous. Vous parveniez à nous tenir parce que chaque jour, nous étions bluffés par vos idées, par votre façon de rebondir lorsque nous étions dans l'impasse. Je vous dois bien plus que mon doctorat, Bernard. Voilà le cœur de mon sujet.

Il reste muet et me fixe. Un moment suspendu. Sa compagne entre et dépose un plateau avec deux tasses de café fumantes sur son bureau. Elle ne s'étonne pas que nous nous fassions face, parfaitement immobiles et silencieux, comme deux statues. Elle ressort comme elle est entrée.

Sans me lâcher des yeux, Taner attrape un sucre au hasard et le laisse tomber à côté de sa tasse.

— Je suis touché, Adrien. Réellement.

Puis il ajoute :

— Tu crois que je vais mourir ? C'est ça ? Tu es venu me réconforter dans mon crépuscule ?

Je m'en défends :

— Non, absolument pas.

Je suis à deux doigts de lui avouer que c'est moi qui risque d'y passer, mais je me retiens.

— Vous êtes en pleine forme ! J'ai simplement pris conscience de ce que vous représentiez dans mon parcours, et j'ai eu envie de venir vous en faire part. On ne dit pas assez ces choses-là.

— C'est très gentil...

Je devine de l'émotion, mais il se reprend rapidement :

— Le moment venu, j'aimerais bien que ce soit toi qui rédiges ma nécrologie !

Il plaisante pour fuir ce qui le touche. Je peux comprendre, je pratique aussi ce sport.

— Goûte ton café, ajoute-t-il, sinon il sera froid et cela fera de la peine à Giulia.

Je prends la tasse mais ne bois pas. J'enchaîne :

— Il y a autre chose que j'admire chez vous, mais c'est plus personnel…

— Mon goût pour les pantalons en velours ? Il faut absolument que tu le dises à ma femme parce que…

— Vous avez trouvé votre place. Votre passion a répondu à vos questions. Vous êtes parvenu à conjuguer votre métier et votre personnalité. Je vous envie.

Il me regarde tout à coup différemment. Il tique :

— Quelle étonnante affirmation…

— N'êtes-vous pas heureux de votre accomplissement professionnel ?

— Mon quoi ? Ils inventent de ces mots aujourd'hui… Par quel raccourci peux-tu considérer que le machin dont tu parles serait ma principale source de satisfaction ?

— Je ne sais pas, je me suis dit…

— Cher Adrien, revenons à l'époque où je m'efforçais de t'inculquer que poser les problèmes correctement revient pratiquement à en trouver les solutions. Tu attaques ton équation en y laissant trop d'inconnues. Quel raisonnement tordu te permet de déduire que mon apparente sérénité proviendrait de mon intérêt pour les statistiques ?

— J'ai pensé que votre immense savoir acquis, toutes ces formules qui fixent le champ des possibles, vous avaient aidé à trouver des réponses dans la vraie vie…

Il hausse les sourcils.

— Étrange hypothèse.

— Ce n'est pas le cas ?

Il réfléchit un moment.

— À vrai dire, cela n'est jamais arrivé. Pas une seule fois.

Je suis désappointé.

— C'est ce que tu cherches dans tes travaux ? m'interroge-t-il. Tu espères découvrir dans des formules les réponses à tes doutes ?

— Je m'étais dit que peut-être…

— Ce sont des formules statistiques, pas magiques.

Il se redresse.

— Adrien, toutes ces lois mathématiques, ces probabilités, ne s'appliquent qu'à une vue d'ensemble. Elles n'ont de valeur que pour un monde vu d'en haut. À titre individuel, au niveau d'une réalité personnelle, elles nous rappellent simplement que tout peut arriver et qu'il vaut mieux ne s'attendre à rien, parce qu'à l'échelle d'un être, les pronostics sont toujours déjoués.

— Mais…

— Devant ton jeu de cartes, tu as beau savoir que tu as une chance sur trente-deux de tirer la dame de cœur, cela ne veut pas dire que c'est ce qui va se produire quand ce sera ton tour de jouer. La vie, ce n'est pas ce qui pourrait se passer, mais ce qui se passe… et on tire rarement la dame de cœur !

Quelque chose se fissure en moi. Je ne réagis pas immédiatement. Mon enthousiasme est en train de s'effriter.

— Maintenant que vous le dites, cela paraît évident.

Mon corps se relâche, je m'affaisse sur mon siège. Je reste silencieux un moment. Le professeur Taner m'observe. Cela lui rappelle sans doute les fois où nous comprenions soudain un raisonnement qui nous avait échappé jusque-là. Il laissait alors les rouages de notre esprit cliqueter à leur rythme pour intégrer les informations.

Sa mise en perspective me bouscule profondément. Quand je pense à tout ce que j'ai construit sur une idée fausse… Une sorte de révolution intérieure s'opère en moi, qui ne change aucun fait mais qui décale mon point de vue sur tout.

— Quel abruti j'ai été… Tout ce temps perdu ! Cette impression de mieux comprendre… Totalement illusoire. Dire que j'essayais de prévoir !

— Vraiment ?

— Bien sûr ! J'ai mis toute mon énergie à m'efforcer de saisir les lois qui régissent l'existence dans l'espoir d'anticiper sans trop subir. J'ai appris ma leçon sur le bout des doigts.

Je soupire :

— La place que ça prend dans ma tête… pour rien. 6 % des gens vont avoir un cancer, la moitié s'en sortiront. 42 % de ceux qui vont se marier divorceront, 46 % finiront par devenir propriétaires, 0,8 % verront leur logement ravagé par le feu ou l'eau. Moins de 1 % de risques d'être victime d'une intoxication alimentaire dans un restaurant. 7 % de perdre son portefeuille – 4 % parce qu'on l'a égaré, 3 % parce qu'on nous l'a piqué… Je pourrais en débiter comme ça pendant des jours.

— C'est ainsi que tu vois la vie ?

— Depuis que je suis gamin, depuis que ma famille s'est disloquée à cause d'un pneu qui a éclaté dans un virage. Il y avait 0,0002 % de chances que ça arrive. À compter de ce jour-là, je me suis échiné à identifier tout ce qui peut se passer, à le quantifier, afin d'avoir une chance de le voir venir.

— Mon pauvre, tu dois avoir une telle peur de l'existence…

— C'est exactement ça. Je ne vis pas, j'attends ce qui peut se planter. La peur au ventre. En vain. Bon sang, tout ce que j'ai fait, tout ce que je supposais avoir assimilé, ne sert strictement à rien, ni pour moi, ni pour les autres !

— Ne te blâme pas. Tu touches à l'intimité de ce qui dessine nos parcours. Nous ne sommes pas toujours capables d'appréhender ce qui nous pousse à prendre un chemin plutôt qu'un autre.

— À quoi servent alors toutes ces règles supposées dompter le hasard ?

— Elles ne domptent rien, Adrien. Elles nous offrent simplement une vision rassurante du monde. Mais dis-moi, d'où te vient cette remise en cause ? Tu n'as pas l'âge…

— Je me sens vieux, professeur.

— Allons, allons. Tu traverses une phase malheureusement banale. C'est le lot de chacun. Comme toi j'ai eu des doutes, comme toi j'ai pensé ma vie complètement inutile.

— Même vous ?

— Évidemment ! Celui qui te dira que ça ne lui est jamais arrivé est un menteur ou un parfait crétin ! Tu ne dois pas faire ta vie en fonction de tes peurs, mais au nom de tes désirs. C'est la seule façon d'avancer.

L'image du garage de mes grands-parents me revient en écho à son propos. La peur et les interdits n'étaient pas assez puissants pour m'arrêter. L'envie s'avérait trop forte. Ai-je seulement ressenti cela une seule fois depuis ? Je relève les yeux vers Bernard.

— Quelle solution avez-vous trouvée pour tenir tête à vos peurs ?

— Une force, un don de la nature rencontré en Toscane voilà plus de quarante ans. J'ai la chance de vivre auprès d'elle.

Il me désigne un portrait de Giulia. J'éprouve un nouvel abattement en lui confiant :

— J'avais trouvé la mienne, mais elle est partie.

— Alors tu te sens perdu ?

— À 100 %.

— Aimer n'est pas de tout repos. Si c'est ta nature, tu n'y échapperas pas, et fais-moi confiance, c'est une bénédiction. Bien sûr, parfois, c'est compliqué. Il faut tenir la barre en attendant que la tempête s'apaise. Sais-tu comment je garde le cap ?

Je fais « non » de la tête.

— Viens, je vais te montrer quelque chose…

19

D'une bibliothèque de son salon, le professeur Taner extirpe une boîte d'archives sanglée qui semble peser plus lourd que son volume ne le laisse supposer. Avec précaution, il la dépose sur la table basse, auprès de laquelle il s'agenouille. Alors que pendant des années, je ne l'ai vu que debout devant un tableau ou assis derrière un bureau, je suis déstabilisé de le voir tout à coup accomplir des gestes du quotidien dans lesquels je ne l'imaginais absolument pas.

— Je n'ai jamais parlé de ma collection à personne, confie-t-il, excepté à Giulia. Il n'y a qu'elle pour savoir.

Il défait la sangle et ouvre la boîte toilée. Elle n'est pas remplie de dossiers comme on s'y serait attendu, mais de pochettes en plastique déformées par les objets plats et épais qu'elles contiennent.

Avec soin, le professeur extrait un premier rectangle. C'est un carreau de faïence gris. Il le dépose sur le tapis comme s'il s'agissait d'un trésor. Il n'est pourtant pas antique et porte encore des traces de ciment sur les bords. Bernard répète l'opération, avec cette fois une tomette octogonale de terre cuite. Viennent ensuite un petit carrelage rouge corail, puis une succession d'autres pièces de formes et de couleurs différentes. Certains styles sont datés, quelques-uns arborent des motifs ou des reliefs. Une étonnante accumulation que mon ancien maître aligne sur son tapis en respectant un ordre précis. Douze échantillons au total.

— Vous collectionnez du carrelage ?

Il ne répond pas à ma question mais commente :

— Je ne m'attendais vraiment pas à les sortir aujourd'hui. Surtout pas devant toi.

Il ajoute en m'adressant un clin d'œil :

— Il n'y avait statistiquement aucune chance.

Il se relève, puis retire chaussures et chaussettes avant d'aller se placer à une extrémité de la ligne formée par ses carreaux.

— Tu veux savoir comment je sais où j'en suis dans ma vie ?

Je hoche la tête comme un enfant qui s'attend à assister à un tour de magie.

— C'est tout bête, Adrien : je refais le chemin. Pour vérifier que je ne me perds pas. J'appelle cela de l'archéologie affective…

Il pose son pied nu sur le premier carreau et ferme les yeux.

— Chacune de ces pièces de faïence provient d'un lieu où j'ai vécu. Grâce au premier, je retourne au commencement, chez mes parents, dans la maison de mon enfance. Ce carreau se trouvait dans l'entrée. Avec mes frères et sœurs, il nous a vus ramper comme des vers, faire nos premiers pas, rentrer de l'école, grandir, puis partir. Lui n'a pas bougé. Il est mon lien direct avec cette époque. À travers lui, comme s'il s'agissait d'un portail spatiotemporel, j'y retourne sans difficulté. Tellement de choses me reviennent à son contact... Lorsque mes parents ont vendu, les propriétaires suivants ont fait des travaux, et mon père a eu l'idée de leur racheter ce qui n'avait aucune valeur pour eux. Il nous a offert ce souvenir très concret. C'est lui qui m'a inspiré cette collection. Je l'en remercie chaque fois que je suis paumé. Ce qui m'arrive assez souvent !

Il passe au carrelage suivant, plus coloré.

— Là, j'étudiais à Hambourg. Trois ans. Une période studieuse et stimulante. J'y ai choisi ma spécialité, et surtout commencé à profiter de la vie. Ma piaule n'était pas grande et ce carrelage en a vu de toutes les couleurs. Il a supporté mes cours et mes piles de livres. J'ai même dormi dessus, trop ivre pour me hisser sur mon lit ! Pour garder ce petit morceau de cette tranche de vie, il a fallu que je le vole, que je l'arrache avec des outils d'archéologue empruntés à un autre étudiant du campus.

En passant de l'un à l'autre, il évoque les étapes de son histoire personnelle. Il les revisite, comme s'il s'y trouvait encore, simplement grâce au contact de son pied nu avec ces drôles de reliques.

Les yeux fermés, il murmure :

— Le plus petit détail réel suffit à faire ressurgir une foule de souvenirs et de sensations. Le passé revient, au point de redevenir le présent. Un jour, quand tu seras plus vieux, tu vivras cela toi aussi.

Je songe au banc dans la forêt qui a déclenché un effet similaire. Il ne tiendra jamais dans une boîte d'archives… Sur quoi d'autre pourrais-je m'appuyer pour revisiter mon parcours ? Je n'ai rien gardé de tel, je n'en ai pas eu l'idée, et personne ne me l'a donnée jusqu'à aujourd'hui. En fait, je me rends compte que ce sont les gens qui marquent les grandes étapes de ma vie. Tiens, je vais marcher sur Nico pieds nus pour me souvenir de tout ce que nous avons vécu.

Le professeur arrive au terme de son périple. Il rouvre les yeux et regarde le dernier carreau sur lequel il s'est arrêté.

— Reconnais-tu celui-là ? me lance-t-il.

Un simple carré brun, mat et usé. Tandis que je me le représente au milieu de ses nombreux semblables, une image surgit en moi.

— Il provient du hall de l'université ? C'est ça ?

— Tout juste.

— Il s'agit peut-être de celui sur lequel j'ai glissé lors de ma première rentrée…

— Qui sait ? Quelle est la probabilité ? On pourrait la calculer sans difficulté mais cela ne garantira pas que ce soit bien lui… Tu me comprends bien ?

— J'ai saisi la leçon, professeur.

Il se place à mes côtés et nous contemplons ces points de faïence qui dessinent sa trajectoire dans le temps. Je soupire :

— J'étais venu vous offrir mes remerciements, et c'est encore vous qui m'avez fait un cadeau.

— Fin de la démonstration, mon garçon. Peu importe sur quel carrelage tu te trouves aujourd'hui. À trop étudier les règles du jeu, on en oublie de jouer la partie. Va profiter de la récréation.

20

Pour affronter les nuits, j'ai affiné ma stratégie. Le soir, je m'interdis d'aller me coucher avant de tomber de sommeil. Je m'occupe jusqu'à épuisement complet.

Je continue d'écumer mes listes de contacts, je passe quelques coups de fil à d'anciens proches à qui je n'ai pas eu l'occasion de parler depuis des lustres. La démarche est plus qu'intéressante ; je me sens comme un explorateur qui se ferait parachuter sur une contrée affective restée en friche pendant des siècles. L'accueil est en général chaleureux, sauf Laurène qui a cru que j'appelais pour lui emprunter de l'argent et qui m'a raccroché au nez. Tant pis.

Lorsqu'il se fait trop tard pour déranger les gens, je passe au classement des photos. Le but n'est pas tant de « mettre mes affaires en ordre » que de traquer des souvenirs oubliés dans les disques durs. Les vues défilent sur l'écran. Des voyages, des fêtes, Cassandra. Des sorties, des mariages, et toujours Cassandra.

Certaines joies partagées sur des clichés de vacances suffisent à faire ressurgir des liens. De temps en temps, je dois l'admettre, j'ai quand même l'impression de régler une succession, mais pas la mienne.

Je finis par m'écrouler, devant l'ordi ou sur le canapé. Le sommeil est meilleur quand le corps est à bout de forces, même si le cerveau continue de tourner dans l'arrière-boutique.

Je me réveille quand même de plus en plus tôt. Je ne supporte pas de rester à me tourner et retourner dans le lit, alors je me lève. Je regarde par les fenêtres. Sur l'immeuble d'en face, je compte les logements où la lumière est allumée. Par déformation professionnelle, je ne peux m'empêcher d'en tirer des moyennes : un seul appartement éclairé à 2 heures du mat', jamais le même. Le chiffre reste stable jusqu'à 4 heures, où il passe à plus ou moins trois. C'est entre 6 heures et 6 h 15 que ça commence à s'animer vraiment. C'est tragique d'en être réduit à s'occuper ainsi. Je n'accepte plus de perdre mon temps. Si je m'écoutais, bien avant l'aube, je rendrais déjà visite à des proches, pour passer du temps avec eux.

Je suis encore arrivé très tôt au bureau. Léonie ne m'a pas proposé de café et ses deux yeux sont maquillés. Je file directement vers l'espace de travail commun. Quelques mètres avant d'y parvenir, je ralentis le pas pour adopter une démarche plus décontractée. C'est idiot, mais j'espère qu'Aurore sera là.

J'avance, aux aguets, prêt à ajuster mon comportement selon ce que je vais découvrir. Elle est là, seule. Exactement comme je l'escomptais. Elle me repère aussitôt et ne semble cette fois ni surprise, ni épouvantée.

— Bonjour Aurore.

— Bonjour… Adrien.

Son hésitation avant de prononcer mon prénom traduit l'effort qu'elle fait pour l'employer. Elle s'est appliquée à l'utiliser sans me regarder. Je m'enquiers :

— Ça y est, vous êtes enfin à plein temps sur votre projet ?

— Oui, je vous en remercie.

— Malgré cela, vous arrivez toujours aussi tôt…

— L'habitude, et puis c'est plus calme…

Pourquoi ai-je la sensation qu'elle ne me dit pas tout ?

— Donc vous êtes satisfaite ?

— Parfaitement.

Il n'y a pas dans sa réponse l'émotion qui devrait correspondre. Je sens un décalage entre ses mots et ce qu'elle dégage. Cela ne lui ressemble pas. Il est évident qu'elle cache quelque chose.

— Pourtant, j'ai l'impression que si vous étiez debout, vous ne feriez pas votre petite danse de la joie.

Elle fuit mon regard.

— Je vous assure, tout va pour le mieux.

Son malaise confirme mes soupçons.

— Aurore, nous sommes entre adultes. Quel est le problème ?

Elle semble chercher une échappatoire mais finit par lâcher :

— Max est venu lui-même m'annoncer que je pouvais faire ce que je voulais parce que vous l'aviez ordonné.

À la façon dont elle le raconte, ça ne s'est pas bien passé.

— « Faire ce que vous voulez... » ?

— Ce sont ses propres termes. Il n'avait pas l'air content du tout. Il a expliqué devant tous les collègues que je pouvais m'amuser pendant qu'ils feraient le boulot qui paie mon salaire...

— Je vois. Du pur Max. Quel mufle ! Je suis désolé. Du coup, tout le monde vous regarde en se demandant à quoi vous servez et pourquoi je me suis moi-même occupé de votre cas.

— Exactement.

— Saloperie d'open space.

— En quelque sorte.

Je réfléchis.

— Donc au final, au lieu d'améliorer votre situation, je l'ai brillamment dégradée.

— Vous ne pouviez pas savoir ! Votre intention était généreuse et je vous promets que chaque fois que j'y repense, mes pieds se remettent à danser malgré moi !

— Vos pieds sont gentils. Il va quand même falloir que je vous sorte de là.

— Non ! Surtout ne faites rien ! Ça finira par se calmer tout seul. Si vous intervenez encore...

— Ils vont penser qu'on couche ensemble.

Elle ne se démonte pas et commente :

— Je parie que c'est déjà le cas.

L'avantage entre analystes, c'est que l'on peut évoquer froidement des hypothèses factuelles qui feraient perdre leurs moyens à la plupart des individus. Mais je crois qu'Aurore a quand même rosi. Je la questionne :

— Que suggérez-vous ? Je vous exfiltre d'ici et vous vous installez dans mon bureau ?

— Tant qu'on y est, on pourrait faire livrer un canapé-lit pour allumer un contre-feu.

Combattre les ragots en en provoquant d'encore plus gros...

— Vous avez raison, mon idée est ridicule. Et si je venais faire une mise au point ici même ? Jouer l'acte II là où s'est joué l'acte I ?

Aurore fait une moue dubitative.

— Max s'est montré convaincant, et le public a été sensible à la tirade qui me désignait comme scandaleusement privilégiée...

— Donc ?

— On ne bouge pas, je me fais oublier. C'est la vie. Si je parviens à mener mon projet à bien et qu'il donne ce que j'espère, alors vous aurez eu raison de me faire confiance et j'aurai gagné le respect de tous sans que personne ne l'impose. En attendant, ne vous en faites pas pour moi, je suis une grande fille. Mais merci de vous en soucier.

Que vient-elle de dire ? « C'est la vie » ? Je pensais être encore le seul à utiliser cette expression. Je suis perturbé qu'elle l'emploie. Je m'éloigne sans savoir quoi dire. Excellent pour l'image d'un meneur.

21

L'écran de mon téléphone s'allume. Un message de Nico : « Je t'appelle dans une minute. Tu as intérêt à décrocher. »

Qu'est-il encore en train de mijoter ? Pourvu qu'il n'essaie pas de me faire plaisir… C'est toujours pareil avec Nicolas : chaque fois qu'il se sent coupable – de m'avoir éclaté les dents dans ce cas précis – il a la fâcheuse habitude de multiplier les initiatives pour tenter de se racheter. De les surmultiplier, devrais-je dire. Ça n'a jamais rien donné de bon. Dans quel secteur de ma vie va-t-il sévir cette fois ? Où va-t-il exercer sa bonne volonté ingérable ? J'ai à peine le temps d'envisager le pire que mon téléphone se met à vibrer.

— Salut biquet !

Son ton réjoui ne me dit rien qui vaille. Il est certainement déjà passé à l'acte.

— Salut Nico.

— Toujours en colère parce que je ne t'ai pas embrassé dans les bois ?

— Je me console.

— Tu es bien assis, là ?

— Non, je suis pendu par les pieds au-dessus d'une fosse à crotales.

— Super, tiens-toi bien parce que j'ai du lourd...

Il ménage son effet avant de me balancer, en détachant bien chaque mot :

— Le jeudi soir, Cassandra va jouer de la flûte.

Voilà un bon moment que je n'avais pas eu de spasmes d'angoisse. Enfant, ça m'arrivait dans la file d'attente des manèges à sensations. Là, je me fissure dans la hauteur parce que d'un côté, je n'en ai absolument rien à taper que Cassandra joue du pipeau, et de l'autre, ça veut dire que Nico s'est mêlé du seul dossier radioactif de ma pile.

Il répète en articulant davantage :

— Le – jeudi – soir – Cassandra – va – jouer – de – la – flûte. T'as compris ?

C'est sûrement une phrase codée, un signal que les Forces spéciales qui écoutent toutes nos conversations attendaient depuis le XIIe siècle pour envahir la supérette en bas du bureau. Où va-t-on acheter nos bols de nouilles après ça ?

— Merci Nico, content de l'apprendre. C'est vrai, je l'avoue, je me demande souvent ce qu'elle fait le soir, pendant que seul dans mon trou, je ronge mon risotto encore congelé. Pour le jeudi, je saurai. Je me sens déjà mieux. Merci, vieux.

— Attends, ce n'est pas tout. Pendant que Cassandra va jouer de la flûte, son mec va faire de l'aviron dans un club tout près d'ici.

Je me fissure cette fois dans la largeur. À la moindre secousse, je vais donc tomber en quatre morceaux. De mieux en mieux. Mon meilleur pote me téléphone pour me parler de mon successeur auprès de la femme qui me manque tellement.

— Pourquoi tu me dis ça ?

— Parce que je te connais. Ose me dire que tu n'as pas envie de savoir à quoi ressemble le gugusse ?

— Même si je rêve de retrouver Cassandra, lui piquer son mec n'est pas la meilleure solution.

— Tu peux faire tes blagues à la con, tu m'as très bien compris. Donc, là, en direct, parce que je me démène pour toi, je vais te révéler en exclusivité son nom et l'adresse du club où il rame.

— Envoie plutôt un SMS. Je ne me sens pas très bien tout à coup.

— Certainement pas. Aucune trace écrite, rien. Mode furtif ! Parce que je ne te raconte pas ce qu'il a fallu que je fasse pour obtenir ces renseignements.

— Je sais, j'ai déjà vu le film : des hommes sont morts pour arracher ces informations…

— Bien pire. J'ai été obligé de dîner chez Latoya.

Voilà des années que je n'avais pas entendu parler d'elle.

— Quel rapport avec Cassandra ?

— Elles sont en contact pour le boulot. Le monde est petit.

— Latoya, c'est bien celle qui se targuait de cuisiner comme un chef et qui nous avait tous rendus malades ?

— C'est elle.

— Sa vinaigrette maison avait fait des trous dans la nappe…

— Tout pile. Rien n'a changé. Pour toi, j'y suis allé. J'ai bravé l'enfer ! Elle m'a servi du quinoa aux algues avec un poisson qui ne figure dans aucune nomenclature zoologique mais qui colle aux dents. Je me demande d'ailleurs s'il ne vit pas en moi depuis...

— Tu as survécu, puisque tu es là pour le raconter.

— De justesse, mais tu me dois trois rouleaux de papier toilette.

— Je ne veux rien savoir.

La perspective d'aller jeter un œil au compagnon de Cassandra fait déjà son chemin dans ma tête. Bien plus vite que je ne l'aurais pensé. En me fournissant ces infos, Nico a peut-être gagné sa rédemption. Moi, je viens de décrocher une nouvelle malédiction.

22

Sous un nom d'emprunt, j'ai pris rendez-vous pour découvrir le club d'aviron en prétextant vouloir m'y inscrire. Je ne suis pas sûr de savoir réellement pourquoi je m'impose ça, mais Nico a vu juste : c'est plus fort que moi.

Soyons clairs : à l'évidence, il y a dans ma démarche l'envie de me comparer à celui qui a pris ma place. Je veux jauger la bête. J'admets que cela peut paraître malsain ou puéril, mais c'est un comportement masculin instinctif primaire présent dans nos gènes depuis la nuit des temps. Les hommes se mesurent avant de se battre. Je ne vois pas pourquoi ce principe ancestral disparaîtrait juste la semaine où il me concerne.

Qu'est-ce que ce type a pour lui que je n'ai pas ? Je sais, ce genre de question engendre souvent des drames shakespeariens et des ruptures d'anévrisme, mais je vais quand même aller vérifier.

Il s'appelle Alexandre Lepreux. C'est fou comme rien qu'avec un nom, on se construit une image des gens. Avec un patronyme pareil, je vois déjà le gars dressé sur son fier destrier dans son armure, avec son sourire étincelant, son épée et son bouclier arborant un cœur rose avec la tête de Cassandra dessinée dedans. Chaque jour, il dépose à sa porte un gros gibier qu'il a chassé lui-même. Il en entasse tellement qu'elle ne sait plus quoi en faire. Son congélo est plein à craquer, elle en a filé à tous ses voisins – même aux végans – mais il continue quand même. Un noble guerrier-chasseur, donc. Pour l'anniversaire de ma belle, je parie qu'il lui a offert un sac à main en écailles de dragon taillé dans la peau d'une bête qu'il a étouffée de ses propres mains au péril de sa vie, juste derrière le centre commercial. Alexandre Lepreux ! Ça claque. Je pars avec des points de retard. J'aimerais beaucoup découvrir qu'il est petit, grassouillet, chauve, avec une tête de gnome et une diction approximative, mais je m'attends à être déçu.

Je m'arrête en vue du quai, au bord de la rivière, près des véhicules déjà garés. Un immense hangar se dresse loin de tout. Ses larges portes sont grandes ouvertes. L'ambiance est particulière. Bien qu'il fasse encore jour, de puissants projecteurs éclairent l'esplanade bétonnée sur laquelle ont été sortis des bateaux effilés. Une équipe est déjà en train d'en mettre un à l'eau. Les gars sont en combinaison aux couleurs du club. Ils sont tous grands et plutôt baraqués. Pas le moindre gnome chauve à l'horizon.

D'autres rameurs arrivent du hangar avec du matériel. Ça discute, ça rigole. Certains s'étirent et s'échauffent. Parmi eux se cache le nouvel homme de Cassandra. Je les étudie les uns après les autres, en les projetant tous dans ce rôle. Étonnant casting. Tous étant vêtus de la même façon, la différence se joue vraiment sur l'allure, leur façon de bouger et leur visage. J'ai bien peur que tous n'aient plus de prestance que moi. Je relativise l'ampleur de la prise de conscience en me répétant que seul l'un d'entre eux sort avec mon ex, et pas toute la bande. Mais lequel ?

Un monsieur plus âgé, habillé en civil, donne des instructions. Je le rejoins.

— Bonsoir, j'ai téléphoné pour découvrir votre club. C'est peut-être vous que j'ai eu...

Il me tend la main, poignée aussi franche que le regard.

— Bienvenue. Monsieur Torpet, c'est ça ?

— Tout à fait.

Épargnez-moi, s'il vous plaît, tous vos commentaires sur mon faux nom. Dans l'urgence, au moment même où je calais le rendez-vous, j'ai pris le premier qui m'est tombé sous les yeux sur mon bureau. En l'occurrence, une marque hollandaise de joints haute pression pour laquelle travaille le cabinet. Je n'ose même pas envisager l'image que le type s'est faite de moi.

— Vous savez nager ?

— Euh... Oui.

C'est le minimum pour un joint haute pression. J'espère qu'il ne va pas me proposer de faire un essai avec ces types surentraînés. Il est évident que je ne pourrai jamais suivre leur tempo. Avec ma chance, je vais claquer dans les bras du nouveau mec de la femme de ma vie. Allez hop ! Vingt ans de psy pour tout le monde ! Je suis comme ça, moi. Même mort, j'aime apporter de la joie.

— Alors vous venez avec moi dans le hors-bord d'accompagnement.

— Super !

— Vous pourrez vous rendre compte par vous-même de ce qu'est une séance, et j'aurai le temps de vous expliquer comment ça se passe chez nous. Vous n'avez que ça comme chaussures ?

— Je ne pensais pas aller dans l'eau…

— Un aperçu de l'aviron sans eau ? C'est compliqué. Ne vous en faites pas, on va vous trouver ce qu'il faut.

C'est ainsi que je me retrouve assis dans un Zodiac, avec des pompes tellement grandes et un pantalon de ciré tellement jaune qu'on dirait un clown.

Deux équipages filent sur la rivière, cinq bonshommes dans chaque. Quatre rament avec un synchronisme parfait, et le cinquième barre. Il est le seul à voir où ils vont et assure la direction. Les rameurs bougent dans une telle unité qu'on dirait des robots reliés entre eux par des tiges invisibles.

Les respirations sont cadencées, les postures accordées. Parmi ces gars qui m'impressionnent se trouve pourtant celui que je ne suis pas certain d'apprécier. Une petite brise de jalousie commence à se lever en moi. J'ignore même si Alexandre Lepreux est rameur ou barreur. Sur lequel de ces messieurs dois-je diriger ma haine ?

Notre embarcation à moteur file en parallèle, mon chaperon hurle des indications aux équipages. Il les encourage, les corrige.

— Nathan, tu es en train de perdre le rythme, tu te décales !

Rien ne lui échappe. Il multiplie les allers-retours autour des embarcations fuselées. Pour ne pas provoquer de vagues qui pourraient les déstabiliser, il prend ses virages très au large, en virant le plus serré possible. La première fois qu'il a tourné, j'ai failli glisser du boudin en basculant en arrière. Un clown à la mer !

Entre deux remarques aux sportifs, il m'explique le fonctionnement du club, les tarifs, les compétitions, et les qualités requises pour être un bon équipier. J'écoute d'une oreille mais je me concentre surtout sur les suspects, sachant que j'en ai un de moins puisque Nathan est identifié. Il faut trois tours de plus à mon guide pour faire une remarque à un dénommé Florian. À ce rythme, faites le calcul… J'espère qu'il ne va pas lui falloir vingt-sept tours pour s'adresser à chacun parce que d'ici là, on aura eu le temps de vérifier si un clown triste, nauséeux et mort peut flotter.

— Alexandre, attention à la plonge de ta pelle.

Alexandre ? La plonge de sa pelle ? Maintenant, je sais au moins sur quel bateau il se trouve et qu'il n'est pas barreur. Restent quatre possibilités.

— Qu'appelez-vous la plonge de la pelle ?

— La profondeur à laquelle on enfonce l'aviron dans l'eau. Vous voyez celui qui est à l'avant ? Il enfonce trop. La pression doit être parfaitement répartie, sinon…

Je ne l'entends plus. Je fixe Alexandre. Il n'est ni chauve, ni gnome. C'est même sans doute l'un des candidats auquel j'aurais le moins voulu me comparer.

— Oui ? Vous comprenez ?

— Parfaitement. La répartition de la poussée. Logique.

— C'est un coup de main à prendre.

En me voyant livide, il ajoute :

— Ne vous en faites pas, vous y arriverez.

Ce n'est pas pour le coup de pelle que je m'en fais.

J'imagine Cassandra dans les bras de ce type. C'est affreux. Ça m'arrache les tripes de le concéder, mais ils doivent avoir beaucoup d'allure ensemble. Je les imagine trinquant en smoking au resto avant de courir se retrouver nus sous la douche, batifolant en maillot sur la plage avant de se retrouver nus sous la douche, ou en tenue de ville à la déchetterie avant de se retrouver nus sous la douche. Des animaux. Quel que soit le décor, ils rient aux éclats et ils sont heureux. Je n'en veux pas à Cassandra, mais lui je le déteste. En plus, j'ai le mal de mer.

23

J'ai retrouvé la terre ferme, quitté mon pantalon de ciré et repris mes vraies chaussures. Le fait est que l'on bouge bien mieux quand on est habillé à sa taille. Je donne un coup de main pour ranger les embarcations. Dans l'absolu, j'aime bien rendre service mais en l'occurrence, je le fais surtout pour approcher Alexandre Lepreux. C'est terrible mais je pense que s'il ne sortait pas avec Cassandra, je le trouverais sympathique. Un peu frimeur sur les bords, mais rien de rédhibitoire.

On soulève le bateau à quatre pour le ranger dans son rack. Surréaliste. Lui et moi à l'avant, épaule contre épaule, associés dans un même effort. Que se passerait-il s'il savait qui se tient réellement à ses côtés ?

— Alors tu veux t'inscrire ?

Il me parle. C'est donc ce visage que Cassandra a choisi ? Qu'est-ce que je vais préférer lui éclater, le nez ou les dents ?

— Je suis tenté.

— C'est un bon club, et puisque Thomas va partir, il y aura une place à prendre dans notre groupe. Tu as une petite trentaine, c'est ça ?

Dans le mille, et je suis sorti avec ta copine avant toi !

— C'est ça. Il faut quand même que je vérifie vos horaires par rapport à mon emploi du temps pro.

— Tu fais quoi ?

— Des maths appliquées.

— Oh ! C'est sérieux ça. T'es une grosse tête !

— Et toi ?

— Contrôle qualité en BTP.

— Très bien.

Un autre type passe et lui lance :

— Alex, j'ai ramené tes bouteilles. Il faut que j'y aille, là. Je les pose au pied de ta bagnole.

— OK, merci. À la semaine prochaine !

On a fini de ranger. Alexandre Lepreux s'éloigne en désignant les vestiaires :

— L'heure de la douche ! À bientôt peut-être. C'était sympa !

Je réponds avec ce que je pense être un geste aussi cool que le sien. Mais ça ne rend pas exactement pareil. Chez lui ça ressemble au salut d'un pilote de chasse qui part en mission pour sauver le monde, et chez moi à une entorse du coude.

L'entraîneur s'approche.

— Ça vous a plu ?

— C'était extra, mais une très bonne condition physique est obligatoire…

— Vous m'avez l'air en forme.

C'est ce que je croyais aussi jusqu'à il y a peu.

— Il faudra que je me remette à niveau avant de vous rejoindre.

— C'est vous qui voyez.

La nuit est tombée maintenant. Je l'aide à refermer les grandes portes du hangar. Les gars s'en vont les uns après les autres. Les voitures démarrent et s'éloignent. Alors que l'entraîneur rejoint les vestiaires pour éteindre le secrétariat et dire aux derniers de se dépêcher, je reste seul.

Le hangar, la rivière, et mes questions. Il y a aussi la jolie BMW d'Alexandre Lepreux, avec sa caisse de vin posée devant.

Franchement, je ne sais pas ce qui m'est passé par la tête. Comme dirait Nico, ça a grésillé. Aucun doute sur le fait que ça va tout compliquer. Évident que je vais le regretter. Mais c'était plus fort que moi.

24

— Ben merde, comment c'est possible ?

Ce sont les mots exacts d'Alexandre Lepreux lorsqu'il découvre ses deux pneus arrière crevés. Je pourrais lui servir une statistique d'assurance comme quoi ça arrive, même si c'est rarissime. Sauf que ses pneus ne sont pas morts de cause naturelle. J'en suis l'assassin.

Bon sang, qu'est-ce que je m'en veux ! J'ai honte. Je me méprise. Jamais je n'avais fait ce genre de crasse. Pas une fois. Cela n'excuse rien pour autant. Je me sens tellement mal...

Si je lui disais la vérité ? Si, d'homme à homme, je lui avouais que j'ai agi sur un coup de tête, sous l'emprise d'un cocktail d'irresponsabilité, de désespoir et de jalousie ? Si je déposais le fardeau de mon mensonge à côté de sa caisse de vin et qu'on rangeait le tout dans son coffre ? Mon cocktail à moi se boit frais alors que son pinard se déguste chambré. J'hésite vraiment.

Le problème, c'est qu'il en parlerait forcément à Cassandra. Alors je perdrais toute possibilité de retrouver grâce à ses yeux. Ma crédibilité, déjà à zéro, passerait à découvert, et tout espoir serait perdu. Tout ça à cause de deux pneus. On n'est pas grand-chose, quand même.

Donc, si j'avouais tout, il faudrait qu'Alexandre Lepreux jure de garder le secret. Mais quel intérêt aurait-il à le faire ? Il pourrait me faire chanter, m'obliger par exemple à lui déposer une caisse de grand cru toutes les semaines. Admettons. À force, il finirait par devenir alcoolique, mais vu sa forme athlétique, il faudrait des années pour qu'il claque d'une cirrhose, et j'y serais déjà passé depuis longtemps. Ce n'est pas un pari judicieux.

Pour qu'il se taise à jamais, l'unique option efficace consiste à l'éliminer purement et simplement. On est muet comme une tombe quand on est dedans. Là, tout de suite, je me vois bien le trucider. Nous sommes les derniers sur le parking. Pas de témoin. J'ai le mobile. Au Cluedo, on dirait que c'est le clown qui a fait le coup au bord de la rivière avec un bateau de 13 mètres de long. Je pourrais l'assommer par surprise, pendant qu'il charge sa caisse. Il y a assez de friches alentour pour enterrer son cadavre, ou alors je balance son corps dans la rivière. Je peux même le découper, j'ai un taille-haie dans le coffre. Ça y est, j'ai perdu la boule. Je n'attends même plus d'être endormi pour délirer.

Il fait le tour de sa bagnole, déconfit.

— Je n'ai qu'une seule roue de secours et je ne peux même pas te demander de me prêter la tienne, elle ne correspond pas.

Je suis rongé par la culpabilité. Incapable d'articuler un mot tellement je me sens minable. En plus, j'ai envisagé de le tuer. Je suis une abomination. Si je dis quoi que ce soit, malin comme je suis, je vais me trahir. On jouerait à « ni oui, ni j'ai crevé les pneus de ta bagnole parce que t'es avec ma nana ». Je sais que je vais perdre. Je vois d'ici la partie : il va me demander innocemment si j'aime manger du poulpe comme tout un chacun le fait régulièrement, et je vais lui balancer direct : « J'ai crevé les pneus de ta bagnole parce que t'es avec ma nana. J'ai aussi voulu te dépecer au taille-haie. » Tragiquement contre-productif. On se battra, il va avoir le dessus et c'est lui qui m'enterrera ou me balancera à la flotte. Il ne sera même pas condamné pour son crime, parce que tout le jury lui donnera raison. Sur ma tombe sera gravé : *C'était un méchant clown avec un taille-haie.*

Je me sens tellement coupable que je suis prêt à n'importe quoi pour l'aider. Il m'observe. On dirait qu'il attend une réaction de ma part – à moins qu'il ne me soupçonne déjà. Misère, c'est bien ma chance. Il vient de la même planète que Françoise, il peut lire dans la cervelle des gens en regardant par leurs trous de nez. Il faut que je dise quelque chose, c'est urgent. Un truc bien senti, compatissant mais ne lui fournissant aucun indice qui pourrait me compromettre.

— Oh là là ! Ben ça alors…

La double honte. De ce que j'ai fait et de ce que je viens de dire. Il est joli, le cerveau de compétition !

On reste un moment comme des manches au chevet de sa voiture. Avec un peu de recul, le tableau est réjouissant. L'ex et le nouveau mec de Cassandra devant une BM à plat. C'est assez stupide pour être une installation d'art contemporain.

Tout à coup, mon cerveau en panne déclenche l'alimentation de secours, et je m'entends lui dire :

— Il est tard. On aura du mal à te faire dépanner ce soir. Viens, je vais te déposer chez toi et on verra demain matin. Si tu veux, je m'en occupe.

Il me regarde avec reconnaissance. Un comble !

— C'est vraiment cool, je veux bien. Mais je ne vois pas pourquoi tu t'en occuperais demain. Ce n'est pas toi qui les as crevés, mes pneus !

Et il éclate de rire en montant dans ma bagnole. Je vais remettre mon ciré et mes grandes chaussures puis courir en zigzag et me balancer moi-même à la flotte. C'est dramatique. Je viens de découvrir la première des qualités qu'il a et que je n'ai pas : il ne considère pas l'imprévu comme une catastrophe.

Je m'installe au volant avec difficulté. La pression est trop forte. Je vais saigner du nez.

25

Entre hommes, le processus de rapprochement est très basique. Il suffit d'un seul point de convergence pour l'initier. À partir de là, tout va très vite. Une même région de naissance, un sport pratiqué dans la jeunesse, une passion improbable partagée, une odeur de barbecue qui fait saliver… et hop, le lien est créé.

Devant un obstacle, nous pouvons nous allier avec n'importe quel autre spécimen mâle si cela peut nous aider à le surmonter. On s'évalue, on compare les approches pour se renifler, et c'est parti. Pas de chichis, on s'y met. Si les circonstances et les affinités le permettent, on apprendra par la suite à se connaître davantage. C'est ainsi que nous autres avons tous des dizaines de « copains » que nous ne connaissons pas plus que ça.

En trois kilomètres, mon passager et moi avons déjà organisé l'opération de sauvetage de son véhicule avec son assurance. Ça, c'est réglé. On a résolu un problème ensemble. Quasiment un diplôme de fraternité.

— Une chance pour moi que tu aies été là. Je ne connais même pas ton nom.

En plus du nez, je vais aussi saigner des tympans.

— Jérémie Torpet.

Je suis seul responsable d'avoir prononcé mon faux nom de la façon la moins avantageuse qui soit. J'aurais pu la jouer à l'américaine, genre héros de film d'action, mais non, j'ai pris l'option bien franchouille : « Torpette ». Ma carrière internationale est fichue.

Il ne bronche pas et me tend sa main, que je saisis pendant que je conduis. Il se présente à son tour :

— Alexandre Lepreux.

Je le sais, pauvre rameur qui enfonce trop sa pelle ! J'en sais tellement sur toi ! Tiens, à l'heure qu'il est, ta femme joue du pipeau !

Là, je devrais me mettre à rire comme un dément. Mais je me contrôle et ce dérapage-là reste intérieur. Ça en fait toujours un de moins qui s'égaillera dans la nature.

J'ai serré la main de l'homme que je suis supposé détester. Reste bien concentré sur la route, Adrien.

Il déclare tout à coup :

— Tu permets que j'appelle ma copine pour la prévenir ?

Cette vie ne m'aura donc rien épargné.

— Je t'en prie, parviens-je à dire, elle doit s'inquiéter.

Son portable se connecte déjà pendant qu'il me glisse :

— Non, elle n'est pas du style à s'en faire. On est assez libres, chacun se débrouille.

C'est de ma Cassandra qu'il parle comme ça ?

— Salut bébé.

Il faut que je ramasse ma mâchoire avant qu'elle bloque une pédale. Non, mais franchement ? « Salut bébé » ? Je n'entends pas ce qu'elle répond, pourtant je serais curieux de savoir. « Bien le bonsoir, Alexandre Lepreux » ou « Coucou le coincoin » ?

— J'ai eu une galère de bagnole, mais un copain me ramène.

Super. On est copains. Je vous l'avais dit, chez nous, ça va vite.

— J'entends que ça rigole derrière, continue-t-il, tu es encore à ta soirée ?

Elle n'est pas au pipeau ? On m'aura donc menti ! Ce têtard de Nico a mangé du poisson qui colle aux dents pour rien !

Tournant la tête vers l'extérieur pour se faire discret, il lui glisse deux trois phrases du niveau de celles que l'on sort à sa petite amie quand on a seize ans et qu'on n'a plus de sang dans la tête parce qu'il est ailleurs. « Tu me manques trop », « J'ai pensé à toi toute la journée » et un truc du genre « Câlinous bisous, pouët pouët camion » que je n'ai pas compris. Écœurant. En plus, je sens bien qu'il se retient. J'ose à peine imaginer ce que donnerait leur échange si je n'étais pas là…

Je n'arrive pas à me dire qu'il parle à la Cassandra que je connais. Il écoute ses réponses en hochant la tête avec un petit sourire en coin. Ça minaude, ça susurre. Le supplice de leur conversation s'achève enfin.

— OK, on se retrouve cette nuit. Sois sage. Je t'embrasse là où tu adores.

Je vais me ranger sur le bas-côté et aller casser du bois. Ensuite, je ferai une belle flambée et je le jetterai dedans pour purifier son corps de pécheur qui manque de respect à ma princesse.

Une pointe d'amertume me transperce cependant. « On se retrouve cette nuit. » Je donnerais n'importe quoi pour glisser cette phrase à Cassandra avec autant de naturel.

Après avoir été veule, soyons hypocrite :

— Elle est à une soirée ?

— Pour son travail. Ils en organisent régulièrement. Une façon de nouer des contacts et d'entretenir les bonnes relations dans son job. Elle est acheteuse pour un réseau de magasins.

— Tu ne l'accompagnes pas ?

— Je n'aime pas trop ça, et je crois qu'elle préfère avoir les coudées franches. De toute façon, le jeudi, c'est sacré, je rame ! Et toi, t'as quelqu'un ?

— Une histoire compliquée, en pause pour le moment. Mais ça bouge.

— Existe-t-il une histoire qui ne soit pas compliquée ?

On rit tous les deux, mais je suis moins détendu que lui. Puisque le dossier est ouvert, j'en profite :

— Pas marié ?

— Non, on en parle vaguement mais il n'y a pas urgence. Je ne presse rien parce que derrière, elle voudra des bambins.

Je m'étouffe.

— Vous êtes ensemble depuis longtemps ?

Il est obligé de réfléchir pour répondre. Quel amateur ! Moi, quand j'étais titulaire du poste, j'aurais pu annoncer la durée instantanément, au jour près !

— Pas loin de deux ans.

La voiture fait une embardée, j'ai manqué de perdre le contrôle. Cassandra n'a donc pas traîné après m'avoir quitté. Lui continue sur sa lancée :

— Ça me fait penser qu'il ne faut pas que j'oublie cet anniversaire ! J'ai déjà loupé le premier… Elle m'a fait la tête trois jours. Qu'est-ce que je peux lui trouver comme cadeau ?

Il sort son téléphone et se note un rappel en grognant :

— Ça me gonfle. Je m'en fiche à un point… Tu lui offrirais quoi, toi, à ta nana, pour deux ans ?

Certaines idées me viennent mais mon esprit se bloque, m'exhortant à ne pas lui communiquer d'informations stratégiques. Après tout, c'est un concurrent. Ne devrais-je pas plutôt profiter de ma position de conseiller occulte pour le pousser à la faute ? Je pourrais lui suggérer de lui dégoter une plante en pot, ou un manteau comme celui que possède sûrement sa mère, un bien chaud pour l'hiver, beige. Non, j'ai mieux ! Aiguillons-le vers des casseroles. C'est bien connu, les femmes adorent recevoir des casseroles pour leur anniversaire. Ou un aspirateur à miettes, c'est arrivé à une copine. C'est sûr, s'il fait ça, elle le gifle et je reviens dans la course. Bingo ! Mais la honte me rattrape et je réponds honnêtement :

— Pour deux ans de vie commune ? Je ne sais pas. Aucune de mes histoires n'a duré aussi longtemps. Demande-toi ce qui pourrait lui faire plaisir, ce qui représente le mieux votre lien. Un dîner dans un endroit qu'elle aime, ou un week-end surprise ?

— T'es malin, toi. Grosse tête !

Il ajoute :

— C'est à une soirée comme celle où elle se trouve en ce moment que je l'ai draguée.

Je suffoque. Plus de souffle, asphyxié.

— C'est marrant ça, dis-je avec une voix de chèvre qui commence à peine à parler notre langue. Sachant cela, ça ne te stresse pas qu'elle y aille sans toi ? Bêêêê...

— Maintenant qu'on en parle, si, un peu. Parce qu'il ne faut pas lui en raconter, hein !

Il dit cela en regardant à travers la vitre de la portière. Il fait le fanfaron, mais il est contrarié. Moins que moi. Parce que soyons clairs, il est en train de sous-entendre que ma Cassandra n'est pas farouche du gigot !

Je donnerais cher pour savoir à quelle date exacte il l'a séduite. Si ça se trouve, elle n'est même pas restée célibataire une semaine après m'avoir lâché. Peut-être n'avait-elle pas la force de vivre seule après tout ce que nous avions partagé ? La pauvre chérie m'a sans doute quitté la mort dans l'âme, et le petit veinard s'est trouvé là au bon moment. Il le paiera. Ne dit-on pas que le flirt qui suit une rupture sérieuse n'est souvent qu'un entre-deux ? Une sorte de fusible pour se remettre ?

— C'est la prochaine à droite.

Le fusible vient de parler. Je tourne. Il me désigne un immeuble moderne muni de balcons agrémentés de végétation qui tombe en cascade. C'est donc ici qu'ils vivent. Je décélère.

— Merci, Jérémie, j'apprécie vraiment. J'espère que tu vas t'inscrire au club. Tu ferais un bon équipier.

C'est qui, Jérémie ?

Au moment de descendre, il se ravise :

— Dis-moi, tu n'as pas dîné non plus ? Veux-tu monter manger un morceau ?

Au point où nous en sommes, est-ce que ça peut vraiment être pire ? Quelle tête fera Cassandra en rentrant chez elle, me découvrant peinard, en train de « manger un morceau » avec mon nouveau copain à qui j'ai crevé les pneus ?

— Non, c'est vraiment sympa mais je dois rentrer. J'ai encore des dossiers à revoir ce soir pour une grosse réunion demain matin. Une autre fois peut-être...

Sale menteur. Le mime de mon rêve avait bien raison. Je mérite tout ce qui m'arrive.

26

Après cette soirée, je n'ai pas fait le moindre cauchemar, parce que je n'ai pas dormi. Impossible de fermer l'œil. J'ai bien essayé de m'allonger, de compter les clowns et les pneus crevés, mais je n'arrêtais pas de penser à Cassandra.

Elle doit avoir rejoint Alexandre Lepreux à présent. Je ne sais pas pourquoi, mais je ne parviens pas à l'appeler autrement que par son nom complet, comme s'il s'agissait d'une marque déposée ou d'un accusé de cour d'assises. Se love-t-elle contre lui comme elle le faisait contre moi ? Arrête, Adrien, tu te fais du mal.

Vers 4 heures du matin, j'en suis arrivé à la conclusion que marcher me ferait du bien, alors j'ai enfilé un survêtement, noué une écharpe autour de mon cou, et je suis sorti.

L'air frais, les avenues désertes, pas un bruit. J'ai toujours apprécié ces ambiances qui n'existent que pour ceux qui se donnent la peine de les capter. Ces moments-là se méritent.

Je déambule, libre et sans aucun but. J'emprunte des rues par lesquelles je ne suis jamais passé, en marchant en plein milieu de la chaussée. Un chat noir coupe ma route. Aucune importance, je ne suis plus à ça près.

Dans la ville figée par la nuit, j'aperçois au loin des lumières vives et du mouvement. Il se passe quelque chose. Je décide d'aller voir.

Ayant remonté l'avenue sur toute sa longueur, je débouche sur une place où règne l'effervescence. Des commerçants sont en train d'installer le marché. Les camions manœuvrent, les diables roulent, ça décharge des caisses à tour de bras.

Le ballet de dizaines de personnes qui s'activent avec entrain contraste singulièrement avec la somnolence du reste de la cité. Difficile de concevoir que ce chaos puisse se transformer en une de ces paisibles foires où l'on aime flâner pour faire ses courses. Pour l'heure, c'en est une, de course.

Les négociants se saluent, s'interpellent, échangent quelques mots sans pour autant interrompre leur manège. Sur les étals tout juste assemblés, les premiers fruits et légumes s'empilent, pendant que le boucher désinfecte sa vitrine réfrigérée encore vide. Ils se connaissent tous. Une petite troupe parfaitement rodée qui se prépare pour accueillir son public. Plusieurs mondes se côtoient décidément sur cette terre. Des univers parallèles que l'on ne soupçonne pas. Curieux, je m'appuie contre un réverbère pour observer ces vies autres que la mienne.

Un camion fait marche arrière devant moi. Ses bip-bip résonnent dans la nuit. Il me bloque un peu la vue mais je ne bouge pas. Un homme en descend, vif, énervé. Il ouvre sa soute, regarde autour de lui et consulte sa montre. Tout à coup, il me repère et lance :

— Tu cherches du travail ?

— Moi ?

— Non, le poteau. Si tu veux bosser, il va falloir percuter un peu plus. Viens m'aider à décharger. Je suis à la bourre.

Après tout, pourquoi pas ? Le type, toujours dans son camion, me passe déjà une première caisse. Je crois qu'il vend des épices et des fruits secs.

— Je te file un billet de cinquante si tu m'aides jusqu'à l'ouverture. C'est ce que je donne d'habitude à l'autre.

— D'accord.

J'ai toujours été un féroce négociateur.

— Pose les herbes de Provence à côté de l'étalage du maraîcher.

Les caisses ont l'air d'être conçues pour s'emboîter et former un présentoir en escalier. Après la troisième – de la cannelle et des currys – il me hurle :

— T'étale pas sur l'allée ! Laisse le passage libre.

Je multiplie les allers-retours entre le véhicule et l'emplacement de vente. Qu'est-ce que je fais là ? Je l'ignore, mais étrangement, j'y suis bien mieux qu'à broyer du noir dans mon appartement trop grand pour moi.

Je me prends au jeu. Les commerçants me disent bonjour, comme s'il était normal que je me trouve là. Ils m'acceptent. C'est un sentiment agréable. Je fais partie du mouvement. Ils sont tous dans l'urgence avant l'arrivée des premiers clients. Notre étalage n'est pas en retard par rapport à celui du fromager. Je crois que tous nos produits sont sortis.

— Les caisses s'assemblent, c'est ça ?

— T'es un malin, toi.

— Je suppose qu'il y a un ordre précis ?

— T'as tout compris.

Il me désigne le croquis au marqueur scotché sur le côté de la caisse enregistreuse.

— La mise en place est dessinée là. Tu sais lire un plan, au moins ?

— Je devrais m'en sortir.

— Le moins cher devant, et plus on remonte, plus ça coûte !

— Pigé.

— Tu me laisses le passage sur la droite, et de l'autre côté tu te colles bien au voisin. Ne perds pas de temps parce que dans le quartier, ils se lèvent tôt.

— Vous ne restez pas ?

— Je vais garer le camion et prendre un café. Je reviens dans dix minutes pour accrocher les prix. Je te fais confiance, tu m'arranges ça.

— Pas de problème, monsieur.

— Monsieur ? Tu te fous de moi ? Ici, tout le monde m'appelle Tarik.

Il me tend la main.

— Et toi, c'est comment ?

— Adrien.

— Tope-là. Je compte sur toi, Adrien.

Il est 5 h 30 du mat' et j'empile des olives et des figues, des raisins secs et des paquets de noix. Je soigne particulièrement la présentation des noix de muscade et des boîtes de dattes. Je me conforme scrupuleusement au schéma de mise en place. Ça me détend presque. En plus, ça sent bon. Il y a quelque chose de très satisfaisant à se servir de ses mains.

Le marché achève de se préparer, les étalages sont quasiment remplis, les éclairages réglés, les promotions affichées. Quand on vient en tant que client pour acheter trois bricoles, on ne réalise pas tout le travail de manutention qui se joue avant que l'on puisse admirer les jolies pyramides de clémentines ou les éventails de poissons sur la glace. L'ambiance est très active, vivifiante. C'est un autre milieu que le mien, et m'y plonger s'avère rafraîchissant. J'apprécie le recul qu'offre ce décalage. D'autres angles de vue sur la vie et sur moi-même.

Une dame en tablier passe et me demande :

— Il a reçu de la coriandre fraîche ?

— Aucune idée.

Elle doit avoir seulement quelques années de plus que moi mais me considère à l'évidence comme un ado.

— Tu demandes à Tarik s'il en a, et si oui, tu viens m'en déposer au traiteur du bout de l'allée.

— D'accord, madame.

Elle éclate de rire.

— Madame ? Enfin un gentleman dans ce gourbi !

Je m'active à positionner les dernières marchandises du haut de l'étalage, l'œil rivé sur ma montre. Tarik ne devrait pas tarder à revenir. Plus loin, une voix tonne :

— Gibraltar, descends de ta machine ! On t'a déjà dit : pas dans le marché ! Tu finiras par tuer quelqu'un en roulant comme un dingue avec ton engin !

Je relève la tête. C'est le charcutier qui apostrophe un jeune homme, du coup tout penaud. Celui-ci s'excuse, mais ne descend pas pour autant de sa trottinette électrique. À vitesse réduite, le garçon à moteur sillonne les allées et s'arrête juste devant mon étalage. Oui, maintenant que je l'ai construit moi-même et que le chef me fait confiance, c'est mon étalage. Il me regarde.

— Tarik n'est pas là ?

— Parti garer le camion.

— C'est toi qui as installé ?

Je force mon aplomb :

— Ouais.

— Je t'avais jamais vu, t'es nouveau ?

— Ouais, je suis nouveau.

À coup sûr, c'est le jeune que Tarik attendait et contre lequel il a pesté. Je lui ai piqué son boulot. Il va me détester. C'est un gars de la rue, bien bâti, nerveux. S'il me cherche, je ne risque pas d'avoir le dessus.

Il lâche sa trottinette, jette un œil sur mon travail, puis, d'une démarche calme et chaloupée, contourne l'étalage pour me rejoindre derrière. Je suis sur mes gardes. Pas question de me rendre sans combattre. J'essaie d'établir le dialogue :

— Il roule bien, ton engin.

— Je l'ai débridé. Je tape le 70. Quand les batteries sont bien pleines, j'atteins le 85 sans problème.

Il ne me regarde même pas. Tout à coup, il tend le bras. Par réflexe, j'esquive, mais il ne fait que désigner l'arrière de l'étalage.

— T'as pas mis les sangles. Il va gueuler, Tarik. De toute façon il gueule toujours.

— Les sangles ?

— Ben oui, sans les sangles, la première petite dame qui s'appuie sur tes caisses, ou un petiot qui s'y accroche, et tu te prendras tout sur la figure.

Il fait le tour, ramasse un sac auquel je n'avais prêté aucune attention et commence à tout attacher.

— T'en fais pas, me glisse-t-il. Je ne vais pas essayer de récupérer ton gagne-pain. Je suis arrivé en retard, toi t'étais là. Tant mieux pour toi, tant pis pour moi. C'est la vie.

« C'est la vie. »

Je tente de me justifier :

— Si j'avais su que c'était ton boulot, j'aurais refusé.

Il me regarde étrangement, comme s'il ne comprenait simplement pas l'argument. Il accepte les choses telles qu'elles sont, un point c'est tout. Il commente :

— J'aimais bien bosser ici, parce que le rapport poids/volume est bon.

— C'est-à-dire ?

— Les épices, c'est moins lourd que la viande, ou pire encore, que les légumes. Les fruits, c'est l'enfer. Je hais les pastèques. Ça te pète le dos.

Il resserre la dernière sangle et se retourne.

— C'est tout bon. Tu diras bonjour à Tarik pour moi.

— Tu t'appelles Gibraltar, c'est ça ?

— Ouais.

— Compte sur moi.

Je lui tends la main.

— Moi, c'est Adrien.

— Top. Tu fais aussi le marché du centre ?

27

Comme chaque mois, nous voici en réunion de *Strategic management, prospective analysis and opportunities*. Une expression aussi pompeuse que creuse pour un banal point de direction. Dans notre pays, dès que l'on veut donner un peu d'allure à ce qui en manque, on lui colle un nom anglais. Ça reste foireux, mais ça sonne mieux.

Max et moi présidons en bout de table. Côte à côte mais pas ensemble. Il se rend bien compte que je ne suis pas décidé à jouer la complicité. Il tente d'établir le contact en abordant des points dont je sais pertinemment qu'il n'en a rien à faire. Peu enclin à lui faciliter la manœuvre, je me contente de répondre laconiquement en regardant ostensiblement ailleurs.

Les petits jeunes de l'équipe commerciale arrivent les uns après les autres.

L'utilité des services commerciaux est évidente, mais ils ont pris une telle importance dans notre agence que j'ai surtout l'impression que Max s'est créé sa cour, avec ses petits soldats et ses favorites.

La plupart sortent à peine de l'école. Chaque composante de leur comportement est codifiée à l'extrême. Lorsqu'ils sont en public, le moindre de leurs gestes, de leurs propos et de leurs attitudes est mis en scène en fonction du regard de ceux qui les observent. La première à s'être installée était là avant nous parce qu'elle veut montrer à quel point elle est sérieuse. Ses documents sont impeccables et ses stylos parfaitement alignés sur le côté. Elle changera de tactique lorsqu'elle aura compris que ses camarades la méprisent pour ce zèle.

Les suivants singent une attitude de salarié débordé qui a miraculeusement réussi à se libérer pour cette réunion « parce qu'il est trop important de partager nos visions ». Et puis il y a les alphas, ceux qui arrivent en retard sans même s'excuser, les yeux rivés sur leur téléphone parce qu'on n'imagine même pas tout ce qu'ils gèrent d'essentiel. S'instaure ainsi entre eux une hiérarchie non dite, faite d'un subtil mélange du dédain qu'ils pensent pouvoir infliger et de leur désir de ressembler à ceux qui les fascinent. Celui qui ne fait plus preuve que de mépris prend place au sommet de leur pyramide.

Je m'attarde sur leurs déguisements et leurs accessoires – comme Barbie et Ken. Leurs portables qu'ils ne lâchent jamais, leurs tablettes, et surtout le gobelet de café choisi avec soin parmi les différents crus du monde même s'ils sont infoutus de faire la différence. Sans ce précieux breuvage, fabuleux aboutissement addictif d'un matraquage permanent d'image de marque, jamais ils n'arriveraient à tenir le rythme de leurs vies trépidantes.

Je les trouve amusants avec leurs vêtements taillés trop près du corps. S'ils doivent courir, ou même lever les mains en l'air en cas de braquage, c'est sûr, ça va craquer aux entournures.

Cette noble assemblée ne convie aucun de nos concepteurs ou développeurs. Les opérationnels n'ont rien à faire ici. Ils ne seraient pas à leur place. Là, entre « winners », ils vont célébrer leurs performances à coups de courbes projetées, d'interminables PowerPoint remplis de vide qui se terminent immanquablement par une pensée aussi profonde qu'originale du genre : « Le dépassement est à l'équipe ce que l'envol est aux oiseaux qui s'élèvent vers le soleil. » Merci les pigeons !

— Pourquoi ne pas inviter des ingénieurs à cette présentation ?

Max me regarde comme si j'avais insulté sa mère.

— Vous avez déjà vos réunions techniques entre vous. Pas vrai ? On n'y vient pas.

Les deux camps sont clairement délimités.

— Exact. Mais c'est vous qui décidez de ne pas y assister, parce que vous n'y comprenez rien.

Il ne relève pas. Le tour de table commence. Comme d'habitude, on ne s'arrête même pas sur moi parce que le commercial n'étant pas mon domaine, je ne comprends rien à leur art.

Toujours les mêmes mots ronflants, les expressions à la mode propagées par les réseaux, les anglicismes pathétiques, les acronymes stupides. C'est d'un ennui ! Ce n'est pas une réunion, c'est une expérience de mort imminente. Si au moins il y avait une lumière autour de cette table, je serais heureux de lui rentrer dedans.

J'aime particulièrement le petit jeune avec son costume neuf qui sourit et fait de grands gestes en parlant de nos progressions de marge en Asie. Même si je les confonds tous un peu, j'ai l'impression que celui-ci n'était pas là la dernière fois. L'usine qui fabrique ces individus a dû en livrer un nouveau. Je me sentais mieux à installer mes noix de cajou sur le marché. Au moins, ça avait un sens.

Max se penche vers moi et me glisse :

— Quand on aura fini, il faudra que tu m'accordes une minute pour régler un détail.

Même lui ne fait pas attention à ce que ses petits soldats racontent.

— Un détail ? Pas trop long, parce qu'il faut que je file vite.

— Juste la mise aux normes des contrats. J'ai tout fait préparer. Tu n'as plus qu'à signer.

— Quels contrats ?

— Les nôtres. La réglementation change sans arrêt.

— Je lirai et je verrai.

Il semble gêné. Et insiste :

— Il faudrait régulariser rapidement…

Ni lui ni moi n'écoutons plus ce qui se dit autour de la table.

— Tu les as avec toi ?

— Bien sûr.

Il les extrait d'un parapheur et les dépose sous mes yeux. Je feuillette les pages. Ce n'est ni plus ni moins que mon contrat d'actionnaire et de président. Un « détail », donc.

— Je ne vais pas signer cela sur un coin de table. Je dois le faire relire par mes conseillers juridiques.

— Tu ne me fais pas confiance ?

— Ne me la joue pas à l'affectif. Il est normal que je relise, c'est tout.

De moins en moins à l'aise, Max précise :

— Tu verras, j'ai fait ajouter une clause sur ta participation aux présentations afin de garantir ta rémunération. Page 14, paragraphe 6B.

Je jette un œil. Ce gros malin me promet une prime de présence lors des réunions avec les clients, mais assortie d'une obligation de m'y rendre. En clair, il m'astreint contractuellement à jouer mon rôle d'animal savant.

Je le regarde droit dans les yeux.

— Ai-je l'air aussi con ?

— Pourquoi dis-tu ça ?

— Il est hors de question que je signe ça.

— C'est ce qu'il y a de mieux pour l'entreprise. Pourquoi t'opposer à l'intérêt général ?

On ne chuchote plus et les participants ont depuis longtemps arrêté de présenter leurs pseudo-études. Tous nous observent, perplexes devant la passe d'armes.

Max monte le ton :

— Je ne sais pas ce que tu as en ce moment, mais tu te montres de plus en plus négatif. À la limite du contre-productif.

— Je me consacre à ce qui compte et je ne me laisse plus embarquer dans ta logique.

Max prend son équipe à témoin. Je me retrouve seul.

— Tout le monde a noté l'esprit de défiance dont tu fais preuve depuis quelque temps.

— C'est-à-dire ?

— Si tu ne joues pas le jeu de l'équipe, Adrien, je te promets que je n'hésiterai pas à faire ce qu'il faut pour protéger les intérêts de cette boîte et de ses collaborateurs.

Je le regarde sans colère, mais sans surprise non plus. Il n'a pas été long à dévoiler son jeu. Je me lève sereinement en demandant :

— Tu me menaces ?

— Pas encore.

— Qu'est-ce que tu vas faire ? Le dresseur va faire piquer l'ours ? Sérieux ? À force de jouer les petits chefs, tu t'es vraiment convaincu que tu étais le patron ?

— C'est moi qui fais tourner la taule. Pendant que tu déprimes entre deux projets, c'est nous qui faisons bouillir la marmite.

Il englobe son équipe dans la charge.

— Mesure tes propos, Maxence. Je suis l'unique actionnaire majoritaire.

Calmement, je déchire son nouveau contrat. Il bondit en éructant :

— Et toi, qu'est-ce que tu vas faire ? Ne compte pas te débarrasser de moi comme ça du jour au lendemain !

— Ça, ce sont tes méthodes, pas les miennes.

Il s'énerve en aboyant :

— Je n'hésiterai pas à te foutre mes avocats au cul. Il existe des lois !

— ... Que les gens comme toi savent parfaitement utiliser, je sais.

— Tu peux te retrouver condamné sans même t'en rendre compte.

J'ai un léger rire nerveux :

— « Condamné sans même m'en rendre compte. » Je vois très bien ce que tu veux dire. Dépêche-toi, camarade, parce que j'ai une autre affaire en cours qui risque de se plaider avant la tienne.

— Que veux-tu dire ?

Je quitte la salle en lui adressant un salut digne d'un pilote de chasse qui part en mission pour sauver le monde. Ce coup-ci, le geste est parfait.

Trop content.

28

Je n'arrête pas de penser à Cassandra. M'être trouvé si près d'elle, même à son insu, connaître son adresse et une part de son quotidien, renforce ma détermination à la retrouver.

L'image d'elle courant vers moi ne me quitte pas. Lorsque Alexandre Lepreux lui parlait, c'était presque moi qui le faisais. J'étais dans son intimité. Cela me trouble. Il prétend qu'ils sont très libres ? Tant mieux. Ils resteront amis. Mais je veux coûte que coûte récupérer ma place.

Depuis qu'elle m'a quitté, j'ai compris beaucoup de choses. J'ai changé. Même si je n'ai pas envie de faire de tort à son compagnon, j'étais là avant, et j'accorde beaucoup plus d'importance à notre histoire que ce type.

Qu'ils se soient connus précisément lorsque nous avons rompu fait planer une ombre au-dessus du souvenir de ces temps douloureux. J'aimerais vraiment savoir avec quelle rapidité Cassandra est passée au suivant. Pour me distraire de cette sombre angoisse, il me faut du puissant, du chaleureux.

Juste après mon accrochage avec Maxence, sur un coup de tête, j'ai pris la route pour aller rendre visite à mon frère. C'est loin mais si ça roule correctement, j'y serai pour le dîner. Je l'ai prévenu et il est super heureux. Il m'attend.

Conduire m'a fait du bien. Voir défiler les paysages, mettre de la distance, est toujours apaisant. En accumulant les bornes, j'ai eu le temps de réfléchir. Tout est de plus en plus clair en moi, comme si mes doutes se dissipaient chaque jour un peu plus. Mes sentiments deviennent limpides, mes envies pures, la seule difficulté est de m'organiser pour ne pas éveiller les soupçons. Personne ne doit savoir ce qui provoque cette révolution.

J'arrive enfin dans la zone pavillonnaire en avançant au pas. La dernière fois que je suis venu, c'était pour la pendaison de crémaillère. J'aperçois la maison de Julien et Léa. La voiture devant le garage, le toboggan aux couleurs vives et aux formes rondes de mon neveu, le ballon sur la pelouse.

À peine suis-je garé que leur porte s'ouvre et que le petit s'élance vers moi. La dernière fois, il n'était pas encore capable de cavaler comme ça. Il me paraît grand pour ses cinq ans. Je sors aussi vite que possible pour le rejoindre. Il me saute dessus, je le soulève à bout de bras.

— Salut champion !

— Tonton Adrien !

Je le fais tourner en l'air. Léa se tient sur le pas de la porte, radieuse.

— Rentrez vite tous les deux, il fait froid.

Je garde Timéo contre moi.

— Dis donc, il est incroyable ton pyjama ! Ce sont des super-héros ?

— Ouiiii !

— Il y en a un là, et un autre là…

Chaque fois, j'appuie du doigt sur un des points où il est chatouilleux. Il rit, se contorsionne. Il est de plus en plus difficile à contenir et à porter.

À l'intérieur, il fait bon. De délicieuses odeurs de cuisine flottent dans l'air. Des jouets partout. J'enlève mes chaussures et dépose le gamin sur le tapis du salon. Je me laisse tomber à genoux pour rester à son niveau. Je compare nos tailles, lui debout et moi replié.

— Il faut que tu arrêtes de grandir, sinon tu vas devenir un géant.

Il rigole.

— Tu viens voir ma chambre ?

— Laisse-moi d'abord embrasser ta superbe maman.

Léa m'enlace.

— Heureuse de te voir, c'est vraiment une bonne surprise.

— Je passais dans la région, l'occasion était trop belle.

Julien descend de l'étage. Il a bonne mine, une gueule d'homme. On s'étreint. Il me glisse :

— Qu'est-ce que je suis content de te voir ! La nouvelle de ton arrivée a sauvé mon après-midi.

Timéo me tire par le blouson avec insistance.

— Alors, tu viens ?

— Tim, intervient Léa, Tonton Adrien va te suivre, mais laisse-lui le temps d'arriver. Je te rappelle que tu devrais déjà être au lit…

Julien me débarrasse de mon vêtement et je suis le petit qui cavale en me tenant par la main. Il me présente ses nouveaux jouets, les déballe dans le désordre. Il les étale sur son lit, sur son bureau, puis partout sur le sol de sa chambre.

En quelques instants, la pièce est un bazar sans nom. Il m'explique les rivalités entre ses personnages articulés, fait rouler ses camions jusque sur mes pieds.

C'est au moment où il me montre son classeur de dessins que sa mère vient sonner l'heure du coucher. Depuis le seuil, Julien m'observe. Nous échangeons un regard au-dessus de la mêlée. Lui aussi pense manifestement qu'on ne se voit pas assez souvent.

Après avoir lu une histoire de lutins et de sorcières en surjouant chacun des rôles, j'arrive à passer le relais à Léa. Si elle parvient à endormir Tim dans l'état d'excitation qui est le sien, je lui tire mon chapeau.

Quand nous retournons au salon, Julien me confie :

— Tu l'aurais vu quand on lui a annoncé ta venue… Il n'y a que le Père Noël pour lui faire plus d'effet.

— Votre fils est adorable.

— On essaie d'avoir un deuxième enfant. Ça ne se passe pas comme on veut pour le moment. Léa est stressée. Je préfère qu'on n'en parle pas devant elle, mais je voulais que tu sois au courant.

— Qu'est-ce qui l'inquiète ?

— C'est de plus en plus compliqué à l'hôpital. Ils restructurent n'importe comment. Quant à moi, la boîte est en train de se faire racheter. Léa a peur que je ne me retrouve au chômage, et on a des crédits.

— Tu es en danger ?

— On ne sait rien pour le moment. On flippe en attendant de voir à quelle sauce on va se faire dévorer. Je te sers notre whisky ?

— Non merci, pas d'alcool ce soir, je dois rentrer tout de suite après.

— Tu pourrais rester dormir…

— Pour être dans vos jambes demain matin quand vous vous préparerez ? Je vais vous épargner ça. En plus, j'ai du pain sur la planche.

— Ça marche toujours, ton cabinet ?

— Je cours derrière, et il m'échappe un peu.

— Il vaut mieux ça.

Nous nous dévisageons. Sans doute constate-t-il comme moi le temps qui passe sur nos traits. Il suffit que je me trouve dans la même pièce que lui pour me rendre compte à quel point notre complicité me manque au quotidien.

Quand nous étions gamins, nous en profitions tous les jours, sans être conscients de la force que cela nous offrait. La plupart des frères traversent une phase conflictuelle, mais la perte de notre père et tout ce qui en a découlé nous a soudés. Nous avons toujours pu compter l'un sur l'autre. Rien ne remplace jamais cela, sauf peut-être avoir à son tour un foyer et des enfants. Sous prétexte qu'il est facile de se déplacer et de communiquer, cette époque éloigne ceux qui s'aiment. Ce n'est pas ça, la vie.

— Papilau vous embrasse.

— Je m'en veux de ne pas réussir à lui rendre visite. Heureusement que tu t'en occupes. Comment va-t-il ?

— Plutôt en forme. La mémoire vacille de temps en temps, mais pas sur tout.

Léa revient de la chambre de Tim. Elle passe derrière son mari et l'étreint. Ils vont bien ensemble. Leur fils, leur intérieur, leurs projets.

Tout est à sa place. Une jolie vie de famille que je ne connaîtrai jamais.

— Tant que j'y pense, me dit Julien, il faut absolument que je te pose une question. Ça me tourne dans la tête. Un souvenir m'est revenu et j'ignore si je l'ai rêvé ou si c'est réellement arrivé.

— Tu veux parler de la fois où tu m'as battu à *GTA* ? Dans tes rêves, mon gars.

Il rit.

— Non, je ne sais pas pourquoi j'ai pensé à ça, mais ça m'obsède. Tu pourras certainement me dire.

Il se cale dans son canapé et m'explique :

— Voilà : on serait allés en vacances, au bord de la mer, avec les parents...

— Avec les parents ou avec Papilau et Mamette ?

— Les parents.

— Tu devais être vraiment très jeune...

Le fait qu'il m'oblige à me replonger par surprise dans cette période me remue. Nous avons certainement vécu des heures heureuses en ce temps-là, mais ce qui s'est produit ensuite me les a confisquées. Il détaille :

— Une maison en pierre grise, avec une terrasse. On dormait dans des lits superposés. Tu avais pris celui du haut...

— OK.

— Dans mon rêve, tu savais tout juste faire du vélo et je râlais parce que je n'en étais pas encore capable sans petites roues.

Une image me revient, je pédale sur une grande terrasse dont le sol est décoré d'une sorte d'étoile, et Julien essaie de me suivre sans y parvenir. Il trépigne.

— Ça c'est sans doute produit. En quoi est-ce si important ?

— Attends, je ne t'ai pas tout dit. Je crois me souvenir, mais sans certitude, que dans cette maison d'où on voyait la mer, on avait fait des dessins qu'on a enfermés dans un tube en métal pour les enterrer. Ça te rappelle quelque chose ?

Une étincelle surgit en moi. Il poursuit :

— On les aurait roulés, scellés dans un genre de tube à cigare et enfouis au pied d'un gros rocher sur lequel on jouait au bout du terrain. L'ai-je imaginé, ou est-ce vraiment arrivé ?

Ce qu'il raconte ranime des souvenirs jusque-là oubliés dans un coin poussiéreux de ma mémoire. J'évite le plus souvent de m'y aventurer seul. Trop peur des fantômes et des détresses qui s'y entassent.

— Dans mon rêve, précise Julien, je nous revois avec Papa, rebouchant le trou contenant notre trésor en promettant de revenir le chercher une fois devenus grands. Ça ne te dit rien ? Tout semblait si réel, je ne sais pas pourquoi j'ai pensé à ça…

La scène me revient, ultra nette. Papa vient de creuser avec une pelle rouillée dont le manche est cassé. Maman nous enjoint de ne pas nous salir. Julien tient notre modeste colis serré entre ses petits doigts – une boîte à thé cylindrique et non un tube à cigare, décorée d'inscriptions déliées à l'anglaise formant des courbes enchevêtrées. Nous avons tous dessiné ou écrit sur des feuilles que nous avons soigneusement roulées et glissées dedans. On referme cérémonieusement la boîte et on l'enfouit. « Un message au futur », répète mon père. Ça me fait un mal de chien d'y repenser. À cette époque-là, nous étions encore une famille, exactement comme celle que j'ai en ce moment sous les yeux.

Comment réagir vis-à-vis de mon frère ? Dois-je prétendre qu'il a rêvé, ou dire la vérité au risque que lui aussi mesure tout ce que nous avons perdu depuis ? Je crois que je vais aussi porter ce fardeau-là tout seul.

— Non, vraiment. Ça ne me dit rien. Mais c'est un joli rêve.

Il semble presque soulagé. Lui n'a pas besoin d'aller se perdre dans le passé. Son présent est bien assez fort.

Je change de sujet, mais pas tout à fait :

— T'arrive-t-il de penser à notre mère ?

Léa le regarde. Elle sait que c'est un point sensible. Il prend son temps.

— Jamais volontairement. Ça arrive, mais ça ne me fait ni chaud ni froid. Elle nous a exclus de sa vie, j'ai fait pareil. On n'a pas manqué d'amour, pas vrai ?

Je ne suis pas certain de savoir répondre à cela.

29

Romane n'a vraiment pas fait preuve d'un enthousiasme débordant lorsque je lui ai proposé de nous revoir. Limite douche froide. Nous étions pourtant très proches durant nos études supérieures.

Je pense savoir pourquoi elle a réagi ainsi – c'est d'ailleurs pour cela que j'ai repris contact. Besoin d'éradiquer les zones d'ombre qui peuvent obscurcir mes relations avec ceux que j'ai sincèrement appréciés.

À défaut d'avoir des choses à me reprocher, Romane peut m'en vouloir de ne pas avoir été suffisamment à ses côtés lorsqu'elle en a eu besoin. Je l'ai peu à peu laissée tomber alors qu'elle avait toujours été présente pour moi. Pas un véritable lâchage, mais des silences et des délais de réaction de plus en plus longs, jusqu'à ce qu'il n'y ait plus rien. Ce que l'on ne fait pas blesse parfois tout autant que les erreurs que l'on commet.

Elle n'a pas voulu que nous nous retrouvions chez moi, et lorsque je lui ai offert de passer chez elle, son refus a été encore plus tranché. Du bout des lèvres, elle a accepté un rendez-vous dans un petit resto italien qu'elle a choisi dans son quartier. J'y suis et je l'attends.

Un modeste établissement coincé entre un magasin de fringues et une banque, seul commerce de la rue à ne pas avoir été refait. Une salle étroite et tout en longueur, comme comprimée entre deux forces qui la dépassent. Quelques tables nappées de toile cirée à carreaux verts et rouges. De vieilles chansons italiennes pleurent d'une enceinte posée entre les bouteilles d'apéritif poussiéreuses. Des déesses en plâtre éraflé servent de portemanteau, et de mauvais tableaux de la Rome antique complètent l'atmosphère de ce lieu en sursis.

Le cuistot, qui fait aussi office de serveur, m'observe. Dire qu'il m'étudie serait plus approprié.

Lorsque Romane entre, ils se saluent d'un signe de tête, mais leur relative indifférence sonne faux et je parie qu'ils se connaissent mieux qu'ils ne veulent le montrer. Je me lève pour accueillir celle que je n'ai pas vue depuis des années.

Elle a changé, comme moi. Ce n'est pourtant pas son évolution physique, logique, qui m'interpelle, mais une expression plus austère que je ne lui avais jamais connue. Elle semble s'être durcie, refermée.

— Bonsoir Adrien.

— Bonsoir Romane. Merci d'avoir accepté de venir. Ça fait drôle de se retrouver après tout ce temps !

Elle ne répond pas et prend place face à moi. Elle se plonge dans le menu, qu'elle parcourt méthodiquement comme si elle le découvrait pour la première fois. Là encore, je n'y crois pas.

Elle est habillée sobrement mais avec goût. À peine maquillée. Ses cheveux, dont les pointes sont encore humides, indiquent qu'elle vient de prendre une douche. Pourquoi s'est-elle donné du mal alors que j'ai l'impression qu'elle n'a pas envie de ce dîner ? J'essaie de lancer la conversation :

— Alors, que deviens-tu ?

Elle relève les yeux, ils sont pleins de méfiance.

— Que veux-tu savoir ?

— Je ne sais pas. Dis-moi d'abord comment tu vas, par exemple.

Le contraste entre le ton enjoué que je m'efforce d'adopter et sa froideur est frappant. La voilà qui replonge dans la carte. Le patron nous écoute, et pas uniquement parce que nous sommes les seuls clients de sa gargote.

Je me demande tout à coup si ces retrouvailles étaient une bonne idée. Après tout, j'ai souhaité la revoir, mais c'est un élan personnel. Elle n'en a peut-être rien à faire. Essayons quand même, abattons nos cartes en premier. Je me lance :

— Pour faire court, de mon côté, célibataire, sans enfants, il n'y a que le travail qui va, et encore…

Elle me coupe la parole avec une pointe d'exaspération :

— Qu'est-ce que tu veux, Adrien ? Pourquoi es-tu là ?

Un pavé dans la mare, ou plutôt un bus dans la piscine.

— Pour te revoir, discuter.

— Célibataire, c'est ça ? C'est la première info que tu m'as donnée. Alors quoi ? Tu passes en revue tes anciennes connaissances et tu t'es dit que cette bonne vieille Romane serait peut-être une option pour une nuit ou pour quelques semaines ?

— Pas du tout.

— Tu débarques comme ça, la bouche en cœur, et tu penses que je vais te tomber dans les bras en un claquement de doigts ?

— Pourquoi dis-tu ça ?

— Mets-toi à ma place. Rien pendant des années et d'un coup, comme par miracle, tu te retrouves là devant moi, tout gentil, tout mignon.

Je ne sais pas quoi répondre. Elle enchaîne :

— Tu veux de mes nouvelles ? Je vais t'en donner : pas mariée mais avec un gamin dont je m'occupe seule depuis que son père m'a plantée en me laissant ses dettes. Je galère dans un emploi sous-payé avec un petit chef qui me tient à la gorge parce que je ne le laisse pas me tenir ailleurs. Je compte ce que je dépense dès le 2 de chaque mois. Tout le monde m'a tourné le dos parce qu'avec mon môme et mes problèmes, je suis devenue infréquentable. Je n'arrive même plus à payer le loyer de cet appartement miteux où je végète depuis dix ans.

Le ton est virulent. Elle désigne le cuistot :

— Avec mon fils, on mange à notre faim parce que Gianni nous file des pizzas.

Gêné, il me fait un signe de la main. Romane reprend son souffle.

— Tu voulais des nouvelles, en voilà. Maintenant, Adrien, si tu veux te lever et partir, fais-le. Je comprendrai. Crois-moi, je ne suis pas une bonne affaire, même pour une nuit.

Je sais ce que dirait le professeur Taner : « Va directement au cœur de ton sujet. »

— Désolé que tu puisses penser cela, Romane, mais c'est faux. Je n'ai aucune intention de coucher avec toi, ni ce soir, ni plus tard. Je suis venu parce que je t'ai toujours beaucoup appréciée et que tu as été là pour moi quand c'était dur. J'aurais voulu – j'aurais dû – rester plus proche de toi par la suite, mais je n'ai pas su. C'est vrai que je t'ai évitée. Je n'ai pas toujours répondu à tes messages. Pourtant ce n'était pas faute de penser à toi. Manque de temps, fatigue, lâcheté, faiblesse surtout. Mais je ne cherche aucune excuse. On n'en est plus là. En venant ce soir, je tenais simplement à te dire en face que je le regrette.

Son regard change imperceptiblement.

— C'est quoi l'idée ? On t'a offert un bon pour un examen de conscience à Noël ?

— On peut voir ça comme ça.

— Tu veux que je te pardonne ? Tu espères l'absolution afin de pouvoir continuer ta vie tranquillement après ?

— Même pas.

Elle me dévisage.

— Explique-moi, je suis curieuse. Tu as été touché par la grâce ? Tu es bénévole au Samu social pour pouvoir continuer à te regarder dans la glace ?

— Je n'ai aucun problème avec ce que je vois dans mon miroir.

Je soutiens son regard. Romane ne me fait pas peur. Je ne vais pas essayer de plaisanter comme je l'ai fait trop souvent. Elle me fixe durement, mais cela ne me gêne pas. Je la laisse faire. Je crois que dans mes yeux, elle peut trouver les réponses à ses questions.

Après un silence tendu, elle demande tout à coup :

— Tu es malade, c'est ça ?

Je la laisse me scruter l'âme autant qu'elle le veut.

— Tu vas mourir ?

C'est elle qui finit par se détourner. D'une voix mesurée, je réponds :

— C'est toi qui as voulu savoir. Je ne comptais pas t'en parler. Je te demande par contre de garder cela pour toi. Personne n'est au courant et c'est ma volonté. Pas la dernière...

Je pivote vers le patron en ajoutant :

— Gianni, je compte aussi sur vous. Pas un mot.

Il hoche positivement la tête avec empressement.

Romane adoucit à peine son ton :

— Pardon de t'avoir considéré comme un pauvre type.

— Aucune importance.

— Donc, tu fais ta tournée d'adieu avant le grand départ ? Le ménage avant le jour du Jugement dernier ?

— Il y a un instant, j'étais un mec en quête d'aventure sexuelle. S'il te plaît, ne passe pas d'un cliché à un autre. Je me suis peut-être trompé en venant – une erreur de plus. Mais en t'appelant, je ne cherchais ni la rédemption, ni ton pardon. Figure-toi que mes regrets pèseront toujours plus que tes reproches. Ne crois pas que ça m'arrange. Je ne suis pas en tournée d'adieu, Romane, je retourne vers ceux qui me manquent, et tu en fais partie. Maintenant, si tu t'en fous, tu peux me demander de me lever et de partir. Je le ferai.

Le silence est pesant. Les chansons sirupeuses ne parviennent qu'à le rendre glauque. La cloche de la porte du resto tinte, trois jeunes entrent joyeusement.

— Désolé, messieurs, les arrête Gianni, c'est complet.

Devant la salle où nous ne sommes que deux à être attablés, les trois affamés protestent. Gianni monte le ton :

— C'est une soirée privée !

Les visiteurs ressortent en maugréant. Romane sourit pour la première fois. Enfin, je la reconnais.

— Comment s'appelle ton fils ?

— Mathis.

— Quel âge ?

— Six ans et demi.

— Où est-il en ce moment ?

— Chez une voisine.

— Veux-tu que nous allions le chercher pour qu'il dîne avec nous ?

— Non, ça va, merci.

— Que dirais-tu de commander ?

Elle approuve. Je me tourne vers le patron :

— Gianni, s'il vous plaît ?

30

Je dois absolument m'approcher davantage. Je sais qu'il me sera interdit de lui parler pour le moment, mais tant pis. Je suis prêt à tenter l'impossible, et même le diable, pour me trouver au plus près d'elle. Pour capter ce qu'elle dégage, et pourquoi pas ce qu'elle ressent. C'est une nécessité vitale.

Quoi que je fasse, Cassandra reste au centre de mes pensées. Je réalise que depuis notre première rencontre, ça a toujours été le cas, et paradoxalement, cela n'a fait que s'accentuer depuis son départ. Avant qu'il soit trop tard, lui rendre sa vraie place. Elle. Toujours elle. Devant, au-dessus, plus haut que tout, même que ma propre vie. C'est mon but, mon enjeu, mon espoir.

Je ne me contente plus de collectionner les sous-dossiers dans mon téléphone rempli de photos de nous deux, je l'ai remise en fond d'écran. J'assume. J'ai pris le temps de bien choisir son portrait. Et j'ai aimé ça. En le faisant, j'étais avec elle.

J'ai opté pour une vue de Cassandra cadrée serré, saisie dans un crépuscule d'été. Les derniers feux du soleil irradient dans ses cheveux défaits. Je me souviens du parfum d'herbe séchée qui flottait ce soir-là. Du léger frisson que la fraîcheur annonçant la nuit provoquait sur nos peaux. Nous n'avions alors qu'à nous rapprocher pour ne plus avoir froid. À force de m'user les yeux sur cette image, j'en connais chaque détail. De la courbe idéale de ses mèches à la commissure de ses lèvres, qui ne s'infléchit dans ce sourire si particulier que lorsqu'elle est vraiment heureuse. Je la connais par cœur. Il m'arrive d'effleurer l'écran comme si c'était sa joue. C'est ridicule, mais je m'en fiche. Le problème, c'est que je le fais les yeux fermés et que ça déclenche pas mal d'applications qui font ce qu'elles veulent ensuite. Peu importe. J'ai presque l'impression d'entendre sa voix prononcer mon prénom. Alors, plus rien ne peut m'atteindre. Quand je suis avec elle, je me sens invincible. Elle est mon remède miracle. De tels bienfaits méritent bien un petit plan foireux.

Cette fois, je suis seul en forêt. Nico va me manquer, mais il le faut. Je vais tenter un gros coup. L'idée est tellement simple que même si elle est énorme, ça peut marcher : je suis un coureur, comme Cassandra. J'emprunte la même allée qu'elle, comme beaucoup de sportifs. Je l'attends, et lorsqu'elle apparaît, je lui emboîte le pas et je me maintiens le plus longtemps possible dans son sillage. Pas question de plus pour le moment.

Je ne suis plus aussi entraîné que j'ai pu l'être, mais je suis sûr que la motivation m'aidera à tenir. Faire un bout de chemin ensemble. C'est tout ce que je demande. Aujourd'hui, je vais me contenter de quelques kilomètres, en avançant masqué. Un jour prochain, je l'espère, nous avancerons côte à côte, au grand jour. On pourra alors arrêter de courir pour parler, et elle tournera son beau visage vers moi en souriant.

On n'en est pas encore là et pour le moment, je fais des tours à vide dans les bois en attendant de la voir passer. Aucune chance qu'elle puisse me reconnaître. Je me suis affublé d'une casquette et de lunettes de soleil. Histoire de me fondre dans la masse, j'ai aussi acheté une tenue de course comme en ont tous les autres. Je dois entrer à fond dans le rôle du coureur lambda. Je crois cependant que la malédiction est toujours sur moi, parce que bien que ce soit ma taille, mon pantalon semble encore trop grand.

J'en suis à mon sixième tour. Le point positif, c'est que ça m'échauffe. Le fait est que ça m'épuise aussi. Je n'arrête pas de vérifier l'heure. Il est possible qu'elle ne coure plus deux fois par semaine. Ou peut-être a-t-elle modifié son horaire ? L'équation contient trop de variables, et aucun pourcentage n'existe pour me rassurer. Impossible de savoir si elle viendra ou non. Au diable les probabilités, je joue la partie. Je m'accroche à ce qu'elle réveille en moi, l'espoir, une superstition irrationnelle qui m'aide à guetter le bonheur comme on entrevoit un écureuil.

Je trotte parmi les promeneurs. J'ai failli trébucher sur un chien qui a brutalement changé de trajectoire. D'autres coureurs parcourent aussi les allées. J'en ai suivi un qui s'entraînait comme une machine. J'ai essayé de copier ses mouvements pour avoir l'air moins gauche, et ça marche. Je m'en sors mieux, mais la fatigue est quand même là.

J'entame mon huitième tour de chauffe. Je viens de courir davantage en vingt minutes que durant les deux dernières années. Combien de temps vais-je pouvoir tenir ? À quelle heure puis-je considérer qu'elle ne viendra pas et que c'est raté pour aujourd'hui ? De toute façon, si j'en arrive à cette triste conclusion, je reviendrai demain, et s'il le faut après-demain, et ainsi de suite jusqu'à ce que mon stratagème fonctionne.

Je fais une pause pour récupérer. Je me plie en deux, les mains appuyées sur les genoux. Le sang me bat aux tempes. Je dois être rouge. Normal, pour une tomate. La sueur me dégouline dans les yeux. Je l'évacue et relève la tête. Bon sang, je crois que je viens de la voir passer sur l'allée centrale !

Je démarre en trombe. Je m'essuie la figure avec mon tee-shirt. Dans l'affolement, j'ai failli en perdre mes lunettes et percuter un arbre. Je débouche dans l'allée et oblique pour prendre ma cible en filature.

Elle a de l'avance, mais je remonte régulièrement. La silhouette, les cheveux noués en queue-de-cheval qui fouettent l'air : 60 % de chances que ce soit elle. J'accélère pour m'en approcher, je me place presque à son niveau tout en restant en retrait. Je reconnais son maintien, son port de tête. Son profil, son petit nez, sa fossette. Bon sang, sa fossette… C'est elle à 100 %. Identification complète. Il ne me manque plus que d'apercevoir ses yeux pour me mettre à rire comme un niais. Un sourire béat doit me barrer le visage lorsque je réalise qu'elle est à portée de main.

Je me place dans son sillage et je ne cours plus, je vole. Ses épaules qui roulent, ses coudes comme une locomotive à vapeur, le rythme du balancement de ses hanches… Elle porte des écouteurs. À l'époque où nous courions tous les deux, elle n'écoutait pas de musique. C'est peut-être le signe que je lui manque. D'ailleurs, Alexandre Lepreux ne m'a pas complètement remplacé puisqu'il n'est pas là avec elle. Moi si, et j'en savoure chaque millième de seconde.

À l'accompagner ainsi, je me sens plus vivant que jamais, davantage même qu'à l'époque où nous étions en couple, parce que j'ai depuis mesuré tout ce qu'elle représente pour moi. Le manque d'elle s'est chargé de me l'apprendre. Je n'ai plus aucun doute sur le fait que nous devons être ensemble. Il faut d'urgence que j'appelle Darshan. La science vient de faire un grand pas en avant : je sais pour qui je suis tombé malade, et j'ai devant les yeux celle qui peut me guérir.

Cassandra est là, pour de vrai. Je peux presque poser la main sur son épaule et lui parler. Quels seraient mes premiers mots ? Que pourrais-je lui dire de pur, d'essentiel, d'absolu, pour que nous soyons à nouveau en communion ? Quoi que ce soit, il faudrait d'abord que je lui hurle : « Tu veux pas retirer tes écouteurs ? »

Cours, Adrien. Ne réfléchis pas, tu n'es plus en état. Concentre-toi sur le moment présent et profite, parce que le voyant de ta batterie clignote rouge et que tu ne pourras plus la suivre très longtemps. Alors, regarde, éprouve, ressens, gave-toi de ce moment, de cette scène. C'est la première fois de toute ta vie que tu cours avec elle sans te mettre la pression. Aujourd'hui, tu n'as pas peur de la décevoir. Aujourd'hui, tu ne crains plus de la ralentir et qu'elle ne t'en veuille. Cette fois, tu galopes pour toi, pour être avec elle. Le cœur de ton sujet.

Ma poitrine va exploser. Je m'en fous, je peux mourir maintenant, j'ai vécu toute une vie en quelques foulées. En courant après elle. La tomate est trop mûre, et déjà se profile l'instant déchirant de l'adieu.

Je suis hors d'haleine. J'arrache encore quelques mètres, mais mes forces m'abandonnent. Obligé de lâcher l'affaire. Je finis par m'arrêter. Un chien me regarde parce que ma langue doit pendre autant que la sienne.

Je me tiens debout au milieu de l'allée. Tout le monde me dépasse. Cassandra s'éloigne. Elle ne faiblit pas. Désormais, elle n'est plus qu'une silhouette parmi d'autres. Un coureur vient de déboucher d'une allée transversale et embraye à son niveau. Vus de ma place, ils ont l'air de courir ensemble. Celui-là, si je l'attrape, je lui éclate la tête. Je ne suis certainement pas propriétaire de Cassandra, mais je ne vais abandonner à personne ma place auprès d'elle. Peut-être, un jour, aurai-je l'honneur de faire à nouveau partie de sa vie. Mais je suis au moins sûr d'une chose : je lui appartiens.

Elle vient de disparaître au loin.

Je suis rentré en marchant. Il n'y avait pas que de la sueur qui coulait dans mes yeux.

31

— En général, quand les filles en couple restent en mode séduction – genre soin maniaque de leur corps et vêtements sexy –, c'est qu'elles ne se sentent pas complètement engagées vis-à-vis de leur mec.

— T'as lu ça dans une revue chez ta dentiste ?

Nico peut avoir des opinions étranges. Il était par exemple convaincu que les végétaux fixent l'oxygène grâce à leurs globules verts, que les molécules qui composent la matière sont visibles à l'œil nu quand on est complètement bourré, et que si on chante une berceuse à un chien méchant, il ne peut pas vous mordre. Ça lui a valu quatre points de suture à la fesse droite quand on avait seize ans.

Il semble cette fois très sûr de son raisonnement et poursuit :

— Tu te souviens d'Olga, ma deuxième copine ?

— Celle que j'ai prise pour un travelo le soir où tu l'as rencontrée ?

— Exactement. Elle passait son temps à se pomponner, à s'habiller comme pour un shooting de mode, en me répétant que c'était pour moi. Seulement pour moi…

Nico paraît plus triste tout à coup.

— Elle me murmurait ce que je voulais entendre et je suis tombé dans le panneau. Elle s'est bien payé ma tête... Aveuglé, je ne me suis pas rendu compte que je n'étais qu'un nom de plus sur sa liste. Elle sautait sur tout ce qui chaussait plus que du 45.

— Je chausse du 45 et elle ne m'a fait aucune proposition indécente.

— Elle savait qu'on était amis et que tu la grillerais. Enfin bref, des mois après qu'elle m'avait jeté comme un bidon percé, je tombais encore sur des gars à qui elle avait servi le même baratin. Au total, on devait être suffisamment nombreux pour constituer deux équipes de volley, avec des remplaçants et même une partie du public... Alors crois-moi, si Cassandra se donne autant de mal pour entretenir son physique, c'est qu'elle ne se considère pas comme casée et que tu as encore toutes tes chances.

— Elle peut simplement faire preuve d'un amour-propre dont bon nombre de nos congénères devraient s'inspirer. Objectivement, ce sont souvent les mecs qui se laissent aller une fois qu'ils sont « casés »...

— En tout cas, mon raisonnement était juste pour Olga.

— Cassandra a toujours soigné son apparence et sa forme physique, et c'est pour moi une qualité.

— Tu as sûrement raison.

Il marque une pause et soupire, pensif :

— On est mignons tous les deux. Comme des collégiens secrètement épris. Toi avec ta

Cassandra et moi avec ma Barbara. Tiens, c'est drôle, les deux finissent en « a » !

— Toi, elle va te coûter tes dents, et moi elle m'a ruiné les jambes.

Nico est sur son petit nuage.

— BarbarAAA… CassandrAAA… Ça ne rime ni avec « bonheur », ni avec « amour ». Tu crois que c'est un mauvais présage ?

— Ça rime avec « Fais ta vie avec moi », c'est déjà pas si mal.

— C'est vrai, t'as raison. Ça rime aussi avec « Veux-tu coucher avec moi ? » C'est génial !

— Bravo, mon pote. Fonce. Je suis convaincu qu'elle sera sensible à ton joli poème, court mais tellement chargé de sens. N'hésite pas à filmer sa tête au moment où tu le lui déclameras, ça te fera au moins un souvenir de votre brève et fulgurante histoire.

— Comment va-t-on s'y prendre ? On est amoureux, et elles n'en savent rien.

— Toi parce que tu ne lui as encore rien dit. Moi parce que je ne peux plus rien lui dire…

— Excellente analyse. Mais j'ai quand même un avantage sur toi…

— Tu chausses du 46 ?

— Non. Mais dans ton cas, il faut que tu coures derrière elle sur des kilomètres pour la rattraper, alors que moi, il me suffit de prendre tranquillement rendez-vous, et elle m'attend dans son cabinet.

— Qu'est-ce que tu essaies de me dire ?

— Que ton parcours du combattant risque d'être plus sévère que le mien.

— Ne te réjouis pas trop vite. Parce que moi, je peux aller courir en forêt quand je veux pour retrouver ma Cassandra. Alors que toi, tu es obligé de te mutiler la mâchoire ou de tabasser un ami pour lui rendre visite.

Ma remarque le laisse de marbre. Pire, elle paraît le mettre en joie. Il semble tout à coup très satisfait de lui-même.

— Tu vas être déçu, mon coco, parce que désormais, je peux voir Barbara quand je veux… J'ai des rendez-vous programmés toutes les semaines pour les deux mois à venir.

— Qu'est-ce que tu as encore manigancé ?

— Une bonne action.

Je crains le pire, surtout vu l'assurance dont il fait preuve en me toisant.

— Comment ça, « une bonne action » ?

— La fille d'une collègue a des problèmes de dents et sa mère n'a pas les moyens de la faire soigner. Alors j'ai gentiment proposé de payer pour la petite, et je l'emmène en faisant croire à Barbara que c'est ma fille !

Je suis à moitié bluffé, à moitié épouvanté.

— C'est pas un coup de génie, ça ? ajoute-t-il, hilare. T'es pas impressionné ? J'aide une enfant, et je vois Barbara tous les mercredis à 14 heures !

— Espèce de malade…

32

J'arrête de jouer en défense et je passe à l'offensive. Je frappe à la porte et entre directement dans le bureau de Max. Après tout, il se permet la même chose.

— Salut Maxence, il faut que je te parle.

À en juger par la tête affolée de la commerciale qui se tient vraiment très très près de lui, je tombe mal.

— Je suis en rendez-vous, là, me renvoie-t-il. On peut se voir plus tard ?

— Je n'en ai pas pour longtemps.

Je m'installe tranquillement dans le fauteuil face à son bureau en prenant mes aises. Les deux restent interloqués. Je m'adresse à la jeune femme :

— Pouvez-vous nous laisser un instant ? C'est une « management conf-call en live », comme on dit chez vous.

Elle jette un regard à Maxence, qui lui fait signe de sortir. J'attaque en douceur :

— Je me suis trompé, Max. Je te présente toutes mes excuses.

Il paraît surpris, mais l'idée de mon remords lui plaît visiblement. Il m'a toujours un peu tenu par ce biais-là.

— Ce n'est pas grave. On s'est un peu emballés, tout va trop vite. Oublions ça. Aucun problème.

— Je m'aperçois de tout le travail que toi et tes équipes fournissez au quotidien pour vendre au mieux nos programmes.

Il se délecte.

— C'est vrai que c'est un sacré boulot, mais c'est un privilège de mettre nos compétences au service de ton expertise !

Dans un bel ensemble, nous nous inclinons respectueusement l'un devant l'autre avec la même hypocrisie. Je reprends :

— Je devrais prendre davantage soin de vous et vous faciliter le travail.

— Merci, Adrien, si tu savais à quel point ça me fait plaisir d'entendre ça… Mon vieux complice ! La « team » est de retour !

— C'est vrai, après tout, ingénieurs et développeurs représentent bien moins de monde que tes équipes.

— Exact, mais la valeur n'a rien à voir avec le nombre, n'est-ce pas ?

Je soupire, songeur.

— Il est bien loin le temps où nous étions seulement toi et moi, dans ce petit studio où nous avons commencé, avec cette vieille moquette râpée qui ondulait. Tu te souviens ?

— Pas qu'un peu ! C'était le bon temps, d'une certaine façon.

— Un qui concevait pour un qui vendait…

— Heureusement, on s'est développés. On a déployé nos ailes !

— Comme tu dis. Du coup, j'ai pensé que pour te dégager de la place dans l'espace de coworking, je pourrais peut-être déplacer mes six malheureux ingénieurs et vous laisser entre vous.

— L'idée est pleine de bon sens. D'autant que je risque d'embaucher encore dans les mois qui viennent. On aurait alors un service cohérent, sans se déranger entre les différents métiers. Bien vu. Où projettes-tu d'installer tes concepteurs ?

Avec une absolue sérénité, je jette un œil circulaire à son bureau.

— Ici même. C'est vaste, au calme, et proche de mon bureau.

Il reste interdit.

— Comment ça, ici même ? Et moi, je vais où ?

— Tu rejoins tes équipes, dans l'open space. Vous aurez de la place, vous serez entre vous. Tu viens de le dire toi-même : vous serez un service cohérent. Au top !

Son regard s'assombrit.

— À quoi tu joues, Adrien ?

— Je te fais part de mes visions d'actionnaire majoritaire. Je facilite la fluidité du process de notre entreprise. C'est bien comme ça qu'on dit ? Tu avais raison, je ne suis pas assez à l'écoute de l'intérêt général.

— Tu me cherches ou quoi ?

— Pas du tout. D'ailleurs, puisque nous en parlons, j'ai jeté un œil au fichier du personnel et aux grilles d'évaluation salariale.

— Depuis quand tu t'occupes de ça ?

— Depuis que je suis un patron décidé à prendre son rôle au sérieux. Et figure-toi que j'ai découvert un truc incroyable.

— Ne pousse pas le bouchon trop loin...

— Laisse-moi finir, tu vas rire. Je me suis aperçu que certains de tes commerciaux ont été augmentés de plus de 35 % l'année dernière – ce qui inclut la charmante petite qui était à l'instant en « réunion » avec toi – alors que les développeurs n'ont été gratifiés que de 6 %, et que leurs primes sont moitié moins importantes.

Il s'indigne :

— Comment t'as calculé ça ?

— De tête. Les pourcentages, rappelle-toi, c'est un peu ma spécialité.

— C'est parce qu'on est indexés sur les bénéfices…

— Et nous sur le prix de la tonne d'ordures dans les pays du tiers-monde.

Il ferme les yeux un bref instant, inspire profondément et pose les mains bien à plat sur son bureau.

— Adrien, on ne peut pas continuer comme ça.

— Je suis bien d'accord.

— Repartons sur des bases saines et apaisées.

— Avec plaisir.

— Je vais demander un audit, je te promets d'ajuster les paies et de gommer les déséquilibres s'il y en a.

— Il y en a, et ne te donne aucun mal, c'est déjà en cours de rectification.

Il devient rouge écarlate. C'est maintenant lui, la tomate, et s'il continue, il deviendra du ketchup parce qu'il semble prêt à éclater.

— Ça ne va pas bien se passer… gronde-t-il.

— C'est toi qui décides, mais sois gentil de rassembler tes affaires avant ce soir. Les travaux de réaménagement commencent demain matin à 7 heures. Va rejoindre ton équipe et s'il te plaît, ne passe pas tes nerfs sur mes ingénieurs.

Ils ont pour instruction de ne plus tolérer aucun de tes écarts de langage.

— Tu vas me le payer.

— C'est déjà le cas, avec les charges sociales et les primes. Alors au point où j'en suis...

33

Hier soir, Darshan a encore tenté de me joindre, mais je n'ai pas répondu. Je le rappellerai plus tard. Je me doute de ce qu'il va me répéter et il a certainement raison, mais tant que j'en ai la possibilité, je continue d'avancer, et aucun traitement ne peut me faire plus de bien.

Même si j'ai peu dormi, j'ai quand même cauchemardé en boucle. Toujours la même scène. Je déambule dans un cimetière désert à l'ambiance lugubre. Un chat noir juché sur un caveau me parle dans une langue inconnue. Plus loin, j'aperçois le mime dont j'avais déjà rêvé qui pleure doucement devant la sépulture d'un vélo. Les feuilles mortes tourbillonnent autour de moi. Leurs volutes m'encerclent pour m'entraîner vers un lieu mystérieux. Je passe ainsi devant une statue géante de mon père qui me suit du regard. Un peu plus loin, je longe un saloon d'où s'élève de la musique – la portée symbolique de cet épisode m'échappe… Je suis conduit jusqu'à une fosse béante, au pied d'une pierre tombale gravée à mon propre nom. Je m'approche pour lire l'épitaphe, mais elle reste floue.

Chaque fois, je me réveille en sursaut au moment précis où je m'apprête à faire le grand pas en avant qui me précipitera dans le trou sans fond.

À peine rendormi, hop, c'était reparti pour un tour ! Je n'ai même pas réussi une seule fois à aller boire un coup au saloon ! Par contre, dans une des versions, le mime m'a flanqué une baffe…

Après cette sympathique promenade à laquelle n'importe quel stagiaire psy ne manquerait pas de trouver d'innombrables significations, mon esprit s'est offert une séance de panique comme celles que j'ai connues lors des premières nuits, écartelé entre des interrogations métaphysiques et des questions très concrètes. Elles se sont battues entre elles. C'était même un vrai championnat de catch ! « Y a-t-il une vie après la mort ? » a tenté de flanquer la pâtée à « Que faire de l'argent que j'ai gagné ? », « Ferai-je encore l'amour ? » a réussi à envoyer dans les cordes « Où balanceront-ils mes cendres ? », « Ai-je bien fermé la porte de mon appart avant de partir claquer ? » narguait « Qui paiera la prune pour le parcmètre dépassé, parce que je vais quand même rester mort un bon moment ? »

Il y avait aussi du plus impliquant. « Faut-il prévenir ma mère ? » a essayé de s'imposer devant « Qui prendra soin de Papilau ? », mais sans réussir à l'inquiéter.

J'ai laissé tous ces dilemmes s'affronter entre eux ; je m'occuperai plus tard de ceux qui tiennent encore debout.

Autant vous dire que j'étais heureux de voir s'afficher l'heure de me lever. J'ai enfilé ma tenue de sport, enroulé une écharpe autour de mon cou et pris le chemin du marché du centre. N'y étant jamais allé, j'avais pris soin de repérer l'itinéraire. Cette fois, je me suis aussi équipé de gants pour ne plus m'entailler les mains. C'est le métier qui rentre.

Dans la ville déserte, je n'ai croisé que quelques ombres rasant les murs, et les éboueurs, que j'ai salués.

Apercevant enfin les lumières et l'agitation espérées, j'ai éprouvé la même excitation qu'un enfant qui, après avoir redouté qu'elle ne soit perdue à jamais, retrouve une fête foraine magique.

Ce marché-là est différent. Il s'articule autour d'une grande halle parfaitement restaurée dans laquelle les habitués ont leur stand à demeure. L'extérieur est réservé à ceux qui viennent en alternance – « les intermittents », comme ils se surnomment eux-mêmes.

Tous les sens en éveil, je découvre la dynamique du lieu. J'essaie d'appliquer les principes acquis lors de ma première expérience, mais la configuration différente modifie visiblement les règles du jeu. Je cherche Tarik et ses épices sans en trouver la moindre trace. Par contre, la dame à la coriandre est déjà en train d'installer son assortiment de salades traiteur et me reconnaît.

— Salut Gentleman ! me lance-t-elle en alignant ses préparations.

Je lui réponds d'une révérence en l'appelant « Milady », ce qui la fait bien rire.

Je rôde au hasard pour essayer de saisir une opportunité. Aucun signe de Gibraltar non plus. Je tourne autour d'un fleuriste débordé qui me jette des coups d'œil en biais. Il finit par me faire « non » d'un mouvement de tête sans équivoque. C'est alors que sur l'allée de livraison, un déplacement vif attire mon attention, une silhouette qui file en défiant les lois de la pesanteur.

Exclamations et remontrances l'accueillent, comme la première fois que je l'avais remarqué : « Gibraltar, descends de ta fusée ! »

Il décélère près de moi.

— Salut Adrien.

— Salut Gibraltar.

— T'es avec qui ce matin ?

— Personne.

Il est surpris.

— Ils ne te paient pas assez ?

— On ne m'a rien proposé du tout.

Il jette un coup d'œil à la ronde.

— Parce qu'ils ne te connaissent pas encore…

Il place ses mains en porte-voix et lance à la cantonade :

— Votre attention s'il vous plaît : mon copain cherche du travail ! Il est sérieux et malin ! Affaire à saisir !

Il me désigne à grand renfort de gestes. Je suis confus. De nombreux visages se tournent vers nous, mais personne ne réagit. C'est pourtant bien la première fois que je suis une affaire à saisir.

— Merci Gibraltar, c'est sympa.

— Grouille-toi de te trouver une place parce que les frères Garcia ne vont pas tarder à débarquer et ici, ils raflent tout. Ce ne sont pas des tendres. S'ils s'aperçoivent que tu essaies de manger dans leur gamelle, ils chercheront à t'intimider, y compris physiquement, si tu vois ce que je veux dire…

— Pigé. Sais-tu si Tarik vient ce matin ?

— Il ne fait pas le centre. Faut que je te laisse, j'ai pas envie de me faire piquer ma place !

Le temps d'un clin d'œil et le voilà qui file sur son engin.

Je tourne en traînant près des camions les plus chargés, mais personne ne s'intéresse à moi. À l'autre bout de la halle, j'aperçois Gibraltar qui s'active autour d'un étal de fruits et légumes. À l'aide d'un diable, il charrie des piles de cageots à un rythme soutenu.

Une petite bande de jeunes vient effectivement de débarquer. Ils se répartissent, prenant directement leurs postes. L'un d'eux travaille avec le fleuriste. Ils se lancent dans leur boulot de manutention sans saluer personne. Le supplément convivialité n'est clairement pas inclus dans leur prestation. Deux d'entre eux me fusillent d'un regard en coin.

J'apprécie toujours autant d'être novice dans un milieu inconnu. J'aime être le poisson hors de l'eau. Mais comme je ne suis pas associé au mouvement général ce matin, l'expérience s'avère bien moins positive.

Je retrouve les sensations amères de solitude, de gorge serrée et de manque de confiance en soi que l'on éprouve en débarquant dans des univers où l'on est « l'étranger ». Un jour de rentrée des classes dans une nouvelle école. On réagit au moindre signe, on perçoit les réactions que l'on provoque avec une sensibilité exacerbée. On tente de faire bonne figure, mais la crainte de ne pas trouver sa place nous noue le ventre.

Chaque regard devient une main tendue ou un coup de poing. L'indifférence elle-même prend une importance inédite. La moindre attention est accueillie comme un don du ciel, alors que la plus infime remise en cause démoralise.

Il est surprenant de constater que malgré notre expérience et tout le chemin parcouru, ces fragilités demeurent ancrées en nous, intactes. Avec les années, on se pense débarrassé de ces états d'incertitude. Nos statuts, diplômes, titres et grades nous légitiment au fil du temps. Chacun a l'impression de tracer son sillon, d'être chez lui, d'évoluer en sécurité sur son territoire. Il suffit pourtant d'en sortir même un peu pour s'apercevoir que, hors de son lopin de terre, on recommence toujours à zéro.

Nos doutes demeurent, à peine recouverts d'un vernis d'assurance, en sommeil mais prêts à reprendre du service à la première faiblesse. Ce matin, je suis le nouveau, et beaucoup me font sentir que je n'ai rien à faire là.

Je réalise à quel point j'ai eu de la chance d'être embauché l'autre fois. C'est étrange, mais sur le moment, je n'arrive pas à me dire que ma vie est ailleurs et que le malaise qui monte en moi ne devrait pas m'atteindre. J'ai toujours tout pris au sérieux. Pour l'instant, cette dimension parallèle est la mienne, et j'y suis complètement désemparé.

— Adrien !

Je fais volte-face. Gibraltar court vers moi avec une cagette de fraises qu'il dépose au poissonnier.

— T'as rien décroché ?

— Non, mais c'est pas grave. C'est la vie !

— Viens bosser avec moi.

— Merci, c'est généreux, mais je ne veux pas te prendre ton boulot.

— On partagera. Si on réussit à mettre en place assez vite, on pourra peut-être même en enchaîner un autre. Certains arrivent plus tard. Allez, viens.

Il repart déjà. Bien qu'étant l'aîné, je lui emboîte le pas comme un môme trop heureux de ne plus être seul. Ce type ne sait rien de moi. La première fois qu'on s'est rencontrés, je lui ai même raflé son boulot. Cela ne l'empêche pas de m'aider. Comme quoi…

34

Certains ont une double vie d'espion international, de don Juan nocturne ou de vengeur masqué. Moi, la nuit, en secret, j'empile des pommes et des courgettes. Pas certain de passer à la postérité pour ça.

Dans mon bureau, où j'ai pris soin de décrocher tout ce qui célébrait ma pseudo-gloire, j'achève une réunion de crise avec les ingénieurs.

Alors que je suis supposé endosser le rôle du général motivant ses troupes, j'ai du mal à seulement me tenir droit tant mon dos est cassé par les centaines de kilos de primeurs manipulés quelques heures plus tôt. Désormais, j'appartiens au club très fermé de ceux qui savent tout de la véritable nature des pastèques. C'est en connaissance de cause que je leur voue à présent, moi aussi, une haine farouche.

Dans nos locaux, les travaux de réaménagement se déroulent en ce moment même. J'ai rassemblé les développeurs pour les informer des changements à venir et des tensions qui ne manqueront pas d'en découler.

— Je compte donc sur vous. Ne changez rien à votre comportement. Concentrez-vous uniquement sur votre travail. Ne vous mettez pas à détester vos collègues commerciaux par principe, ce serait stupide. Nous avons besoin de ceux qui font leur travail correctement autant qu'eux ont besoin de nous. Ce n'est pas une question de poste, mais de mentalité. Gérez ça au cas par cas. Au moindre problème, n'hésitez pas à venir m'en rendre compte.

Sourires et hochements de tête convaincus. Le message passe.

— Avez-vous des questions ?

Tout semble clair pour tout le monde. Je conclus donc :

— Bon courage et bonne journée à tous. Vous savez où me trouver.

L'équipe se lève pour quitter mon bureau.

— Aurore, s'il vous plaît, pouvez-vous rester une minute ?

Elle obtempère, sous le regard à la fois ironique et gentiment complice de ses collègues. Le dernier à sortir demande :

— Je ferme la porte ?

Je réplique :

— Lucas, vous imaginez vraiment qu'on va se rouler par terre en s'arrachant nos vêtements ? Laissez ouvert, s'il vous plaît.

Ça rigole jusque dans le couloir. Aurore secoue la tête, dépitée.

— Vous ne devriez pas prendre les racontars à la légère. Quand on connaît la nature humaine…

— Vous avez raison, je vous prie de m'excuser. La nature humaine, comme vous dites… Mais pourquoi le pire imposerait-il toujours sa loi ? Pourquoi faudrait-il systématiquement que les idées les plus vulgaires fixent la norme ?

Dès demain, si cela vous convient, j'annoncerai publiquement que je suis gay, et nous pourrons ainsi rester des heures enfermés sans que cela pose problème.

— Adrien, franchement...

— Ah, je préfère décidément quand vous m'appelez par mon prénom !

Je l'invite à prendre place face à mon bureau.

— Je souhaitais faire un point avec vous, d'abord sur l'avancement de votre projet. Où en êtes-vous ?

— J'ai terminé la modélisation de ce qui conditionne la résistance d'un couple humain.

— Fichtre. L'entendre énoncer aussi cliniquement est assez perturbant...

— Travailler dessus également. Ramener l'aspect sentimental à des critères purement techniques est très déstabilisant.

— Combien de paramètres obtenez-vous ?

— Neuf. Je pense qu'il n'en manque pas, mais je n'ai pas tout à fait fini de confronter le modèle à l'échantillonnage.

— J'ai hâte de découvrir le fruit de vos recherches. Je vais certainement apprendre des choses sur l'existence.

— Si vous le permettez, j'aimerais bénéficier d'une ou deux semaines supplémentaires avant de vous présenter l'ébauche. Je veux m'assurer que tout est cohérent.

— Comment validez-vous votre référentiel ?

— Au tout début, j'ai commencé par l'appliquer aux cas de divorces dont j'ai pu être témoin.

— Il y en a tant que ça ?

— Trop. Mais je n'étais pas certaine de parvenir à définir avec précision les raisons qui ont conduit les unions à se briser. Ce n'est pas parce que vous vivez au plus près de couples qui divorcent que vous pouvez dégager une vérité objective sur ce qui les y a menés. Amis ou famille ne vous disent pas tout, et nous n'avons d'ailleurs rien à savoir de leur vie privée.

— Alors comment vous y êtes-vous prise ?

— J'ai décidé de me baser sur un nombre de données bien plus grand, et à défaut d'avoir une vérité absolue, j'ai une mesure.

— Vous m'intriguez...

— J'ai obtenu l'accès aux archives des jugements de divorces dans notre département, mais aussi à celles des conciliations, sur les cinq dernières années.

— De quel échantillonnage parle-t-on ?

— Près de quatre mille cas par an. Presque vingt mille au total. J'ai d'abord dû appréhender le contenu pour le classer statistiquement. C'est à cela que je consacrais mon temps lorsque j'arrivais si tôt le matin. Il m'a fallu générer ma propre grille de lecture, traquer le factuel au-delà du seul verdict. Un travail de fourmi, mais une phase indispensable pour n'oublier aucune des variables de séparation possibles. Car c'est à partir des effets que je suis remontée aux causes.

— Je suis très impressionné.

— C'est absolument passionnant. D'autant que paradoxalement, cette problématique fondamentale n'a jusque-là été approchée qu'en sociologie – et encore, sans véritable rigueur scientifique. J'espère obtenir une cartographie exhaustive de ce qui fissure l'intimité des couples. Je souhaite en livrer une vision dépassionnée, qui permette d'en analyser les mécanismes.

— Une étude sismique de ce qui peut effondrer le temple de l'amour… Je suis client, même à titre personnel.

— En analysant tous ces cas, j'ai déjà pris conscience d'un point essentiel : la mécanique de rupture semble universelle. Elle dépasse toute forme de classification sociale. Riches ou pauvres se déchirent pour les mêmes raisons. Les conséquences et la façon de la gérer sont liées aux revenus et aux situations fiscales, mais il est clair que les motifs de rupture se jouent des catégories socioprofessionnelles.

— Remarquable. Entre nous, je me suis souvent dit que nous étions plus égaux vis-à-vis du malheur que du bonheur.

— Si vous le désirez, je peux vous rédiger un aperçu préliminaire de l'avancement de mon travail.

— Ne vous ajoutez pas cette pression-là. Étayez votre étude à votre rythme.

Pensant notre point terminé, Aurore se lève déjà.

— S'il vous plaît, lui dis-je, je vous demande encore un instant. J'aimerais aborder un point plus personnel…

Elle se rassoit, immédiatement mal à l'aise. C'est le grand retour du lapin qui voit planer l'aigle. Je la sens prête à détaler. Elle ne sera bientôt plus qu'un pompon immaculé bondissant au loin dans la prairie.

— Détendez-vous, Aurore. Aucune ambiguïté. De toute façon, je vous rappelle que dès demain vers 11 h 45, je suis gay.

Cela ne paraît pas la tranquilliser. J'explique quand même :

— J'aimerais vous confier une mission personnelle et confidentielle.

— Pourquoi à moi ?

Je suis désarçonné. Je ne m'attendais pas du tout à cette réaction. Réfléchissons.

— Pourquoi à vous ? Voyons voir... Parce que j'apprécie votre approche intellectuelle. Parce que j'ai confiance en vous. Mais surtout, parce qu'une personne qui danse sans se contrôler quand elle est heureuse ne peut pas être totalement mauvaise.

— Êtes-vous conscient que vos arguments reposent uniquement sur des ressentis subjectifs capables de vous égarer ?

Je ne l'aurais pas mieux énoncé moi-même... Magnifique rationalité étayée par deux grands yeux noisette très convaincus.

— Possible, mais alors, opposez-moi un seul argument objectif qui justifierait que vos pieds ne vous obéissent pas ?

À voir sa tête, je marque un point. Elle va jusqu'à jeter un regard interrogateur à ses pieds. S'ils lui répondent, c'est moi qui détale.

— Quelle est la mission que vous voulez me confier ? demande-t-elle en relevant les yeux vers moi.

— Concrètement, je souhaite que vous réfléchissiez au-delà de votre poste, comme si vous étiez en charge de la bonne marche de cette entreprise. Soyez à l'écoute, prenez de la hauteur en utilisant votre instinct. Quel dossier de développement feriez-vous avancer ? Sur qui pensez-vous pouvoir vous appuyer ? Que décideriez-vous à ma place ?

Elle écarquille les yeux, incrédule. Je ne lui laisse pas le temps d'objecter.

— Ce que je m'apprête à vous révéler doit absolument rester secret : je songe à prendre un peu de recul par rapport à ma fonction. Je compte me placer en retrait et j'envisage de vous confier davantage de responsabilités.

Cette fois, c'est sûr, Aurore va se planquer sous un meuble.

— Du recul ? Me confier des responsabilités ?

— Bravo, vous avez saisi l'essentiel.

Je me soulève légèrement de mon siège pour vérifier si ses pieds dansent. Ils restent immobiles.

— Vos petons m'informent que cela ne vous emballe pas.

— Mettez-vous à ma place... Je ne suis là que depuis quelques mois, je n'ai aucune formation de management, et je ne connais même pas la moitié des projets...

— Raison de plus pour ne pas perdre de temps.

— Il y en a ici qui attendent de prendre du galon. Pour ma part, je veux simplement mener mon travail à bien...

— Je sais, mais ce n'est pas l'ambition qui m'intéresse, c'est l'aptitude. Je suis convaincu que vous l'avez.

Elle hésite.

— Je suis touchée que vous ayez pensé à moi, mais vous me surestimez.

— Je commence à vous connaître. Nous sommes issus de la même formation. Vos notes étaient, soit dit en passant, supérieures aux miennes. Essayez de réfléchir à la configuration que je vous propose en retirant la peur de l'équation. Je suis prêt à parier qu'une fois passées les limites que vous vous fixez vous serez parfaitement à la hauteur.

— Parier... Pour un expert en statistiques, n'est-ce pas un peu contre nature ?

Elle ne laisse rien passer, j'aime ça. Elle m'oblige à réfléchir vite. Je ne vais pas essayer de lui démontrer quoi que ce soit, mais j'ai peut-être une chance de la convaincre.

— Je pourrais tenter de lister les caractéristiques qui vous désignent comme la bonne personne, mais mon choix ne se place pas sur ce registre-là. Pour être complètement honnête, je n'envisage personne d'autre que vous. C'est mon instinct qui vous a choisie. Ce n'est pas une promotion que je vous offre, c'est un service que je vous demande. Aurore, j'ai besoin de vous.

35

Tout va se jouer sur ma capacité à ne pas me trahir. Autant dire que le risque est élevé. Pour que Daphné ne se doute de rien, je compte sur ses vingt-quatre heures d'avion dans les jambes et l'émotion provoquée par son retour. Je vais quand même éviter qu'elle ne me regarde au fond des yeux. Ils parlent beaucoup trop, en ce moment.

Cela fait trois ans qu'elle n'a pas remis les pieds dans notre pays. Comme toutes ses relations, je ne l'ai vue pendant tout ce temps que par écran interposé, dans des environnements très variés. Souriante au pied de monuments, pleine d'énergie devant des paysages étonnants, rayonnante sur des balcons surplombant des villes étrangères aux sonorités folkloriques. Sa vie ne devait pourtant pas se borner à ces instants de carte postale sortis de leur contexte.

Nous nous entendions très bien avant son départ, mais cette longue parenthèse de vadrouille a pu changer notre copine de bien des façons.

Même si je n'étais pas son plus proche ami dans la bande, Emma lui a raconté que j'étais le seul à pouvoir me libérer en pleine matinée pour aller la récupérer à l'aéroport. Puisque j'ai de la place et des chambres libres, c'est également chez moi qu'elle va habiter les premiers jours, le temps de s'organiser.

Daphné s'est offert un incroyable périple autour du monde. On avait même fini par se demander si elle rentrerait un jour, surtout quand elle a rencontré quelqu'un en Indonésie. Un ingénieur en systèmes hydrauliques. Ça paraissait sérieux, mais ça n'a pas tenu et c'est seule qu'elle revient aujourd'hui.

Les écrans du hall des arrivées indiquent que son vol vient d'atterrir. Il va lui falloir récupérer ses bagages et ensuite, je jouerai mon rôle. J'ai pour mission de l'occuper jusqu'à la soirée-surprise organisée tout à l'heure pour fêter son retour, et à laquelle j'ai donné un peu plus d'ampleur qu'initialement prévu… J'ai vraiment aimé préparer l'événement. Un faux air de nos réveillons. J'aurai ainsi l'impression d'en vivre un de plus alors que ce n'est pas gagné. Toujours ça de pris.

En y réfléchissant, Daphné faisait partie des personnes auxquelles on pronostiquait une installation stable et rapide. Situation professionnelle prometteuse, projet de vie raisonnable fondé sur une relation amoureuse apparemment solide assortie d'investissements immobiliers pour une résidence principale. Elle cochait toutes les cases. Mais ce ne sont finalement que des cases, et tout s'est écroulé en quelques semaines. Elle a d'abord appris que ses parents l'avaient prénommée « Daphné » à cause du dessin animé *Scoubidou*. J'ai parfaitement compris son désarroi. Il paraît cependant plus probable qu'elle ait surtout très mal digéré le fait que son compagnon la trompe. Découvrant le pot aux roses, elle a gratté davantage et lui a trouvé pas moins de deux autres maîtresses. Belle santé, mais mentalité douteuse. Cette trahison ne l'a pas seulement choquée et révoltée, mais profondément blessée.

Darshan a raison, face à ce qui nous terrasse, chacun réagit avec son histoire et son mental. Pour ma part, quitté par Cassandra, je suis resté sur place, me cramponnant aux lambeaux de ma vie. Daphné, elle, a décidé de tout planter pour partir loin. Une fuite doublée d'un nouveau départ.

Au fil des séjours et des pays traversés, elle s'est trouvé des métiers parfois très éloignés de sa formation. Monitrice de plongée à Hawaï, gouvernante à Madagascar, prof de français à Taïwan, serveuse en Nouvelle-Zélande, puis adjointe à la direction d'un club de vacances en Indonésie. Le tout émaillé, d'après le peu que j'ai suivi, de quelques liaisons. Trois années donc, et des dizaines de milliers de kilomètres parcourus en avion, en train et en bateau, pour finalement revenir à la case départ. L'empreinte carbone du désespoir.

Au-delà du plaisir que j'ai à lui orchestrer le retour le plus chaleureux possible, je suis aussi heureux de bénéficier d'un peu de temps pour discuter avec elle en tête-à-tête. Parce que dès qu'il y aura du monde, il sera surtout question de plages, de météo, de bouffe exotique et de bestioles qui vous piquent et vous font gonfler. Ce n'est pas ce qui m'intéresse le plus. Quoique les bestioles qui font gonfler...

J'ai toujours été admiratif des gens qui ont le courage d'aller chercher des réponses plus loin que moi. Étant donné que je n'ai jamais eu le cran de bouger, ça fait du monde. Je suis fasciné par celles et ceux qui ont l'audace de partir, de tenter l'aventure, de tracer leur route sans carte. J'ai envie que Daphné m'en dise davantage sur tout ce qu'elle a ressenti pendant son odyssée. Nul doute qu'elle aura découvert de fabuleux décors. Mais a-t-elle aussi vécu des rencontres qui l'ont fait avancer ? A-t-elle adopté d'autres principes de vie ? Son périple l'a-t-il renforcée ? Épanouie ? Après ces années de liberté, peut-elle désormais se fixer et se contenter de vivre notre quotidien ? À moins que l'appel du large ne soit déjà en train de regonfler ses voiles. Sans oublier l'unique vraie question : a-t-elle trouvé ailleurs la dimension qui lui manquait ici ?

J'espère sincèrement qu'elle vit son retour comme un épisode de plus de sa grande aventure, et non comme la fin d'une récréation qu'elle n'a plus l'énergie ni les moyens de s'offrir.

Les portes de la zone de transit s'ouvrent et les premiers passagers débarquent. La plupart poussent des chariots surchargés de bagages empilés en équilibre instable. Étrange caravane de voyageurs qui tous arborent l'air vaguement perdu de ceux qui tombent du lit. Leur torpeur ne dure pas.

En lançant des cris de joie, certains sautent dans les bras de proches venus les accueillir ; d'autres vivent des retrouvailles plus sobres mais tout aussi fortes. Sur quelques mètres carrés se joue un véritable concentré de l'éventail des relations humaines. J'ignore si ces gens sont en couple, parents, amis ou même simples relations professionnelles, mais on mesure immédiatement l'intensité du sentiment qui les lie. Toute la variété des liens qui peuvent unir deux êtres s'exprime sur une surface grande comme un court de tennis. L'affection se joue là, sans lignes au sol, sans filet et sans balles. Sans doute la seule partie qui vaille.

Daphné débouche parmi un groupe de jeunes sportifs qui voyagent en équipe. L'ayant repérée le premier, je bénéficie de quelques instants pour l'observer sans qu'elle s'en doute. Elle n'a pas l'allure de quelqu'un qui revient de vacances. J'aurais pourtant préféré pour elle. Elle ne traîne qu'une grosse valise à roulettes en piteux état et porte un sac à dos usé sur l'épaule. J'espère que tout ce qu'elle rapporte ne tient pas là-dedans et que le meilleur est dans son cœur.

Je m'avance alors qu'elle relève la tête. Elle m'aperçoit et se compose un visage avenant malgré la fatigue. Aussitôt, elle regarde alentour. Peut-être est-elle déçue de ne découvrir que moi pour l'accueillir ? Je peux comprendre. Mais elle ne perd rien pour attendre.

36

Je n'étais pas certain de réussir à alimenter une conversation tout l'après-midi, mais le décalage horaire m'a épargné cet effort. Daphné a pris une douche puis s'est écroulée dans la chambre d'amis. Qu'on ne vienne pas me raconter que seuls les hommes ronflent ! Les voisins doivent désormais croire que j'élève un cochon. Voire plusieurs.

Toutes mes questions sur ce qu'elle a ressenti durant son périple sont restées sans réponse, mais ce n'est pas plus mal parce que, d'après le peu qu'elle m'a confié, son retour n'est pas un choix enthousiaste. Développer n'aurait sans doute fait que retourner tout un assortiment de couteaux dans ses nombreuses plaies.

Quand, en début de soirée, elle a enfin émergé, j'ai eu le plus grand mal à la convaincre de ressortir. Il a fallu que je lui raconte que son éternelle complice, Emma, avait finalement réussi à se libérer et nous attendait pour un dîner en petit comité. Cette perspective a cependant failli ne pas suffire. Daphné a tenté de reporter, prétextant la fatigue. Pas envie de se rhabiller. Peut-être n'avait-elle pas la force de se confronter immédiatement à ce que d'autres avaient pu construire en trois ans ? Emma vit en effet en couple, et son premier enfant vient d'avoir un an. La vie des autres est souvent un miroir cruel, j'en sais quelque chose. Pas question pour autant de la laisser déjouer le plan que ceux qui l'aiment sont en train de finaliser en ce moment même.

À mon grand soulagement, nous nous sommes enfin mis en route. Sachant ce qui l'attendait, j'ai été obligé de faire de vrais efforts pour contenir mon excitation. En approchant de l'adresse, j'étais tellement agité que pour me calmer, je me suis astreint à penser à ma propre mort. Très efficace. Du coup, en lui tenant la porte du resto, j'avais la tête d'un mec forcé de pédaler plus vite pour alimenter la chaise électrique qui est en train de le tuer.

Dès l'entrée, un serveur nous accueille et nous débarrasse. Par réflexe, Daphné s'adresse à lui en anglais. Elle découvre l'endroit déjà rempli de clients. Bien qu'ayant bourlingué, elle semble épatée par l'originalité et le charme du lieu. La salle est aménagée comme le serait l'intérieur d'une immense cabane. Un vrai rêve de gosse. Une atmosphère aux antipodes des lieux standardisés et sans âme. Des planches récupérées habillent les murs, tout a l'air bricolé et envahi d'un bric-à-brac foisonnant sorti d'un vieux grenier. Des meubles épais en bois brut, dont pas un n'est semblable aux autres. Des niches remplies de curiosités chinées et joliment éclairées renvoient à des époques rassurantes. Étonnant mélange qui condense tout ce qui fait l'esprit des granges, des ateliers et des repaires secrets où l'imagination peut se déployer. Il y a tant de recoins que le regard se perd. Chaque espace regorge de détails charmants, d'objets étonnants qui s'entassent ou pendent du plafond.

L'ambiance ne naît pourtant pas seulement de cette mise en scène décalée. De jolies fenêtres rustiques ouvrent sur un vaste panorama de montagnes enneigées. On a beau se douter que ce sont des écrans qui diffusent ces images au-delà du décor, la magie opère complètement. Nous voici transportés dans un chalet isolé, loin de la ville. La neige se met à tomber.

Alors que nous nous avançons, la lumière évolue progressivement, et ce sont maintenant les grands arbres d'une profonde forêt que nous apercevons par toutes les ouvertures. Le chant des oiseaux a remplacé le vent des sommets et fait tendre l'oreille aux affamés déjà attablés.

Le cadre paraît offrir un véritable dépaysement à Daphné. Au fond de la salle, Emma vient de se lever et nous fait signe. Nous longeons le comptoir, lorsque soudain Daphné s'arrête, les yeux écarquillés. À une table, elle vient de reconnaître son père. Sous le choc de cette apparition, elle découvre alors sa mère, assise en face de lui. La voilà prise de tremblements. Sa maman se lève, le regard embué, et vient la serrer dans ses bras.

L'émotion des retrouvailles est décuplée par l'effet de surprise. Des années que tous les trois ne se sont pas vus en chair et en os. Incapable de prononcer une parole, Daphné émet de petits couinements. Je ne pensais pas qu'un être humain pouvait produire de pareils bruits. Je ne suis peut-être pas le seul raton laveur à avoir pris forme humaine…

Tout en étreignant ses parents, Daphné identifie à présent de nouveaux convives dans l'assemblée. Puis d'autres encore. Elle prend progressivement conscience qu'elle connaît tous ceux qu'elle avait d'abord pris pour de simples clients.

Son visage passe de la sidération à une expression de joie absolue. Elle couine encore plus. Tous ses proches réunis finissent par se lever pour l'applaudir. La vague sonore ne cesse de monter, elle la porte, l'emporte. Certains poussent des cris, d'autres lui souhaitent un bon retour ou lui braillent leur affection. Pour l'occasion, son frère a même fait le voyage depuis la Suisse. Les amis de notre bande sont parmi les plus tapageurs, quelques-uns de ses copains d'enfance sont présents, et même une de ses anciennes institutrices que j'ai réussi à retrouver. Romane est venue elle aussi, avec son fils. Tous ceux qui faisaient la vie de Daphné avant son départ sont là, remplissant la salle jusqu'au fond. Un vrai mariage. Sans mari.

Je recule de quelques pas et j'observe. Je suis presque aussi ému qu'elle. Mon plan a fonctionné. Tout le monde a joué le jeu pour la surprendre. Les invités se succèdent dans ses bras. Elle disparaît sous les étreintes, se noie dans les larmes de joie.

Si d'aventure un jour nous devons expliquer qui nous sommes aux habitants d'une autre galaxie, je vote pour qu'on leur montre ce genre de bonheur. Devant ce spectacle, je me sens profondément vivant et en phase avec mes semblables. Je suis heureux pour Daphné, mais aussi pour tous ceux qui sont là ce soir. Quand vous partagez des instants pareils, quelque chose de régénérant s'infiltre en vous. Vous vous souvenez soudain de tout ce pour quoi cette vie vaut la peine d'être vécue. Et on vient seulement d'arriver.

37

Même si le buffet propose bien d'autres délices, Mathis, le fils de Romane, s'empiffre exclusivement de pizzas. Il y a certainement là matière à en tirer un enseignement pour notre espèce, mais nous verrons plus tard. Pour le moment, avec trois autres enfants, il passe son temps devant les fenêtres à regarder la neige qui tombe à nouveau.

La soirée a pris son rythme. Les gens discutent et changent de table dans un désordre incontrôlable mais fluide. Le plaisir y gagne ce qu'y perd la rationalité. Daphné ne reste jamais longtemps à la même place. Avec tous les coins et recoins, elle échappe souvent à ma vue. Ce qui compte, c'est que chaque fois que je l'entrevois, qu'il pleuve, qu'il neige ou qu'il vente par les fenêtres, elle arbore un grand sourire. Plus aucune trace de fatigue.

Au buffet, Nico se prépare une assiette. Il hésite. Quiconque le connaît, même un peu, sait que voir Nico indécis devant de la nourriture est tout simplement impossible. Ce comportement ne peut se justifier que par deux possibilités : soit il a déjà englouti l'équivalent d'un méchoui, soit il a un problème.

— Monsieur n'a pas faim ?

— Monsieur a l'appétit coupé.

— Que penses-tu de la soirée ?

— Très réussie. J'ai quand même proposé une idée à la patronne pour améliorer l'ambiance.

— Supprimer les couverts et obliger tout le monde à manger les mains attachées dans le dos ?

— Mieux. C'est vraiment sympa les paysages par les fenêtres, mais pourquoi ne pas diffuser des perspectives un peu plus rock'n'roll, comme des éruptions volcaniques ou des cyclones ?

— Avec des projections de roche en fusion ou de débris tranchants à travers la salle ?

— T'es pas bête, quand tu veux...

— Ça pourrait donner d'excellentes animations, ou des promos : « Cheveux brûlés, dessert offert » ; « Visage entaillé, deux heures de parking gratuit ».

— Carrément.

Il vient de mettre trois minutes à choisir une olive, qu'il place dans son assiette tellement vide qu'elle roule dedans. D'un coup de menton, il me désigne le frère de Daphné :

— Tu savais qu'il s'appelle Fred ?

— Comme dans *Scoubidou*, lui aussi ?

— J'en ai bien peur. Parfois, les parents...

— Ils auraient mieux fait d'avoir direct un chien. Tu crois qu'ils roulent dans une camionnette à fleurs ?

Nicolas ne réagit même pas.

— Qu'est-ce qui te coupe l'appétit, Nico le goinfre ?

— Pas le moment d'en parler. On est là pour Daphné. Je ne veux pas plomber l'ambiance avec mon envie de me tirer une balle.

— Te tirer une balle ? Rien que ça ?

— T'as raison, ça va faire du bruit. Je vais plutôt aller me pendre.

— Je ne discute pas de la méthode, je m'interroge sur la raison.

— Barbara voit quelqu'un. C'est mort pour nous deux. Je suis détruit.

J'accuse le coup pour lui.

— Elle te l'a glissé dans une conversation ?

— Je l'ai vu sur son écran d'agenda.

— Tu espionnes son agenda ?

— Elle l'a affiché pour vérifier le rendez-vous de ma fille, la semaine prochaine.

— Nico, ce n'est pas ta fille. Cette petite innocente n'est que ton prétexte pour te rendre chez Barbara.

— Peut-être, mais quand même ! J'ai vu le rendez-vous !

Dans un mouvement de dépit plutôt brusque, il a secoué son assiette et la pauvre olive solitaire s'est envolée vers les parents de Daphné.

— Elle a un dîner prévu avec un certain Michael, ajoute-t-il.

— N'en tire aucune conclusion hâtive. Il s'agit peut-être d'un patient.

— À 21 heures ? Avec un petit cœur en guise de catégorie à côté de son prénom ?

— Avant de déprimer, essaie d'abord de vérifier. Amène le sujet de son couple dans vos échanges. Puisque tu es censé avoir une fille, elle ne te soupçonnera pas, et tu en auras le cœur net.

Il me regarde.

— T'as raison. Je vais en parler l'air de ne pas y toucher, et puis je trouverai l'adresse du mec et j'irai le fumer.

— Tu déformes l'idée que je t'ai donnée.

— Bien moins que je ne vais déformer ce « Michael »...

— Bravo. Si tu veux, j'ai un taille-haie dans mon coffre.

— Pour faire comme dans le film ?

— Quel film ?

— *Massacre au taille-haie*.

— C'était une tronçonneuse, Nico. Le titre, c'est *Massacre à la tronçonneuse*.

— C'est vrai qu'une tronçonneuse, ce serait plus adapté...

— Pardon de ne t'offrir que ce que j'ai.

— T'es un vrai pote. Il est électrique ou à essence ?

— Quoi donc ?

— Ton taille-haie. Parce que s'il est électrique, c'est moins pratique pour le poursuivre dans son appartement, avec la rallonge...

Je viens de remarquer Zoé qui se dirige précipitamment vers les toilettes. Elle pleure. Elle est assez coutumière du fait, mais ce soir, ça m'embête encore plus que d'habitude.

— Nico, tu permets que je te laisse un instant ?

— Pas de problème.

Son moral remonte : il vient d'empiler dans son assiette huit tranches de saumon fumé, qu'il noie de sauce au poivre...

38

Je vous jure que rôder près des toilettes des filles n'a jamais été mon truc. C'est pourtant ce que je suis en train de faire. Zoé n'est toujours pas ressortie, et il me semble l'entendre sangloter. J'entrouvre la porte montée sur ressorts.

— Zoé ? C'est Adrien. Tout va bien ?

Je recule parce qu'avec ma chance, je vais me prendre le battant dans la figure. Zoé apparaît, ses lunettes en biais, le visage défait par le chagrin et le maquillage ravagé. Ses yeux ressemblent à des vues aériennes de grands fleuves après une crue. À droite, le delta du Mississippi. À gauche, celui du Nil.

— Qu'est-ce qui t'arrive ?

Elle se pend directement à mon cou en sanglotant de plus belle. Mon col de chemise est foutu.

— Tout ce bonheur, gémit-elle, cette soirée pleine d'amour, ça me rend tellement triste…

Zoé est celle de la troupe qui vit le plus mal son célibat. Elle ne supporte plus d'être seule, et se trouver un homme est devenu une véritable obsession. Chaque molécule de son être est désormais entièrement dédiée à ce but. D'abord exigeante, elle a fini par revoir ses critères à la baisse après quelques ratages et beaucoup de doutes, jusqu'à adopter le principe du « n'importe qui plutôt que personne ». Le résultat s'avère désastreux. À ce niveau-là, ce n'est plus du recrutement, c'est de la chasse à l'homme. Elle n'est plus capable de regarder un mâle normalement. Même ceux qu'elle voit défiler dans son bureau suite à des sinistres sont des candidats potentiels.

— Ça ne se passe pas bien avec ton chauffagiste ?

— C'était le mois dernier. C'est fini depuis longtemps. Depuis, il y a eu le policier, et puis Ahmed. Qu'est-ce qu'il était beau, Ahmed…

— C'est Ahmed qui te met dans cet état-là ?

— Non, avec lui aussi c'est fini.

Elle s'écroule de plus belle.

— C'est Romain. Il est parti. Il m'a laissée tomber. Un de plus…

— Tu ne nous avais jamais parlé de ce Romain. Vous étiez ensemble ?

— Tout comme. On s'envoyait des textos toutes les heures et je lui ai offert un tee-shirt pour son anniv.

Il faut vous préciser que Zoé, trop impatiente de trouver l'âme sœur, considère qu'elle est avec un garçon dès qu'elle s'imagine que ça pourrait être possible. Sa détresse me touche, mais la suivre est parfois difficile, d'autant qu'elle est capable de parler d'un mec pendant des heures uniquement parce qu'elle a eu deux échanges téléphoniques avec lui, dont un pour un bris de glace remboursé par sa compagnie. Qu'il soit question de contrat d'assurance ou de conversation, la franchise pose toujours problème.

— Que s'est-il passé ? Ou plutôt, pas passé ?

— Déjà, la première fois qu'on a déjeuné ensemble, il ne s'est pas intéressé à ce que je lui racontais.

— Vous déjeuniez ensemble régulièrement ?

— Au japonais, une fois. Il était à la table d'à côté, sur son téléphone.

— Mais tu le connaissais ?

— Ben oui, on s'était dit bonjour...

— De quoi lui as-tu parlé ?

— De tout et de rien, de ce qui compte pour moi !

— De ton chat et de ta mère ?

— Je peux pas lui parler de ma vie de couple ou de mes vacances, j'en ai pas. Mais moi je suis fidèle, jamais je n'abandonnerai Patate !

— Patate, c'est ta mère ou le chat ?

Elle se suspend à moi et grommelle :

— Il n'a pas réagi. Comme tous les hommes : égoïste et incapable d'aimer. Ils ne viennent à nous que quand ils ont besoin. Sales types !

— Pardon, mais tu attends peut-être beaucoup d'un homme qui ne fait que déjeuner dans le même resto que toi. Et puis je te rappelle que je suis moi-même un mec et que je m'occupe de toi.

Elle relève brutalement la tête et me regarde comme une fouine qui, après des jours de famine, vient de repérer un dindon. J'avoue que d'habitude, je la trouve plutôt jolie, voire canon, mais là, en gros plan, avec ses lunettes en biais et son visage qui ressemble à un accident de lavage...

D'une voix mal maîtrisée, elle me souffle :

— Qu'est-ce que tu veux dire, Adrien ?

— Rien de spécial.

Attention mon bonhomme, tu t'apprêtes encore à faire la roue dans un champ de mines… J'essaie de me justifier :

— Je t'incite simplement à ne pas déconsidérer tous les hommes. Un jour, tu en trouveras un qui saura voir tes qualités…

Elle resserre son emprise sur moi. La fouine renifle le gros dindon. J'ai peur à la carotide.

— Ça veut dire quoi ? Sois clair.

La situation ne va pas tarder à m'échapper. En faisant la roue, je viens de poser la main sur une mine. Clic ! Le mécanisme est enclenché. Si je bouge, ça pète.

Elle insiste :

— Es-tu le magicien capable de transformer cette soirée de désespoir en plus beau jour de ma vie ?

Exactement ce que je redoutais. Elle se fait des idées. Boum ! Un bras en moins. Et si je la laisse aller plus loin, je vais continuer de dévaler cette pente risquée, emporté par mon élan. Ça va finir comme dans *Massacre au coupe-ongles*. Plus que quelques mauvaises réponses dans ce terrain miné et j'aurai perdu tout ce qui dépasse. J'aurai tout d'une saucisse. « Allô la base, ici dindon quasi cuit, envoyez une équipe en urgence pour m'exfiltrer. »

— Non, chère Zoé, je ne suis malheureusement pas en train de te dire que je suis amoureux de toi. Tu le sais, mon histoire avec Cassandra m'a laissé sur le carreau et je ne m'en sors pas.

— Je pourrais te la faire oublier, tu sais. Te soigner. Tu serais bien avec moi.

Vous connaissez l'histoire de la fouine qui cajole le dindon ? Elle est presque aussi drôle que celle des deux cannibales qui mangent un clown.

— Tu es adorable. Je suis certain que tu serais aux petits soins, mais nous deux c'est impossible. Tu es comme une sœur pour moi.

Une ombre passe dans son regard. Les nuages s'amoncellent sur les deltas des grands fleuves.

— Je me fiche d'être la sœur ou l'amie des garçons, explose-t-elle, je veux vivre avec ! Tout ce que je demande, c'est un mec, un seul, pour moi ! Il y en a quatre milliards, je dois quand même pouvoir en récupérer un, même d'occasion ! Je ne suis pas si horrible !

— Ce n'est pas comme ça que ça marche, Zoé. Plus tu te crispes, plus ils le sentent, et plus ça leur fait peur. Les dindons ne vivent pas avec ce qui leur fait peur... Enfin je veux dire, les hommes.

— Tu crois vraiment ?

— Affirmatif.

— Alors pourquoi sont-ils tellement attachés aux armes à feu, aux motos et aux sports extrêmes ? Ose me dire que ça ne fait pas peur, les sports extrêmes ?

— Tu n'es ni une moto, ni un sport extrême. Quoique pour ce qui est du démarrage en trombe...

Toujours agrippée à ma veste, elle semble pensive. Soudain, elle me regarde à nouveau, mais cette fois ses yeux ont retrouvé leur éclat. Grand bleu sur le Nil, et les brumes sont en train de se dissiper sur le Mississippi.

— Et si tu devenais mon conseiller occulte ?

— Ton quoi ?

— Avec toi dans la manche, plus de risque d'erreur ! Je saurais m'y prendre. Tu m'expliquerais comment me comporter. C'est facile pour toi, tu es un garçon. Je t'en supplie, accepte.

À ma décharge, vous conviendrez que dans une vie, il nous est tous arrivé de céder à une demande en sachant pertinemment qu'elle ne pourrait conduire à rien de bon.

39

J'ai enfin réussi à m'échapper de l'étroit couloir des toilettes, en faisant demi-tour sur moi-même puisque les dindons ne savent pas marcher à reculons. Heureux de retrouver la salle, où la soirée se poursuit à merveille.

Par les fenêtres, c'est cette fois un coucher de soleil qui s'étire sur la mer, donnant l'impression que l'on se trouve dans une cabane de plage au bout du monde. Je vais profiter de cette illusion estivale pour m'offrir une pause. Direction le buffet, afin de me préparer une assiette. Nico y campe toujours, cette fois conforme à ce que l'on attend de lui devant des victuailles. Un prédateur. En me voyant revenir, il hausse un sourcil.

— T'étais passé où ?

— Dans les toilettes des filles avec Zoé.

Aurore a raison, je devrais davantage prendre en compte la nature humaine : elle ne s'en tient jamais à la signification objective des mots même s'ils s'avèrent conformes à la réalité des faits.

— Cool, fait Nico, tu te sens mieux ?

— Pourquoi me sentirais-je mieux ?

— Ben, tu viens de dire que t'étais dans les toilettes des filles avec Zoé. Je suis content que ça roule pour vous deux.

— Nico, j'essayais de remonter son moral, pas sa jupe !

— Pardon, mais quand tu restes enfermé aussi longtemps dans les toilettes avec une copine, on est tenté de croire que…

— Eh bien c'est une vue restrictive des possibles.

Il me regarde.

— Qu'est-ce que t'as fait à ta veste ? T'as capturé un opossum qui avait les pattes sales ?

En m'étudiant plus en détail, il a soudain une exclamation d'enfant qui découvre une grosse bêtise :

— Et ta chemise ! L'opossum t'a dégueulé dessus ?

— C'est Zoé.

— Bordel, Zoé est un opossum ?

— Non, elle a pleuré dans mes bras. Parce que le type à côté de qui elle a mangé des sushis n'a pas voulu l'épouser au moment de l'addition.

Il me fixe. Je vois bien qu'il me juge.

— Des fois, je te jure, t'es grave bizarre…

C'est Nico qui me dit ça ? Et le voilà qui se barre manger ailleurs.

Pas le temps de respirer pour autant, Darshan s'approche de moi.

— Compliments, tu as fait fort. C'est vraiment une belle soirée.

— Ce sont les invités qui font tout.

— Le lieu est absolument remarquable. Tout ce que tu risques, c'est qu'on te charge d'organiser notre prochain réveillon.

Lui et moi échangeons un regard en nous demandant sans le formuler si je serai encore en état de le faire. Je dévie sur autre chose :

— Jennifer est très belle ce soir. Ça a l'air de bien se passer entre vous. Enfin le beau fixe ?

— Frais en soirée, mais le soleil est de retour le matin. Je ne me plains pas.

Je me décale vers le bar, sur lequel je pose mon assiette. Darshan s'appuie à côté de moi et me glisse :

— Est-ce que tu m'évites ?

— Pourquoi le ferais-je ?

— Tu ne décroches plus quand je t'appelle. Tu ne me recontactes même pas.

— Désolé, j'étais débordé par l'organisation. Tous ces gens à joindre...

— Je comprends que tu préfères te consacrer à ce genre de projets plutôt qu'à ton dossier médical.

— J'ai aussi quelques problèmes à gérer au bureau.

— Inutile de te justifier.

Il marque une pause.

— Ne t'en fais pas. Je me doute que ta situation n'est pas simple à vivre. L'ami ne t'en veut pas, mais le toubib te conseille quand même de ne pas faire l'autruche trop longtemps. Tout ce que je te demande, c'est de passer quelques heures à l'hôpital avec moi.

— Message reçu, docteur.

— Ne traite pas cela à la légère, Adrien. Je ne veux pas qu'à un moment, tu viennes me voir en me suppliant de t'aider alors que tu ne m'en auras pas donné les moyens. On ne fera pas de miracle, mais on peut optimiser tes chances. Ne sois pas idiot. Pardon d'être si brutal au beau milieu de la fête.

— Aucun problème.

— Ce match dont tu parlais, c'est maintenant qu'il se joue. On ne revient pas sur la pelouse une fois qu'on l'a quittée. On ne peut plus remonter sur le manège après en être descendu. Je te connais, Adrien. Tu m'as expliqué tout ce que tu espères vivre tant que tu en auras la force. Nier ce qui t'arrive ne t'y aidera pas, bien au contraire. Même si tu tires une énergie de l'urgence, ne t'étourdis pas au point d'oublier ce qu'elle représente. C'est un mauvais calcul tactique qui risque de te priver de ce que tu peux encore avoir. Est-ce vraiment cela que tu veux ? Je ne crois pas, car tu attends encore beaucoup de l'existence, Adrien, et c'est bien ce qui fait de toi un patient différent. La plupart ont leur vie derrière eux. Pas toi.

Il pique une mini-brochette dans mon assiette et ajoute :

— Va, mon ami, va prendre soin des autres. Mais n'oublie pas de prendre soin de toi.

La neige s'est remise à tomber doucement par les fenêtres. Mais j'y vois un ouragan en approche.

40

Je ne sais pas ce qu'ils mettent dans leur jus de pomme, mais Papilau est complètement accro. À se demander s'il ne faudrait pas alerter les autorités. Un produit honnête ne peut pas provoquer cet effet-là.

Anormalement tassé sur lui-même, la mâchoire crispée, les yeux plissés, il fait une tête de foudroyé. On dirait qu'il résiste de toutes ses forces à une douleur atroce, mais dès que ça se calme, il en redemande. Dès que la saveur acide d'une gorgée s'estompe, il en avale une autre avec la fébrilité tremblante d'un drogué en manque. Toute une vie de rectitude balayée par un poison qui fait roter. Je parie qu'il serait capable de me frapper si je tentais de l'empêcher de siffler son breuvage. Vous vous rendez compte ? Mon gentil Papilau me tabassant parce que j'essaie de lui retirer cette mixture qui sent le liquide vaisselle ?

La soirée en l'honneur de Daphné m'a donné l'occasion de constater qu'aucune vie sentimentale n'est simple. Zoé, Nico, quasiment toutes celles et tous ceux avec qui j'ai échangé, même Romane, sont plongés dans les affres du doute. Sans parler de moi.

— Papilau, combien de temps as-tu vécu avec Mamette ?

Il ingurgite sa lampée en frétillant et parvient quand même à articuler :

— Cinquante-cinq ans, et j'en aurais bien repris pour vingt de plus.

Je l'observe, attendri.

— Elle te manque ?

— Tous les jours. Elle avait son caractère, mais c'était une femme bien, ma Lucette.

Selon son habitude, il agite légèrement sa canette pour évaluer ce qui lui reste.

— Crois-tu qu'aujourd'hui, il soit encore possible de s'aimer aussi joliment que vous l'avez fait ?

— Qu'entends-tu par « s'aimer joliment » ?

— Cette affection à toute épreuve, nourrie de confiance et de complicité...

Il ricane comme une hyène. J'étais sûr que cette saleté chimique finirait par lui oxyder les neurones.

— Une affection à toute épreuve ? Avec Lucette ? Tu plaisantes ?

Il se tord sur son fauteuil. Je crois que c'est de rire.

— Tu as cette image-là parce que tu nous as connus adultes et déjà rangés. Mais les débuts ont été moins admirables ! Avant la sérénité, il y a eu les tempêtes. Avant les choix, il y a eu les illusions. Vous autres, les jeunes, avez tendance à oublier qu'on a eu votre âge, et je te promets qu'on n'était pas plus doués que vous...

— C'était comment ?

— Ni mieux ni moins bien. C'était différent. Les mots avaient plus de sens, on les prononçait moins souvent.

Il descend une autre gorgée et ajoute :

— Tu sais, une des rares fois où mon père m'a parlé comme à un adulte, il a utilisé une métaphore qui m'est toujours restée. Il a comparé la vie à une traversée en haute mer. Selon lui, on naît au large, dans la soute d'un bateau dont on n'est pas le capitaine. Durant l'enfance, on est à l'abri. On explore les niveaux intérieurs, au chaud, en remontant peu à peu vers le pont supérieur. Puis un beau jour, quand on est assez grand pour voir au-delà du bastingage, on découvre l'horizon. Bien qu'incapable de tenir une boussole, on est tout à coup ébloui. On finit par se lasser du rafiot et on embarque sur le premier canot disponible. Capitaine d'une coque de noix ballottée par les flots, mais capitaine quand même ! On navigue au gré des vents et très vite, la faim se fait sentir. Tout l'enjeu consiste alors à rallier un port en se trouvant un équipage. Parfois, on s'échoue sur une île déserte avec d'autres naufragés. On s'épuise à essayer de suivre le sillage des grands marins, on dérive, on croise des requins, on pêche des sirènes ou des morues, mais ce que l'on désire de plus en plus, c'est la terre ferme et stable. Car n'oublie jamais que le meilleur moyen de combattre le mal de mer, c'est de s'asseoir sous un chêne ! Mais mon père m'avait prévenu. « Même si tu as peur, m'a-t-il dit, ne te presse pas. Parce qu'une fois amarré au port, tout ce que tu feras, c'est rêver du grand large, de l'époque où tu étais perdu et où tu croyais que tu allais te noyer. Les hommes sont ainsi, à vouloir leur corps assis au coin du feu mais leur esprit lancé dans une éternelle aventure. »

Papilau se tourne vers moi.

— Ne rame pas trop vite vers la berge, petit. Ce sont les tourments qui nous donnent les meilleures raisons de tenir. Profite du soleil comme des tempêtes, célèbre les aubes, accepte les crépuscules, et surtout fais attention à ce que tu pêches. Je suis sur la berge, Adrien, mais mon regard est encore tourné vers l'horizon. Mon père avait bien raison.

Ses yeux se perdent vers le parc.

— Tu ne m'as jamais raconté comment Mamette et toi vous êtes rencontrés.

— Avant Lucette, il y a eu Blandine.

Il marque une pause avant de reprendre :

— C'est elle qui m'avait tapé dans l'œil. J'avais tout juste vingt ans. Une fille belle de tous les côtés. Je m'en souviens comme si c'était hier.

— Blandine ?

— Oui, la grande Blandine. Quand elle apparaissait dans sa robe à fleurs, c'était toujours l'été. À l'époque, on passait notre temps libre dans notre quartier, entre jeunes gens du même âge. On ne changeait pas de continent pour un oui ou pour un non. Pas le téléphone. Pas le sentiment de pouvoir tout avoir tout de suite. Nous n'étions pas plus malheureux pour autant, hein ! Blandine vivait à trois rues de chez moi. Elle avait tous les garçons à ses pieds. Je t'assure qu'elle nous en a fait voir ! Elle avait un don pour faire croire à chacun qu'une histoire était possible, mais dès qu'on ne lui donnait pas ce qu'elle voulait, elle passait à un autre – pour mieux revenir ensuite. Il s'en trouvait toujours un pour lui rapporter ce qu'elle désirait au galop. Elle me fascinait. Il suffisait qu'elle pose les yeux sur moi pour que je perde tous mes moyens. Pour elle, j'aurais été capable de braquer une banque ! Prêt à endurer des années de taule pour lui offrir quelques jours de la vie dont elle rêvait.

— Une manipulatrice ?

— Plutôt une déesse qui régnait sur nous. Fallait-il que je sois stupide pour croire qu'un jour elle serait à mon bras ! Mais je ne regrette rien.

Il en a encore des étoiles dans les yeux.

— Ce n'était pas la plus jolie d'entre toutes, mais elle avait ce petit quelque chose en plus qui nous enflammait et dont elle savait parfaitement user. Tu l'aurais vue danser... Cette façon unique de le faire avec un seul homme pour que tous les autres en profitent. Même quand on était avec une autre cavalière, c'était elle qu'on épiait du coin de l'œil, et on avait tous un peu l'impression de la tenir dans nos bras.

— Sur le coup, tu t'en rendais compte ? Tu y réfléchissais ?

— Réfléchir, quel vilain mot quand il est question d'élan du cœur ! Non, mon pauvre garçon, je n'étais conscient de rien. Blandine était comme les effluves que l'on hume parfois dans la brise, comme un coucher de soleil à travers un ciel gris ardoise. On peut avoir la chance de les saisir au hasard, les admirer le temps d'un songe, mais ils finissent par disparaître comme ils sont venus, en emportant leur magie avec eux. Personne ne peut se les approprier. C'est dans leur nature. On n'emprisonne pas un parfum ou des rayons de lumière. Mais on n'oublie jamais la sensation qu'ils nous laissent. C'est ainsi. Blandine a brisé le cœur de bien des hommes, dont le mien. Crois-moi, j'en ai pleuré. Des nuits entières à vouloir mourir, à m'imaginer trucidant celui qui avait la chance d'effleurer sa peau.

— Tu n'en parles pas comme de quelqu'un à qui tu en veux.

— Je ne lui en veux pas. Même à l'époque, je n'ai pas été capable d'éprouver de rancœur contre elle. Elle a sans doute fait souffrir beaucoup de monde, mais après tout, elle n'était qu'elle-même. Tu verras que parfois, les gens ne brillent que de la lumière que l'on projette sur eux. Ils n'émettent rien, mais reflètent tout ce que l'on espère. C'est le propre des mirages. Ils font naître l'espoir uniquement parce que l'on a envie d'y croire. Au final, Blandine m'aura enseigné la différence entre un fantasme et un véritable amour.

— C'est ensuite que tu as rencontré Mamie Lucette ?

— Mamie Lucette n'était pas encore Mamie ! Seulement une jeune femme à la langue bien pendue qui n'hésitait pas à dire ce qu'elle pensait. Elle était aussi capable de battre n'importe lequel d'entre nous à la course ! Pas aussi apprêtée que les courtisanes. Ce n'était pas une de ces filles pour lesquelles les garçons se bagarrent, et pourtant, s'ils n'étaient pas aveuglés par leurs hormones, c'est pour celles comme Lucette qu'ils devraient se démener.

— Elle a su, pour Blandine ?

— Mieux que ça, elle était là. Depuis le début. Pendant des mois, elle m'a vu lui faire la cour, parmi bien d'autres. Puis, lors d'une soirée,

Blandine m'a fait tourner en bourrique, comme de coutume. Elle multipliait les caprices plus que jamais. Je n'en pouvais plus. C'est ce soir-là que j'ai compris que malgré tout ce que j'étais prêt à faire pour elle, jamais nous ne serions ensemble. Bien que se donnant souvent, elle était incapable d'appartenir. Quelque chose s'est rompu en moi. J'étais déprimé, sombre, anéanti. Je ne supportais même plus d'entendre la musique, trop joyeuse pour moi, alors je suis sorti dans la ruelle derrière la salle des fêtes. J'étouffais, j'étais en sueur, j'avais besoin d'air frais et de silence. Les idées sens dessus dessous, je ne savais pas si j'allais m'ouvrir les veines, me mettre à fumer ou m'engager dans la marine marchande.

Il a un petit sourire en coin.

— Et puis Lucette est venue. Elle m'a écouté raconter n'importe quoi. Elle m'a regardé pleurer pour une autre. Je me demande encore pourquoi elle est restée.

Papilau avale une autre gorgée.

— C'est à ce moment-là que tout a commencé entre elle et moi. Grâce à sa patience. Je l'en remercie chaque soir, lorsque je prie pour le repos de son âme. Elle n'a pas été mon premier plan, comme ils disent aujourd'hui à la télé, ni ma première passion, mais elle a été mon unique amour, le seul qui soit vrai.

Il pose la main sur mon genou.

— Tu sais, petit, quelqu'un a dit que l'enfer, c'est les autres. Je ne suis pas d'accord. Moi, dans ma vie, ce sont toujours les autres qui m'ont offert mes plus belles chances. Lucette plus que n'importe qui.

41

À peine la porte de mon appartement déverrouillée, j'entends des bruits provenant de l'intérieur. Je me pétrifie. Une voix finit par s'élever :

— C'est toi, Adrien ?

Ce n'est pas tant la peur d'un cambriolage qui m'a saisi que les réminiscences de ma vie de couple avec Cassandra. J'avais complètement oublié que Daphné vivait ici en ce moment.

Je ne suis plus du tout habitué à ce qu'une présence féminine m'accueille au quotidien. Depuis que Cassandra est partie, c'est le silence qui m'attend quand je rentre, et il n'est pas doué pour souhaiter la bienvenue.

Daphné passe la tête hors de la cuisine pour vérifier qu'il ne s'agit pas d'un intrus.

— Et alors ? me lance-t-elle. Tu ne dis rien ?

Elle disparaît à nouveau. Un bruit infernal résonne soudain, un affreux ronflement de machine. Qu'est-elle en train de bricoler ?

J'avance vers le vacarme. Si Daphné répare la porte de mon placard qui frotte, les moyens qu'elle emploie sont démesurés. Mais non : elle a simplement transformé le plan de travail en étal de marché avec toutes sortes de fruits et de légumes, et au milieu l'appareil capable de les réduire en bouillie. Entre deux déclenchements assourdissants, elle m'annonce :

— Je te prépare un jus frais, une recette ramenée d'Indonésie. Tu m'en diras des nouvelles. Parce que j'ai ouvert ton frigo, et sans vouloir jouer les intruses, ton alimentation manque singulièrement de vitamines.

Je n'ai toujours pas prononcé un mot. Elle s'affaire, parfaitement à son aise, occupant tout l'espace de ma cuisine comme si elle était chez elle. Comme si on vivait ensemble. Comme le faisait Cassandra. Elle a d'ailleurs mis la main sur le dernier vestige de notre cohabitation : l'extracteur de jus.

Je me suis souvent demandé pourquoi ce machin n'était pas reparti avec le reste de ses affaires. Est-ce parce que c'est moi qui le lui avais offert, à sa demande ? Ou plutôt parce que ce truc pèse une tonne et exige un placard complet pour y ranger ses accessoires ?

Daphné ajoute des tranches de kiwi dans le tube à centrifuger et relance le moteur. Ce bruit est insupportable. Elle arrête enfin cet engin de torture et remplit deux grands verres. Je ne savais même pas que je les avais. Où les a-t-elle dénichés ?

Elle m'en tend un, gavé à ras bord d'un jus épais et grumeleux à la couleur verdâtre peu ragoûtante, avec des nuances rougeoyantes. D'habitude, si on découvre ce genre de produit chez soi, on appelle au mieux un plombier, au pire un exorciste.

— C'est bon pour ton corps.

— C'est mauvais pour mes oreilles.

Elle me propose de trinquer.

— Tchin ?

— Tchin.

— Tu t'es mis à la bière ? fait-elle en désignant mon frigo. Fais gaffe à ton bide.

— C'est pour Nico.

— Nico vit ici ?

— Il passe régulièrement.

— Toujours inséparables.

— Un vieux couple.

Elle gagne le salon et je la suis.

— Essayez de ne pas rester entre vieux garçons.

— On fait notre possible.

Elle tente d'autres sujets, mais je ne suis à l'évidence pas aussi loquace qu'elle le souhaiterait. Elle s'assoit et déclare :

— Ne t'en fais pas, je ne vais pas t'encombrer longtemps.

— Tout va bien. Reste le temps qu'il te faut pour reprendre tes marques.

— C'est gentil. Merci aussi pour la soirée d'hier. Si j'ai bien compris, c'est toi qui as tout organisé.

— Je me suis dit que retrouver tout le monde en une seule fois te ferait gagner du temps.

— Du coup, je n'ai plus rien à faire de mes journées ! Non, je plaisante. C'était fabuleux. Vraiment.

Elle change de ton.

— La soirée m'a fait un drôle d'effet, tu sais.

— Positif, j'espère ?

— Ironiquement, je pensais avoir vécu beaucoup d'expériences inoubliables durant mes voyages.

— C'est forcément le cas.

— Rien de comparable, je t'assure, à ce que j'ai ressenti hier soir au milieu de vous tous. On arrive parfois à se convaincre que certains moments sont fantastiques, mais on relativise dès qu'on en vit un qui l'est véritablement. Je te remercie, Adrien. Sincèrement.

— Je t'en prie.

Nous levons nos verres.

— La dernière fois que nous nous sommes vus, reprend Daphné, tu étais en couple avec cette impressionnante jeune femme…

— Cassandra.

— En discutant hier soir, plusieurs copains m'ont expliqué que la rupture n'avait pas été facile et que tu te débattais encore dans cette histoire.

— Excellent résumé de la situation.

— Des braises sous les cendres ?

— Sur lesquelles je souffle de toutes mes forces, au risque de foutre le feu à ma vie.

Je goûte sa mixture. Il n'y a pas que pour les oreilles que c'est mauvais. J'appelle un exorciste.

42

Daphné et moi avons passé une soirée très agréable, mais pauvre en protéines. Ayant considéré qu'on s'était goinfrés la veille, elle a décrété que notre repas se résumerait à son résidu de fruits éviscérés par une machine barbare. Les crocs sont de sortie. Par contre, on a vraiment discuté, et ça c'était bien. Ça a même rendu passionnant le temps infini que nous avons passé à récurer les innombrables accessoires à recoins de ce maudit extracteur.

J'avoue qu'à plusieurs reprises, durant ces moments anodins partagés chez moi avec une femme, le fantôme de Cassandra est venu me hanter. On peut se distraire, cela ne veut pas dire qu'on oublie.

La faute au décalage horaire, j'ai laissé Daphné bien réveillée devant la télé à zapper sur tout et n'importe quoi. Surtout n'importe quoi.

De mon côté, pour ne pas mourir de faim, j'ai discrètement piqué tous les biscuits qui traînaient dans les placards de ma cuisine et suis allé me réfugier dans ma chambre. Depuis que j'habite là, c'était la première fois que je fermais la porte. Besoin de me nourrir, certes, mais surtout de me retrouver seul dans mon trou. Un vrai raton laveur.

Je me suis étendu sur le lit pour réfléchir, avec mes paquets de gâteaux secs étalés autour de moi, comme quand j'avais seize ans. Les mots de Papilau à propos de sa jeunesse n'en finissent pas de résonner en moi. J'aurais tellement voulu que Cassandra les entende. Peut-être y aurait-elle aussi trouvé de quoi remettre beaucoup de choses en perspective ?

Je n'en peux plus d'être privé d'elle. Plus qu'un manque, plus qu'un vide, c'est une amputation. La solitude est toujours plus lourde à porter le soir. J'en arrive à ce moment de la journée où je constate que tout ce que j'ai pu faire depuis le matin, même de formidable, se révèle de toute façon moins fort que ce que j'aurais pu vivre de banal avec elle. Avec Cassandra, pas besoin de sortir, nulle nécessité de grands moyens. Le bruit et l'agitation sont inutiles à l'éclosion d'un bonheur qui n'a rien d'illusoire.

Je donnerais dix ans de ma vie pour partager encore quelques heures comme celles que je ne comptais pas à l'époque où nous étions ensemble. Mais je n'ai pas dix ans à donner, même pas dix mois, et je compte les minutes.

Mon téléphone est là, à portée de ma main. De tous les numéros qu'il contient, celui de Cassandra est le seul que je ne dois pas appeler, alors que c'est celui que je rêve de composer. C'est triste. De toute façon, en admettant qu'elle décroche, que pourrais-je lui dire pour qu'elle accepte de m'écouter ? Quelle première phrase pourrait lui donner envie d'entendre la seconde, puis la suivante, et ainsi de suite jusqu'à ce que, comme Papilau et Mamette, nous affichions cinquante-cinq ans de vie commune au compteur ? Entretenir la flamme, à chaque instant. Parce qu'on n'est pas de bois, mais qu'on brûle quand même. Gravir l'Everest à cloche-pied serait certainement plus facile.

J'enrage de ne pouvoir lui parler. Mais une autre option m'apparaît soudain…

Je pourrais lui écrire. Cette idée déclenche aussitôt quelque chose en moi. Un frémissement. La vibration d'un décollage.

Une lettre constitue à coup sûr la solution idéale. C'est élégant, romantique ; elle pourra la lire quand elle le désirera, autant de fois qu'elle en aura envie. Autre avantage : je peux confier au papier tout ce que je suis trop pudique pour lui avouer les yeux dans les yeux. Chaque phrase comme la fleur d'un bouquet, chaque mot comme un pétale de rose rouge. Peser le moindre terme, passer par tous les brouillons possibles. Cela m'évitera de bafouiller.

Je n'ai plus faim, ma déprime s'est évaporée. Je me lève et j'allume mon ordinateur portable. Nouveau document. Le curseur clignote en haut de page. Sagement, il attend que je le fasse avancer.

Je n'éprouve aucune angoisse de la page blanche, j'ai plutôt trop à dire. Il me faut juste définir comment et dans quel ordre. Le meilleur moyen, c'est de penser à celle à qui je veux m'adresser. De l'imaginer, là, devant moi, comme lors d'un premier rendez-vous, telle que je l'aime.

Je me concentre sur son image et ce n'est pas difficile. Je crois que ce que je préfère, c'est la lumière qui émane de son visage durant le bref instant qui précède son sourire. Ce moment fugace où elle irradie, où ses yeux pétillent dans cette expression qui ensoleille mon âme. La rendre heureuse me manque tellement...

Ce soir, j'ai envie de lui confier tout ce que j'éprouve, comme je n'ai jamais su le faire auparavant. Il est temps d'avouer. Je n'ai désormais plus aucun mal à exprimer mes sentiments, à reconnaître mes erreurs, mais surtout à déclarer mon espoir, comme on déclare un amour. Depuis son départ, depuis que je sais que le mien approche, j'en ai acquis la force.

Ma Cassandra.

Mon curseur se cabre comme un cheval devant l'obstacle. Il a raison : la formule est trop possessive.

Ma tendre.

La lettre peut avoir un charme suranné, elle ne doit pas pour autant être ringarde.

Bébé.

Pas mon genre. De toute façon, c'est une formule déposée © Alexandre Lepreux.

Ne te perds pas en circonvolutions, Adrien.

Cassandra,

J'ignore ce que tu fais à l'instant où je t'écris, mais je pense à toi. Cela m'arrive souvent. Tout le temps, pour être honnête. Presque deux ans sans toi, et je ne m'habitue toujours pas à ton absence. Comme si ce n'était qu'une pause, parce qu'il ne peut s'agir d'une fin.

Ne t'inquiète pas, je ne cours pas après ce qui ne reviendra pas. Mon message n'est pas tourné vers le passé. Ni regrets, ni plaintes. Quand on aime vraiment, c'est inutile. Il suffit de dire. Tu as continué ton chemin, et moi aussi. Pourtant l'évidence est là : quelque chose en toi m'attire, me motive et m'élève dans tout ce que je fais. Je ne sais pas le nommer, mais je le reconnais. Assez pour savoir que je ne le trouve nulle part ailleurs. Toi seule allumes cette étincelle qui m'éclaire de l'intérieur.

Le jour où je t'ai rencontrée, ma vie a changé. Je n'avais pas prévu de tomber amoureux. Tout est arrivé par ta faute, ou plutôt grâce à toi. Tu es devenue le moyen, et aussi l'enjeu. Ensuite, au long de chacun des jours qui ont suivi, j'ai espéré avoir la chance de t'apercevoir. Je t'ai cherchée. Pour m'approcher.

À la seconde où nous avons échangé, je n'ai plus conçu le monde sans toi, et encore moins ma vie. Quelqu'un à attendre, à espérer, en connaissant son nom et son adresse...

Je marque une pause. Je relis. Le début est venu d'une traite, naturellement, sans rien forcer. Le doute s'empare pourtant de moi pour la suite. J'ai l'ambition d'être bouleversant, mais je sens se profiler le danger de me montrer plutôt naïf jusqu'au ridicule. Je dois néanmoins prendre le risque. Aimer revient à s'exposer, à s'offrir, sans garantie de ce que l'autre pourra en faire. Avancer à découvert, les bras grands ouverts, quitte à mourir d'une balle en plein cœur, mais avec l'espoir de vivre tellement plus fort si le camp adverse dépose les armes et court vers vous. Une lettre comme on en écrit une seule dans une vie.

Je suis bouillant, le front en sueur. Bon sang. Dans quel état devaient être ceux qui ont écrit ces magnifiques chansons d'amour qui nous inspirent quand on les écoute et nous font passer pour des moins que rien quand on essaie d'en faire autant ?

La nuit va être longue, mais je m'en fiche. Tant que le curseur avance, j'ai la sensation que c'est un peu moi qui marche vers Cassandra.

43

Une vraie nuit blanche, pire qu'une veille de concours pendant mes années de prépa. Avec une différence de taille, cependant : cette fois, il n'est pas question de diplôme, il n'y aura aucun rattrapage, et je suis déjà redoublant.

Au terme d'un parcours du combattant introspectif éreintant, j'ai d'abord cru avoir réussi à poser ce que je ressentais sur le papier. Résultat dérisoire au regard de l'effort fourni. Les mots ne venaient pas toujours dans le bon ordre. Les grandes idées pouvaient conduire à des impasses. Au petit matin, j'ai pris conscience que les sentiments sont comme les dindons : ils ne savent pas marcher à reculons. Je ne sais pas si la comparaison est parlante, bien qu'elle soit fondée.

Le brouillon a gonflé jusqu'à compter onze pages, mais peu avant l'aube, j'étais toujours sur la brèche, sans le moindre sentiment d'accomplissement, aucune satisfaction, pas même l'impression d'avoir progressé.

Plus un seul gâteau à grignoter dans la chambre, et le cœur sec d'avoir été pressé comme un citron. Voguer sur les grands sentiments vous épuise.

En relisant ma lettre, je n'ai réussi qu'à sentir monter la colère. La rage, même. Contre moi-même. J'ai jugé l'ensemble lardé d'envolées lyriques pompeuses, de justifications hasardeuses et d'effets de style faciles. Le résultat était au mieux prétentieux, au pire puéril. Des heures passées avec les meilleures intentions du monde pour accoucher de ça ! C'est minable. J'envie ceux qui se font comprendre sans parler, qui arrivent à convaincre d'un simple regard. J'ai même eu envie d'en tuer un ou deux pour me calmer.

À l'heure où tous les appartements s'animaient dans l'immeuble d'en face, croyant l'affaire perdue, j'ai supprimé, réduit, effacé. Sans aucun regret, aucune réticence. En désespoir de cause, j'ai tout démonté. Tant pis si rien ne devait subsister de ce qui m'avait tant demandé. Mon curseur s'est mué en bulldozer, rasant les lettres au long des phrases comme on écroule des bâtiments sur les bords d'une rue.

C'est alors que le miracle s'est produit. En élaguant, en arrachant, quelque chose a fini par émerger. Une fleur inattendue que l'on dégage sous les ronces, un accord harmonieux qui résonne au-delà de la cacophonie, la clé perdue qui brille au fond du vide-poches.

Ma missive ne fait désormais plus qu'une page, et je suis en paix. Sans doute fallait-il que les 96 % du brouillon que j'ai éliminés existent pour que le peu conservé soit digne de survivre. J'ai l'intime conviction qu'aussi imparfaite soit-elle, elle contient ce qui compte. Aucun non-dit, aucune manœuvre. L'essentiel d'un homme amoureux.

Lorsque Cassandra lira ma lettre, elle aura en main les éléments pour décider de ce qu'elle veut me concernant. J'ai recopié le texte avec le soin d'un copiste du Moyen Âge. N'étant plus du tout habitué à écrire à la main aussi longuement – ne l'ayant surtout jamais fait avec un tel enjeu – j'y ai mis du temps.

Je n'ai pas encore défini la meilleure façon de lui délivrer mon message, mais je vais trouver.

En attendant, il faut que je me dépêche de me préparer, parce que je suis déjà presque en retard pour mon rendez-vous de ce matin. Or il est important.

Pour m'y rendre, j'ai d'ailleurs décidé de porter la montre de mon père. Là où je vais, je préfère mettre toutes les chances de mon côté…

44

À travers les baies vitrées, j'aperçois Darshan qui arpente le hall de l'hôpital. Déjà essoufflé par mon trajet en mode marathon, je presse encore le pas. Les portes automatiques s'écartent. Je commence à me méfier de ces lieux qui vous incitent à vous aventurer à l'intérieur. La dernière fois, je l'ai senti passer.

Mon complice m'a repéré et vient à ma rencontre. Poignée de main.

— Bonjour Adrien. J'espère que ce n'est pas le stress qui te met dans un état pareil ?

— Salut Darshan. Non, j'avais juste peur d'être en retard.

— Tout va bien, reprends ton souffle, tu vas en avoir besoin.

Je le devine inquiet face à ce qui m'attend. Presque plus que moi. L'incroyable pouvoir du déni me protège. Je le charrie :

— Ne t'en fais pas, tout va bien se passer.

— J'en suis sûr.

— Merci de prendre soin de moi.

— Je t'en prie.

Tout en m'enregistrant aux admissions, il explique :

— Les Canadiens ont envoyé leur protocole avant-hier et je l'ai transmis au confrère qui va te prendre en charge, le docteur Neuville. Tu verras, c'est quelqu'un de bien. Vous devriez vous entendre. Je le connais personnellement et il sait que nous sommes proches.

— Merci.

— Pour une meilleure coordination des examens, on t'a rattaché au service d'oncologie. N'en tire aucune conclusion.

Il m'entraîne vers une aile du complexe aux portes violettes. J'évolue dans cet univers sans me sentir concerné. Ces noms de services, ces couloirs aseptisés avec leur éclairage cru et leur sol plastique, tous ces gens en blouse blanche qui s'affairent sur cette bande-son de bips et de chariots roulants... D'habitude, je ne suis confronté à cette ambiance qu'à travers des séries télévisées. Concernant l'épisode de ce matin, je vais avoir du mal à zapper.

La seule fois où j'ai mis les pieds dans un hôpital, j'avais dix-sept ans. C'était pour me faire plâtrer un bras cassé suite à un pari perdu. Devinez qui était à l'origine de ce lamentable défi ? Ce jour-là, j'ai eu la preuve formelle qu'il est absolument impossible de se faire propulser jusqu'au premier étage du lycée par deux potes qui vous projettent façon catapulte. Sur mon plâtre, tout le monde avait inscrit un gentil petit mot ou fait un joli dessin. Au milieu de ces marques d'amitié, la surveillante avait écrit : *Laisse le vol aux oiseaux, c'est leur boulot, abruti !* Nico avait trouvé ça très juste et demandé pourquoi, si c'était leur métier, ils n'étaient pas payés.

Darshan salue la plupart des personnes que nous croisons. Certains l'appellent par son prénom, et d'autres « docteur Ranja ».

— Tu viens souvent ici ?

— J'ai une consultation, et j'y envoie certains patients.

Je suis le seul à ne porter ni blouse, ni badge. Aucune équivoque sur le rôle qui est le mien dans cette fourmilière. Au grand jeu du « Qui va faire le malade ? », c'est moi qui vais gagner.

— Tu vas d'abord avoir un entretien avec le coordinateur, le médecin dont je t'ai parlé, m'annonce Darshan. Il va te poser énormément de questions, parfois les mêmes que celles auxquelles tu as déjà répondu pour moi. Ne t'en fais pas pour ça. Ils repartent de zéro parce qu'ils veulent leurs propres données pour documenter le dossier.

Son débit est plus rapide qu'à l'accoutumée. Il est nerveux. S'il continue, il va finir par me transmettre ses angoisses.

— Rassure-moi : je serai bien sorti pour le début d'après-midi ?

Il s'immobilise au milieu du couloir, me barrant la route.

— Adrien, ce n'est pas un rendez-vous comme les autres. Tu n'es pas chez le coiffeur ou le garagiste. Ici, on ne s'occupe que de santé, de vie, voire de survie. Alors tout le reste passe après. Ça attendra. Parce que si ce rendez-vous-là ne se déroule pas bien, il n'y en aura plus d'autres ensuite. Plus aucun. Ton heure de sortie, ici, tout le monde s'en cogne. L'essentiel, c'est que tu sortes.

Ça y est, il a réussi à m'effrayer. Il se remet en marche et poursuit :

— Tu vas entamer une série d'examens qui préciseront à quel stade tu en es. Test d'effort, prise de sang, échographie... Un tableau complet de ton état qui nous permettra d'en suivre l'évolution. Pour les praticiens de ce service, c'est un protocole inédit sur une pathologie dont ils n'avaient jamais entendu parler. Ils vont scrupuleusement se conformer aux instructions des Canadiens, car si les mesures seront effectuées et en partie exploitées ici, c'est là-bas qu'elles seront analysées au final.

— Tu vas rester avec moi ?

— Autant que possible. Mais sois tranquille, tu ne seras jamais seul, et c'est une super équipe.

— Je suis désolé de te faire perdre ton temps.

— Ce n'est pas le cas. Je vais en profiter pour rendre visite à des patients.

— Il faut avoir un sacré moral pour faire ton job...

— J'ai choisi ce métier pour aider. On ne gère d'ailleurs pas que du négatif. Deux de mes patientes viennent d'avoir leur premier enfant.

Après des enfilades de couloirs aux tons pastel, Darshan s'arrête devant une porte. Si la première question s'avère être : comment retrouver le chemin de la sortie ?, j'ai perdu. Je ne sais même plus où est le nord.

— Pour ce rendez-vous initial, tu seras seul avec le docteur Neuville. C'est la procédure habituelle. Ne t'en fais pas, ce ne sont que des questions. Réponds franchement. Il va te parler de tout, au risque de te dérouter...

Sans même s'en rendre compte, alors qu'il m'explique, Darshan rectifie mon col et rajuste ma veste, comme le ferait une mère pour son enfant avant sa rentrée des classes. Est-ce qu'il va m'embrasser sur le front ?

45

La rencontre a été extrêmement agréable. Une conversation courtoise et riche de sujets inattendus, au point d'en oublier sa raison d'être. Le docteur Neuville est un type carré qui n'a pas peur de vous regarder dans les yeux. Accessoirement, fervent adepte d'un second degré salutaire.

Si l'essence de mon métier consiste à prendre du recul et à chercher un sens à la généralité, lui ne s'intéresse qu'aux cas particuliers. Nous avons deux approches diamétralement opposées du monde. Il traque les détails, les infimes caractéristiques de votre vie qui en révèlent l'authentique nature et dont vous n'aviez aucune conscience avant qu'il attire votre attention dessus. Buvez-vous chaque fois que vous mastiquez de la nourriture ? Dormez-vous toujours sur le même côté ? Défaites-vous les lacets de vos chaussures ou les enfilez-vous en force ? Votre champ de vision se colore-t-il d'une couleur particulière lorsque vous vous cognez la tête ? Avez-vous déjà eu envie de tuer parce que votre petit doigt de pied avait heurté un meuble ? Sans oublier l'une de celles que j'ai vraiment aimées : vous arrive-t-il de vous croire ailleurs que là où vous êtes ?

— Oui docteur, j'ai souvent l'impression d'être dans un zoo. Je vois passer de drôles de zèbres et je me retrouve régulièrement enfermé dans la cage des singes.

Si des infos de ce genre peuvent l'aider à prédire de quoi je vais mourir, je promets de croire aux farfadets et aux multinationales qui ne songent qu'à notre bien.

On a passé en revue mes antécédents familiaux, mes allergies, mes habitudes de vie, que sais-je encore. Il est clair que nombre de ses questions ont pour seul but de me distraire, d'endormir ma vigilance afin d'obtenir de vraies réponses à celles qui comptent. Un excellent modèle d'entretien d'embauche, dont je vais peut-être reprendre certains éléments. Avec délectation, j'imagine déjà la tête des petits soldats de Maxence si je leur demandais s'ils ont été battus par leurs parents ou s'ils ont la phobie de la nudité dans les lieux publics…

Moi qui pensais que nous autres statisticiens étions les seuls à pouvoir aborder des faits déstabilisants avec un détachement clinique, je me trompais. J'aurais dû m'en douter, c'est dans le nom : « clinique ».

Le brave homme a pris beaucoup de notes pendant notre échange, à l'issue duquel il m'a renvoyé vers une de ses collègues chargée de me préparer pour les examens. Il l'a appelée Yolande et me l'a présentée comme « une légende vivante, une sorte de gourou ».

— Je vous abandonne entre ses mains expertes. Yolande est la gentillesse incarnée.

Cependant, pour votre confort et votre sécurité, d'homme à homme, je vous conseille de vous plier à ses demandes sans discuter…

Comment considérer un pareil avertissement ? C'est donc avec de nombreuses questions et un petit flacon rempli d'urine que j'attends derrière une porte dans un minuscule cabinet. Je suis prêt à tout.

Qui se cache derrière cette porte ? Une sorcière qui va goûter mon pipi comme au XVe siècle ? Si elle me propose de trinquer, je refuse, quoique ça puisse difficilement être plus dégueulasse que les jus de Daphné. À moins qu'elle ne soit une dresseuse de fauves qui va faire claquer son fouet ? Je l'ai dit, je passe ma vie au zoo. Elle va me demander de grimper sur un petit tabouret et de me dresser sur mes pattes arrière. Ça, j'y arrive bien. Ou alors, quand la porte s'ouvrira, je vais découvrir un camp d'entraînement militaire avec des transports de troupes qui passent au fond, et cette Yolande portera une tenue de sergent recruteur qui lui ira d'ailleurs super bien. Mon test d'endurance va consister à ramper sous des barbelés pendant qu'elle tirera des rafales de seringues réelles au ras de mon postérieur.

Je sursaute quand la porte s'ouvre enfin. Une femme. Loin de ressembler à une sorcière. Une superbe quarantaine, mais elle pourrait sans problème dresser des lions ou se faire obéir de tout un bataillon.

— Adrien Venel ?

— C'est moi.

— C'est à nous !

Je ne sais plus où j'ai lu que pour se rassurer lors d'une situation stressante, on cherche à nouer un lien affectif avec les individus présents, quels qu'ils soient. On s'attache aux premiers venus. Pour les kidnappings, cela donne le syndrome de Stockholm, mais j'ai l'impression que ça marche aussi pour le syndrome d'Emerson, qui n'a pourtant rien à voir. Je n'ai aucune idée de ce qu'elle va me faire, mais il est clair que cette femme en a les moyens. Autant ne pas perdre de temps, je vais tout de suite lui demander de m'épouser.

— Nous allons passer un bon moment ensemble.

Elle m'annonce cela avec un léger sourire. Je ne sais pas si « bon moment » signifie qu'il va être long ou agréable. Je me tais.

— Vous êtes joli garçon.

— On m'a récemment dit que j'étais une bonne affaire.

Elle éclate de rire.

— Nous allons vérifier ça tout de suite, monsieur Venel. Déshabillez-vous.

46

Je n'ai pas tout de suite saisi quelle était l'exacte fonction de la mystérieuse Yolande. Rien n'est d'ailleurs précisé sur son badge.

Quand elle m'a coaché pour mon test d'effort, j'ai supposé qu'elle était kiné ou cardiologue. Alors qu'elle me surveillait pendant que je suais sur le tapis de course, je lui ai proposé que nous attendions ensemble sur le côté en papotant jusqu'à ce que le programme de torture arrive seul à son terme. Elle a encore éclaté de rire, mais ne m'a pas laissé le choix. J'ai couru comme un damné.

Quand elle a pris ma tension et mon pouls puis vérifié ma saturation en oxygène, j'ai cru qu'elle était infirmière. En parlant de ma prise de sang, elle a commencé par me vanner en disant que les garçons ne supportent pas la vue d'une aiguille et que beaucoup tournent de l'œil. J'ai peur de beaucoup de choses, mais pas de ça. J'ai quand même saigné.

Peu à peu, par petites touches, elle me teste. J'ai rapidement été convaincu que derrière son apparente légèreté et ses plaisanteries sans conséquence, elle menait discrètement une étude quasi psychologique. Ni plus ni moins : en parallèle des examens cliniques, elle établit le profil de ses patients.

Elle a une façon à la fois bienveillante et très ferme de vous malaxer les méninges et le physique qui lui permet à coup sûr de savoir à qui elle a affaire. Une sorte de banc d'essai. Elle discute tout le temps. Une méthode parfaitement maîtrisée pour vous amener à vous dévoiler en filigrane. Au final, si je devais décrire son métier, je dirais qu'elle est préparatrice sportive, pour une compétition que nous sommes tous en train de perdre plus ou moins rapidement.

Son poste est primordial lors de la prise en charge d'un patient. Elle doit estimer si vous êtes apte à placer votre bateau face à la vague qui déferle et si la coque a une chance de tenir le choc. Vu sa personnalité, elle est sans doute capable de vous convaincre de vous mettre à creuser même si les secours risquent de ne pas arriver à temps…

Je suis admiratif de l'approche humaine dont elle fait preuve. Elle joue des gens comme un virtuose le ferait d'un instrument. J'ai toujours rêvé d'être une clarinette.

Elle fait preuve d'un fin mélange d'autorité et d'humanité. Une forme séduisante de despotisme éclairé. Je ne suis pas surpris que seul son prénom suffise à dire qui elle est, dans un univers où tout est patronyme et titre.

De temps en temps, elle consulte mon dossier.

— Le syndrome d'Emerson… Je ne devrais pas vous l'avouer, mais en vingt ans de métier, je n'en ai jamais entendu parler.

— C'est tout nouveau, j'ai réussi à en avoir un avant tout le monde parce que je connais le patron.

— D'après ce que je lis, il y a un risque que votre cœur s'emballe…

Elle a eu l'élégance de retirer le terme « mortel » après le mot « risque ».

— Vous vous dites que je serais mieux en cardiologie ?

— Vous êtes très bien ici. La façon dont vous allez appréhender le développement possible de votre pathologie est essentielle et en oncologie, nous avons l'expérience.

— L'évolution possible, ou l'issue fatale ?

— Monsieur Venel, j'ai lu que vous étiez statisticien. Alors ceci devrait vous parler : 65 % des patients qui entrent dans ce service en ressortent guéris.

— Merci madame.

Elle me lorgne.

— Comment envisagez-vous le reste de votre vie ?

— Dramatiquement court, avec de belles éclaircies en fin de matinée.

— Vous plaisantez, mais ma question est sérieuse. Dans quel état d'esprit vous levez-vous chaque matin depuis que vous savez ce qui vous menace ?

Je réfléchis un instant.

— Je me dis que je pulvérise mon propre record du plus grand nombre de jours consécutifs où je suis resté en vie.

Elle sourit.

— J'aime l'humour. C'est une élégante pudeur. Mais n'ayez pas honte d'avoir peur. Avec nous, vous pouvez relâcher vos angoisses.

— Si je commence, vous pouvez déjà faire une croix sur votre week-end. Ça va être long.

Ça n'a pas l'air de l'effrayer. Elle a dû en voir d'autres.

— Je dois maintenant vous équiper d'un système pour enregistrer votre activité cardiaque.

— J'ai hâte.

— Vous allez porter ce Holter pendant un minimum de soixante-douze heures.

— Je vais rester ici trois jours ?

— Non, vous pourrez mener une vie tout à fait normale. C'est seulement un appareil portatif relié à une ceinture d'électrodes posée sur votre poitrine.

Elle déballe un petit boîtier en me demandant :

— Faites-vous du sport ?

— Il m'arrive de courir après des gens, très occasionnellement.

— Je vais vous installer la sangle avec les électrodes, mais il vous appartiendra de vérifier qu'elle n'a pas bougé pour que les capteurs restent à leur place. Il est très important de porter l'équipement en permanence, quoi que vous fassiez, car l'appareil enregistre votre électrocardiogramme en continu. Toute déconnexion invaliderait le test et il faudrait recommencer. Même si le matériel est supposé être étanche, évitez les sports nautiques, mais pour le reste, si vous aviez prévu de faire des travaux, l'amour ou un concours de danse, vous pouvez y aller.

— Tant mieux. C'est exactement ce que je m'étais programmé pour ce soir, dans cet ordre.

Elle rit tout en préparant son attirail. Pour installer la sangle, elle m'enlace avec toute la distance professionnelle possible. Je sens quand même son souffle dans mon cou.

— Avec ça, on aura un œil sur les frasques de votre palpitant. Je vous l'allume, et vous n'avez plus rien à faire excepté le maintenir en place.

Elle appuie sur un bouton. J'ironise :

— La boîte noire d'un avion en perdition.

En s'écartant, elle me demande :

— Êtes-vous inquiet, monsieur Venel ?

— Je passe trop de temps à être inconscient pour en avoir le loisir.

Elle désigne mon poignet.

— Votre montre n'est pas à l'heure et le verre est fêlé.

— Ce n'est pas moi qui l'ai cassée.

J'hésite à lui poser la question qui me brûle les lèvres, mais je me lance :

— Comment le sentez-vous ?

— De quoi parlez-vous ?

— De mon cas.

— Souvent, les patients que je rencontre me demandent cela sous une forme ou une autre. Rarement aussi directement. Je le comprends, vous êtes tous perdus, désemparés, et vous cherchez à prévoir ce qui vous attend. Ma réponse est toujours la même : j'ai trop d'expérience pour savoir de quoi votre avenir sera fait. J'en ai trop vu pour hasarder un pronostic. Ici, je reçois des gens qui parfois seront morts le lendemain, et d'autres qui font tout pour oublier leur passage chez nous parce qu'ils s'en sont sortis. Vous pouvez remettre votre chemise, monsieur Venel. Nous en avons terminé pour aujourd'hui.

Elle me regarde.

— Ne demandez pas aux autres ce qu'ils pensent de votre cas. Ils n'en savent rien. Le mieux informé, celui qui a toutes les chances de pressentir ce qu'il adviendra ensuite, c'est vous. Alors je vous retourne la question : comment le sentez-vous ?

— J'ai l'impression que cela ne dépend pas de moi. C'est terrible. Comme si mon sort était entre les mains d'autres personnes, qui auraient le droit de vie ou de mort sur moi. Surtout une. Le pouce vers le haut ou vers le bas, comme une sentence suspendue à son bon vouloir. De toute façon, je ne suis pas certain d'être qualifié pour sentir ce qui peut se passer. Vous avez quand même devant vous un homme qui a reçu ses plus grandes leçons de vie grâce à des bébés araignées et des pneus.

Son expression reste très neutre.

— Chacun ses maîtres à penser...

Elle commence à ranger son matériel et ajoute :

— Je suis désolée de ne pouvoir vous rassurer. On va déjà essayer de vous soigner. Je voudrais pouvoir vous conseiller de croire, mais toutes ces années auprès de tant de patients ne m'ont pas permis de découvrir une foi qui ne soit pas un jour remise en cause.

— Je suis certain qu'en cardiologie, ils en ont, eux...

Elle fait mine de s'indigner avant de reprendre son sérieux.

— J'ai cependant adopté au moins un principe qui me guide. Il n'a rien de scientifique mais il apaise mon âme, et aucun de ceux qui se sont assis exactement là où vous êtes ne l'a remis en cause.

Je suis suspendu à ses lèvres. En me regardant bien en face, elle choisit ses mots.

— Sauf accident, on ne quitte pas ce monde tant que l'on a encore quelque chose à y faire.

Je souris, soulagé.

— Alors, je ne vais pas crever dans les jours qui viennent.

— Vous m'en voyez ravie, monsieur Venel.

— Vous devez avoir une drôle de vision de la vie…

— Assez simple, en fait. Je crois que notre passage sur terre se résume en trois points : pour soi, ce que l'on ressent. Pour les autres, ce que l'on fait. Pour le monde, ce que l'on laisse.

47

Voilà presque une heure qu'affublé de ma casquette et de mes lunettes fumées d'espion amateur, je rôde dans la rue de Cassandra.

Pour ne pas attirer l'attention, je multiplie les allers-retours à proximité de l'immeuble, en variant les attitudes. Alternativement, je déambule, je m'attarde devant les vitrines, je fais mine d'attendre quelqu'un. J'ai même fait semblant de promener un chien qui ne m'appartenait pas. J'ai épuisé tous les rôles qu'il est possible de tenir sur une voie publique, excepté si l'on est dans un film de guerre ou une comédie musicale. Mais je ne veux pas ramper, et je ne sais pas danser. Par contre, j'ai discuté avec l'épicier de la meilleure façon d'empiler les clémentines. Entre experts, on se comprend.

Alexandre Lepreux est parti au club d'aviron sur ses quatre pneus, alors que Cassandra se trouve encore dans leur appartement en attendant l'heure de se rendre à son cours de musique. Dans la poche intérieure de ma veste, je porte le message que j'ai écrit pour elle. Je ne me voyais pas l'expédier par la poste. Trop banal. Pas envie que cette lettre-là arrive entre une facture et un catalogue. Alors je suis là, même si je n'ai aucune idée de la façon dont je vais la lui remettre.

Je l'ai aperçue tout à l'heure refermer la porte-fenêtre de leur balcon. Elle ne pourra pas sortir sans que je la voie : j'ai en ligne de mire l'issue piétonne comme la sortie de garage.

Sur l'enveloppe, j'ai seulement écrit son prénom. Au premier coup d'œil, elle comprendra que c'est personnel. Peut-être reconnaîtra-t-elle mon écriture ?

La lui remettre en mains propres est impossible. Trop violent. Grossier. Je ne suis pas un huissier qui lui colle par surprise une assignation à aimer.

La déposer sur le pare-brise de sa voiture ? Pas envie qu'elle confonde mon courrier avec un prospectus qu'elle balancera d'un coup d'essuie-glace.

J'ai tout imaginé. Demander à Zoé de se déguiser en vieille gitane et de faire semblant d'avoir un flash en la croisant. Payer un inconnu pour l'interpeller en lui faisant croire qu'il vient de voir mon enveloppe tomber de son sac à main. Dresser une colombe blanche pour qu'elle la lui dépose sur son balcon. Un peu à bout, j'ai fini par songer à déguiser une colombe en vieille gitane ou à demander à Zoé de battre des ailes jusqu'à sa fenêtre.

Je pense que le plus efficace consiste simplement à la lui glisser dans sa boîte aux lettres. Ainsi, lorsqu'elle quittera son domicile et vérifiera si elle a du courrier comme elle le faisait toujours, elle découvrira le pli.

Logiquement intriguée, elle lira ma missive en chemin ou pendant son cours de flûte, et elle aura le temps d'y penser sans risquer de subir les questions d'Alexandre Lepreux. Elle aura tout le loisir d'être touchée, émue, ou d'en faire une boulette et de marquer un panier dans la corbeille. Combien de temps attendra-t-elle avant de me contacter ? Le fera-t-elle seulement ? Pour l'instant, mettre en application ce scénario n'est pas évident. La boîte aux lettres se trouve dans le hall, auquel on n'accède pas sans code…

Il faut pourtant que je fasse vite, sinon elle va partir sans la trouver, et c'est Alexandre Lepreux qui risque de tomber dessus en rentrant. La vie est vraiment plus simple quand on n'aime personne ! Cette vérité absolue m'éclaire. Il m'apparaît soudain évident que le bonheur n'est possible que lorsqu'on déteste. Je vais me mettre en ménage avec une pastèque. On prendra nos douches ensemble. Je lui installerai un coussin au pied de mon lit, et si, ulcéré par ses silences, je commets un crime passionnel, je ferai disparaître son corps dans des smoothies.

Une voiture quitte le parking souterrain de l'immeuble. Voilà ma chance. Sans hésiter, je m'élance. Avant que les portes se referment, je me coule furtivement à l'intérieur. Les battants métalliques se baissent derrière moi, me plongeant tout à coup dans un silence qui contraste avec le brouhaha de la rue.

Ma respiration et mes pas résonnent. En remontant les allées à la recherche des escaliers, je crois voir la voiture de Cassandra. Une petite bombe rouge. Je m'approche. Pas de doute, c'est bien la sienne. À l'intérieur, collé sur le tableau de bord, je reconnais l'ourson qui se dandine à la moindre secousse.

La dernière fois que j'ai roulé dans cette auto, nous nous rendions ensemble au mariage d'une amie. Cette noce ne nous a pas porté bonheur. J'avais pris le volant parce que Cassandra portait une robe qui entravait ses mouvements, mais affolait mes mains. Je suis content que ce vestige motorisé de notre vie commune soit encore là. Un élément de plus qui n'a pas changé.

J'en fais le tour en regardant à l'intérieur. Une séance d'archéologie affective, comme dirait Bernard. Le fait est que beaucoup de souvenirs me reviennent. Nos pique-niques, nos week-ends, les fois où elle chantait à tue-tête parce qu'elle était de bonne humeur.

Ses escarpins de secours sont toujours glissés dans une sacoche à l'arrière. Dans le vide-poches, le même désordre, un disque de stationnement, des bonbons, ses câbles de chargement emmêlés, et le grattoir à glace dont je l'avais équipée.

Le bruit d'une porte de service résonne dans le parking. Des pas. Je me précipite dans l'allée en essayant de me comporter comme quelqu'un qui a une raison légitime de se trouver ici. J'avance avec une apparente désinvolture vers ce que j'imagine être l'accès aux étages. Les pas se rapprochent. Ils s'arrêtent soudain. Bruit de déverrouillage électronique, portière que l'on ouvre. J'aperçois la dame qui est en train de s'installer dans sa voiture. On se salue poliment, elle démarre, et je poursuis mon chemin.

L'accès aux étages est en vue, au fond. J'ai de la chance, je crois qu'il n'y a besoin ni de badge, ni de code. À peine suis-je remis de mes émotions que la porte s'ouvre et qu'une autre femme apparaît. Pas n'importe laquelle. Cette vie ne m'aura donc rien épargné...

Cassandra vient au-devant de moi. Elle porte un petit blouson que je ne lui connaissais pas, un pull léger, un pantalon de toile, mais surtout, ses cheveux sont détachés. Elle a vraiment beaucoup d'allure lorsqu'ils sont noués en queue-de-cheval, mais ce n'est rien en comparaison de l'effet produit lorsqu'ils sont libres. Ils viennent alors encadrer son visage, décuplant son charme jusqu'à une sensualité dont je suis prêt à tout faire pour m'assurer l'exclusivité. Leur fluidité correspond parfaitement à sa nature et répond d'une ondulation idéale au moindre de ses gestes.

Pour la première fois depuis longtemps, je suis face à elle, à découvert, seulement protégé par de pauvres lunettes et une casquette. Nous avançons l'un vers l'autre, comme pour nous retrouver. Afin de masquer mon trouble et de me donner une contenance, je vérifie ma montre. Cette diversion dérisoire m'évite de la fixer avec une insistance qui pourrait faire fondre mes verres. J'ai beaucoup de mal à me maîtriser. J'ai même l'impression que je suis secoué de tics incontrôlables.

Nous nous croisons. D'un léger signe de tête, elle salue machinalement l'inconnu que j'incarne à cet instant. L'inconnu... Elle me prend probablement pour un autre habitant de l'immeuble. C'est cohérent. Perdue dans ses pensées, elle ne m'accorde aucune attention. Quel affreux paradoxe... Je suis là pour elle, et elle ne s'en rend même pas compte. Que faut-il de passé, de sentiments enfouis et d'espoirs insensés pour aboutir à cette situation impossible ? Moi, au bon endroit. Elle, au mauvais moment. Cassandra et moi, nous frôlant comme de parfaits étrangers. Si ce n'est pas malheureux…

Je réponds d'un bref hochement, sans trop savoir comment j'en trouve la force. Je suis en proie à une foule d'émotions qui affolent tous les compteurs. Comment un cerveau peut-il surchauffer à ce point en l'espace de quelques microsecondes ?

Dans le chaos qui agite mon être, un constat s'impose pourtant : si c'était elle qui avait porté des lunettes fumées et une casquette, je l'aurais reconnue quand même, n'importe où, n'importe quand.

Elle continue sur sa lancée, moi aussi. Il est nettement préférable qu'elle ne m'ait pas identifié, j'en conviens. La situation aurait été terriblement embarrassante. Mais quand même ! N'être personne pour celle qui est tout, ça me fait quelque chose. Sans s'en rendre compte, elle vient de croiser l'homme qu'elle a aimé, avec qui elle a vécu, fait des projets, et qui porte contre son cœur la lettre qu'il a eu tant de mal à écrire pour lui dire qu'il l'aimait toujours. Comme quoi on ne sait jamais vraiment qui l'on croise.

Une fois qu'elle s'est éloignée, je me retourne avec prudence pour l'observer. Sa démarche, la courbe de ses épaules… Comme au premier jour, j'ai envie de la suivre, où qu'elle aille.

Elle disparaît au coin de l'allée. Je reste à écouter ses pas qui résonnent en phase avec les battements de mon cœur. Je prie pour que rien ne vienne perturber le rythme parfait qu'elle impulse. Elle déverrouille sa voiture. Portière qui s'ouvre.

Moteur qui démarre. L'ourson doit danser. Il a de la chance, il est avec elle. C'est peut-être d'ailleurs pour cela qu'il danse. Petit veinard.

Je me précipite à l'angle pour l'apercevoir quelques instants de plus. Caché derrière un poteau de béton, je l'épie. Baissé, je me décale pour accompagner le mouvement de son véhicule, qui stoppe face à la sortie. Je l'entrevois de profil, patientant devant la porte électrique qui s'ouvre peu à peu. La lumière venue de l'extérieur inonde progressivement son visage. Elle ajuste une mèche en s'aidant du rétroviseur intérieur. Puis elle met les gaz et disparaît. Fin de l'apesanteur. La gravité me rattrape et me renvoie au sol. Je reste seul.

Comme pour me rassurer, je cherche la lettre qui attend dans ma poche. Je la touche du bout des doigts. Désormais certain que la voie est libre, je devrais monter la déposer dans sa boîte. Pourtant, une voix intérieure m'en dissuade. Impossible de dire si c'est le fait qu'elle ne m'ait pas reconnu ou si, après avoir été confronté de si près à ce qu'elle dégage, ce procédé me paraît soudain grotesque.

Cela ne m'arrange pas, mais je suis tout à coup condamné à imaginer une autre façon de lui remettre mon message. Plus noble, plus conforme à la pureté de mes sentiments envers elle.

Je garde ma lettre. Je vais attendre qu'une autre voiture sorte ou entre pour quitter ce garage. Ce sont les prisons dans lesquelles on s'enferme volontairement dont il est le plus difficile de s'échapper.

48

Même si ce soir je ne perçois plus aucune défiance dans le regard de Romane, celui-ci n'a rien perdu de son intensité. Après avoir pris des nouvelles de ma santé et m'avoir interrogé sur ma façon de gérer la situation, elle note sans détour :

— Il n'y a donc que Darshan et moi pour savoir que tu es malade.

— Exact. Lui parce qu'il me l'a annoncé, et toi parce que tu l'as deviné.

Elle soupire.

— Je n'en suis pas fière. J'étais tellement en colère ce soir-là...

— Tu avais tes raisons.

Lorsque nous sommes arrivés ensemble au petit resto italien qui lui sert de quartier général, Romane a fait la bise à Gianni. Il m'a serré la main avec un vrai sourire. Plus rien à cacher.

Il n'y a toujours pas grand monde dans son établissement. Il est vrai que nous sommes venus tôt, pour ne pas faire veiller Mathis au-delà du raisonnable. Le fils de Romane et son copain d'école qui habite au même étage sont installés un peu plus loin, trop heureux d'être considérés comme des grands capables d'avoir leur propre table. Gianni garde un œil sur eux. Il leur a préparé deux plâtrées de spaghettis bolognaise avec lesquelles ils sont en train de se repeindre le visage, le cou, les cheveux, et accessoirement de se nourrir.

— Revoir la bande au dîner de Daphné m'a fait très plaisir, reprend Romane. Je te remercie de m'avoir invitée.

— Tout le monde était heureux de te retrouver.

— Tu as eu raison d'insister pour que je vienne. Ça m'a fait du bien de sortir, de quitter mon cloaque. Ces visages, ces voix, après si longtemps, c'était bizarre. Constater ce que nous sommes devenus et la façon dont notre horizon s'est parfois rétréci…

Je ne réponds pas. Les rires des deux enfants déchaînés se chargent de meubler le silence. Elle jette un œil vers eux puis revient à nous.

— J'ai trouvé sympa que tu t'occupes de tout. C'était généreux.

— J'en avais envie.

— Tu dois pourtant avoir d'autres soucis en tête.

— Je refuse de passer mes journées à attendre que ma santé se dégrade. M'occuper des autres me permet de moins ruminer ce qui m'arrive.

— Tu y as mis davantage de cœur que quelqu'un qui cherche simplement à se distraire.

Je la regarde franchement.

— À toi, je peux le dire : je commence à tout faire comme si c'était la dernière fois.

Elle baisse les yeux sur son assiette et s'enquiert :

— T'arrive-t-il de penser à ta propre mort ?

Un rire nerveux m'échappe. Ma réaction lui fait prendre conscience de la portée de sa question.

— Pardon, je n'aurais pas dû te demander ça, s'excuse-t-elle. C'est horrible. Je suis désolée, je ne voulais pas…

— Les vraies questions ne sont jamais déplacées.

Je marque une pause.

— Pour être honnête, ce n'est pas tant la mort qui m'obsède que le peu que je vais pouvoir faire avant. Comme en philo au bac, je vais devoir faire des impasses, sauf que là, beaucoup de sujets m'intéressent. Je réfléchis énormément. À ce qui compte, à ce que je veux encore, et surtout avec qui. Mais ma nature me pousse quand même à me documenter.

— Que veux-tu dire ?

— Dans quelle colonne statistique mon cas va-t-il finir ?

Romane est dubitative.

— Ça t'aide ?

— Pas vraiment, mais je me suis aperçu d'un fait surprenant : sais-tu que la plupart des naissances ont lieu le matin, précisément entre 7 heures et 11 heures ? Près de 80 % d'entre elles surviennent dans ce créneau. Cela se vérifie sous toutes les latitudes, pour tous les pays où les données sont disponibles, quelle que soit la saison.

— Étonnant.

— J'ai cherché une explication rationnelle, mais je n'en ai pas trouvé. Cela ne se justifie même pas par l'augmentation des déclenchements d'accouchements programmés, qui s'étalent aussi sur les après-midi. Aucun facteur identifiable. Comme si les gamins avaient simplement hâte de sortir pour profiter du jour.

— Il n'y a que toi pour relever ce genre d'informations…

— Par contre, les décès se répartissent de façon équilibrée sur les vingt-quatre heures. Les humains s'éteignent avec une parfaite homogénéité horaire. Peu importe l'âge, le taux d'hospitalisation ou le nombre des accidents qui surviennent davantage le jour et devraient influer sur les résultats. En plein sommeil, en plein travail, la dernière heure arrive n'importe quand.

— Étrange, en effet.

— Ce décalage m'a interpellé. Je me suis interrogé. Je ne parviens pas à croire qu'un phénomène aussi universel puisse être le fruit du seul hasard. J'y ai réfléchi comme à un secret qui pourrait révéler une part cachée de ce que nous sommes tous.

— As-tu trouvé la réponse ?

— Une hypothèse, qui n'a rien de cartésien. Lorsqu'un enfant naît, il n'est pas seul. Sa mère est avec lui, ils sont étroitement liés après des mois de gestation. Il a son soutien, son appui. Elle l'attend, souvent avec son père. C'est un rendez-vous.

— Pas faux.

— À l'inverse, on meurt seul. Même entouré, c'est une histoire intime. Personne ne décide du moment ultime à notre place. C'est une affaire entre notre corps et notre esprit. On tient ou on lâche, cela ne dépend que de nous. Mourir n'est pas un rendez-vous. Si un individu est convaincu que l'aube qui vient ne vaut pas la peine d'être vécue, pas une autre âme ne le fera changer d'avis.

Romane reste silencieuse. Timidement, elle pose sa main sur la mienne. Après un moment, elle murmure :

— Je ne sais pas comment je réagirais à ta place. Certainement pas avec autant de philosophie.

Un éclat de rire de son fils nous interrompt. Une joie tellement explosive qu'elle n'annonce rien de bon, même si ce qui l'a provoquée s'est produit sur une surface lavable. Romane jette un coup d'œil par-dessus mon épaule. Je n'ai personne à regarder comme elle le fait à cet instant.

— Mathis, tonne-t-elle, les spaghettis, c'est dans la bouche, pas au plafond !

Gianni se précipite pour intervenir. Romane a du mal à garder son sérieux devant le spectacle des deux gamins qui se sont fait des perruques avec leurs pâtes. Je retire doucement ma main. Je ne suis même pas certain qu'elle s'en soit rendu compte. Sans lâcher son fils des yeux, elle murmure :

— S'il devait m'arriver quelque chose, c'est pour lui que je m'inquiéterais. Sa vie compte plus que la mienne.

— Je te comprends. C'est pour cela que j'insiste. Romane, laisse-moi régler tes problèmes de loyer.

— Hors de question.

— Tu préfères que le fisc empoche tout à ma disparition ?

— Il n'y a aucune raison que tu me fasses la charité.

— Il n'est pas question de ça. Dans ce genre de situation, Darshan utilise des paraboles. J'aime assez. Prenons un exemple : un type est en train de mourir dans le désert. Il lui reste un peu d'eau dans sa gourde. Il la tend à quelqu'un qui souffre de la chaleur. Crois-tu vraiment que ce dernier doive refuser ? Pour quelle bonne raison le ferait-il ? Des principes ? L'orgueil ? Les deux sont inutiles. Moi, si quelqu'un venait m'offrir la solution à mon problème, j'accepterais sans hésiter. Le but, c'est de s'en sortir.

— C'est gentil, mais je vais me débrouiller.

— C'est toi qui décides.

— J'assume ma vie, en attendant mieux. C'est vis-à-vis de lui que je m'en veux.

Elle me désigne Mathis d'un mouvement du menton.

— Il est à l'âge où il forge sa vision du monde. Je devrais lui donner confiance, lui offrir une image du futur qui l'encourage à y croire. Or il me voit tous les jours me débattre dans des spirales d'emmerdes. Tu te rends compte ? C'est son anniversaire samedi, et tout ce qu'il aura de plus que les autres jours, ce sont sept bougies sur un gâteau au chocolat préparé comme je peux. Je crois que ceux du supermarché sont meilleurs…

— C'est son anniversaire ce samedi ?

— Oui, pauvre gosse.

— Il t'a demandé un cadeau ?

— Même pas. À sept ans, il sait déjà ce que « fauchée » veut dire. À part ses super-héros, mon bout de chou n'a même plus de rêves.

Ça me mine. Ce n'est pas foirer ma vie qui me rend folle, c'est lui abîmer la sienne.

Le bout de chou vient de cracher ses spaghettis partout tellement il rigole. Son pote en a pris plein la figure. Gianni ne contrôle plus du tout la situation. À voir Mathis rire à gorge déployée, je ne suis pas certain qu'il ait perdu l'inestimable élan que la vie offre aux débutants.

49

Contre toute attente, lorsque j'ai expliqué à Thibaud que je souhaitais lui emprunter son coupé sport afin d'organiser une surprise pour un gamin de sept ans, il a tout de suite été emballé par l'idée. Je m'étais préparé à devoir argumenter, y compris en le dédommageant financièrement, mais il a accepté de me confier son bijou motorisé sans la moindre réticence et sans rien exiger en retour. Comme quoi...

Il n'a pas non plus été compliqué de dénicher deux motards pour m'escorter afin que la mise en scène soit plus spectaculaire. Nico s'est tout de suite porté volontaire, tellement excité qu'on peut se demander si ce n'est pas lui qui a sept ans. J'ai également fait appel à l'un des ingénieurs du bureau, notoirement passionné de deux-roues, qui n'a pas hésité à jouer le jeu lui aussi.

Je me suis ensuite inquiété de savoir si j'arriverais à trouver un déguisement de Batman en taille adulte, mais là encore, je n'ai eu aucun mal, ce qui donne une idée du monde étrange dans lequel nous vivons.

Non, croyez-moi, le plus difficile, dans cette affaire, c'est de conduire avec le costume et ces gros gants, un champ de vision modifié, et les petites oreilles pointues qui tapent au plafond d'une voiture qui, à l'évidence, n'a pas été conçue pour ceux qui sauvent le monde. Essayez donc de boucler une ceinture de sécurité en étant enroulé dans une cape sans vous énerver...

En découvrant le tout dernier bolide de Thibaud, j'ai eu un choc. Je ne pensais même pas que ce genre de véhicule était homologué sur le réseau routier public. D'habitude, on les admire sur les circuits des grands prix ou alors au cinéma, entre les mains d'agents secrets. J'ignore si Thibaud a effectivement vendu sa mère pour se l'offrir, mais si c'est le cas, elle devait valoir un paquet, parce que l'engin est vraiment impressionnant.

Ligne futuriste, courbes fuselées, gris sombre mat. Quand on démarre l'engin, le tableau de bord s'illumine comme celui d'un vaisseau spatial ou un sapin de Noël. En temps normal, je considère cette sorte de véhicule comme une aberration écologique, le magnifique vestige d'un temps d'insouciance dévolu au plaisir égoïste d'individus qui n'ont pas pris conscience d'un virage nécessaire. Ce matin, je le vois comme le merveilleux outil qui va, je l'espère, me permettre d'offrir un anniversaire marquant à un bout de chou de sept ans qui pense que les spaghettis bolognaise sont bien meilleurs quand on les mange directement sur la table en faisant des bruits de goret. L'âge de raison, donc.

La prise en main n'a pas été si complexe, et Thibaud m'a bien expliqué que la maîtrise du pilotage de course n'était nécessaire qu'au-delà de 170 km/h. Batman ne pense pas en arriver là, surtout en ville, avec les ralentisseurs et les gens qui traversent partout. Je l'ai trouvé admirable de laisser son jouet de luxe s'éloigner avec, au volant, un mec déguisé en chauve-souris. Il m'a même fait un gentil signe d'au revoir avec sa mimine. On sous-estime toujours le pouvoir des rêves.

C'est ainsi que, totalement habité par mon personnage, je roule vers mon destin à une vitesse tout à fait raisonnable, escorté de mes deux complices qui jouent parfaitement le jeu et se sont habillés en noir, façon commando. J'ai cependant été obligé de refuser catégoriquement plusieurs propositions de Nico pour agrémenter notre équipée, comme de faire des roues arrière, ou de tirer des feux d'artifice en roulant, façon bazooka.

Je ne sais pas exactement quelle allure peut avoir notre attelage vrombissant, mais à en juger par la réaction des badauds dans les rues où nous passons, il fait son petit effet. Je me suis même surpris à saluer des gens qui m'applaudissaient. Je sais ce que vous pensez, je suis d'accord.

Selon un plan parfaitement maîtrisé, Romane doit m'attendre au pied de son immeuble, revenant opportunément de courses avec son fils.

Lors de notre ultime appel de synchronisation, elle m'a expliqué qu'elle avait dû traîner l'enfant de force parce qu'il se fichait complètement d'aller chercher le pain et un meilleur gâteau le jour de son anniversaire – d'autant qu'aujourd'hui, il ne veut rien manger d'autre que des pizzas avec un supplément fromage.

Nous tournons dans leur rue. Nous remontons au pas, attirant les regards. Je les aperçois.

— Allô les Robin, ici Batman, le petit est sur le trottoir de droite, avec la femme en doudoune verte.

J'ai toujours rêvé d'avoir à dire ça un jour. Parce qu'il faut vous préciser que mes petits gars et moi sommes en liaison radio pour faire plus pro.

— Batman, ici Robin 1, bien reçu, cible en vue.

Nico ne fait jamais rien à moitié. L'ingénieur de mon cabinet a plus de mal à se prendre pour un assistant de super-héros. Je me demande s'il me considérera toujours comme un patron respectable après cette expérience… J'espère qu'il ne trahira jamais mon identité secrète. Je crois qu'il se méfie déjà de Nico, ce en quoi je ne peux pas complètement lui donner tort.

On ralentit à leur hauteur. Gianni est là lui aussi, visiblement curieux de la suite. Mathis a tout de suite repéré les motos, mais il n'a d'yeux que pour la voiture. Le gamin est bluffé. Comme prévu, je déclenche la musique du film sur l'autoradio. Le volume est tellement élevé que mes oreilles souffrent. Les vraies oreilles, pas celles qui sont dressées sur le haut de mon crâne et ne servent à rien. Ce qui appelle une question : en cas de bruit insupportable, lesquelles de ses oreilles Batman s'empresse-t-il de boucher ?

Mathis s'approche. Délaissant les questions métaphysiques, je me ressaisis. C'est le moment d'être bon.

50

Je descends du véhicule en bombant le torse, mais surtout en prenant garde de ne pas accrocher ni déchirer ma cape, ce qui, je tiens à le préciser, constitue un exploit. Quelques passants se sont arrêtés. Je contourne par l'avant pour rejoindre le petit, qui reste bouche bée. Je pointe sur lui mon index ganté et déclare d'une voix grave :

— Bonjour Mathis. Je suis là pour toi.

Il se colle contre sa mère. Je pose un genou à terre pour me placer à sa hauteur.

— Aujourd'hui est un jour spécial, n'est-ce pas ?

Du regard, il consulte Romane pour vérifier s'il peut m'écouter ou s'il doit appeler au secours en hurlant parce qu'un détraqué s'en prend à lui. La mine apaisée de sa maman le rassure. Il peut m'adresser la parole, ce qu'il fait.

— C'est mon anniversaire. On va manger des pizzas chez Gianni avec plein de fromage dessus.

— Excellent programme. Quel âge as-tu aujourd'hui ?

— Sept ans.

— Veux-tu venir faire un tour dans la Batmobile ?

— C'est pas la Batmobile.

Sans sortir de mon personnage, je m'efforce de rire face à cette formidable manifestation de la spontanéité des enfants qui ne manque jamais de vous pourrir l'existence. J'ai fait neuf ans d'études supérieures, je suis bardé de diplômes, je devrais pouvoir m'en sortir.

— La Batmobile est en révision au Batgarage. Alors en attendant, je roule dans celle-là.

Le gamin jauge la voiture avec des yeux gourmands. Il relève la tête vers sa mère pour s'assurer de ce qu'elle en pense avant de s'enthousiasmer.

— Vas-y, l'encourage-t-elle, mais sois sage et obéis bien à Batman.

Le garçon s'élance. Et hop, déjà des petites marques de doigts sur la carrosserie lustrée. Je lui ouvre la portière et l'installe sur le siège passager. Les deux motards lui adressent un coucou qui ne fait pas du tout commando, et il leur répond.

Avant d'embrayer, je baisse la musique et je fais hurler le moteur. Ça résonne dans toute la rue. Le gamin est aux anges. Nous voilà partis pour un tour en ville. Mathis est tellement occupé à regarder le tableau de bord qui clignote qu'il n'a même pas adressé un signe à sa mère.

Au premier virage, il me demande :

— Tu vas devenir mon nouveau papa ?

Le problème avec les gosses, c'est que vous pouvez toujours tout envisager, essayer de vous préparer à chaque situation possible, ils arrivent quand même à vous savonner la route.

— C'est ce que tu voudrais pour ton anniversaire, un nouveau papa ?

— Je sais pas trop. L'autre fait pleurer Maman et j'aime bien Gianni. Il est gentil et chez lui, c'est aussi bon qu'à la cantine.

Mathis semble plus sensible à l'effet que nous produisons sur les passants qu'à la voiture elle-même. L'essentiel est qu'il soit heureux, et j'ai de quoi l'aider à l'être encore davantage juste derrière nos sièges.

— Mathis, je suis venu avec quelques surprises pour toi. Regarde à l'arrière.

Il se tortille et aperçoit les paquets.

— Qu'est-ce que c'est ?

— Tu le découvriras tout à l'heure, lorsque je te ramènerai. Tu auras tout le temps de déballer et de t'amuser chez toi.

Il aperçoit une enveloppe coincée entre deux boîtes. Il arrive à l'attraper.

— Y a une lettre. C'est pas la facture ? Maman dit toujours que quand t'es heureux, après tu reçois la facture.

— Non, ce n'est pas la facture. Ça, c'est un cadeau spécial. Tu vas l'offrir à ta maman pour que ce soit aussi une bonne journée pour elle et que vous ne soyez plus inquiétés chez vous. Tu deviens un grand, et il est important de faire plaisir à ceux qu'on aime, pas vrai ?

Le petit hoche la tête en rebalançant l'enveloppe n'importe comment derrière.

— Tu peux passer en turbo ?

— Pas de problème.

J'appuie sur quelques boutons au hasard, même si je ne suis pas certain que la clim fasse avancer notre bolide plus vite. Alors que nous sommes arrêtés au feu rouge, je fais hurler le moteur. Le gamin est fou de joie. Mais pas le policier que je vois s'approcher...

Il est à ma fenêtre. Je baisse ma vitre et de ma voix grave, je lance :

— Bonjour monsieur l'agent.

— Bonjour. Est-ce que je peux vous demander à quoi vous jouez ?

Je lui fais un clin d'œil et d'une voix plus normale, j'explique en aparté :

— C'est pour l'anniversaire du petit. Sept ans aujourd'hui. On lui a fait une surprise.

Je sais, en principe, Batman ne fait pas de clins d'œil aux flics. Le gardien de la paix se penche et considère l'enfant, puis la voiture et les motards.

— Vous avez vos papiers et ceux du véhicule ?

— Ils sont sous mes abdos en plastique... Est-ce vraiment nécessaire ?

— Est-ce que vous avez bu ?

J'imagine déjà les dégâts que pourrait provoquer chez le marmot la vision de Batman arrêté par la police et soufflant dans un éthylotest.

— Pas une goutte, je vous le jure. S'il vous plaît, c'est pour le gamin...

Je sens qu'il hésite. J'aimerais qu'il ne réfléchisse pas trop longtemps parce qu'en faisant semblant d'activer le turbo, je crois que j'ai par mégarde allumé le chauffage de mon siège. Batman avait déjà chaud dans son costume, le voilà en plus en train de cuire du fondement...

— C'est votre fils ? m'interroge l'agent.

— Celui d'une amie, je suis une sorte de parrain...

— Comment s'appelle-t-il ?

— Mathis.

Le policier se penche, et d'une voix encore plus grave que la mienne, déclare :

— Bon anniversaire, Mathis.

— Merci m'sieur !

— Bonne route, Batman. Soyez prudent.

Il me salue et je lui retourne la pareille.

— Allô les Robin, ici Batman, on est repartis.

La vitre n'est même pas remontée que le petit s'écrie :

— Vas-y ! Appuie à fond ! Il est où, le bouton de la vitesse-lumière ?

Faites que ce soit celui qui éteigne cette saleté de chauffage...

51

— Ne t'en fais pas, Tata Chantal, tu nous diras exactement ce que tu veux et on le fera. Aucun souci.

Je ne suis pas certain qu'elle prenne ma proposition au sérieux. Tant pis, on verra sur place.

Ça me fait drôle de l'appeler encore Tata à mon âge, mais c'est ainsi depuis que je sais parler. Chantal était la belle-sœur de mon père. Même à soixante-douze ans, il lui reste quelque chose de juvénile dans la voix – comme dans le comportement, d'ailleurs. Le problème quand on lui téléphone, c'est qu'elle ne sait pas faire court. Elle se croit obligée de vous raconter en détail toutes les petites histoires de gens que vous ne connaissez pas. Tout y passe : ses commerçants, son facteur, sa coiffeuse... Là, elle m'explique que sa voisine aurait dû faire changer ses fenêtres par un autre artisan que celui dont elle croise la femme trop maquillée en promenant Cocotte qui, au mépris de toute logique, est un chien.

On frappe à la porte de mon bureau. Voilà l'occasion d'abréger.

— Il faut que je te laisse, Tata, je suis au travail et j'ai du monde. On se voit samedi !

J'arrive à raccrocher. Moins de vingt minutes. Un record. Je réalise soudain que personne n'est entré après avoir frappé. Se peut-il que Max ait enfin assimilé les bases de la politesse ?

— Oui ?

Le battant s'entrouvre et Aurore glisse timidement la tête.

— Je ne vous dérange pas ?

— Bien sûr que non. Entrez donc !

Je suis heureux de la voir. Pourtant, contrairement à son habitude, elle ne semble pas en grande forme. En fait, je ne l'ai même jamais vue dans cet état-là. Sourire pincé sur un visage plutôt blême.

Elle avance de quelques pas mais s'arrête à bonne distance. Je l'interroge :

— Tout se passe bien dans le nouveau bureau ? Vous prenez vos marques ?

— L'équipe fonctionne bien. Nous avons moins de mal à nous concentrer.

— Max ne débarque plus pour déverser ses aigreurs sur vous ?

— On ne le voit plus. Le climat s'en trouve du coup allégé.

— Un vrai mieux. En attendant, je ne sais pas ce qu'il trafique, voilà deux jours qu'il a disparu.

— Lucas voudrait organiser un pot ou un déjeuner, pour fêter ça.

— Le fait que Max ait disparu ?

— Non, pour le bureau, le réaménagement, parce qu'on se sent plus à l'aise. Le service souhaiterait marquer le coup avec vous.

— Avec plaisir. Mais vous, qu'en dites-vous ?

— D'après nos échanges, même avec certains des commerciaux, tout le monde est d'accord. La situation n'était plus tenable.

— Je constate que vous prenez de la hauteur, vous pensez au-delà de votre propre poste. C'est excellent.

— Ne vous réjouissez pas trop vite...

Aurore avance cette fois jusqu'à mon bureau, sur lequel elle dépose rapidement un courrier. Elle n'a pas l'air bien du tout.

— Qu'est-ce que c'est ?

Elle ne répond pas et se raidit, les bras le long du corps, menton relevé, dans une posture solennelle. J'extirpe la missive de son enveloppe.

Objet : Lettre de démission.

Je relève la tête, incrédule. Aurore évite ostensiblement de me regarder.

— Qu'est-ce que ça veut dire ? C'est une plaisanterie ?

— Non, monsieur. Je me dois de quitter le poste pour lequel vous m'avez fait confiance.

Elle ne m'appelle plus Adrien.

— Qu'est-ce qui se passe ? Vous avez reçu une proposition d'un autre cabinet ?

— Non, monsieur.

— J'ai dit ou fait quelque chose de déplacé ?

— Vous n'y êtes pour rien. C'est mon échec et je l'assume entièrement.

— De quel échec parlez-vous ?

— C'est écrit.

Je parcours le courrier. J'ai du mal à me concentrer.

— « Je vous prie d'accepter... blabla, pas capable... blabla, mon projet était une erreur, blabla... impossible de l'aboutir... »

— Normalement, fait-elle remarquer, vous ne devriez pas marmonner ma lettre en remplaçant certaines phrases par « blabla ». Il n'a pas été facile pour moi de l'écrire.

— Pardon, mais je ne m'attendais pas à ça. Je suis sous le choc.

— Je vous présente mes excuses, mais c'est la seule conclusion honnête à tirer de mon incompétence. J'ai trahi votre confiance.

— Tout de suite les grands mots !

Je la regarde, si crispée, si mal. Ce n'est pas possible. Je me lève et j'attrape ma veste.

— Venez, Aurore, sortons faire un tour. Nous serons mieux pour parler, et personne ne se dira que nous sommes en train de rompre.

52

Dans le square près du bureau, nous déambulons au hasard. Ici aussi, ces maudits chiens coupent notre trajectoire et les tout jeunes enfants nous percutent comme si nous n'existions pas.

— Respirez, Aurore, savourez cette magnifique matinée.

— Plus facile à dire qu'à faire…

— Ne vous mettez pas dans un état pareil. Croyez-moi, il y a forcément plus grave.

— C'est vous qui le dites.

— Je sais de quoi je parle.

— Rendez-vous compte : vous vous êtes mouillé pour moi, vous avez cru en moi. Pour rien ! Quand je pense que vous avez été assez gentil pour envisager de me confier des responsabilités…

— La gentillesse n'a rien à voir là-dedans.

— Je vous avais prévenu : vous m'avez surestimée. Mon projet ne nous paiera même pas une demi-baguette. Max avait raison, je m'amusais pendant que d'autres gagnaient ma vie.

Elle est sous pression. Elle d'ordinaire si naturelle est ce matin guindée, austère. Elle se contient tellement que je n'arrive pas à définir si c'est la tristesse ou la colère qui l'anime le plus. Ses phrases sont courtes, son débit haché. Elle se montre extrêmement critique envers elle-même. Plus regrettable encore, elle se tient à une distance très respectable de moi. Je pense que ce n'est pas délibéré, mais le fait est qu'elle est moins proche. Pour le vérifier, je me décale légèrement vers elle, cherchant à m'en rapprocher. Automatiquement, elle corrige sa trajectoire pour maintenir l'écart.

Si Aurore était un homme, pour le réconforter, je lui administrerais une bourrade ou je poserais une main amicale sur son épaule. Mais s'agissant d'une jeune femme, je ne peux risquer aucun geste qui pourrait sembler équivoque. Dommage.

Elle n'en finit pas de se dénigrer en employant des termes très durs. Je l'interromps :

— N'en jetez plus. Pitié pour vous. Essayons d'être pragmatiques. Vous souhaitez donc démissionner parce que votre analyse sur les causes de rupture ne donne pas ce que vous vouliez ?

— C'est ça.

— Il n'y a aucune autre explication ?

— Quelle autre raison pourrait justifier mon départ ?

— Je ne sais pas. À vous de me le dire.

— Mon enthousiasme à intégrer votre équipe n'était pas feint. Vous avez sans doute oublié mais voilà deux ans, vous étiez venu faire une conférence devant des étudiants de votre ancienne école. J'étais présente, et j'avais adoré votre esprit, votre façon d'appréhender notre domaine. Alors que tout le monde se bornait à ne voir que des chiffres, vous arriviez à y insuffler quelque chose de profondément humain.

— C'est exactement ce que je me suis dit vous concernant lors de votre entretien.

— À l'issue de cette intervention, vous êtes resté discuter quelques minutes avec un petit groupe dont je faisais partie, et nous avons échangé.

— Pourquoi ne m'en avez-vous pas parlé lorsque vous êtes venue postuler ?

— Je ne voulais pas avoir l'air de celle qui crée une complicité pour se faire engager. Toujours est-il que depuis cette conférence, j'avais vraiment envie de travailler avec vous. À peine diplômée, je vous ai envoyé mon CV. À vous et à personne d'autre.

— J'en suis touché. Raison de plus pour ne pas décider de claquer la porte dans la précipitation. Qu'est-ce qui cloche avec votre modélisation ?

— Le facteur humain est ingérable.

Je la regarde, et malgré moi, je souris.

— Vous avez trouvé ça toute seule ?

Elle se raidit.

— Vous vous moquez encore de moi.

— Non, Aurore. Pas du tout. Mais nous sommes entre adultes et je suis étonné que cette évidence puisse vous surprendre. Bien sûr que le facteur humain est ingérable ! C'est même pour ça qu'il a un nom rien qu'à lui !

— Vous me jugez naïve ?

— Je suis bien mal placé pour vous donner des leçons sur ce point. Je croyais cependant que vous aviez réussi à réduire les causes de rupture à neuf paramètres.

— En fait, certaines catégories se chevauchent, voire se recoupent, et il est finalement irréaliste de les considérer comme des composantes distinctes. On a souvent du mal à comprendre pourquoi les gens s'écharpent. Les non-dits, les ressentiments, les incompréhensions… Impossible de les classer rationnellement. Rien de tout cela n'est quantifiable parce qu'il y a toujours ce fichu facteur humain qui se glisse partout… J'ai essayé, mais je n'ai pas réussi. Trop de nuances, de variables, d'interactions…

— Vous avez touché les limites de votre modèle ?

— Sur le fond, analyser ce qui pousse deux êtres à se quitter revient à comprendre ce qui les incitait à s'aimer. C'est tout bonnement impossible à cataloguer. Il y a autant de causes que d'individus…

— Quand avez-vous pris conscience de cet écueil ?

— C'est affreux. J'ai l'impression que je l'ai toujours senti, mais que je me refusais à l'admettre. Je suis furieuse après moi…

— Parce que vous n'avez pas réussi à percer le mystère de ce qui rapproche deux personnes ou de ce qui finit par les éloigner ?

— Naturellement, dit comme ça, cela paraît tellement évident… Voilà pourtant des années que je travaille dessus. C'est d'ailleurs ce qui vous a donné envie de m'embaucher.

— Pas exactement, Aurore. Je trouvais votre sujet passionnant, mais c'est votre façon d'en parler qui m'a convaincu.

Elle semble déçue.

— Mon projet ne vous intéressait donc pas tant que cela ?

— Si, bien sûr, mais pour moi il n'existait qu'à travers votre envie de le traiter.

J'agite sa lettre, que je tiens toujours à la main.

— Vous ne pouvez pas démissionner parce qu'une piste ne donne pas ce que vous espériez. Je vous l'ai dit, nous faisons de la recherche. Il faut tenter, avancer, et si ça ne marche pas, trouver un autre champ d'exploration.

— Ce n'était pas un simple dossier pour moi. Ce projet représentait beaucoup plus.

Elle paraît désorientée. Je l'incite à s'asseoir sur un banc. Elle se laisse faire sans vraiment y prêter attention.

— En quoi était-il si important ? dis-je en me penchant vers elle.

— Je voulais comprendre.

Ses mots me font réagir. J'y trouve un écho très personnel.

— Comprendre quoi, Aurore ?

— Je vais vous sembler ridicule.

— À ce jeu-là, j'ai de bonnes chances de gagner... Expliquez-moi, s'il vous plaît.

— Mes parents ont divorcé quand j'avais huit ans. Ils se sont livré une véritable guerre. En quelques mois, sans que je sois capable de comprendre comment ni pourquoi, nous sommes passés du paradis à l'enfer. Mon père a réussi à monter ma grande sœur contre Maman. À la maison, dès lors, il y a eu deux camps. Moi, j'étais trop petite et je rebondissais entre leurs affrontements. La famille s'est disloquée. Bien sûr, les torts étaient partagés, ma mère n'était pas uniquement une sainte et mon père un monstre. D'ailleurs, au final, il n'y a pas eu de coupable, juste des victimes. Ils nous ont divisées comme un butin. J'ai découvert que la rancœur pouvait tout balayer, que la haine pouvait emporter en quelques jours ce que l'affection avait construit durant des années. J'ai brutalement basculé dans un monde où rien n'était plus ni noir, ni blanc. Je ne me suis finalement jamais remise de tout ce gris...

Elle regarde droit devant elle.

— Vous avez voulu comprendre ce qui a abîmé votre vie ?

— Pour ne plus avoir à le subir, pour essayer d'éviter à d'autres d'avoir à en souffrir. C'est d'une affligeante niaiserie, n'est-ce pas ?

— Chercher dans un projet des réponses pour votre vie...

— Je sais, c'est stupide. Aujourd'hui je m'en rends compte, et il aurait sans doute été moins douloureux d'ouvrir les yeux avant. Sans vous embarquer dans ce qui n'était qu'une croisade de petite fille blessée.

Elle se tourne vers moi.

— J'espère que vous n'êtes pas trop déçu et que vous ne m'en voudrez pas.

— De quoi ? De découvrir ce que j'ai moi-même compris voilà à peine deux semaines ?

— Que voulez-vous dire ?

Un jeune homme passe devant nous, cigarette aux lèvres. Je me lève pour le rejoindre.

— Excusez-moi, est-ce que je peux vous demander du feu ?

Aurore s'étonne :

— Vous fumez ?

Je ne réponds pas. Le jeune homme me prête son briquet. Très calmement, je mets le feu à la lettre d'Aurore. Le gars me regarde mais ne bronche pas. Je lui rends son briquet en le remerciant et il reprend sa route.

Par un coin, je tiens la feuille qui se consume.

— Aurore, je refuse votre démission.

Elle se lève vivement.

— Savez-vous l'effort que ça m'a coûté de l'écrire ?

— Je n'ignore rien de ce qu'exigent certaines lettres...

— Vous n'êtes pas sérieux, Adrien !

— C'est sans doute la phrase que j'ai le plus entendue dans ma vie.

Je passe mon bras sous le sien et l'entraîne avec moi.

— Marchons un peu. Laissez-moi vous raconter la fable du pneu qui éclate dans un virage et du petit garçon qui pense que ça ne se reproduira plus jamais parce qu'il connaît des formules magiques...

La lettre finit de brûler si vite que je me laisse surprendre et cramer les doigts. Je gesticule comme un pantin en jurant. Coût pour la compagnie : zéro. Impact sur l'image de marque : catastrophique.

53

Ce matin, lorsque je suis arrivé, certains commerçants m'ont reconnu et salué. L'ambiance du marché de quartier est nettement plus sympathique que celle du centre.

Tarik n'est pas encore là, mais je n'ai eu aucun mal à me trouver une place. Je bosse pour la femme qui fait traiteur, celle qui me surnomme « Gentleman ». Elle s'appelle Véronique. Sacré tempérament. Son commerce est particulier. Beaucoup plus de références, en plus petites quantités. La mise en place de son étalage est, selon elle, trop stratégique pour qu'elle puisse me la déléguer. Alors je me contente de lui apporter ses produits depuis le camion réfrigéré.

— Quand tu auras fini, comment veux-tu que je te paie ? En cash ou en produits ?

Devant mon air perplexe, elle tranche :

— Tu décideras tout à l'heure.

Durant mes incessants allers-retours, alors qu'elle-même tient un rythme soutenu, elle a malgré tout réussi à me bombarder de questions. Combien sommes-nous dans mon foyer ? Elle a justifié cette demande prétendument pour évaluer ce que je risque de lui réclamer comme nourriture. Puis, l'air de rien, elle a élargi son champ d'investigation. Est-ce que je fréquente quelqu'un ? Dans quel quartier j'habite ? Pourquoi je fais ces petits boulots alors que je ne ressemble pas à ceux qui les exercent d'habitude ?

J'ai répondu le plus évasivement possible. Elle, par contre, m'a parlé de sa vie, en toute transparence. Ses deux enfants dont le plus jeune ne fait pas encore ses nuits, son mari, sa belle-mère malade, avec même quelques anecdotes sur leurs dernières vacances dans les Vosges. Je n'en demandais pas tant.

Elle a deux ans de moins que moi mais le double d'énergie. Cette femme est capable de vous raconter une histoire bourrée de détails sans pour autant perdre le fil de ce qui l'occupe. Rien ne lui échappe. Sa vendeuse, Cindy, arrivée plus tard, le sait bien. La jeune fille en a une trouille bleue. Véronique papote, papote, et tout à coup, elle traverse son stand pour redresser la terrine en biais qui risquait de basculer.

Maintenant que j'y songe, j'ai l'impression que les femmes ont un réel besoin de savoir à qui elles ont affaire avant d'entamer la moindre relation. Elles posent des questions, partagent, confient, bien plus que nous. Une autre façon d'appréhender le rapprochement qui, étant donné leur esprit aussi pratique qu'affûté, doit donner des résultats probants puisqu'elles continuent de procéder ainsi depuis d'innombrables générations.

Gibraltar passe devant l'étal en courant et me reconnaît. Il pile.

— Adrien !

On se serre la main.

— Salut Gibraltar. Comment vas-tu ce matin ?

— Plutôt bien. Je suis avec Tarik. Je crois qu'il a ragé en te voyant avec Véronique.

L'intéressée intervient :

— Il n'avait qu'à arriver plus tôt !

Une voix s'élève de l'autre bout de l'allée. C'est justement Tarik qui aboie :

— Et alors ? C'est pour aujourd'hui ou pour demain ?

Gibraltar soupire à voix basse :

— Quel excité quand même… On prendra bien le temps d'y passer ! Qu'il aille prendre son jus. C'est le seul mec que je connaisse qui est plus calme après son café qu'avant !

On rigole et il repart à fond.

J'apporte les derniers plateaux à Véronique. Des salaisons, des tartes, des tourtes. Et si je me faisais payer en friands ? J'en cacherai dans ma chambre, comme ça, si Daphné me sert encore un de ses infâmes jus en guise de dîner, je pourrai tenir.

Les premiers clients déambulent déjà. Un couple de retraités s'approche. Ils étudient les salades composées et les tartes salées avec l'attention de deux collectionneurs en train d'expertiser des toiles de maître. Lui pencherait bien pour des quiches dorées, mais sa femme s'oriente vers des taboulés, plus diététiques. Ce sont visiblement des habitués. Véronique écarte discrètement sa vendeuse pour les servir elle-même. La voilà qui s'inquiète de leurs récents examens médicaux, des enfants et petits-enfants, qu'elle se paie le luxe de nommer par leurs prénoms. Elle n'oublie pas non plus de prendre des nouvelles de leur chienne qui boitait la semaine dernière. Je l'observe. Comment fait-elle pour retenir toutes ces données ? Sans en faire trop, tout en pesant et en emballant ce qu'ils choisissent, elle prend soin d'eux. Elle s'intéresse réellement à ces braves gens, qui, du coup, ne font pas uniquement leurs courses, mais passent en plus un bon moment. Leur commerçante sera peut-être l'un des seuls contacts humains de leur journée, voire de leur semaine. Je suis touché et fasciné par l'attention que leur témoigne Véronique.

En pivotant pour attraper la salade grecque, elle surprend mon regard. Je me détourne, mais nul doute que vive comme elle est, elle a eu le temps d'en saisir la nature.

Elle achève de servir puis demande à Cindy d'aller récupérer son foulard dans le camion. Je suis prêt à parier que c'est un prétexte pour l'éloigner.

Elle s'approche de moi et, en me regardant au fond des yeux, déclare posément :

— Je ne sais pas pourquoi tu es là, Adrien. Franchement, ça me travaille. Tout à l'heure, tu as soigneusement évité de lâcher la moindre info sur ta vie personnelle. Je m'y connais un peu en bonshommes, et je n'en avais jamais rencontré qui soit capable de ne rien laisser filtrer avec autant de finesse. Je l'accepte parce que mon instinct me dit que tu n'es pas un méchant. Quelque chose me plaît en toi. Comme on dit chez moi, tu sens bon. Je ne veux pas savoir si tu as fait une connerie, si tu es recherché ou si tu as décidé de changer de vie. Peut-être même que tu ne t'appelles pas Adrien. Ça ne me regarde pas. Je me demande simplement comment quelqu'un comme toi, à ton âge, peut se retrouver à décharger des caisses au petit matin. Alors écoute : si tu es dans la panade, je peux t'apprendre la vente. Tu me donneras un coup de main, même au magasin, et je ne poserai pas de question. Quoi que tu aies fait, tu as le droit à une seconde chance.

Je reste sans voix, secoué. J'aperçois Cindy qui revient déjà.

— Merci, Véronique. Merci beaucoup. Mon passé ne pose aucun problème. Ce serait plutôt mon avenir… Une deuxième chance ne serait pas de trop. Vous n'imaginez pas à quel point votre proposition me touche. Vous êtes vraiment une grande dame.

Je lui fais la révérence. Je ne croyais pas que cela m'arriverait un jour, mais pour la première fois de mon existence, je me sens honoré de m'incliner respectueusement devant la reine des quiches.

54

Je tourne la clé dans la serrure en faisant le moins de bruit possible. Je pénètre dans mon appart sur la pointe des pieds. J'espère ne pas réveiller Daphné, d'abord pour protéger son repos en cette heure encore matinale, mais surtout pour qu'elle ne découvre pas ce que je rapporte.

Le dos endolori par les nombreux plateaux portés à bout de bras, je serre contre moi le fruit de mon labeur : un trésor de pâté en croûte et un beau paquet de petits-fours salés, mini-pizzas, roulés aux saucisses, flûtes au fromage et autres merveilles. Une solide ration de nourriture de garçon.

Je retire mes chaussures sans défaire les lacets. Avant de filer sous la douche, je dois aller déposer mes victuailles dans le frigo. Je prendrai soin de les dissimuler derrière les formes végétales diverses qui en ont envahi chaque niveau.

Alors que je me glisse dans la cuisine, la voix de Daphné me cueille :

— Tout va bien ? Je te prépare un jus ?

Je me sens comme un ado pris en faute. Si je me retourne, elle verra ce que je transporte. Je reste donc le dos tourné, immobile, sans savoir quoi dire.

— Tu es chez toi, Adrien, aucun problème. Fais comme si je n'étais pas là.

J'aimerais bien. Je l'entends soudain qui respire, qui renifle, comme un chien de chasse sur la piste d'un gibier. Qu'a-t-elle détecté ? Une odeur de tabac ? Le parfum d'une autre ? C'est terrible. On n'est même pas ensemble et j'ai quand même les problèmes d'un homme marié.

— Qu'est-ce qui sent bon comme ça ?

Elle s'approche. Je me décide à lui faire face. Elle avise aussitôt les emballages du traiteur.

— Tu as rapporté le petit déjeuner ?

Ben voyons. Il est 6 heures du mat'. Pour bien démarrer la journée, tous les diététiciens vous le confirmeront : rien de tel que du pâté en croûte beurré trempé dans un bon café.

Elle me débarrasse délicatement des paquets pour m'aider. Enfin, je présume que c'est pour m'aider... À moins que ce ne soit pour me les carotter. Elle les dépose sur la table, les déballe et contemple le contenu.

— Ça sent drôlement bon ! hume-t-elle en fermant les yeux.

Elle me consulte pour la forme :

— Je peux t'en piquer une bouchée ?

Voilà dix secondes, elle cherchait à me fourguer un de ses jus glauques, et l'instant suivant elle salive devant ce qu'elle qualifie avec acharnement de « scandales alimentaires ». Je crois bien que Daphné va bouffer mon salaire.

Elle attrape un petit-four maison et le croque avec délectation.

— Mmmh… Qu'est-ce que ça m'a manqué… On ne trouve ça nulle part ailleurs dans le monde.

Elle avale maintenant une mini-quiche. Et elle n'a pas pris n'importe laquelle dans l'assortiment. Elle a mis la main sur celle que j'avais repérée, une jolie petite, bien ronde, parfaite, dont les motifs sur la surface dorée évoquaient un léopard en train de bondir. Daphné se régale. Elle a clapé mon félin.

— Qu'est-ce que c'est mauvais pour la santé, mais qu'est-ce que c'est bon !

Faudrait savoir. Si c'est mauvais pour la santé, laisse ma bouffe, et si c'est bon, ne remplis pas le frigo avec des excroissances végétales dont même une vache ne voudrait pas !

Je n'ai toujours pas dit un mot. Vous allez voir que ce soir, parce qu'elle se sera goinfrée de tout ce que j'aime, c'est moi qui serai condamné au vieux jus de légumes au goût de médicament périmé.

— Tu sais, Adrien, si tu veux sortir au milieu de la nuit et rentrer à l'aube en sueur avec du pâté, c'est ton droit.

Qu'est-ce qu'elle croit ? Que je cambriole des appartements en passant par les toits pour dérober dans les frigos étrangers ce que je ne trouve plus dans le mien ? Que j'ai une liaison clandestine avec une charcutière ?

— Je t'expliquerai.

— Tu n'as rien à m'expliquer. Chacun sa vie. Chacun ses petits secrets. Je vais faire une lessive ce matin, veux-tu que je lave tes collants de Batman ?

55

Je déteste quand Nico fait cette tête-là. On dirait qu'il vient d'écouter son répondeur et que le premier message lui a annoncé la mort tragique d'un proche, tandis que le suivant était de sa concierge, à propos de flammes sortant par les fenêtres de son appartement – mais il n'a pas tout compris à cause de son fort accent croate. Alors fatalement, sous le choc, il s'est assis, mais il y avait une punaise sur sa chaise. Je suis sûr que vous avez maintenant une idée précise de la tronche qu'il tire.

Il me tend un minuscule morceau de papier.

— Voilà l'adresse du restaurant. C'est là qu'elle a rendez-vous mardi prochain, à 21 heures. Il n'y a qu'à toi que je puisse demander ça. Tu seras mes yeux et mes oreilles.

Tant que je ne suis pas ses fesses sur la punaise… Je saisis le document miniature.

— Pourquoi as-tu écrit aussi petit ? C'est à peine déchiffrable.

— Mémorise les coordonnées, Adrien, ma vie en dépend.

— C'est bon, j'ai lu.

Aussitôt, il me reprend le papier et le fourre dans sa bouche pour le manger. Ce mec est fou.

En mastiquant consciencieusement, il précise :

— Aucune trache écripe, pas la mointre preuf, c'est cro important.

Je le regarde, éberlué, jusqu'à ce qu'il se force à avaler. Pourquoi ce serait moi le clébard ? C'est lui qui bâfre n'importe quoi ! S'il s'attaque à mes pompes, je lui fous une muselière. Il reprend :

— C'est toi qui découvriras qui est ce « Michael » et pourquoi ma Barbara dîne avec lui.

— Et si elle me reconnaît ?

— Tant qu'elle ne voit pas tes dents, aucun risque. Elle m'a expliqué qu'elle mémorisait plus les dentitions que les visages. Je compte sur toi, mon pote. Tu me promets d'y aller ?

— J'y serai.

— Je suis d'autant plus inquiet que le resto est apparemment très en vogue chez les amoureux. Sur les réseaux, j'ai trouvé plein de photos et de vidéos de fiancés qui y font leur demande. Et vas-y que je te fais tinter le verre pour demander l'attention de l'assistance, et que je te pose un genou au sol en sortant la bague de la poche ! Je ne le sens pas bien du tout, Adrien.

— Inutile de paniquer avant de savoir de quoi il retourne.

— Avec qui vas-tu y aller ?

— Où ça ?

— Ben au resto, mardi soir. Essaie de suivre !

— Pourquoi devrais-je y aller avec quelqu'un ?

— Je viens de t'expliquer que c'est un resto d'amoureux ! Si tu n'y es pas en couple, ça va paraître louche.

— Tant pis, j'irai dîner dans un autre resto.

Il me regarde fixement. Je ne sais pas s'il va me frapper ou pleurer. Je suis hilare.

— Je plaisante, ne t'en fais pas. Mardi soir, 21 heures, avec je ne sais pas encore qui.

— Tu pourrais demander à une copine, mais si c'est trop compliqué, je crois que ma sœur a encore sa très grosse girafe en peluche. Ou alors je me déguise en fille…

— Non, Nico, je n'irai dîner ni avec une grosse girafe en peluche, ni avec toi en drag-queen.

— Mais…

— N'insiste pas. Sinon, tu te débrouilles tout seul.

Il est fébrile. Je tente de le rassurer :

— Ne t'en fais pas, je vais trouver quelqu'un.

Il hoche la tête pour acquiescer.

— Je ne sais pas ce qui m'arrive, j'ai jamais angoissé comme ça !

— Je le vois bien.

— J'ai déjà flashé sur des filles, mais avec Barbara, c'est autre chose. Je le sens. Il paraît qu'on n'a aucun doute quand on se retrouve devant la femme de sa vie. Eh bien cette fois-ci, je sais que c'est la bonne. C'est elle !

Il marque une pause et ajoute :

— Je suis rudement content que ce soit toi qui y ailles. Ça me rassure. Tu seras le premier à savoir qui est ce type et s'il menace notre bonheur.

— Je ferai mon possible. Détends-toi.

— Si c'était moi qui l'apprenais en direct, je ne sais pas comment je réagirais. Pas certain d'arriver à me contrôler. S'ils s'embrassent, je peux me jeter sur lui pour l'étrangler, et s'ils ne sont qu'amis, je peux le dégager pour la demander en mariage sur-le-champ.

— Effectivement, il est préférable que ce soit moi qui te transmette l'info...

Nico est soulagé. J'en suis heureux.

Maintenant qu'il s'apaise, je dois lui parler d'un sujet que je repousse depuis déjà plusieurs jours.

— Nico, puis-je te demander une faveur personnelle ?

— Tout ce que tu veux, mon frère. Il est évident que tu seras mon témoin quand j'épouserai Barbara. C'est un grand oui !

Il me frictionne la tête.

— Merci, mais je n'allais pas aborder ce point-là.

— Pas de problème, si tu veux, tu pourras aussi être notre furet domestique. Mais si tu marques ton territoire partout, je te fais opérer des glandes.

— Nico, je suis sérieux.

— Mais moi pareil ! Je suis super sérieux. Tu sais à quel point ça pue, la pisse de furet ?

C'est peine perdue, autant le lui demander directement.

— S'il m'arrivait quelque chose, je voudrais que tu t'occupes de Papilau.

Il me dévisage.

— Comment ça ?

— C'est une responsabilité importante, mais je te laisserai les moyens financiers de l'assumer. J'ai bien réfléchi. Julien est trop loin, et je refuse de faire appel à des gens dont ce n'est que le métier et que je ne connais pas. Comme tu es finalement un peu mon autre frangin...

— Qu'entends-tu par « s'il m'arrivait quelque chose » ?

— Je ne sais pas. Un accident, une maladie…

— Pourquoi parles-tu de ça maintenant ?

— Comme ça, pour préparer l'avenir. J'organise. C'est tout. Tu sais que c'est ma nature de chercher à prévoir.

Il me scrute, le front plissé.

— Tu l'as dit bizarrement, pas comme d'habitude.

— Je n'ai pas non plus « l'habitude » d'évoquer ce genre de choses.

Il cherche à accrocher mon regard. J'évite le sien.

— Je ne te demande pas de réponse immédiate, mais s'il te plaît, réfléchis-y. Je ne veux pas laisser Papilau tout seul.

— C'est tout réfléchi, j'accepte. En plus, je l'aime bien. Il aurait pu nous tuer quand on a mis le feu à sa tondeuse. C'était pourtant une bonne idée d'en faire un hélico… Mais il nous a laissé la vie sauve. Je lui en dois une.

— Je te remercie. Je vais faire préparer les papiers pour que tu puisses décider de tout s'il m'arrivait malheur.

Il m'attrape le bras.

— Adrien, les yeux dans les yeux, si tu avais un problème, tu m'en parlerais ?

Pour la première fois de ma vie, j'ai menti à mon pote.

56

Le docteur Neuville m'accueille au seuil de son bureau.

— Comment vous sentez-vous, monsieur Venel ?

— En colocation, docteur...

Haussant un sourcil étonné, il ferme la porte derrière nous, puis m'invite à m'installer.

— Qu'entendez-vous par là ?

— J'ai l'impression de vivre à plusieurs dans le même corps. L'un panique du peu de temps qu'il lui reste, l'autre n'a jamais été aussi rempli d'espoir au point d'en être scandaleusement heureux, le troisième se demande s'il retrouvera ses derniers petits-fours en rentrant...

— Allons bon. Essayez de tous vous regrouper et voyons cela ensemble.

Tout en consultant mon dossier qui a bien épaissi, il m'interroge :

— Percevez-vous une évolution de votre état de santé ? Fatigue ? Palpitations ? Variations d'appétit ?

— Rien de notable.

— Avez-vous changé vos habitudes de vie ?

— Drastiquement.

Il lève les yeux de ses feuilles.

— Sur quels points ?

— Je ne fais plus semblant, docteur. Je ne me cache plus. Je me concentre sur ce qui a du sens pour moi.

Il se redresse.

— C'est-à-dire ?

— Quelques personnes, quelques sentiments. Au jour le jour.

— Une conséquence psychologique logique face à l'échéance que vous redoutez...

— Au début, oui. Sans aucun doute. Mais ce ne sont plus ni l'urgence, ni la peur de mourir qui me motivent aujourd'hui. C'est comme si j'avais découvert une nouvelle dimension de mon existence, une altitude de vol différente...

— Bigre. Je vais tout de même vous demander de redescendre avec moi, parce que j'ai besoin de vos lumières.

— Mes lumières ?

Il feuillette mon dossier.

— Comme prévu, nous avons transmis vos premiers résultats d'analyses aux chercheurs canadiens, mais j'ai un souci avec votre suivi d'activité cardiaque. Je ne peux pas l'envoyer tel quel...

— Le Holter n'a pas enregistré correctement ?

— L'appareil n'est pas en cause. Ce sont les résultats qui posent problème. Notamment certains écarts spectaculaires...

— N'est-ce pas le propre de ce syndrome ?

— Peut-être, mais quand même. J'ai soumis vos relevés à mes confrères du service cardiologie, et ils ont également été, comment dire... déroutés. Je suis désolé mais je vais avoir besoin de réponses, monsieur Venel.

Lui d'ordinaire si franc paraît tout à coup gêné aux entournures.

— Vous le savez, reprend-il, nous sommes là pour soigner et certainement pas pour juger. Nous recevons toutes sortes de patients qui mènent toutes sortes de vies. Nous avons les idées larges…

— Excellente nouvelle.

— Ce que j'essaie de vous dire, monsieur Venel, c'est que, quels que soient vos activités ou votre mode de vie, en vous garantissant le secret médical le plus absolu, je dois vous demander de m'expliquer ce que vous faisiez à certains moments précis durant ces derniers jours. C'est une nécessité. Étant donné vos liens personnels avec le docteur Ranja, pour éviter de vous embarrasser, je m'engage à ne rien lui révéler de ce que vous me direz. Pas un mot de ce que vous pourrez me confier ne sortira de cette pièce. Cela vous convient-il ?

Pourquoi prend-il autant de précautions ?

— Que croyez-vous que j'aie fait ?

— À vous de me le dire.

Mon premier réflexe est de me sentir coupable. Il y a certainement, là aussi, une leçon universelle à en tirer, mais nous verrons plus tard. Qu'ont-ils décelé dans mon relevé ? Ces gars sont très forts, ils savent déjà sûrement que j'ai fini tout le pâté en croûte en une fois pendant que Daphné prenait sa douche. Je ne supportais plus de la voir s'en régaler malgré tout le mal qu'elle en dit. Plutôt m'étouffer que de lui en laisser une miette de plus. Ma précipitation bestiale à m'en goinfrer se lit sûrement dans mes enregistrements.

Le toubib ne me lâche pas du regard.

— Vous me faites peur, docteur.

— J'insiste, monsieur Venel : pour analyser la réalité de votre activité cardiaque, il faut me dire la vérité. Sentez-vous libre.

— Pourquoi ne le serais-je pas ?

— Le regard des autres est parfois difficile à accepter.

— Le regard des autres ? Sur mon activité cardiaque ?

— Sur ce qu'elle traduit.

— Je ne suis pas certain de comprendre...

— Le cœur est un muscle qui s'adapte en permanence aux activités du corps. Il en est le fidèle reflet. Certaines séquences-types nous renseignent clairement sur ce que l'individu a pu faire, comme dormir, courir, avoir un rapport sexuel, ou consommer des drogues...

— C'est ce que vous pensez que j'ai fait ?

— D'après mes collègues de cardio, vous auriez fréquenté une fête foraine en multipliant les manèges à sensations fortes...

— Il y a de ça.

— Mais vous vous seriez aussi battu à plusieurs reprises...

— Ma vie est effectivement un combat permanent, surtout intérieur.

Il secoue la tête.

— Si vous ne me répondez pas sérieusement, je ne serai pas en mesure de vous aider, monsieur Venel.

— Vous avez les dates et les heures ?

— Tout à fait.

— Montrez-moi.

Il me désigne une première section suspecte du relevé. Même moi qui n'y connais rien, je trouve les courbes très affolées. Mon interlocuteur me dévisage comme un flic menant un interrogatoire. Je vais finir avec sa lampe braquée en pleine poire. Je réfléchis vite à ce que je pouvais faire à ce moment-là…

Il ne me faut pas longtemps pour m'en souvenir.

— Je me rappelle ! J'étais avec mon ex-compagne, dans son parking. Mais elle ne le savait pas. Rien d'étonnant à ce que mon cœur batte la chamade, je lui ai écrit une lettre d'amour. J'étais dans un tel état ! Certainement de quoi perturber votre bidule ! La voir si proche de moi sans qu'elle s'en rende compte, avec son petit blouson, ses escarpins de secours et ce bon vieil ours qui danse…

Il me fixe étrangement. Je précise :

— Je n'ai pas réussi à lui donner ma lettre, je ne sais d'ailleurs toujours pas comment faire. Ensuite, elle est partie dans la lumière pour jouer de la flûte…

Il fait une grimace indéfinissable, entre perplexité et morsure de serpent, puis me montre du doigt un autre point du relevé.

— Là, je fêtais l'anniversaire d'un enfant. J'étais Batman. Hyper stressé parce qu'au volant d'une voiture de sport très puissante que je n'étais pas sûr de maîtriser et que je craignais d'abîmer. En plus, Nico m'avait inquiété avec son histoire de bazooka. J'avais peur qu'il ne nous chauffe un coup tordu pour échapper à la police.

Le docteur Neuville me regarde de plus en plus bizarrement. Il pointe de l'index la fin de l'événement.

— Ici, à 12 h 06, vous finissez par une suractivité cardiaque encore accrue.

— Sans doute le moment où le petit a pleuré de joie en retrouvant sa mère sur le trottoir.

— Sa mère fait le trottoir ?

— Non, elle l'attendait dessus, avec une pizza au fromage toute chaude.

Il n'insiste pas.

— Et là ?

— Vous allez rire, c'est tout bête. Une collègue que j'apprécie énormément voulait démissionner parce que ses parents ont divorcé quand elle était enfant. Elle me fait penser à un lapin. Le gribouillage dans les courbes doit correspondre au moment où elle m'a bouleversé.

— Et là, tout de suite après ?

— C'est quand j'ai mis le feu à sa lettre.

— Le feu à sa lettre ?

— Ben oui. Je ne pouvais pas accepter qu'elle parte alors qu'elle est brillante.

— Bien sûr...

— D'ailleurs, juste après, vous voyez, ça se calme. Parce que pour l'apaiser, je lui ai raconté ce que le pneu éclaté de mon père avait changé dans ma vie.

Je crois qu'à présent, c'est lui qui commence à avoir peur. Je vais finir en psychiatrie, avec la veste en grosse toile qui s'attache derrière.

— Juste pour savoir, hasarde-t-il, le pneu de votre père lui a fait du bien ?

— On a presque pleuré tous les deux, un joli moment. On dirait d'ailleurs que ça se voit sur mes courbes, vous ne trouvez pas ? C'est plus harmonieux. Comme si le bonheur pouvait se lire sur un électrocardiogramme. Sans doute la preuve que le cœur n'est pas seulement un muscle.

Je sens qu'il hésite à me questionner sur le point d'après, qui a tout d'un nœud.

— Ici, remarque-t-il, le tracé témoigne d'une intense activité physique, mais en pleine nuit, bien avant l'aube. Mon collègue pense que pour atteindre ces sommets, vous étiez plusieurs...

— Pas loin d'une centaine. Ce matin-là, j'étais avec Véronique, et j'ai déchargé un camion complet puisque Cindy ne m'a pas aidé.

Il est tout blême. Me reviennent les mots d'Aurore sur ce que les gens entendent...

— Pardon, docteur, j'ai oublié de vous expliquer que je bosse de temps en temps sur les marchés. Je manute avant l'ouverture, pour des commerçants. Des légumes ou des épices, suivant ce que j'arrive à attraper.

Je pense qu'il vient de faire une attaque cérébrale. Sinon, comment expliquer ses clignements d'yeux compulsifs et désynchronisés ?

— Vous manutez pour des commerçants...

Sa voix chevrote un peu.

— C'est ça. Ce matin-là, c'était pour un traiteur, enfin une femme qui tient un stand de traiteur.

— Pardonnez-moi, mais j'avais cru comprendre que vous aviez une très belle situation dans les statistiques...

— Le problème, c'est que je m'ennuie le matin. Alors de temps en temps, je traverse la ville pour aller porter des légumes.

— Je comprends. Et là ?

Il souligne une autre zone excitée.

— Alors là, aucun doute : c'est quand je suis rentré chez moi et que Daphné, une copine que j'héberge, m'a surpris. Elle m'a fait peur, mais je suis sûr que la pointe, là, c'est quand elle a mangé mon léopard.

— Pourquoi a-t-elle fait cela ?

— Parce que c'est super bon, pardi !

Je vois bien qu'il se recroqueville dans son fauteuil. Je ne suis pas certain qu'il comprenne tout ce que je lui explique. Il inspire profondément. Timidement, il m'indique une dernière section. On dirait qu'il appréhende ma réponse. Je réagis aussitôt.

— Ça, je sais ! C'est quand j'ai demandé à mon pote de s'occuper de mon grand-père quand je ne serai plus là. J'avais le cœur qui battait si fort que je suis surpris que les courbes ne fassent pas des loopings.

Il prend sur lui et me glisse :

— Même en sachant cela, la fin de l'épisode est exceptionnellement violente…

— Mettez-vous à ma place. Nico voulait que j'aille dîner avec une grosse girafe. Il était même prêt à faire la fille ! Docteur, ça va ? Vous n'avez pas l'air bien…

57

Loin de la ville, au bout d'une route que la modernité n'a toujours pas rattrapée, se cache une modeste maison basse, tout en longueur, blottie dans son écrin de verdure, entre glycine et rosiers grimpants.

Ce n'est pas un souvenir puisque je peux encore m'y rendre. Mais c'est presque un vestige. Le dernier lieu de mon enfance qui soit encore dans la famille.

Lorsque l'on se gare devant, juste après le bruit des roues sur le gravier, on perçoit le murmure de la rivière en contrebas.

Pour pénétrer dans ce paradis, il faut d'abord passer sous l'arche taillée dans une haie plus dense qu'un mur, qui sert de refuge aux mésanges et aux moineaux piaillants. Ensuite, il faut emprunter le chemin de dalles d'ardoise – pas une fois je n'ai posé mes pieds en dehors. Au terme de ce périple quasi initiatique, il est temps de baisser la tête pour franchir le seuil de la petite porte de la cuisine. Un intérieur qui n'a pas changé, simple, comme au temps où le superflu restait dehors.

Tata Chantal et Tonton Roger ont toujours vécu ici. Roger était le frère de mon père. À force de croire qu'il était toujours l'heure de l'apéritif, la cirrhose s'est invitée pour boire un verre avec lui, et elle est partie en lui laissant régler l'addition. Depuis, Chantal reste seule dans le théâtre de leur histoire.

J'ai vécu beaucoup de choses ici aussi, autant que dans la maison de mes grands-parents. De mémorables repas de famille, pas mal de Pâques, le baptême d'un cousin, les fiançailles de je ne sais plus qui, et quelques anniversaires de mariage. L'été, nous profitions surtout du jardin, qui surpassait en superficie tous ceux que nous connaissions. De vastes espaces dégagés où nous pouvions nous ébattre, cernés de profonds taillis où il était possible de se perdre et, surtout, de s'inventer des mondes.

De nombreux temps forts sont rattachés à ces lieux, semés de tant de repères permettant de mesurer à quel point mon frère et moi devenions sans cesse plus grands, capables du meilleur comme du pire... Les premiers arbres dans lesquels je suis grimpé, nos premiers cache-cache, notre première nuit à la belle étoile, mon premier lance-pierre et, moins d'une heure plus tard, ma première vitre brisée – du coup l'une des plus grosses gifles que ma mère m'ait jamais administrées...

Ce matin, Tata Chantal s'est inquiétée de me voir débarquer avec quatre paysagistes et leur grosse camionnette remplie de matériel. Suivant le partage souvent en vigueur dans leur génération, Chantal assurait le ménage dans la maison, et Roger s'occupait de l'extérieur. Depuis trois ans qu'il n'est plus là, ma tante assiste peu à peu à la lente dégradation de tout ce que son mari s'appliquait à entretenir avec tant de soin.

À chacun de mes appels, elle me répétait qu'elle n'osait même plus regarder par les fenêtres tellement l'état de son grand jardin la peinait. Alors j'ai décidé de lui offrir la remise en état complète.

Après quelques heures du vacarme des machines, le résultat se dessine, et Chantal va de mieux en mieux. Elle renaît littéralement. Elle parle aux ouvriers, leur raconte ses histoires, leur explique comment c'était quand toute la famille se réunissait là. Accessoirement, elle les abreuve aussi de café. Je pense qu'avec ce qu'ils ont déjà avalé, ils sont tellement énervés qu'ils ne devraient pas tarder à se battre.

Je la laisse s'occuper avec eux, papillonner d'un lieu redevenu praticable à un autre, pas mécontent de pouvoir profiter de l'endroit à ma façon.

Pour ce qui est de la taille, de la tonte et du binage, je fais confiance aux pros, mais je me suis gardé un modeste chantier que je n'aurais délégué à personne.

Ma boîte à outils à la main, je sors côté jardin, à l'arrière de la maison. À la faveur d'un des rares moments où aucune machine ne tourne, je savoure l'instant.

La lumière, le calme, un parfum intemporel. J'inspire paisiblement, à pleins poumons, en fermant les yeux, comme pour effacer ce qu'ils ont vu du monde. Une façon de partir ailleurs, de revenir en arrière, en espérant qu'en les rouvrant, je me réveillerai de mon cauchemar.

C'est un matin de printemps bien réel. Le ciel est dégagé. Je contemple le vaste jardin qui s'étire en pente douce jusqu'à la rivière. Les longues branches des saules ondulent dans un vent léger. Même ces arbres noueux et torturés semblent tout droit sortis d'un conte. La corde qui nous servait à sauter dans l'eau y pend toujours.

En retrait des berges, pommiers, poiriers et cerisiers attendent les premières chaleurs du printemps pour fleurir. La pelouse tout juste tondue me paraît aujourd'hui moins vaste que lorsque j'y ai fait, m'a-t-on dit, mes premiers pas. Mais elle est toujours assez large pour jouer sans avoir de limites. Ici le temps semble s'être arrêté. Chaque élément avec lequel j'ai grandi est à sa place. Le décor est là. Simplement privé des quelques grands rôles qui ont quitté la scène.

Direction le potager. Je n'ai jamais eu le goût de la culture, mais j'étais heureux d'aider lorsque nous venions. J'ai cependant un souvenir très précis de la petite barrière en bois qui entoure les plantations aujourd'hui à l'abandon. Un minuscule portillon, tout juste bon à arrêter les ragondins remontant de la rivière pour piller les légumes. Je me souviens encore de ma fierté lorsque j'ai réussi pour la première fois à en actionner le verrou coulissant rouillé. Un pouvoir de plus. Pour y parvenir, j'avais dû y mettre toutes mes forces. Mes doigts étaient salis de poussière brune et ma peau rougie par l'effort. Julien était avec moi. L'un de ces minuscules dépassements de soi qui nous indiquent que nous grandissons et augmentent notre confiance en nous-mêmes...

La barrière n'est plus en très bon état et le portillon a besoin d'être réparé. Le verrou coulissant est aujourd'hui à demi décroché parce que les vis rongées par la rouille ne le tiennent plus. C'est lui que je veux fixer. Je lui dois bien ça. Comme une métaphore de ce que j'accomplis ici : redonner un peu d'avenir à ce qui m'a aidé à écrire ma propre histoire.

— Roger serait tellement heureux de te voir arranger son potager…

Concentré sur le verrou, je n'ai pas entendu Chantal approcher.

— Et toi, es-tu heureuse ?

— Comblée. Je te remercie, Adrien. Mais c'est une folie. Le travail de ces jeunes gens doit coûter une fortune.

— Ne te soucie pas de ça. À partir de maintenant, ils viendront régulièrement, et tu pourras profiter de ton jardin.

— Merci. Tu sais, je n'arrivais même plus à descendre jusqu'à la rivière.

— Si tu veux, nous irons ensemble tout à l'heure, mais ne t'aventure pas sur le ponton, il faudra le renforcer avant qu'il redevienne praticable. On s'en occupera bientôt.

Elle regarde en direction de la berge.

— Vous en avez fait des bêtises, avec ton frère, sur cet embarcadère !

— Ailleurs aussi…

La voilà qui repart déjà vers l'un des ouvriers. Je l'entends lui parler du lait de chaux dont mon oncle badigeonnait les arbres fruitiers pour les protéger des parasites et des champignons. J'avais oublié tous ces troncs peints en blanc jusqu'à leurs premières branches.

Le bois du portillon est loin d'être pourri. Une fois les vis changées, je graisse le verrou. En l'actionnant plusieurs fois, il fonctionne impeccablement. Le même objet, vingt ans plus tard. C'est étrange. Savourant le bonheur de le voir à nouveau en état, je réalise son importance symbolique.

Je m'assois dans l'herbe et m'adosse à la barrière. Je caresse la pelouse encore chargée de rosée. J'observe le jardin et des images me reviennent, se superposant au paysage qui s'étend devant moi. Comme si je voyais défiler ma vie. Il paraît que c'est ce qui se passe quand la fin approche. Si je ne craignais pas de peser sur Chantal, c'est ici que j'aimerais m'éteindre. Boucler la boucle, arrêter là où tout a commencé. Je n'y serais pas seul. J'entends encore le rire de mon père se mêlant aux nôtres.

58

Papilau se tient aussi droit que possible devant sa baie vitrée. Guetteur fidèle au poste. Aujourd'hui, il n'aura pas monté la garde en vain.

Sa silhouette immobile est cependant loin d'être inerte. Au moindre signe de mouvement dans le parc, il se tend d'un coup. La plus modeste alerte le fait réagir. Cette fois, il vient de repérer une personne au fond, sur une allée. Je parie qu'il plisse les yeux et qu'il force sa vue pour vérifier si c'est moi. Le pouvoir de l'espoir.

Comme chaque fois que je viens le voir, je le contourne pour ne pas le surprendre.

— Bonjour Grand-père !

Son visage s'anime. Il y a de la joie, mais j'y devine aussi le soulagement de me voir enfin arriver. Je le prends dans mes bras. Il s'abandonne contre ma poitrine. Il n'est pas si loin, le temps où c'était moi qui m'appuyais sur lui.

Il finit par reculer, prend mon visage entre ses paumes et plonge ses yeux dans les miens.

— Tu as bonne mine, Adrien. C'est gentil de venir. Tu sais à quel point c'est important pour moi.

— Pour moi aussi, Papilau.

Il fait quelques pas pour s'installer à notre place habituelle, mais je ne l'accompagne pas.

— Avant de nous asseoir, si tu veux bien, j'aimerais que nous sortions un peu.

— Dehors ?

— Oui, s'il te plaît.

Je lui présente son manteau et l'aide à l'enfiler.

— J'espère que tu n'as pas une mauvaise nouvelle à m'apprendre. Parce que tu sais, mon premier patron, monsieur Eugène, proposait à ses employés d'aller marcher chaque fois qu'il devait leur annoncer une tuile.

— Rassure-toi, tout va bien. Aucune mauvaise nouvelle, bien au contraire.

— Je vais enfin sortir d'ici ?

— Au moins pour quelques heures.

En voyant la direction que je prends, il hésite à me suivre.

— On ne va pas dans le jardin ?

— Non, pas aujourd'hui. Pour une fois, on va plus loin.

Je l'entraîne jusque sur le perron de l'établissement.

D'abord aveuglé par la lumière, il finit par remarquer le véhicule garé au pied des marches. Il se fige. Une Shelby Cobra 427 de 1966, décapotable, d'un rouge éclatant barré de deux bandes blanches dans la longueur. La copie exacte du modèle qu'il espérait restaurer.

J'ai enquêté trois semaines pour en débusquer une, et il a fallu que je tire des larmes d'émotion au propriétaire pour qu'il finisse par accepter de me la louer. Je vous rassure, il avait pleinement retrouvé ses esprits au moment de négocier le montant du chèque, sans parler de la caution.

Dévorant le véhicule des yeux, Papilau s'agite. Il tend d'abord la main vers la voiture, espérant sans doute vérifier qu'il ne s'agit pas d'une illusion. Puis il avance. Il n'emprunte pas la pente douce qui lui permet d'habitude d'éviter les escaliers. Non, cette fois, sans cesser de détailler la voiture du regard, il s'engage vers les marches, qu'il descend les unes après les autres. Je me presse à ses côtés pour l'assurer.

Parvenu au bas du perron, il se tient à une distance respectable de l'automobile, n'osant pas la toucher. Il se tourne vers moi, interrogatif. Je l'encourage :

— Vas-y, n'aie pas peur. Elle est là pour toi !

Ému, il pose doucement la main sur le capot.

— Elle est tiède, fait-il, surpris. Elle est en état de marche ?

— Un peu qu'elle l'est, et elle tourne parfaitement. Je suis venu avec. Que dirais-tu d'aller faire un tour ?

Il acquiesce vivement mais ne résiste pas au plaisir de regarder le bolide de plus près avant. Il prend son temps. Il en caresse les courbes, effleure le cuir des sièges, parcourt les chromes. Un instant, je me précipite en pensant qu'il perd l'équilibre, mais il ne fait que se pencher pour admirer la ligne en perspective. Il se relève avec bien plus de vigueur que d'ordinaire et me sourit comme il ne l'a pas fait depuis longtemps.

— C'est la mienne ?

— Pour aujourd'hui, oui.

— Où l'as-tu trouvée ? Je pensais que ces merveilles n'existaient plus. La même couleur…

Les sièges sont encore plus élégants dans cette teinte.

Il s'arrête contre le coffre et les larmes lui viennent. Je m'approche.

— Tu ne vas pas pleurer, quand même ?

— Je vais me gêner, tiens ! Pendant des années, posséder une voiture comme celle-là a été mon rêve. Une fois que j'avais accompli tout ce que je devais faire, dépensé tout ce qu'il fallait pour que la famille vive correctement, c'est à elle que je pensais. J'en ai même eu une à moi, mais elle était en panne.

— Je m'en souviens très bien. Tonton Roger te charriait en répétant que c'était ta seule maîtresse.

— Cette légende sur roues... Une passion de jeune homme, un jouet d'adulte. Un superflu inaccessible dans une vie où tout devait d'abord être utile aux miens. Aucune machine ne m'excitait davantage. Si j'avais eu plus de temps, j'aurais réussi à la réparer.

— C'est sûr, mais tu avais tellement à faire avec nous...

— Je ne regrette rien, et cette voiture était un beau rêve.

— Elle est là aujourd'hui. Alors profites-en, Papilau. Viens, je t'emmène.

59

Afin d'éviter que Papilau n'attrape froid pendant que nous roulons décapotés, je l'ai habillé comme un petit de maternelle pour ses premiers sports d'hiver : passe-montagne, écharpe enroulée sur trois tours autour du cou, avec en prime des lunettes de ski pour protéger ses yeux du courant d'air que le pare-brise arrête à peine.

Je n'ai pas vraiment eu le choix des couleurs. Il porte du jaune fluo, du vert pomme et du bleu électrique. Papilau modèle funky, avec tous ses accessoires. Les gens qui nous voient passer doivent se dire que Frankenstein s'est mis au disco et que je l'emmène en boîte. Grand-père ne s'en sort tout de même pas si mal, car au départ, j'avais envisagé de l'équiper d'un masque de plongée...

Nous avons pris la tangente par les petites routes. Direction la campagne, et c'est dans un paysage agricole ponctué de forêts et de villages que nous filons.

Papilau jubile. Même à travers son enveloppe multicouche, je perçois sa joie. Je suis heureux moi aussi, d'abord parce que lui faire plaisir me comble. Mais je dois confesser que mon grand sourire n'est pas uniquement dû à son bonheur. Grand-père me fait bien rire parce qu'ainsi attifé, avec sa tête emmaillotée en crâne d'œuf multicolore qui fait des plis, il ressemble à une grosse chenille. Abominable. J'espère qu'aucun des corbeaux qui s'envolent sur notre passage ne va essayer de me le picorer.

Régulièrement, il caresse le tableau de bord, jouant avec les quelques boutons rutilants. Cette voiture n'a rien d'un vaisseau spatial et Grand-père ne demande pas la vitesse-lumière, mais en le voyant si vivant, il dégage quelque chose d'un enfant de sept ans et je me sens quand même un peu comme un super-héros.

De temps en temps, malgré le bruit du vent et du moteur, à travers ses épaisseurs protectrices, je l'entends rire. Depuis quelques instants seulement, il se tient tranquille et regarde fixement devant lui. Avec son accoutrement, je ne suis même pas capable de dire s'il ne s'est pas endormi. Tout à coup, il se tourne vers moi. Frankenstein a pris un éclair et revient à la vie. S'il tend les bras dans ma direction en grognant, je vous jure que je saute en marche.

— Je peux la conduire ?

Les vieux, c'est comme les enfants. On prévoit tout pour leur faire plaisir et ils arrivent quand même à vous balancer une idée pourrie qui fait tout déraper.

— Papilau, c'est impossible. Premièrement, pour une question d'assurance…

La grosse chenille me regarde fixement. Elle n'est pas contente. Ça fait peur. Même à travers ses lunettes de ski, je devine son regard plein de reproches. Un comble, vu combien je me suis démené. Tentons la diversion pédagogique.

— Tu n'es pas bien, installé comme ça ? À te laisser conduire confortablement ? Tu peux tranquillement profiter du paysage en savourant notre échappée sans te soucier de rien.

La chenille flashy ne dit pas un mot et me fixe toujours. Soit elle va sécréter un fil de soie pour me ligoter, soit elle va se transformer en papillon et il me faudra un filet pour la ramener à la maison de retraite.

Je sens que Grand-père ne renoncera pas sans arguments convaincants.

— Papilau, depuis combien de temps n'as-tu pas conduit ?

— Lundi dernier. Ma Lucette revenait de chez le coiffeur et j'ai dû aller la chercher en ville parce qu'elle avait trop de courses à porter.

Mamette est décédée depuis huit ans. Est-ce qu'il se paie ma tête ? Ou perd-il vraiment la boule ? À moins que son cerveau ne sécrète vous savez quoi pour s'en sortir…

— Sérieusement, Papilau. Depuis combien de temps ?

Dépitée, la chenille baisse la tête. Sa cagoule ne masque pas sa tristesse.

— Je ne sais pas, mon garçon. Je n'en sais vraiment rien.

Résumons la situation : je me suis mis en quatre pour lui dénicher cette voiture en espérant lui faire cadeau d'un beau moment. L'effet produit dépasse toutes mes espérances, jusqu'à réveiller ses rêves de jeune homme. La suite ne m'arrange pas mais elle est évidente : si nous n'allons pas au bout de la démarche, tout ce qu'il lui restera, c'est une frustration. Mes bonnes intentions n'auront généré qu'une peine de plus… Bon sang, je ne vais pas y couper.

Je suis en train de me faire avoir. Je voudrais hurler, mais si j'ouvre la bouche, avec la chance que j'ai, je vais gober un insecte. Alors je me gare sur le bas-côté dans un nuage de poussière. On est en bordure d'un champ. Le paysage est bucolique et pour tout dire, assez joli. Tant mieux, parce que je ne suis pas près de l'oublier.

60

Je dois avoir l'air stressé, parce que Papilau n'arrête pas d'essayer de me rassurer. Il me répète que conduire, c'est comme le vélo, ça ne s'oublie pas. Étant donné les questions qu'il me pose, j'ai des doutes. Personne ne demande où est la manette du siège éjectable sur un vélo...

En le voyant tripoter les commandes, je suis désormais convaincu que la dernière fois qu'il s'est assis à la place du conducteur date d'avant l'invention de la roue. Je suis obligé de tout lui réexpliquer : les pédales, le levier de vitesse... Mais il ne m'écoute pas ! Il ne s'intéresse qu'au volant, sur lequel il pose ses mains avec une émotion assumée. Je reconnais sa façon de faire, le même geste que lorsqu'il s'installait dans le véhicule qui prenait la poussière dans son garage.

Je lui ai bouclé sa ceinture et retiré ses lunettes de ski pour qu'il puisse voir la route. Il est surexcité. Jamais je ne l'ai vu ainsi. Je ne le reconnais pas. Envolée la sagesse, plus aucune pondération, plus la moindre mesure. Il a dû les oublier dans sa chambre. Même une cuite au jus de pomme chimique ne lui ferait pas le dixième de cet effet.

Lorsque je lui ai rappelé de ne pas trop appuyer sur l'accélérateur pour rester sous les 40 km/h, je suis pratiquement certain qu'il m'a grogné dessus. Vous vous rendez compte ? Ma grosse chenille a la rage !

En m'installant sur le siège passager, je prie pour qu'on ne croise personne. J'essaie de me calmer en me raisonnant. Après tout, ce ne sont que quelques redoutables minutes à passer qui, étant donné ce qu'elles représenteront pour lui, valent le coup.

Le moment de vérité arrive. Il tourne la clé de contact. Il embraye en faisant racler les pignons.

— N'oublie pas de débrayer bien à fond, Papilau.

— J'ai pas oublié. Je conduisais déjà depuis longtemps alors que t'étais même pas encore un projet dans la tête de tes parents !

Je crois voir ma vie défiler devant mes yeux, mais ce n'est que le paysage balayé par les essuie-glaces qu'il a déclenchés par erreur.

Lorsqu'il a passé la seconde, je n'ai plus pensé à rien. On roule à 20 à l'heure et j'ai l'impression d'être un pionnier de la conquête spatiale qui rentre dans l'atmosphère à la vitesse du son. On va si vite et ça chauffe tellement que le capot est déjà rouge.

Grand-père rit comme un dément. Avec sa cagoule et son écharpe, ça rend encore mieux. Même un adulte peut avoir les chocottes devant un tel spectacle. Si la police nous arrête, je vais faire semblant de tomber dans les pommes plutôt que d'essayer de leur expliquer.

Le fait est qu'il contrôle sa trajectoire sans trop de problèmes, mais pour ce qui est de la gestion de la boîte de vitesses... Heureusement que la route est déserte et plutôt rectiligne. Au loin, je vois cependant s'approcher une zone de sous-bois, et je redoute ce qui peut se produire s'il faisait un écart. Notre famille a payé cher pour apprendre ce que les troncs font aux voitures.

— Papilau, ce serait plus prudent de rester dans les champs de culture.

— Comme tu veux.

Il a braqué le volant sans hésiter. Je n'avais jamais serré les fesses comme ça. J'aurais pu tordre une petite cuillère. Et je pense que la marque de mes ongles est gravée pour toujours dans l'accoudoir de la portière.

La voiture a quitté la chaussée pour s'élancer sur une surface cultivée. Je hurle, mais Papilau rit toujours. La larme à l'œil, je songe à ces héros de l'espace qui ont péri dans d'horribles crashs. Je pense aussi à ma caution.

On est secoués par le sol irrégulier. Il s'en fout, il s'en donne à cœur joie. Il fait de grandes boucles, accélère, tourne et chasse dans tous les sens. On est en train de labourer le champ. Ce n'est pas une Shelby que j'aurais dû lui louer, mais un tracteur !

La voiture rebondit sur les mottes. Je crois qu'on a perdu un morceau du pare-chocs. Papilau s'amuse comme un gamin dans les autos tamponneuses. Il y va franchement. Il passe les vitesses, dérape à moitié. Sa jolie cagoule est toute mouchetée de projections de terre. Pour ma part, je n'arrive même plus à garder les yeux ouverts tellement j'en prends dans la figure. J'envisage de mettre les lunettes de ski. Mais elles sont à mes pieds et pour les ramasser, il faudrait que je lâche tout ce à quoi je me cramponne. Cruel dilemme. Qu'est-ce que je préfère ? Avoir les yeux qui piquent ou me vider de peur ? C'est pas tous les jours qu'on se retrouve face à ce genre d'interrogation.

Mon esprit rationnel agite cependant une lanterne rassurante dans ma nuit cérébrale tempétueuse : on ne risque plus la sortie de route puisque c'est fait ! Alléluia ! D'autre part, Papilau est heureux comme je ne pensais plus possible qu'il puisse l'être encore un jour.

Quelque chose est en train de céder en moi. Je ne crois pas que ce soit mon cœur, bien que je sois à la place du mort. Je me sens plutôt comme une locomotive dont les lourds wagons d'angoisse se détacheraient soudain. Plus léger, plus rapide. Après tout, que peut-il nous arriver dans ce rodéo ? Mourir ? Finir dans un éclat de rire, côte à côte, mon grand-père et moi ? Dans une voiture, exactement comme mon père ? Peut-être cela vaudrait-il mieux, d'ailleurs, parce qu'il va être difficile de rendre cette superbe auto vintage dans l'état où elle est maintenant… Coût pour la compagnie ? Pas la moindre idée.

Mesdames, messieurs, j'ai la douleur de vous faire part du décès de ma caution.

61

Quand je me suis présenté au bureau, ce n'est pas tant mon heure d'arrivée bien plus tardive que d'ordinaire qui a surpris Léonie que mon pansement à l'arcade sourcilière et ma jambe raide.

J'ai la démarche et l'allure d'un vétéran de guerre, miraculeusement rescapé d'une campagne non pas militaire mais verdoyante, que nous nommerons sobrement « Opération Chenille Disco ».

— Monsieur Venel, tout va bien ?

Je fais tellement pitié qu'elle se lève derrière son comptoir d'accueil, un brin affolée, pour se porter à mon secours.

— Ne bougez pas, Léonie, je suis en pleine forme…

Bien sûr, je pourrais lui raconter mon rodéo tout-terrain avec Papilau, lui décrire avec moult détails comment nous avons failli faire des tonneaux, comment j'ai hurlé, de peur, de joie, jusqu'à ce que ma tête heurte l'encadrement du pare-brise. C'est joli les chromes, mais ça fait mal. Tant que j'y suis, je pourrais également lui conter la scène dans laquelle un pauvre type avec la tête en sang accompagné d'une grosse chenille multicolore erre comme un zombie dans un champ ravagé, à la recherche d'un morceau de pare-chocs qui s'est fait la malle. Je vais me taire.

Lorsque j'ai ramené Papilau, l'heure du dîner était dépassée depuis longtemps.

Découvrant notre état lamentable, les infirmières ont multiplié les exclamations horrifiées. Sans doute ont-elles cru que nous avions eu un accident, ou bien que nous revenions d'une expédition en Sibérie durant laquelle, bravant tempêtes et cosaques, nous étions allés livrer des gâteaux au chocolat à des enfants affamés qui, ne les ayant pas trouvés à leur goût en dépit de leur condition précaire, nous les avaient crachés à la figure. D'où nos visages constellés. Ces admirables femmes nous ont nettoyés et soignés tandis que Grand-père et moi étions régulièrement pris d'injustifiables fous rires.

— Léonie, ce matin, un collectionneur de voitures va certainement tenter de me joindre...

— Un collectionneur de voitures ?

— Tout à fait. Pour une affaire personnelle.

— Entendu.

— S'il vous plaît, ne me le passez pas. Dites que je suis en réunion, en voyage, retenu en otage par des cosaques, n'importe quoi.

— Vous ne voulez pas lui parler ?

— Sous aucun prétexte. Il risque de faire des bruits ou de brailler des mots qu'une jeune femme ne devrait pas entendre, et je vous en demande pardon par avance. Transmettez-lui simplement le message suivant : mon assurance prendra en charge tous les frais de réparation et de remise en état.

Elle transcrit scrupuleusement mes mots sur son bloc et les encadre.

— C'est noté.

— Merci Léonie.

Alors que je prends appui sur le comptoir pour trouver l'impulsion qui me fera claudiquer vers mon bureau, une silhouette s'approche. Je ne l'identifie pas immédiatement.

— Maxence ?

Je le reconnais à peine. Lui d'ordinaire plutôt négligé porte un costume impeccable. Il a aussi rasé ses derniers cheveux. On dirait un méchant de film mexicain qui va m'annoncer avec un accent à couper au couteau qu'il a un plan pour envahir le monde, en commençant par ma PME.

Il me dévisage avec incrédulité et s'étonne le premier :

— Qu'est-ce qui t'est arrivé à l'arcade ? Tu t'es battu ?

— Six fois, selon les toubibs. Bonjour Maxence. Voilà des jours qu'on ne t'avait pas vu dans les parages. Le temps d'enfiler ton costume, sans doute. Tu as beaucoup d'allure ce matin…

— Je te cherchais, Adrien. Pour t'annoncer une décision importante.

— Je t'écoute.

— Je compte quitter le cabinet. Vraisemblablement à la fin du mois. J'ai des propositions ailleurs.

— Comme tu veux.

À l'évidence, ma réaction n'est pas celle qu'il escomptait. Il m'aurait révélé qu'il allait se tatouer « haut » sur le front et « bas » sur les pieds que ça ne m'aurait pas fait plus d'effet.

Si sa stratégie reposait sur un effet de surprise, c'est raté.

Il s'attendait probablement à ce que je sois déstabilisé, voire paniqué. Peut-être espérait-il que je le supplie de rester, quitte à renégocier au passage quelques-uns de ses avantages perdus.

— C'est tout ce que ça te fait ?

— Je respecte ta décision. J'en informerai la nouvelle directrice adjointe et le nouvel actionnaire.

Il s'étrangle.

— Il y a un nouvel actionnaire et tu as nommé une directrice adjointe ?

— Rien n'est officiel pour l'instant, ils ne sont pas encore au courant, mais c'est une question de jours.

— Tu ne m'as même pas consulté avant !

— Je n'ai pas à le faire. De toute façon quelle importance, puisque tu t'en vas ? Tant que tu y es, tu peux embarquer Melinda, les plantes vertes et ta fontaine zen à la con.

Il est sonné.

— Toutes ces années pour finir ainsi...

— Maxence, il est un peu tard pour sortir les violons. Si je n'avais pas réagi à ton comportement, tu aurais continué à t'en permettre de plus en plus, repoussant sans cesse les limites. Je n'ai peut-être pas toujours su tenir ma place comme tu me l'as gentiment fait remarquer, mais toi tu as tenu bien plus que la tienne. Je n'ai rien contre toi, nous avons vécu de belles années, mais le succès – mon succès – que je n'attendais pas, c'est à toi qu'il est monté à la tête. Ce n'est pas grave. C'est la vie. Nous sommes arrivés au bout du chemin. Je te souhaite sincèrement bonne chance.

Pour la première fois depuis que je le connais, il ne cherche pas à avoir le dernier mot. Je m'éloigne avec le plus de dignité possible, c'est-à-dire aucune.

62

— Adrien, qu'est-ce qu'on fait là ?

Zoé accompagne sa question d'un sourire délicat mais gêné.

— Nous nous apprêtons à dîner ensemble et j'en suis très heureux. Pas toi ?

— Si, bien sûr. Je te remercie beaucoup pour cette invitation…

Je lui désigne la carte posée sur son assiette en l'invitant à choisir. Elle insiste :

— Tu avoueras que c'est troublant. Nous deux, dans ce restaurant, parmi ces autres couples…

Une serveuse passe pour allumer la fausse bougie sur notre table. Pathétique lueur artificielle. Ce genre d'accessoire grotesque est-il vraiment nécessaire ? J'essaie de tempérer l'effet romantique, mais ce n'est pas gagné.

— Il n'y a pas que des couples, fais-je remarquer, je compte au moins trois tables de quatre personnes.

— À tous les coups des échangistes.

D'un mouvement de tête négatif, je désapprouve pour la forme, mais je comprends son point de vue.

Je n'ai pas révélé à Zoé la véritable raison qui nous conduit à dîner ici ce soir elle et moi. Je me suis dit que ma mission d'espionnage pour Nico serait aussi l'occasion de prendre soin d'elle, d'échanger sur ses peines de cœur, tout en attendant que Barbara arrive avec le mystérieux Michael.

En plus, Zoé présente beaucoup mieux qu'une grosse girafe en peluche ou Nico avec une perruque. D'autant que ce soir, elle porte une robe qui lui va à ravir. Elle s'est légèrement maquillée ; il me semble qu'elle a également changé de lunettes. Celles-là lui apportent un je-ne-sais-quoi de caractère qui valorise redoutablement son charme.

Elle n'arrive pas à se concentrer sur son menu. Elle jette des coups d'œil furtifs autour d'elle, puis revient immanquablement sur moi. Pas besoin de vérifier. Je sens son regard insistant qui fait grimper en flèche mon sentiment de culpabilité. Le niveau devient dangereusement élevé, la cuve est pleine et ne va pas tarder à déborder. Je m'en veux.

Dans quoi l'ai-je entraînée ? J'avais complètement sous-estimé l'ambiguïté de la situation. Sans parler de l'effet miroir… Où qu'elle se tourne, Zoé est cernée par des images de ce qu'elle rêve de vivre sans y parvenir. Scènes banales qui lui restent, à son grand désespoir, inaccessibles.

Des femmes, des hommes, tourtereaux attablés deux par deux, les yeux dans les yeux. Complices, ils échangent, rient, roucoulent en minaudant, prenant soin d'apparaître sous leur meilleur jour. Le jeu de la séduction.

Il suffit d'avoir vécu ce genre de rendez-vous une fois pour ne jamais l'oublier. L'envie contre la peur, comme toujours. Seuls ceux qui n'ont jamais été concernés peuvent se permettre de mépriser cyniquement ces rituels. Tous les autres les reconnaissent, y projetant leurs propres souvenirs, avec la discrète tendresse que témoignent les coureurs de marathon à ceux qui font leurs premiers pas dans la course.

Tellement d'enjeux se concentrent dans ces moments, tellement d'espoirs surtout. Tout ce que l'on est prêt à faire, et même tout ce que l'on est prêt à ne plus jamais faire, pour se laisser une chance d'un futur à deux. Chacun joue l'assurance mais derrière le masque, qu'il soit fait de maquillage ou d'une barbe de trois jours, c'est la timidité qui règne. On épie chez l'autre la plus infime réaction, cherchant le sens caché des silences comme de la moindre parole, surtout si elle est murmurée. Un jeu de piste semé d'indices et de chausse-trappes pour trouver le chemin qui conduit au cœur de l'autre. Quelle que soit la forme que prend ce parcours chaotique, il s'agit toujours de se rapprocher, pour un jour avancer en se tenant la main.

Alors forcément, accaparés par ce qui se joue, ces couples se moquent absolument de ce qui les entoure et de ce que l'on pensera d'eux. À cet instant précis, pour chacun, le centre de l'univers est assis juste en face.

J'ai vécu des moments comme ceux-là. Sur le coup, on ne mesure pas leur importance. C'est ensuite, lorsque l'on s'en trouve privé, que l'on réalise leur valeur et leur rareté. Je ne peux pas laisser Zoé affronter ce vide sans rien faire.

D'autant que la situation est encore plus dramatique dans notre cas : vus de l'extérieur, nous sommes nous aussi assis face à face, un couple semblable à ceux qui s'aiment. En apparence tout du moins. Les symptômes, sans la maladie – et le fait est que l'amour en est parfois une.

— Je suis désolé, Zoé, je ne connaissais pas l'endroit. Ce n'est pas moi qui ai choisi.

— Tu m'aurais demandé, je t'aurais dit. Plusieurs copines sont déjà venues avec leur mec. C'est le passage obligé du moment.

— Le cadre n'a pourtant rien qui inspire la romance…

— Il suffit d'une mode. Ce restaurant est nouveau. Le bouche-à-oreille a fait le reste, et voilà le lieu catalogué. Ça rassure les gens d'aller dans des endroits qui symbolisent les émotions qu'ils veulent y vivre…

Sa clairvoyance m'impressionne. À croire que les filles comprennent tout, sauf lorsqu'il s'agit de leur propre histoire. Capables de la lucidité la plus absolue, excepté quand elles sont impliquées. Alors leurs émotions prennent le pas sur leur raison, mettant hors service tous leurs systèmes d'alerte, pour le plus grand plaisir des loups. Il faut douter de tout pour en comprendre autant.

Zoé tapote le menu et ajoute :

— Point non négligeable, ils ont aussi une carte capable de satisfaire les garçons comme les filles, ce qui n'est pas si fréquent. C'est une bonne chose, lors d'une première sortie, d'éviter les sujets qui fâchent. Parce qu'on a envie de dîner ensemble, mais que l'on ne se nourrit pas pareil…

Je la trouve brillante. J'ai d'autant plus honte de lui infliger cette soirée. Je ne peux malheureusement pas lui proposer d'aller ailleurs, et elle a l'élégance de ne pas le demander.

D'un discret mouvement du menton, elle m'indique deux amoureux à une table près de la devanture.

— Regarde-les. Cela semble si simple. Dehors, la nuit est tombée. Les badauds passent, indifférents. Ces deux-là s'en fichent. Ils sont heureux.

Elle baisse les yeux.

— Pourquoi n'est-ce pas moi qui suis assise face à ce jeune homme ? Qu'est-ce que cette demoiselle a de plus que moi ?

— Je me suis moi-même déjà posé cette question, Zoé. À propos de l'homme qui occupe la place dont je rêve.

— Toi, un mec ? Tu affrontes ce genre de remise en cause ?

— Le fait d'être un homme n'épargne pas le manque de confiance en soi. Et je connais aussi des femmes qui ne se posent aucune question et usent de leurs charmes sans le moindre scrupule…

— Il y en a, oui, mais ce n'est pas mon cas. Ce que je veux, ce n'est pas un tableau de chasse, mais partager avec quelqu'un. Alors je regarde celles qui s'en sortent mieux que moi, et je me demande comment elles s'y prennent.

Elle observe la jeune femme, dont le sourire éclaire bien davantage que la fausse bougie.

— Est-elle plus jolie ? Moins exigeante ? Moins compliquée ? Si au moins je connaissais les questions qu'il faut se poser, j'aurais une chance de trouver les réponses…

— Ne doute pas de toi, Zoé. Si tu avais croisé la route de ce type avant, c'est probablement toi qui serais assise face à lui.

— C'est adorable, Adrien, mais il ne doit pas y avoir que cela. Parce que j'en croise, des hommes. Plein. Tous les jours. Je te rappelle que je m'étais même mise au judo pour en rencontrer davantage. Maintenant que j'y pense, c'est la dernière fois qu'un homme m'a vraiment serrée dans ses bras. Bon d'accord, c'était pour me balancer en l'air avant de me plaquer au sol, mais…

Elle hausse les épaules. Nous nous attardons sur le couple de profil. Plus jeunes que nous de quelques années seulement. Nous en savons plus qu'eux. Comme des araignées à peine plus grosses que les nouvelles venues qui galopent déjà à leur suite. Nous avons simplement parcouru une poignée de centimètres en plus…

Ils sont bien habillés tous les deux. Dans les codes de ce que leur génération impose à la féminité et à la masculinité. Lui se tient bien droit, valorisant son torse en maintenant sa ligne d'épaules. Une grosse montre. Elle se penche légèrement vers lui, le décolleté présent sans être exhibé. Ce qu'ils ne voient pas l'un de l'autre, ce sont leurs pieds. Leur rencontre se joue aussi dans les coulisses, sous la table. Elle a pour le moment les jambes croisées et repliées sous elle. Lui s'étale davantage. Chaque fois que l'un des deux parle, la situation évolue et les pieds se repositionnent dans un étonnant ballet. Ils se réfugient à l'abri sous la chaise ou se stabilisent avec sérénité. Parfois, ils vont jusqu'à s'aventurer en terrain inconnu, au risque de se frôler. Fascinant spectacle. Ce langage du corps signifie sans doute quelque chose, mais j'ignore quoi. Je songe à Aurore et à ses pieds qui trahissent sa joie malgré elle.

— Toi aussi tu les analyses, me chuchote Zoé. On lit clair dans leur jeu, pas vrai ? Ce n'est pas bon signe. Quand on commence à comprendre, c'est que l'on n'y croit plus...

— ... ou que l'on devient conscient de l'importance de ce qui se joue.

— Moi, j'ai toujours cru qu'un beau jour, je tomberais sur l'homme de ma vie, comme ça, par hasard. J'en étais convaincue. Je m'attendais vraiment à le reconnaître, comme une évidence. J'aurais éprouvé quelque chose de spécial. Une étincelle, un frisson, je ne sais pas.

— Qui te dit que ça ne se passera pas comme ça ?

— J'ai trente-deux ans, Adrien. Les contes de fées, je les lis à mes neveux, mais je n'en suis plus dupe.

Un couple entre dans le restaurant. Exactement dans nos âges. Contre toute attente, ils sont accompagnés de deux jeunes enfants très vivants... J'adresse un clin d'œil à Zoé :

— Tu vois, ce n'est pas qu'un repaire d'amoureux débutants.

— Ils se sont perdus. Les pauvres ne savent pas où ils mettent les pieds.

— Après tout, ce n'est qu'un resto. Nulle part il n'est précisé que c'est réservé aux soupirants.

— Vise la façon dont les autres les regardent...

Le plus jeune de leurs garçons commence déjà à courir partout, petite créature bondissante hors de contrôle. En six mètres, il réussit à tirer une nappe, casser la feuille d'une plante, et à pousser un cri suraigu comme seuls les prépubères et les extraterrestres en sont capables. J'espère qu'aucune des jeunes femmes présentes ce soir ne comptait convaincre son compagnon d'avoir un enfant…

On commande chacun ce qui nous fait vraiment envie.

— Adrien, tu es censé être mon conseiller spécial. Que dois-je changer pour avoir ma chance ?

— Rien. Surtout ne change rien. Faire semblant est la pire des erreurs. Tu es une jeune femme fantastique.

— Dans ce cas, pourquoi suis-je en train de dîner avec un excellent ami et pas avec quelqu'un qui me désire ?

— Je ne sais pas, Zoé. Si j'avais la moindre idée de la réponse, Cassandra ne m'aurait pas quitté et je ne serais pas en train de tenter de recoller les morceaux sans même qu'elle s'en doute.

— Toi au moins, tu sais après qui courir. Tu as quelqu'un à aimer. Moi, je n'ai même pas le portrait-robot de celui que je cherche…

— Je ne suis pas le plus qualifié pour donner des conseils, mais je pense que ton envie de couple t'empêche de considérer les hommes autrement que comme le moyen d'y parvenir.

— Je ne comprends pas.

— Imagine que tu sois la première femme sur terre…

— … Alors je me méfie des serpents et je ne touche pas aux pommes.

— Si tu tournes mon exemple en dérision, je n'ai aucune chance d'arriver à m'expliquer. C'est déjà assez compliqué.

— Pardon. Donc, je suis la première femme sur terre…

— C'est ça, et tu ne sais rien de l'histoire des autres femmes puisqu'il n'y en a pas eu avant toi. Tu n'as absolument aucune idée de ce qu'est un couple, ou un divorce, ou un crédit dont les co-emprunteurs sont solidaires. Il n'y a même jamais eu de mariage.

— Bien sûr. Puisqu'il n'y a jamais eu de divorce.

— Tu te fous de moi ?

— Pas du tout. Juré.

— Partant de ce postulat, si tu rencontres un homme, tu vas juste le juger pour ce qu'il est sur l'instant, à travers l'effet qu'il te fait, et pas sur ce qu'il risque de devenir plus tard, puisque vous aurez tout à inventer.

— C'est tordu, mais je commence à piger où tu veux en venir…

— Votre attirance va d'abord vous pousser à vous fréquenter. Vous allez apprendre à vous connaître, et ensuite seulement, juste parce que la vie est plus douce lorsque vous êtes tous les deux, vous finirez par rester ensemble.

— Dans la même grotte.

— Votre couple ne sera que la conséquence de votre entente. Je ne sais pas si j'arrive à me faire comprendre…

— Si, si, parfaitement.

— Or aujourd'hui, dès le premier regard, toi tu imagines déjà tout ce qui doit venir ensuite, et surtout tout ce qui peut foirer. Tu fais immédiatement peser les craintes générées par les histoires des autres et les espoirs que l'on vous présente comme des incontournables…

— Je salue ta capacité d'abstraction masculine complètement hors de la réalité, mais il n'y a pas que les histoires des autres qui me paralysent, il y a surtout mes échecs précédents.

— On tombe tous avant de savoir marcher.

— Donc pour toi, je devrais tout oublier et redécouvrir ?

— Ce serait l'idéal. Aller à la rencontre de l'autre, sans penser à aucun des enjeux à venir dès la première minute. Vivre le moment pour ce qu'il représente.

— Quitte à avoir mon premier enfant à quatre-vingt-quatre ans... C'est merveilleux.

— N'importe quel homme, même le plus bourrin, le sentira si tu ne le considères que comme le moyen d'atteindre ton but. Ceux qui ont un peu de cœur, homme ou femme, veulent être choisis pour ce qu'ils sont, pas pour ce à quoi ils peuvent servir.

— Je comprends bien l'idée, mais si j'avance en oubliant tout ce que je sais, je vais encore me faire avoir en beauté. Comme ça m'est déjà arrivé plus d'une fois. Je te rappelle que ça ne s'est pas bien fini pour Ève. Tout le monde s'est bien fichu d'elle... Je crois que le serpent en rigole encore.

Un nouveau couple se présente à l'entrée. À peine ont-ils passé la porte que je m'immobilise tel un chien de chasse : Barbara est là, avec un homme au bras duquel elle s'accroche langoureusement.

63

J'en suis dévasté pour Nico, mais Barbara et son cavalier semblent très proches. Elle rayonne. Zoé remarque l'intensité avec laquelle je la fixe.

— Eh bien dis-moi, on dirait qu'elle te fait de l'effet...

— Ce n'est pas ce que tu crois. Je vais t'expliquer.

Un autre couple, plus âgé, entre juste derrière eux. À leur façon de se comporter, il y a fort à parier qu'ils sont tous ensemble. Je n'entends rien de leur échange avec le serveur, mais il les accompagne vers une table de quatre. Bon sang, qu'est-ce qui se passe ? Ils s'installent.

Comment expliquer cette configuration inattendue ? Barbara, aux anges, se serre tout contre le fameux Michael. Complice, elle lui fait une confidence. Pas bon signe du tout. Ça me fait mal de l'admettre pour mon pote, mais ils ont beaucoup d'allure. J'ai bien peur que Nico et moi n'ayons un point commun de plus. Celles que nous aimons forment un joli couple, mais avec quelqu'un d'autre. Mon acolyte et moi allons devenir les membres fondateurs d'un club très privé : les coiffés au poteau.

— Tu connais ces gens ? demande Zoé.

— La jeune femme est la potentielle petite amie de Nico.

— C'est lui qui l'accompagne ? Je ne le reconnais pas.

— Voilà justement le problème. Ce n'est pas lui.

Zoé soupire.

— Aimer n'est simple pour personne... Mais dis-moi, qu'entends-tu exactement par « potentielle petite amie » ?

— Il en est raide dingue et espérait tenter sa chance. Mais la place est apparemment prise...

— Toute l'histoire de ma vie.

Je ne quitte pas leur table des yeux. Un geste me surprend : la femme plus âgée saisit la main de Michael. Avec tendresse. Mon cerveau tourne à toute vitesse pour tenter d'analyser cette information explosive.

Barbara et son coquin sont peut-être venus avec leurs parents. Plusieurs combinaisons possibles. Pourquoi pas son père à elle et sa mère à lui ? Ce qui expliquerait ce geste familier d'une maman envers son fils. Si ça se trouve, les deux jeunes gens les ont réunis pour annoncer officiellement leur intention de se marier. Catastrophe ! Ou pire encore, ils ont déjà dépassé ce stade et ils sont là pour discuter des détails de la cérémonie. Mais ce cas de figure n'est qu'une des innombrables possibilités. Une chose est sûre : malgré la quantité de situations que j'imagine, aucune ne donne l'avantage à Nico.

Le commentaire de Zoé me revient brutalement en mémoire : j'espère que les tables de quatre ne sont pas réservées aux échangistes...

Je n'ai pas du tout envie d'avoir à annoncer ça à Nicolas.

Zoé me donne un petit coup de pied sous la table.

— Adrien, regarde discrètement vers la vitrine. Il y a un type louche dehors. Un mime avec son béret et son maquillage blanc… Il n'arrête pas de passer et de repasser, et j'ai l'impression qu'il nous surveille.

Je vérifie dans le reflet de mon couteau. Je ne suis pas long à le repérer, avec son sweat rayé noir et blanc. C'est vrai qu'il a l'air louche. Qu'est-ce qu'un mime fait ici ? On n'en voit plus jamais, sauf dans mes rêves. Mince alors, j'ai déjà le syndrome d'Emerson, je ne vais pas en plus souffrir de visions prémonitoires ! J'espère que ce gugusse n'est pas un signe du destin surgi de mes cauchemars. Par pitié, faites que ce ne soit pas le messager d'un dieu…

— Son regard, commente Zoé, tu as vu son regard ?

Il faudrait que je tourne la tête, ou que je l'observe dans le reflet d'un couteau beaucoup plus large, mais demander une machette pour manger mes crevettes pourrait inquiéter les petits couples.

— C'est soit un psychopathe, ajoute Zoé, soit un pervers… ou les deux.

À la table de Barbara, ils trinquent. Il faut absolument que je sache ce qu'ils célèbrent.

— Zoé, peux-tu me prêter tes lunettes ?

— Pour quoi faire ?

— Pour passer incognito.

Sans attendre sa permission, je les lui retire délicatement et les enfile en me levant. La correction s'avère importante et je vois très mal. En remontant entre les tables, je titube et j'accroche quelques dossiers.

J'arrive près de Barbara et des trois autres. J'évite de sourire pour ne pas qu'elle reconnaisse mes dents, et je tangue parce que ces satanées lunettes perturbent mon sens de l'équilibre. J'imagine que Zoé est aussi handicapée d'en être privée que moi de les porter. On doit avoir l'air fin, tous les deux. Elle est bien barrée, la mission secrète ! Rassurez-vous, Biglouche et La Taupe mènent l'enquête.

Je saisis au vol quelques miettes de leurs échanges. J'avais vu juste. Ils fêtent bien un événement. Mais lequel ? J'espère que ce n'est pas une grossesse. Je voudrais bien vérifier la ligne de Barbara mais avec mes lunettes, tout le monde a l'air d'être enceinte, même l'extincteur.

Je rôde autour d'eux. Ma vision est tellement distordue que je suis obligé de me tenir à tout ce que je peux attraper. Je trébuche, je bouscule. Je vais finir par me faire repérer. Pour donner le change, je me baisse afin de refaire mes lacets. N'importe quoi. Qui refait ses lacets au beau milieu d'un resto ? Par bonheur, Zoé ne pourra pas voir à quel point je suis ridicule puisque c'est une taupe.

Un serveur s'approche.

— Puis-je vous aider, monsieur ?

Je me relève.

— Les lavabos, s'il vous plaît.

Il me désigne le fond de la salle. Avec la déformation des verres, je ne distingue rien et ça semble être à deux jours de marche. Je vais donc lui demander d'appeler un taxi pour aller aux toilettes.

En le remerciant, j'ai tout de même réussi à capter quelques bribes du toast hautement stratégique. L'homme plus âgé a déclaré : « Au bonheur de voir notre famille à nouveau réunie ! » Michael a trinqué en ajoutant : « Aux meilleurs des parents et à la plus géniale des sœurs ! »

Ma tête grésille. Je suis fou de joie pour Nico. Ce n'est pas son petit ami ! Monsieur et Madame Dentiste ont deux enfants. Comment s'appellent-ils ? « Vachezleu » et « Jereviensdu », ou alors Barbara et Michael. Même si la seconde solution ne fera rire personne, je la préfère nettement.

Il faut que je me calme. Je vais aller reprendre mes esprits aux toilettes. Dès que je me serai relevé, parce que je n'ai pas vu la marche et que je me suis affalé de tout mon long comme un ivrogne. Quel abominable exemple pour le petit gamin ingérable qui me dévisage ! J'espère que l'extincteur ne va pas en profiter pour accoucher maintenant.

64

En revenant des lavabos, je ne porte plus les lunettes, mais je prends garde de bien intérioriser ma satisfaction. Pas question de courir le risque que Barbara profite d'un sourire réjoui pour reconnaître mes incisives.

Maintenant que j'ai recouvré la parfaite maîtrise de ma trajectoire, plus personne ne me remarque. En approchant de notre table, je retrouve Zoé désemparée. J'espère que l'homme de sa vie n'est pas passé devant elle pendant que j'avais ses lunettes, sinon elle ne l'aura pas vu. Je les lui restitue. Elle demande aussitôt :

— Ça s'est bien passé ?

— Idéalement. Ils sont frère et sœur.

— Ah, tant mieux. La voie est libre pour Nico.

Anxieuse, elle regarde vers la vitrine.

— Mon Dieu, le mime est encore là. Qu'est-ce qu'il fait si près du carreau ? Tu as vu sa bouche ? On dirait qu'il essaie de parler.

Le type s'agite effectivement au ras de la devanture, son béret en biais, provoquant le malaise des petits jeunes qui dînent à l'intérieur. Drôle de façon de faire la manche. D'un point de vue commercial, son comportement s'avère complètement inapproprié, car même si son spectacle leur plaît, ils ne pourront pas lui jeter de pièce à travers la vitre.

C'est vrai qu'il a l'air d'essayer de s'adresser à nous. Il fait de grands gestes. Si c'est le messager du destin qui vient m'annoncer quelque chose, ça ne devrait pas tarder à se produire vu la façon dont il s'excite.

Je me glace. Un frisson parcourt mon échine. Ce mime très spécial, c'est Nico ! Je viens de le reconnaître. C'est la seconde fois que je le prends pour une manifestation divine.

— Zoé, pardonne-moi, il faut que je sorte voir le mime.

— Tu veux mes lunettes ?

Je quitte notre table pour filer à l'extérieur, animé de sentiments contradictoires. D'un côté, je suis résolument furieux que Nico se soit pointé malgré sa promesse de se tenir à l'écart – de surcroît dans cet accoutrement ridicule qui fait peur –, mais de l'autre, je suis quand même hyper heureux de lui apprendre ce que j'ai découvert à propos de Barbara et Michael.

Il se rue sur moi.

— Alors ?

Comme dans mon rêve, le mime parle trop fort alors qu'il devrait par définition rester muet.

— Qu'est-ce que tu fais là ? On avait convenu que je te téléphonerais après.

— Je n'ai pas pu attendre. Tu imagines la torture ? Compter les secondes jusqu'à ton appel ?

— Non mais regarde-toi ! Si elle te reconnaît…

— Elle a l'air bien trop occupée avec l'autre animal. Adrien, je t'en supplie, dis-moi ! Je t'ai vu tituber, tomber même. Qu'as-tu appris qui t'a secoué à ce point ?

— Que les lunettes des autres peuvent te flinguer l'équilibre à un niveau qu'on ne soupçonne pas.

— S'il te plaît, sois sérieux…

— Tout va bien, mon ami. Ils sont frère et sœur. Tu peux décompresser.

— Elle n'est pas en couple ?

— En tout cas, pas avec lui.

Il se met à trembler comme une feuille. Je crois qu'il va pleurer de soulagement. C'est bien la première fois que je le vois dans cet état-là.

Soudain submergé par une vague d'émotion, il me prend dans ses bras. Il me serre de toutes ses forces. Je ne sais pas s'il me considère comme son doudou ou s'il va me faire une prise de catch. J'ai sans doute à présent une partie de son maquillage blanc sur la figure. Les petits amoureux doivent certainement penser que pour qu'il me témoigne une telle reconnaissance, j'ai dû lui filer beaucoup trop d'argent pour son show foireux.

— Merci Adrien. Du fond du cœur, merci. Je suis heureux, tu n'as pas idée !

Il me relâche. Il est clair que la peinture qui lui manque sur le visage est bien passée quelque part.

— Nico, pourquoi t'es-tu déguisé en mime ?

— Pour ne pas me faire remarquer, quelle question !

— Nous débattrons de l'efficacité de ton camouflage un autre soir, mais s'il te plaît, réponds à ma question : d'où t'est venue l'idée de choisir ce personnage ?

— Je ne sais pas. J'étais sous la douche, je réfléchissais à la meilleure façon d'être là sans être vu. Et pof, j'ai avalé du gel douche !

— Tu as avalé du savon ?

— Parfum fraîcheur sport tonique. Ça ne t'arrive jamais ?

— Si, bien sûr, tout le temps. Et alors ?

— Pendant que je me rinçais la bouche et que ça faisait des bulles, l'image d'un mime m'est apparue, et je me suis dit que c'était idéal.

— Idéal, c'est le mot.

— Tu crois que si mon gel douche avait été d'un parfum différent, j'aurais eu une autre idée ? Genre s'il avait été aux fruits des bois, je serais venu en ramoneur ?

— On fera l'essai, si tu veux.

Zoé nous rejoint sur le trottoir, inquiète.

— Tout va bien, Adrien ?

Elle reconnaît soudain Nicolas et s'apaise aussitôt.

— C'est toi, Nico ? Qu'est-ce que tu fais dans ce déguisement ?

— Il a bu du gel douche.

Zoé fait celle qui trouve ça normal et enchaîne :

— De l'intérieur, on avait l'impression que vous vous battiez...

— Non, la rassure Nico, on faisait un câlin parce que je suis trop content.

— Vous faites ce que vous voulez.

Elle ajoute :

— Je suis heureuse pour toi, Nico. Tu peux tenter ta chance avec ta potentielle copine.

— Je vais plutôt tenter avec Barbara !

Emporté par son bonheur, il l'embrasse, en déteignant aussi sur elle. Maintenant, la pauvre Zoé, jusque-là si jolie, ressemble à une lépreuse avec ces grandes taches blanchâtres sur les joues...

— Je vous laisse, les garçons. Je retourne au chaud avec nos assiettes refroidies.

Je la retiens et lui prends les mains.

— Je te demande pardon pour cette soirée minable, Zoé. Je vais régler et je t'emmène ailleurs.

— Ne t'en fais pas. C'était super de discuter, et le moins que l'on puisse dire, c'est qu'on ne s'ennuie pas avec vous. C'est carrément dîner-spectacle !

Elle m'embrasse sur la joue et se libère doucement. Par-dessus son épaule, j'aperçois un autre couple qui s'apprête à rejoindre le restaurant. L'espace d'un instant, il me semble reconnaître Cassandra. Il faut vraiment que j'arrête avec mes visions. Quel monomaniaque je fais ! Pourtant, je ne peux m'empêcher d'y regarder à deux fois... et le fait est que c'est bien elle.

Je cligne des yeux. Je tente de remettre mes idées en place, mais aucun doute n'est possible. Elle est là.

Je la suis du regard comme dans un film au ralenti. Démarche de mannequin qui défile, robe ajustée, sublime, les cheveux ondulant sur les épaules, arborant cette expression indéfinissable qui précède son magnifique sourire.

Essaie de te calmer, Adrien. Elle a bien le droit de venir dîner dans ce rendez-vous des amoureux.

Sauf que ce n'est pas au bras d'Alexandre Lepreux que ma Cassandra se pâme. Et elle n'a pas de frère, elle.

Je titube. Nico me glisse à l'oreille :

— C'est pas Cassandra, là ?

— Si.

— Tu veux que je t'embrasse ?

Je ne me sens pas bien du tout. Une douleur explose en moi, telle une bombe dans ma poitrine. Je ressens parfaitement l'effet d'écrasement dont me parlait le toubib. Que fait-elle avec ce mec ? Combien en a-t-elle ?

— Nico, dans ma poche, mon portable. Appelle Darshan.

À mesure que le piédestal de celle que je vénérais se fissure, mes forces m'abandonnent. Je vacille. Alors que je m'écroule, Nicolas me récupère au vol.

— S'il m'arrive quelque chose, préviens Aurore au bureau.

— Franchement, c'est pas le moment de parler boulot, vieux…

— Nico, écoute-moi !

J'ai de plus en plus de mal à garder les idées claires. Tout se brouille.

— Appelle Aurore. Les papiers sont sur mon bureau, vous n'avez plus qu'à signer.

Zoé réalise que ce n'est pas une pitrerie de plus.

— Qu'est-ce qui t'arrive ?

Mes yeux se ferment. Je sens que Nico m'allonge sur le sol.

— Adrien, reste avec moi !

J'ai l'impression que le mime vient de me flanquer une baffe. Mon cauchemar est en train de devenir réalité. Je ne peux toujours pas lire mon épitaphe, mais je vois déjà le trou sans fond.

65

Mes paupières sont trop lourdes pour que je parvienne à les soulever. De vraies plaques d'égout. J'éprouve en outre la détestable sensation que mon corps brûle de l'intérieur. Il faudrait au moins deux casernes pour éteindre l'incendie. J'ai la bouche comme un désert de sable, et je crois que quelqu'un a fait du trampoline sur ma cage thoracique. Sinon, ça va.

Je reste bloqué sur la vision de Cassandra au bras de l'inconnu. Quoi que je tente pour la chasser, elle me revient sans cesse, comme un boomerang. C'est leur proximité physique qui m'a fait le plus mal. Sensuelle, charnelle, indiscutable. Je sais que cette image ne s'effacera pas. Elle est en moi, comme une toxine paralysant tout mon être. Mon crâne est trop petit pour contenir tout ce qu'implique cette réalité. Il va éclater.

Je suis un alpiniste qui a décroché de sa paroi. Le point d'ancrage auquel j'étais attaché vient de lâcher. Ma vie était littéralement suspendue à cette femme. Elle me tirait vers le haut, elle me donnait envie de me dépasser.

Comme dans une ascension à flanc de montagne, avec elle j'espérais atteindre des sommets et profiter de la vue. Mais le mousqueton vient brutalement de céder. Je suis en chute libre, sans savoir si un autre point plus bas me retiendra de justesse avant que je m'écrase dans la vallée.

Dans un écho ouaté, je perçois une voix.

« Signe de reprise d'activité. Maintenez-le, qu'il n'arrache pas tout. »

J'ouvre laborieusement les yeux. Des formes floues, des couleurs instables. Une masse s'approche. Un visage. Les traits se précisent. C'est un homme qui se penche sur moi.

— Adrien, c'est Darshan. Est-ce que tu m'entends ?

Au prix d'un effort démesuré, j'acquiesce d'un faible mouvement de tête.

— Tout va bien, mon ami. Tu es en sécurité.

J'ai l'impression de peser des tonnes. Le plus infime de mes mouvements est ralenti et me demande un effort surhumain. Comme si je me débattais dans des sables mouvants, entravé par une pression qui me broie.

— Essayez de ne pas vous agiter.

Deuxième visage que j'ai plus de mal à identifier. Yolande. Je marmonne :

— On est au restaurant ?

— Aux urgences. Restez bien étendu, s'il vous plaît.

Je commence à prendre conscience de mon environnement. Je suis allongé, un drap sur le corps. Pas comme un cadavre, puisqu'il ne recouvre pas mon visage. Je suis relié à des machines. J'entends des signaux sonores.

J'essaie de bouger la tête. Mes mains remontent péniblement sur mon torse, explorent. Je sens des électrodes sur ma peau.

Darshan réapparaît dans mon champ de vision.

— Peux-tu me dire quel jour nous sommes ?

— Celui du Jugement dernier. J'ai pris cher.

— Reprends tes esprits à ton rythme. Tes signes vitaux sont stables. Ça va aller.

« Tes signes vitaux sont stables. » « Ça va aller... » Tu parles !

Je ne sais même pas comment mon cœur peut continuer à battre. Je devrais être mort. J'aurais dû y rester sur ce trottoir, quitter ce monde sur la vision parfaite de Cassandra plus belle que jamais, terrassé par la douleur déchirante de la voir au bras d'un amant de plus. J'ai beau essayer de trouver des justifications à sa présence dans ce restaurant, à sa conduite, à ce qu'elle manifestait vis-à-vis de cet homme, aucune ne tient la route. Quelle que soit l'explication envisagée, je la reçois de plein fouet, et l'image que j'avais d'elle vole en éclats. J'ignore pourquoi je suis encore vivant après ce choc.

Les bips s'accélèrent. Yolande s'approche.

— Essayez de garder votre calme, Adrien, concentrez-vous sur des pensées positives. Vous permettez que je vous appelle Adrien ? Quand les patients ont une tension de flan aux pruneaux, je les appelle toujours par leur prénom.

Pour faire plaisir à Yolande qui s'occupe de moi, j'expire doucement en cherchant à me détendre.

Darshan pose la main sur mon front. Je me demande si c'est un geste médical ou amical.

— Te souviens-tu de ce qui t'est arrivé ?

— Beaucoup trop bien.

— Nicolas m'a raconté ce qui s'est passé...

— Notre étude sur les peines de cœur qui peuvent tuer vient d'avancer un grand coup.

— J'imagine ce que tu as dû éprouver en la voyant...

— Elle n'était pas avec son compagnon, Darshan. C'était encore un autre type...

Les bips s'affolent à nouveau. Yolande intervient :

— Vous discuterez de ça plus tard. Adrien, je vous en prie, essayez de rester calme. Sinon, je vais être obligée de vous injecter un tranquillisant.

— On en a déjà parlé, je n'ai pas peur des piqûres.

— Attendez de savoir où je vais vous la faire, et avec quel élan !

Elle réussit à m'arracher un sourire. Je cherche mon ami.

— Darshan ?

— Je suis là.

— Tu n'as rien dit à Nico à propos du syndrome ?

— Pas un mot. Officiellement, tu as juste fait un malaise. D'après ce que j'ai compris, la soirée avait déjà été mouvementée...

— On peut le dire...

J'agrippe sa manche.

— Darshan, Cassandra s'est-elle rendu compte de ce qui m'est arrivé ?

— Non, mon ami. Elle n'a rien vu.

Il marque une pause.

— Tu aurais préféré qu'elle s'en aperçoive ?

J'hésite. Mais pas longtemps.

— Non. C'est mieux ainsi. Voilà une affaire de réglée. Elle a répondu à toutes mes questions en une fois.

Je le lâche et me rallonge. Aucune arrière-pensée, aucune ambiguïté. Je suis détruit, mais en paix. Le calme après la bombe.

Yolande m'observe.

— Alors, comment vous sentez-vous ?

— Là, tout de suite, je ne sais pas si j'ai encore quelque chose à faire sur cette terre.

— Ce n'est pas ce que dit votre cœur. Il a très bien tenu.

Je ferme les yeux. Des fourmillements dans les jambes. Mes pieds bougent malgré moi. J'espère qu'Aurore ne m'a pas refilé sa maladie. De toute façon, au point où j'en suis... Ce n'est pas mon corps que je vais léguer à la science, mais mon autobiographie. Ce sera bien plus utile à étudier.

— As-tu soif ? me demande Darshan. Ou faim ?

— Juste envie de crever, peut-être avec un carpaccio avant.

— Tu plaisantes. C'est bon signe. Mais ma question est motivée. J'ai besoin de savoir quelles sensations te reviennent en premier.

— J'ai envie de pleurer, mais je n'y arrive même pas.

— Laisse-toi le temps, tu viens à peine de reprendre connaissance.

— Le temps ? Darshan, je ne sais même pas combien il m'en reste...

Il change de sujet.

— Tu sais, Adrien, dans cette affaire, je n'ai qu'un seul regret.

— Si tu veux, je peux t'en passer. J'en ai plein.

— Je suis arrivé tellement vite à ton chevet que j'étais là avant l'ambulance. Quand je t'ai vu étendu sur le trottoir, j'ai vraiment eu peur, mais je dois confesser que cela n'a pas été ma seule pensée. Tu étais dans les bras de ce mime – que je n'ai pas tout de suite reconnu – avec Zoé éplorée à tes côtés...

— Tu aurais dû m'achever.

— J'aurais dû prendre une photo, oui ! Ça n'aurait pas été très pro, mais on ne voit pas ce genre de tableau tous les jours.

Il rit doucement.

— Quelle touche infernale vous aviez...

— Le mime, la taupe et le claqué. Ça sonne comme une fable, mais j'ai peur qu'il n'y ait aucune morale.

— Pourquoi Nico était-il déguisé en mime ?

— Pour me prévenir que le destin allait frapper.

— Un SMS, ça marche aussi...

Je reprends peu à peu mes esprits.

— Il faut prévenir Nico et Zoé que j'ai survécu.

— Ils attendent à côté. Si tu veux, je m'en occupe.

— Ils sont là ?

Je tente de me redresser.

— Je vais y aller moi-même.

Yolande s'empresse pour me maintenir.

— Tout doux, monsieur Venel. Votre tension remonte, mais ne brusquez rien.

— Pouvez-vous m'aider à me lever ? Je voudrais vraiment aller rassurer mes amis.

Le claqué a soudain très envie d'aller serrer le mime et la taupe contre son cœur qui bat toujours.

66

En prenant appui sur Darshan, j'arrive à me traîner jusqu'à la salle d'attente de l'étage. Zoé est la première à me repérer et se précipite vers moi. Nico suit, à peine débarbouillé mais débarrassé de son béret.

Zoé s'avance pour m'enlacer, mais Darshan s'interpose :

— Il faut y aller doucement. Il tient à peine debout…

C'est moi qui les étreins, l'un après l'autre.

— Merci de m'avoir attendu.

— Toute la nuit, précise Nico.

— Sérieux ? Combien de temps suis-je resté dans les vapes ? Quelle heure est-il ?

— L'heure d'aller au boulot.

— Bon sang ! Je suis désolé.

Nico me rassure et remarque :

— Hier soir, ta réaction a vraiment été violente lorsque tu l'as vue. Pourtant, tu savais qu'elle avait quelqu'un…

— Ce n'était pas son mec.

Ma voix se casse en disant ces mots. Il blêmit en comprenant ce qu'ils signifient.

— Mon pauvre vieux… Toutes ces années à idéaliser quelqu'un de nettement moins admirable que ce que tu croyais…

Zoé me caresse le visage.

— Tu as une petite mine.

— J'ai prévenu Aurore, me glisse Nico, comme tu me l'as demandé.

— Très bien. Tu ne l'as pas trop inquiétée, j'espère ?

Il se décale et je m'aperçois qu'elle est là, attendant timidement d'être remarquée. Ses pieds bougent. De là à dire qu'ils dansent, j'ai un doute.

Je fais un pas vers elle.

— Merci d'être venue, mais vous n'auriez pas dû vous donner cette peine.

— Je suis heureuse de vous retrouver, vraiment. Quand votre ami m'a contactée, j'ai eu peur.

— Il fait cet effet-là à tout le monde.

De son sac, elle sort les deux grandes enveloppes qui étaient sur mon bureau. L'une à son nom et l'autre à celui de Nico.

— Vous avez même récupéré les documents.

— Nous n'avons pas osé les ouvrir…

— Pourquoi ?

— Tu comprends, intervient Nico, ça fait un peu lecture de testament. T'étais même pas froid…

— Prenez-en connaissance dès que possible. C'est important.

— On verra ça plus tard, tempère Nico. Calmement, ensemble.

— Non. Faites-le ce matin, si possible. Je vous en prie.

Puis, me retournant pour n'oublier personne, j'ajoute :

— Je vous remercie tous. Beaucoup. Vos attentions me font chaud au cœur. Mais je vais devoir y aller.

— Ce n'est pas raisonnable du tout, objecte Darshan. Tu es encore très faible.

— Je ne sais pas dans quel état je serai ensuite... Je vais te signer une décharge.

— Je reste avec toi, propose aussitôt Zoé.

— C'est gentil, Zoé, mais il faut que j'aille chercher quelque chose.

Darshan argumente :

— Dans ton état, de quoi pourrais-tu avoir besoin qui nécessite tant d'urgence ?

— D'une réponse, mon ami. D'une simple réponse.

67

Quelle était la probabilité pour que je tombe ainsi sur Cassandra ? Je suis bien placé pour évaluer la réponse. Combien y avait-il de chances qu'elle aille dîner précisément ce soir-là, dans ce restaurant, avec ce nouveau type ? Une sur un milliard ? Peut-on d'ailleurs parler de chance ?

Du point de vue des statistiques, toutes les formules auraient prédit un pourcentage tendant vers zéro. Genre 0,000000001. Et pourtant... Le malheur se cache parfois neuf chiffres après la virgule.

Pour en arriver là, il a fallu cumuler le fait que Nico tombe amoureux de sa dentiste, qu'elle programme elle-même un dîner dans un des innombrables établissements disponibles, que lui l'apprenne, et qu'il m'envoie l'y espionner. Sans oublier tous les événements parfaitement aléatoires qui ont concouru à créer cette improbable conjonction.

Sur le papier, j'avais plus de chances de gagner le jackpot aux machines à sous. Autant attendre qu'un raton laveur vous apporte un trèfle à quatre feuilles ou un ticket de loterie gagnant... Mais le destin est un croupier facétieux qui adore distribuer les cartes, et à défaut de fortune, j'ai quand même ramassé un bon gros lot, en pleine poitrine.

Je me gare devant la maison. Il est tôt, mais je prends le risque. Depuis la dernière fois, les parterres ont fleuri d'un joli jaune. Je sonne.

Je perçois un mouvement derrière un rideau. La porte d'entrée ne tarde pas à s'ouvrir et Françoise me lance directement :

— Si vous venez pour les sablés, je n'en ai toujours pas. Par contre, si c'est pour me surprendre, c'est réussi.

— Bonjour Françoise. Désolé de débarquer ainsi, mais il faut que je vous parle...

Elle me fait signe de la rejoindre. Je traverse le jardin. Elle est en peignoir. On s'embrasse sur le seuil.

— Je vous aime bien, Adrien, mais je vous préfère à une heure moins matinale.

— Pardon, mais je ne pouvais pas attendre.

— Que vous arrive-t-il ? Vous avez une mine de déterré.

— Assez logique, vu mon état.

— Vous m'inquiétez. Entrez, racontez-moi.

Une fois la porte refermée derrière moi, elle déclare :

— Je vais préparer du thé.

Je la retiens.

— Françoise, répondez-moi franchement : vous étiez au courant ?

— Au courant de quoi ?

— Hier soir, j'ai vu Cassandra au bras d'un homme qui n'est pas celui avec lequel elle est supposée vivre. Personne ne me fera croire que ce n'était qu'un ami...

— Vous la suiviez ?

— Même pas. Croyez-le ou non, je me suis trouvé là par un concours de circonstances. À se demander si le hasard existe…

Elle baisse les yeux. Je relance :

— Je suis perdu. Je voudrais comprendre. Pouvez-vous m'éclairer ?

Elle se détourne et rejoint la cuisine. Je la suis en l'interrogeant :

— Celui dont vous m'aviez parlé, l'homme qu'elle a choisi, qui n'était pas aussi empressé que moi mais qui lui correspondait mieux…

— Alexandre. Il s'appelait Alexandre.

Je réagis :

— Pourquoi en parlez-vous au passé ?

— Il l'ignore encore, mais Cassandra va le quitter.

— C'est elle qui vous l'a dit ?

— Dimanche dernier. Elle a pris sa décision. D'ici une semaine ou deux, elle aura fait ses valises.

Je suis soufflé. Entendre ces paroles fait remonter à la surface de bien pénibles moments. Je suis soudain perplexe.

— Vous avait-elle aussi prévenue avant qu'elle me plaque ?

Sans rien dire, Françoise paraît porter toute son attention sur la bouilloire. Cette femme que je n'ai jamais vue reculer refuse cette fois de faire face.

— S'il vous plaît… Je ne suis pas là pour faire des histoires, mais j'ai le droit de savoir.

— Nous avons tous les deux besoin d'une tasse de thé.

— Je suis vraiment désolé de débouler ainsi, avec mes problèmes, mais mettez-vous à ma place…

— Ne vous excusez pas. Je vous comprends. L'eau commence à chauffer.

— J'avais une telle image de votre fille… Je la mettais sur un piédestal, comme vous me l'aviez vous-même fait remarquer. Je la trouvais tellement droite, tellement intègre.

— Elle a effectivement cette image.

— Est-ce que je me suis trompé ?

— Vous avez vu en elle ce que vous vouliez voir. Mais elle n'est pas que cela.

— Hier soir, en une fraction de seconde, j'ai eu l'impression de découvrir une tout autre personne que celle que je pensais connaître.

— Différente en tout cas, c'est certain.

— Comme si le voile de mes illusions avait brutalement été arraché…

L'eau arrive à ébullition. Françoise soulève l'appareil et la verse sur les boules à infuser. Puis elle se retourne vers moi.

— Cassandra a toujours été comme ça. Depuis ses premiers petits copains au lycée, elle a toujours choisi le suivant avant de rompre avec le précédent. Pas une fois elle n'a été quittée. C'est toujours elle qui a mis fin à ses liaisons. Elle ne s'en cachait même pas vis-à-vis de nous.

— Vous approuvez sa façon de faire ?

— C'est ma fille. Que pourrais-je vous répondre d'autre ? Même si elle avait tué quelqu'un, j'irais quand même la voir en prison. Les parents ne sont pas toujours d'accord avec ce que font leurs enfants. C'est d'ailleurs sans doute plus difficile pour eux que pour n'importe qui d'autre de s'y opposer. On a trop peur de se fâcher avec ceux qu'on aime. Ça nous lie les mains. Alors

Cassandra n'a tué personne, mais sa façon de se conduire fait des dégâts.

Elle marque une pause.

— Gérard et moi avons en partie divorcé à cause de cela. Bien sûr, ce n'est pas la seule raison, mais le comportement de Cassandra a achevé de creuser le fossé entre nous. C'est devenu plus virulent après votre rupture. Vous le savez, il vous appréciait beaucoup. Il lui a dit sa façon de penser. Il n'acceptait plus que je me taise. Pourtant, je ne l'ai jamais défendue.

Je grogne. Elle réagit :

— Vous avez envie de vous venger ?

— Même pas.

— Si ça peut soulager votre douleur, je pense que vous avez été son histoire la plus sérieuse.

— Pourquoi agit-elle ainsi ?

— Nous l'ignorons, et elle refuse d'en parler. Peut-être la peur de se retrouver seule. La hantise d'être rejetée. Larguer avant de se faire larguer.

— Ses histoires ne durent jamais ?

— J'ai l'impression qu'elle répète toujours le même schéma, selon un cycle de plus en plus rapide. Elle découvre, elle s'enthousiasme, puis se lasse. Elle se prétend alors déçue, et finit par se sentir « prisonnière ». On a entendu beaucoup de versions, vous savez. Chaque fois on espérait que le suivant lui permettrait de s'attacher pour de bon, mais non.

Françoise ne touche pas à son thé.

— Lors de votre dernière visite qui m'a tant fait plaisir, reprend-elle, j'ai hésité à vous en parler. Mais vous étiez tellement décidé, vous la placiez si haut… Je n'ai pas eu le courage de vous dire la vérité. J'espère que vous me pardonnerez.

— Je n'ai rien à vous pardonner. Vous n'êtes pas responsable des agissements de votre fille. C'est à moi que j'en veux. Mon grand-père m'a expliqué récemment que parfois, les gens ne brillent que de la lumière que l'on projette sur eux. Qu'ils reflètent simplement ce que l'on espère. J'ai tellement eu envie d'y croire…

— Qu'allez-vous faire ?

— Je ne sais pas. Je suis d'abord tombé dans les pommes, et depuis je me demande pourquoi je tiens encore. C'est idiot, mais je vivais suspendu à l'espoir de la retrouver.

— Je sais.

— Je lui avais même écrit une lettre… Quel niais. Heureusement que je ne la lui ai pas donnée.

Je glisse la main dans ma poche intérieure et en sors l'enveloppe.

— Elle est là, je la gardais sur moi comme un talisman, pour conjurer le sort contre lequel je me battais…

Je la remets à sa place. Pas le cœur de m'en débarrasser tout de suite.

— Je ne sais pas ce que je vais faire, Françoise. En bon abruti romantique, je me serais bien vu mourir, mais même ça, je n'y arrive pas.

— Vous ne pouvez pas renoncer à la vie parce que vous vous êtes trompé sur quelqu'un.

— Vous croyez ?

— J'en suis certaine. Ne vous condamnez pas pour ce que vous avez subi. Changez d'air. Partez quelques jours. S'il vous plaît, n'oubliez pas de me donner des nouvelles.

Je suis pensif. À quoi ressemblait ma vie avant Cassandra ? Pendant des années, elle a été l'alliée rêvée de mon existence. Avec elle, j'espérais tout bâtir. Puisque je me suis trompé, puisque le sol se dérobe sous mes pieds, quelle est la dernière zone de stabilité que j'ai connue ? Jusqu'où dois-je remonter le temps pour trouver une période, un symbole grâce auquel je me tenais debout ?

— Adrien, ça va ?

— Vous avez raison, Françoise. Je vais partir quelques jours. Ce sera l'occasion de vérifier jusqu'à quel point mon cœur tient vraiment le coup.

68

Après avoir roulé des heures, je m'accorde une dernière halte sur une aire d'autoroute. Ultime répit avant de me confronter à l'époque où mes sentiments étaient encore évidents. C'était il y a si longtemps… Bien avant Cassandra, avant même de croiser les petites araignées. Période bénie où mon plus gros souci était de ne pas envoyer le ballon sur le toit du garage.

Je ne suis pas certain d'être armé pour faire face à ce retour en arrière, mais je n'ai pas le choix. C'est le seul mousqueton qui me retienne encore au-dessus du vide. Si celui-là lâche à son tour, alors je vais dévisser pour de bon.

Sur le parking, dans la voiture immobile, je suis à l'abri du vent. À la place du passager, quelques sandwichs achetés en vitesse. Je sais ce que Daphné en dirait, mais je m'en fiche. D'ailleurs, je n'ai pas faim.

Derrière le pare-brise, le soleil chauffe. Cette lumière franche me rappelle celle qui m'éblouissait lorsque les parents, Julien et moi prenions la route des vacances. Se lever tôt, l'excitation du départ, l'horizon sans cesse changeant qui défilait par les vitres. La promesse d'un ailleurs propice à de nouvelles expériences.

C'est le souvenir de ces jours d'autrefois que j'espère retrouver. Le même soleil m'aveugle ce matin. Je n'avais pas apprécié le beau temps aussi intensément depuis des lustres. Sans doute parce que cette nuit, quelque chose a changé en moi. Désormais, mourir m'indiffère.

Étrangement, je ne ressens plus cette angoisse du peu de temps qu'il me reste. Elle a disparu. Peut-être parce que je n'attends plus rien de la vie, peut-être parce que j'ai déjà l'impression irréelle de flotter au-dessus de mon propre corps.

Certains événements ont le pouvoir de vous obliger à reconsidérer toute votre trajectoire. Je viens d'en vivre un. Une sorte d'accident pour lequel aucun contrat d'assurance ne prévoit d'indemnisation. Qui serait assez stupide pour assurer l'espoir ?

J'avais misé tout mon bonheur sur une reine de cœur, mais c'est l'as de pique qui est sorti. Je songe à Papilau et à sa Blandine, à celles et ceux qui, malgré tout ce qu'ils donnent, ne sont jamais aimés en retour par la personne qu'ils adorent. Je ne suis certes pas seul dans mon cas, mais la douleur des autres n'apaise en rien la mienne.

Quand je pense à tout ce que Cassandra et moi avons partagé… À tout ce en quoi j'ai cru. Ces conversations, ces gestes, ces mots… Je n'ai malgré tout pas su décrypter toutes les séquences de son ADN. Certaines de ses réactions auraient certainement dû m'alerter. Mais ces signaux m'ont échappé. Aveuglé par son meilleur profil, je n'ai pas su les lire. Ou pas voulu. J'y ai beaucoup réfléchi en roulant. Mais contrairement à la voiture, cela ne me conduit nulle part.

À la pause précédente, j'ai appelé Julien, pour prendre de ses nouvelles. Rien de neuf, ni concernant son emploi, ni sur la grossesse espérée de Léa. Ça m'a fait beaucoup de bien d'entendre mon frère. J'ai aimé écouter sa voix, la complicité ordinaire avec laquelle il me parle, qui me rappelle en permanence ce que nous sommes l'un pour l'autre. Sans s'en douter, il m'a donné un peu de force. Je suis à ça près.

Lorsqu'il m'a demandé comment j'allais, j'ai répondu que tout roulait. À quoi bon lui avouer autre chose ? Il ne peut pas m'aider.

Cette fois, je veux appeler Nico. Il sera mon dernier coup de fil avant de sortir des radars.

— Salut Nico.

— Pétard, qu'est-ce que tu fais ? Je t'ai laissé trois messages.

— Pardon, je n'ai pas regardé.

— Où es-tu ?

— Dans ma voiture. Face à un lampadaire. Juste à côté d'un buisson...

— Ne te fous pas de moi. Où vas-tu ?

— Vérifier un mousqueton.

— N'importe quoi. Je déteste quand je ne te comprends pas.

— Ne t'en fais pas, je vais bien.

— Tu me prends vraiment pour un gland ? Je te rappelle que j'étais là hier soir. C'est dans mes bras que tu t'es effondré.

— Merci de m'avoir rattrapé.

— Zoé voulait absolument te faire du bouche-à-bouche, mais je l'ai calmée. T'es en route pour aller balancer ses quatre vérités à l'autre cochonne ?

— Ne parle pas d'elle comme ça. Même si c'est fini, je ne vais rien salir, et encore moins aller passer mes nerfs.

— Tu vas pas faire une connerie, au moins ?

— Pas plus que d'habitude.

— Adrien, je suis très sérieux.

— Alors ça doit être vachement grave...

— Dis-moi ce que tu manigances, s'il te plaît.

— Je te raconterai peut-être après. Mais c'est une affaire que je dois régler seul.

— Tu vas voir quelqu'un ?

— Non.

— Alors qu'est-ce que tu vas foutre ?

— Boire du gel douche, éventuellement.

— Adrien, ne me laisse pas m'inquiéter sans rien me dire.

— Je vais remonter le temps.

— C'est quoi, ce délire ?

J'élude sa question.

— Est-ce que tu as pu signer les papiers ?

— Je ne les ai même pas lus. Ton enveloppe me fait peur.

— Ne perds pas de temps, s'il te plaît.

— J'attends Aurore. On s'est donné rendez-vous ce midi pour les lire ensemble. On a la trouille de ce que tu as mijoté. On se dit qu'à deux, on encaissera mieux.

— Je compte sur vous. Je vais être injoignable un jour ou deux.

— Déconne pas, Adrien. Tu sais qui tu es pour moi.

— Mais dis-moi, tu deviens câlin en vieillissant ?

— Pauvre malade !

— Quand revois-tu Barbara ?

— Demain. Pour la dernière séance de la petite. Après, je n'ai aucune visibilité et ça me panique.

— Parle-lui. Sans attendre. Crois-moi.

— Ben voyons. Je ne réussis même pas à me réjouir que l'autre ne soit que son frangin.

— Pourtant, il y a de quoi.

— Comment pourrais-je être heureux avec ce qui t'arrive ?

— Ne te gâche pas la vie pour moi. Avance. S'il te plaît, salue Aurore tout à l'heure. Sois gentil, rappelle-toi que je travaille avec elle, alors par pitié, ne lui balance pas mes casseroles…

— Si tu ne me dis pas où tu vas, je lui raconte tout. En commençant par la fois où tu t'es pissé dessus parce que la pieuvre n'était pas morte.

69

Bien qu'étant certain d'arriver au bon endroit, je ne reconnais rien. Même si à l'époque, je ne conduisais pas et que mon frère et moi étions trop occupés à chahuter sur la banquette arrière, dans mon souvenir, la route par laquelle nous arrivions n'était pas aussi large. Ces ronds-points et toutes ces maisons modernes n'existaient pas ; encore moins ces zones commerciales. Il ne s'est pourtant pas écoulé un siècle depuis que nous sommes venus ici en vacances…

Sans les panneaux indicateurs, il serait impossible de se douter que l'océan n'est plus qu'à quelques kilomètres. *Les plages*, *Le port* comme seuls indices. Bonne nouvelle cependant : plus on s'approche de la côte, plus l'authenticité du cadre s'avère préservée. Je retrouve bientôt les rues sinueuses, bordées de maisons de granit couvertes d'ardoises et fleuries d'hortensias roses et bleus. Le village s'incline en pente douce vers le front de mer.

Au détour d'un virage en promontoire, l'horizon s'ouvre soudain et la baie apparaît dans toute son immensité. L'effet est immédiat.

Depuis mes premières vacances dans la région, j'ai eu régulièrement l'occasion de voir la mer, en différents points du globe, et partout elle me procure la même émotion. Un appel au voyage, un souffle d'aventure, l'évocation de rivages lointains, une frontière vivante avec un monde dont nous ne sommes pas les maîtres. J'aime ces endroits où la nature nous dépasse, nous rappelant ainsi que nous ne sommes que ses locataires.

Je remonte la rue en roulant au pas. Ici, les constructions sont encore espacées. Ce ne sont pas des jardins qui entourent les maisons mais de grands terrains, le plus souvent maintenus dans leur beauté sauvage en s'adaptant au relief impossible à dompter. Les belles demeures bourgeoises entourées de pins maritimes alternent avec des constructions plus modestes, souvent d'anciennes habitations de pêcheurs tournées vers le large. Partout les rochers émergent, conférant au paysage un aspect brut et immuable.

La maison dans laquelle nous avions séjourné en famille n'est plus disponible à la location, mais par chance, la propriété voisine est devenue un habitat saisonnier. Des massifs de genêts, quelques grands arbres qui ont réussi à pousser inclinés en résistant aux tempêtes venues de l'ouest. Je me gare.

À peine suis-je sorti de la voiture que la brise chargée d'embruns m'emplit les poumons. Je ferme les yeux. Ce ne sont pas tant les souvenirs qui m'envahissent que la sensation unique d'un vrai front de mer. Un parfum de liberté et de possibles.

Une dame sort déjà de la maison que j'ai réservée.

— Monsieur Venel ?

— Madame Le Goff, je présume.

Nous nous saluons.

— Avez-vous fait bonne route ?

— Aucun problème, je vous remercie.

— La maison est prête.

Je regarde autour de nous.

— Un point de vue vraiment remarquable. On ne le soupçonne pas avant d'y être.

— Nous avons de la chance. Le littoral est encore tranquille par ici, même si mon mari râle parce qu'il y a plus de monde chaque année !

Elle jette un œil à ma voiture.

— Vous êtes seul ?

— Oui, je suis venu travailler au calme.

— Vous allez avoir de la place. La maison est vaste. J'espère que vous reviendrez en famille. C'est toujours mieux de profiter de ce genre d'endroit avec les siens.

— Vous avez bien raison.

— Vous connaissez les environs ?

Je lui désigne la résidence voisine.

— J'ai passé un été là, avec mes parents.

— C'est vrai, les anciens propriétaires louaient. Pour le moment, la maison est vide. Les nouveaux occupants ne viennent que pour les vacances. Vous serez tranquille. Hors saison, il n'y a personne. Nous-mêmes logeons dans le bourg. Vous aurez la vue pour vous tout seul !

— Je risque malheureusement de ne pas en profiter beaucoup. Dès que j'aurai terminé mon travail, il me faudra repartir.

— Quel dommage… Vous n'allez même pas profiter de toute votre semaine ?

— Sans doute pas. Je vous tiendrai au courant.

Elle me remet les clés.

— Venez, je vais vous faire visiter. J'ai laissé le chauffage. L'après-midi il fait bon, mais le matin c'est encore bien frais.

Je lui emboîte le pas.

70

Pour lui éviter d'avoir à marcher même si elle en est tout à fait capable, j'ai proposé à ma logeuse de la déposer dans le bourg.

Durant les quelques kilomètres parcourus ensemble, madame Le Goff m'a posé des questions à un rythme de plus en plus soutenu. Nous étions à peine installés que la première est venue timidement, puis, voyant que je répondais sans réticence, elle y est allée en rafales. Ma pauvre expérience des femmes m'aura au moins permis de comprendre ce mécanisme-là. Elle a multiplié les interrogations pour savoir à qui elle avait affaire.

Là où un homme m'aurait demandé dans quelle branche j'exerce, quelle sorte de travail nécessite une retraite aussi calme, elle ne m'a sondé que sur des points personnels. Marié ? Des enfants ? Parents en bonne santé ? De la famille dans les environs ? Je n'ai cette fois pas cherché à dissimuler quoi que ce soit.

En répondant à cet interrogatoire basique, direct, j'ai finalement dessiné un portrait très synthétique de ce que je suis et que le tourbillon du quotidien ne me permet pas d'appréhender avec autant de pragmatisme. Elle m'a pour sa part raconté ses grands enfants, sa mère décédée récemment, son mari qui vieillit, ses rhumatismes, avec bien plus de détails que je n'en peux retenir. La différence entre la façon qu'ont les femmes et les hommes d'aborder un inconnu se précise encore un peu plus. Les hommes se montrent sans doute plus techniques, plus fonctionnels. Ils cherchent à évaluer le pouvoir de leur interlocuteur. Du côté des femmes, l'approche semble souvent plus affective. Seul ce qui touche le cœur les intéresse vraiment. Mais les généralités sont réductrices, Cassandra m'aurait demandé combien je gagnais...

Quand je reviens du bourg, l'ambiance de la côte a déjà évolué. Le vent est tombé, le quartier de lune descendante est visible au-dessus de la maison. La mer est presque haute. Une fois le moteur coupé, l'impression d'être au bout du monde s'impose. Le ressac rythme le temps.

Même si les autres habitations sont théoriquement inoccupées, je m'assure que personne ne m'observe avant d'ouvrir mon coffre. J'attrape mon sac, mes bottes et ma pelle. Le parfait attirail de celui qui veut faire disparaître un corps ou chasser un trésor. Dans les deux cas, autant être discret.

Pas envie de perdre de temps. Tant que le crépuscule ne s'est pas encore transformé en nuit, je jette mes affaires dans la maison et je repars aussitôt en exploration avec ma lampe torche.

Je traverse le jardin. Depuis un rocher en surplomb, j'arrive à sauter par-dessus le grillage de la propriété voisine.

C'est désormais sur une page de mon histoire que je marche. C'est sur ce sol que nous avions passé nos vacances voilà un peu plus de vingt ans. Les dernières avant que nos vies basculent.

La terrasse n'a pas changé, avec sa rose des vents de granit rose et gris. C'est sur cette étoile que Julien peinait à faire du vélo en cercle. Elle était plus grande dans mon souvenir. La mémoire ne retient jamais un lieu sans le teinter des émotions qui sont associées à sa découverte.

L'escalier de quelques marches descend toujours vers le jardin. L'espace verdoyant tient davantage de la lande que du parc. Voulant éviter d'être repéré et pris pour un cambrioleur, je ne m'attarde pas autour de la bâtisse. D'autant que le jour décline.

Mon objectif se dresse un peu plus loin : un imposant massif rocheux à l'extrémité nord du terrain. Je me souviens très bien que Julien et moi y passions des heures, escaladant, sautant, testant notre vertige. Nous avions apprécié le luxe d'avoir ce formidable terrain de jeux rien que pour nous. Un véritable parc d'attractions personnel qui ne fermait jamais. Pas besoin de le partager, nous bénéficiions seuls de ce décor digne d'un film d'aventures. Même s'il reste impressionnant, il me paraissait lui aussi plus vaste à l'époque.

Les hautes herbes séchées par l'hiver forment un obstacle à travers lequel je progresse en essayant de faire le moins de bruit possible. Je tente de situer la parcelle à fouiller en fonction de la vue sur la mer et de la maison, mais la végétation a bien changé et mon souvenir est plus qu'approximatif. C'est mon père qui avait choisi l'endroit où enterrer notre boîte. Je m'efforce de raisonner comme il avait pu le faire avec ses deux marmots pendus à ses basques.

Quelle serait la planque idéale ? Un repli dans la roche, avec tout de même suffisamment de terre pour enfouir notre « lettre au futur », là où ceux qui viendraient ensuite auraient peu de chances d'être amenés à retourner le sol.

La nuit qui tombe rapidement ne m'aide pas. J'allume ma lampe pour inspecter les abords. Plusieurs endroits me paraissent remplir les critères. Songer que Papa s'est posé exactement les mêmes questions à cet endroit précis me remue. Si Julien n'avait pas évoqué ces dessins enterrés, j'ignore même si j'y aurais repensé un jour. Étranges méandres d'une mémoire qui ne nous dit pas tout.

Je m'attarde sur un emplacement possible. Je m'agenouille et étudie le sol. De façon irrationnelle, comme un sorcier, je fais planer ma main au-dessus pour essayer de sentir si nos dessins sont là, ensevelis. Quelle chance y a-t-il pour qu'ils soient encore dans leur capsule et que je les retrouve ?

La nuit est désormais trop sombre pour me permettre d'obtenir une réponse dans l'immédiat. Je reviendrai demain, le plus tôt possible pour ne pas risquer de me faire surprendre.

Au moment où je me relève, il me semble soudain entendre une respiration. J'éteins ma lampe et me baisse. Tapi dans les herbes sèches, j'écoute. À l'évidence, une présence évolue à proximité. Un frisson me traverse. Tous les sens en éveil, je scrute les abords, mais ma position dans le repli rocheux restreint mon champ d'observation.

Le frémissement dans la friche se rapproche. Quelqu'un vient. Probablement sur la pointe des pieds. Cette fois, il n'y a pas de match entre la peur et l'envie, seulement l'angoisse de me faire prendre là où je ne suis pas légitime.

Le bruissement se fait plus net. La réverbération de l'onde sonore sur la roche qui m'entoure en fausse la localisation. Je ne suis pas certain de la provenance du son. Je ne distingue rien dans la nuit. Si ça se trouve, le type est en train de ramper. Que projette-t-il de faire ? Je ne vais pas attendre de me faire tirer dessus par quelqu'un qui défendrait son bien. Je prends l'initiative :

— Bonsoir ! Ne vous en faites pas, je ne fais que visiter. Je suis locataire chez madame Le Goff. Je suis venu ici quand j'étais enfant…

Pas de réponse, mais les pas accélèrent dans ma direction. Je serre les poings, prêt à me défendre.

C'est alors que je tombe nez à nez avec un chien. Une sorte de berger, pas énorme, mais terriblement vif. Ses yeux luisent dans le clair de lune.

Et si je lui chantais une berceuse ?

71

Je n'ai pas eu besoin de me ridiculiser en chantant, ni même d'escalader les rochers pour échapper à une morsure, parce que le chien est gentil.

À croire qu'il avait aussi peur que moi de découvrir qui rôdait dans l'obscurité, parce qu'une fois rassuré, il m'a fait une vraie fête. Après m'avoir reniflé les mains, il s'est mis à courir à fond autour de moi. Chaque fois qu'il s'éloignait, c'était pour mieux revenir et me sauter dessus pour essayer de me lécher la figure.

Lorsqu'il s'est un peu calmé, j'ai pu le caresser. D'après sa médaille, il s'appelle Typhon et je ne sais pas pourquoi mais ce matin, alors que je m'apprête à entamer la fouille du sol, il est de nouveau là, dans mes jambes, à remuer la queue. Je n'ai aucune idée d'où il peut venir, mais vu son poil brillant et son excellente condition, ce n'est pas un chien errant. Je suis content qu'il soit là. Je ne suis pas seul face à ce qui m'attend.

Je passe par-dessus le grillage comme la veille, et lui par-dessous. Il n'en est visiblement pas à son coup d'essai.

Je commence par sonder l'endroit qui, la veille au soir, m'a paru être l'emplacement le plus probable. J'ai pris soin de mettre de côté les premières mottes d'herbe afin de camoufler mon forage une fois que j'en aurai terminé.

Typhon regarde, il vient fourrer son museau au ras de ma pelle. Je suis obligé de le repousser gentiment mais chaque fois, il croit que je vais le caresser, alors il se fait encore plus affectueux.

Je lui parle, je lui décris ce que je fais et pourquoi. Je suis en pleine archéologie affective. Parfois, il incline la tête en se demandant visiblement ce que je raconte. Souvent pourtant, il me regarde comme s'il comprenait. Je lui ai dit ce que je cherchais et ce que cela représente pour moi. Je lui ai expliqué mon père, ma mère, Julien. Tout ce qui m'a poussé à venir ici. Je lui ai même parlé de Cassandra. Dans quel état faut-il être pour confier sa vie à un chien ?

Alors que le trou se faisait plus profond, il s'est assis à côté et m'a observé avec de plus en plus d'intérêt.

Ma pelle a rencontré un obstacle. J'ai cru que j'avais atteint une langue de roche, et j'ai failli renoncer. Allez savoir pourquoi, mais Typhon s'est mis à creuser à son tour, et c'est lui qui m'a montré qu'il ne s'agissait que d'une simple pierre. À quel point faut-il être perdu pour que ce soit un chien qui vous montre la voie à suivre ?

Je l'avoue, je me suis demandé si ce clebs surgi de nulle part n'était pas un messager du ciel. Nico serait certainement capable de m'expliquer qu'il y a une chance pour que cet animal soit la réincarnation de mon père. C'est peut-être pour cela qu'il a reniflé avec tant d'insistance la montre cassée que je porte.

Chacun de mes coups de pelle m'entraîne dans une alternance de doutes et d'espoirs. Dès que la lame accroche quelque chose, je me dis qu'il peut s'agir de la boîte et, tel l'archéologue, je dégage avec précaution ce qui se cache dans la terre. Mais je suis toujours déçu.

Lorsque, sur une zone précise, j'ai creusé assez profond pour être certain que le trésor ne s'y trouve pas, je rebouche et je prospecte à un nouvel endroit.

Deux fois, trois fois, dix fois j'ai changé d'emplacement en répétant les mêmes gestes. Typhon reste là. Je ne vois pas passer le temps, mais en milieu d'après-midi, après avoir partagé un repas de dix minutes avec mon copain poilu, j'ai quand même été pris de doutes.

Se peut-il que les années aient rongé notre trésor au point de le dissoudre entièrement ? La boîte à thé a-t-elle pu être découverte ? J'en suis même arrivé à me demander si je n'étais pas fou. Cette scène n'est peut-être effectivement que le fruit de notre imagination, à Julien et moi...

Même démotivé, j'ai quand même décidé de reprendre les recherches. Sinon, à quoi bon être venu jusqu'ici ? Typhon, lui, n'a rien perdu de son enthousiasme. La surface à balayer n'est pourtant pas si grande, et je commence à en avoir fait le tour. J'en aurai vite le cœur net.

Le vent s'est levé ; le soleil étire déjà les ombres. Typhon s'est couché dans les hautes herbes et se cherche les puces dans des endroits que nous autres humains ne pouvons pas atteindre avec nos dents. J'ignore combien de trous j'ai faits depuis ce matin. Pour rien. S'il existe un championnat du monde des trous inutiles, j'ai mes chances pour la finale. Par moments, j'agis tellement mécaniquement que j'en oublie pourquoi je m'acharne.

Je creuse, encore et encore, je rebouche, encore et encore. Je parle à Typhon, je le caresse. Je suis probablement l'humain le plus distrayant qu'il ait rencontré.

Ma pelle accroche à nouveau quelque chose. Comme chaque fois, je fais attention, je dégage, j'élargis la fouille. Je suis devenu expert à ce jeu-là. Pourtant, cette fois, le bruit de la lame sur l'obstacle est légèrement différent. Si je suis tombé sur un câble à haute tension, je vais m'éclairer d'un coup, devenir une lumière – enfin ! – et disjoncter ensuite pour de bon. Il n'y aura que Typhon pour assister au feu d'artifice.

Mais ce n'est pas un fil électrique, et l'éclat que j'entrevois au cœur de la terre retournée m'annonce autre chose. Je tombe à genoux et je m'empresse de gratter avec mes mains, tel un assoiffé qui pense avoir mis au jour une source. Typhon a sans doute senti mon excitation, parce qu'il s'est levé pour me rejoindre. Pour m'aider, il se met à creuser lui aussi.

72

Le jour décline sur la baie. Revenu dans le jardin de madame Le Goff, je ne suis plus un hors-la-loi. Typhon m'a suivi. Nous sommes assis dehors, près d'un brasero mis à la disposition des locataires, dans lequel j'ai allumé un feu.

Pour rester proche du chien, je me suis installé à même le sol. Ses pattes avant sont aussi sales que mes ongles. Il est couché auprès de moi, la truffe au vent. Le crépitement des bûches de résineux se mêle au son du ressac. Bien qu'ayant enfilé tous les vêtements dont je dispose, je suis frigorifié. Mettons cela sur le compte de la fatigue.

La boîte à thé a bien résisté aux années d'enfouissement. Seuls quelques points de rouille piquent le métal çà et là. Je l'ai posée devant moi, dressée sur une pierre, comme une idole sacrée. Elle m'impressionne.

Avec sa forme de cylindre allongé, on pourrait aussi la considérer comme un petit obus fraîchement déterré. Une bombe larguée voilà bien longtemps et qui n'aurait pas éclaté. Elle attend que je l'ouvre pour me sauter à la figure.

Parce que c'est bien de cela qu'il s'agit : déminer le passé.

Le chien ne bouge pas. Nous nous tenons côte à côte, face au large. Le soleil rougeoyant projette une ligne de feu sur la surface de l'océan. Par moments, Typhon me regarde, comme s'il s'interrogeait sur mes intentions. Depuis qu'il me connaît, c'est-à-dire à peine vingt-quatre heures, il m'a toujours vu m'agiter. Alors le calme dont je fais preuve à présent doit logiquement le désappointer. Lui-même d'habitude si remuant respecte mon recueillement devant cet étrange objet que nous avons arraché ensemble aux entrailles de la terre.

En creusant avec moi, il espérait probablement trouver un os, et c'est effectivement sur cela que nous sommes tombés. Mais l'expression n'a pas le même sens pour lui que pour son copain humain.

Sa présence me réconforte. Sur son pelage, les derniers rayons du soleil se confondent avec la chaude clarté du feu. Mes doigts jouent dans ses poils si doux. Se raccrocher à ce qu'il peut y avoir de beau, même si c'est anecdotique, pour échapper encore quelques instants à ce qui va faire mal. Une façon de se retenir du bout des doigts à la falaise.

Je n'ai pas osé toucher à la boîte avant que le soleil disparaisse. J'ai attendu que le disque de lumière se noie complètement sous la ligne d'horizon. Compte à rebours incandescent avant un rituel païen qui risque de réveiller des forces obscures dont je ne mesure pas la puissance. Tel un prêtre maudit, je m'apprête à invoquer les esprits.

Sur la boîte à thé, peut-être les empreintes de mon père existent-elles encore. Il a tenu cet objet, c'est le dernier de la famille à l'avoir fait. À présent, je dois à mon tour m'en saisir, comme un relais qu'il me passe à travers le temps. Suis-je assez fort pour le porter ? Par un étrange hasard, il est exactement l'heure qu'affiche sa montre brisée.

Avec un respect mêlé de crainte, je prends enfin la boîte. Je la contemple. Je la fais lentement tourner entre mes mains dans la clarté du feu. Typhon m'observe sans broncher. Sa truffe s'agite quand même pour essayer de sentir ce que je tiens.

— Ça, mon chien, ça sent la bombe à retardement.

Pour me donner du courage, je le caresse.

Sans trop de difficulté, j'arrive à déboîter le couvercle. Les feuilles sont là, roulées. Je glisse deux doigts pour les extraire en prenant garde à ne pas les abîmer. Trois rectangles de papier prélevés sur un bloc à petits carreaux.

Sur la première feuille, un dessin de Julien. La couleur des feutres a légèrement pâli, mais pas tant que ça. Il a représenté une maison, mais c'est peut-être une école étant donné qu'il y a une cour avec des enfants et un toboggan. Des arbres verts, un soleil jaune. Sur le côté, une voiture et nous quatre. Il y a aussi un chien. Nous n'en avons pourtant jamais eu. Papa nous avait demandé de dessiner ce qu'on aimait le plus. Les arbres de Julien ressemblent à des poireaux, sa maison-école à une boîte à chaussures, les enfants sont taillés comme des Cotons-Tiges avec des bras, et son chien est une boule. Quelle importance ? On lit surtout ce qui comptait pour lui et que sa petite main encore mal assurée s'est évertuée à représenter. Je me tourne vers Typhon et lui montre la représentation de son congénère.

— Un de tes potes qui traînait déjà par là. Est-ce toi, dans tes vies d'avant ?

Quand je songe à Julien aujourd'hui, à son fils, au second enfant qu'il désire avec Léa, à sa maison, son dessin fait figure de prophétie. Passé et présent y trouvent une résonance frappante. Peut-être voulons-nous tous les mêmes choses ? Peut-être essayons-nous de reproduire ce que nous avons connu ?

La maison est certainement celle que nous habitions, à moins qu'il ne s'agisse de celle que nous avions louée pour ces vacances. La voiture, par contre, est bien celle de Papa. La couleur est la bonne. Julien avait choisi le bon feutre. Pour ce qui est de la forme, elle est tellement approximative qu'elle pourrait tout aussi bien ressembler à la carcasse dont on a extrait son corps après l'accident.

Le second feuillet est le mien. J'ai dessiné un bateau, un tigre, un vélo, une main et un revolver. Il faut d'urgence que je consulte un psy. Soit je n'avais pas compris la consigne donnée par Papa, soit j'avais déjà un problème. Était-ce réellement ce qui comptait alors le plus pour moi ? Un bateau, un tigre, un vélo, une main et un revolver ? Pauvre gosse. Déjà bien barré dans sa tête. Si un jour Nico tombe sur ce document, je suis fichu. Qu'en déduire ? Que dois-je comprendre ? Faut-il chercher un sens à tout ?

Typhon me regarde étrangement.

Le troisième et dernier feuillet ne comporte aucun dessin, mais quelques mots rédigés de la main de nos parents. Ma mère a écrit : *Je ne sais pas quoi vous souhaiter pour le futur, mais je vous aime très fort. Maman.*

Papa a noté : *En souvenir de ce bel été, mes enfants, que je vois grandir chaque jour et dont je suis si fier. Devenez ce que vous voulez. Je serai toujours là pour vous. P-S : Ne jouez pas avec les pistolets !*

Mes mains tremblent. Ces feuilles me brûlent les doigts et le cœur. Déterrer ces reliques n'était peut-être pas une bonne idée. Je ne sais pas si le mousqueton va tenir la charge.

Le feu est là, tout proche. Pourquoi ne pas les y jeter ? En finir une fois pour toutes. Leur destruction ne prendrait que quelques secondes. Aurais-je des regrets ? Serais-je ensuite condamné à m'en vouloir de l'avoir fait, prêt à me damner pour les tenir entre mes mains ne serait-ce qu'une fois de plus ?

Jamais je n'avais pleuré en serrant un chien contre moi. Étant donné la tête qu'il fait, je crois que c'est nouveau pour lui aussi.

73

Le ciel nocturne est parfaitement dégagé. Des myriades d'étoiles constellent la voûte céleste. C'est très beau, mais je m'en tape complètement. J'ai tellement froid ! Impossible de rester dans les parages, et pas seulement à cause de la température. Le lieu est trop chargé. Chaque sentiment qu'il réveille me vide, m'enfonce, au point de m'ensevelir un peu plus. Si je m'attarde plus longtemps, je vais finir enterré vivant sous les souvenirs et les regrets.

La terre près du brasero est imbibée de mes larmes. Je ne sais pas si quelque chose pourra un jour repousser là-dessus.

Le feu est désormais éteint, et seules quelques braises rougeoient encore dans les coups de vent.

L'impression d'avoir atteint une frontière. Une fragile ligne de démarcation que le puissant royaume du passé transgresse sans cesse, au point de menacer son jeune voisin, le pays du futur, qui n'a pas encore proclamé son indépendance. On n'est jamais à l'abri d'un putsch. Dois-je rester prisonnier du royaume dans lequel j'ai grandi, ou faut-il que je me mette à courir pour passer à l'Ouest ?

Une fine lisière sépare les deux camps, un présent fugace et sans cesse mouvant. Il glisse, se décale, toujours dans le même sens. Le passé gagne du terrain, inexorablement. Il ne peut en être autrement. C'est logique, il a le temps pour allié. Le futur s'amenuise chaque jour, un peu plus acculé à la date fatidique qui marque la fin de notre tour de manège. Pourquoi cette fascination pour l'avenir ? Qu'a-t-il à proposer qui nous tente à ce point ? Quel trésor renferme-t-il ? A-t-on une chance de le découvrir avant que le passé nous le confisque ?

Mon instinct m'incite à quitter la zone d'affrontement, à échapper au passé. Je n'arrive même plus à supporter la montre de Papa à mon poignet. Elle me démange comme de l'acide. Je dois reprendre la route sans attendre.

En pleine nuit, je boucle la maison. Je griffonne un petit mot pour accompagner les clés que je vais passer glisser dans la boîte aux lettres de madame Le Goff.

Typhon est assis sur le seuil de la propriété, qu'il ne semble pas vouloir dépasser. Chacun ses frontières. Il me regarde charger mon coffre.

Chaque fois que je lui parle, l'extrémité de sa queue balaie les aiguilles de pin sur le sol. Je reviens jusqu'à lui pour lui faire mes adieux.

Un genou au sol, je le caresse. Que ressent-il à cet instant ? Sait-il que je pars ? En est-il triste ? Ou me voit-il seulement faire n'importe quoi comme depuis que nous nous sommes rencontrés ?

— Merci, mon grand. Tu t'es révélé être le compagnon idéal pour cette étrange visite.

Il me lèche le menton.

— Bonne chance pour le reste de ta vie. Tu vas me manquer. Je ne t'oublierai pas.

Je l'embrasse comme je n'ai été capable de le faire pour aucun de mes proches malgré ce qui me pend au nez : j'étreins ce chien en sachant que je ne le reverrai jamais. Je hais l'irrévocable. J'ai toujours détesté dire adieu. Je n'ai jamais su quitter de mon plein gré.

Lorsque je suis monté dans la voiture, il n'a pas bougé. Quand j'ai démarré le moteur, il a aboyé deux fois.

Dans le rétroviseur, je l'ai vu me regarder m'éloigner, puis tout à coup, il a disparu. C'est la vie.

74

J'ai pris la route comme on fuit : sans me retourner.

J'ai quitté le village endormi, rallié l'autoroute et tracé aussi vite que possible.

Lorsque, après deux bonnes heures de conduite, j'ai fait une halte, une grande confusion régnait dans mon esprit. Même si je savais précisément où je me trouvais, jamais je n'avais été aussi perdu.

La nuit impose sa marque sur les lieux que l'on croit connaître, et c'est d'autant plus vrai dans une station-service. Hors des heures ordinaires, l'ambiance se trouve radicalement modifiée. Plus de clientèle familiale, plus ce brouhaha de vivants avides de consommation. L'endroit se transforme en ultime avant-poste pour ceux qui s'aventurent au-delà des limites. Quelques êtres dont l'unique point commun est une nécessité, sans plus aucune frénésie, comme si chacun résistait paisiblement au rythme qui asservit tous les autres, endormis à cette heure-là. D'autres vies.

Des routiers échangent autour de la machine à café. Parmi eux, une jeune femme. En la voyant, si vivante et bien plus pétillante que ses interlocuteurs mâles, je me demande ce qu'elle fait là. Pas besoin de tendre l'oreille longtemps pour comprendre qu'elle est à sa place. Jamais je n'aurais pu soupçonner qu'elle conduit un monstre de 460 chevaux transportant plus de 25 tonnes de matériel. Et pourtant.

Je me suis installé sur une des tables hautes, dans l'espace restauration désert. En observant ces gens qui sillonnent le continent à longueur de temps, je m'interroge sur ce qui nous amène à devenir ce que nous sommes. À quel carrefour de ma vie aurait-il fallu que je bifurque pour me retrouver parmi eux ? Quelle pichenette du destin m'aurait conduit à parler moi aussi de remorques et d'aménagements de cabine ? Ou même à tenir le stand en face de celui de Tarik au marché ? Tellement de trajectoires possibles...

Comment opérons-nous nos choix ? Sommes-nous sur des rails ? Pourquoi m'être à ce point attaché à une femme avec qui j'étais condamné à l'échec ? J'aurais dû m'en tenir à son refus de poursuivre avec moi.

Plutôt que de ressasser, de m'accrocher désespérément à celle qui m'a rejeté, pourquoi ne pas en chercher une qui m'accepterait ?

Je songe à Zoé, qu'un rapprochement tenterait certainement. Au-delà de lui permettre de former le couple auquel elle aspire tant, serions-nous capables de nous rendre mutuellement heureux ? Elle est intelligente, affectueuse, sensible, drôle, jolie. Avec ce petit grain de folie qui lui confère un charme supplémentaire. Sa fiche devrait faire un carton dans une agence matrimoniale. Pour quelle raison l'alchimie n'opère-t-elle pas, m'empêchant de me jeter à ses pieds ?

Et que dire de Romane ? Sa détermination, sa touchante fragilité malgré sa force de caractère. Sa façon d'envisager les situations avec une honnêteté dont notre monde manque si souvent. J'ai toujours admiré l'engagement dont elle fait preuve dans sa vie. J'en ai même bénéficié. Pourrions-nous être heureux ensemble ? Qu'elle ait déjà un fils ne me gêne absolument pas. Je suis même volontaire pour aller manger des spaghettis bolognaise avec lui, à sa manière.

Quant à Daphné, son expérience humaine dépasse de loin la mienne. En admettant qu'elle veuille de moi, nous mettre en couple serait d'autant plus simple que nous habitons déjà ensemble. J'aime son recul sur la vie, la douce mélancolie qu'elle laisse entrevoir lorsqu'elle évoque tout ce qui l'a blessée. Elle a dépassé toutes les violences pour ne retenir que les envies. Il faudrait cependant que nous puissions négocier deux zones bien distinctes dans le frigo, et que je ferme la mienne à clé…

Je pense aussi à Véronique, la marchande qui m'a tendu la main, à son énergie, sa générosité, à l'attention qu'elle accorde aux autres. Je suis certain que si j'avais été son mari, j'aurais pris cinq kilos, mais aussi des tonnes de bonheur.

Chacune de ces femmes offre spontanément bien davantage que ce que je quémandais auprès de Cassandra. C'est évident. Pourtant, malgré l'affection sincère et l'immense respect que j'éprouve pour chacune d'entre elles, il manque à mon élan cet ingrédient qui fait la différence.

Cette étincelle dont parle Zoé, cette conjonction immédiate qu'évoque Daphné, ce souffle que l'autre éveille en vous lorsque les planètes sont alignées. C'est peut-être à cela que l'on reconnaît celui ou celle pour qui l'on est fait : au pouvoir qu'il a de réveiller en vous cette force dont vous ignoriez l'existence.

Tout l'enjeu d'une vie : trouver l'être qui possède la combinaison secrète du coffre-fort qui est en nous mais que l'on ne peut jamais ouvrir soi-même.

Cassandra m'aveuglait peut-être au point de me rendre incapable de regarder ailleurs. Mon obsession pour elle m'a certainement empêché d'être réceptif au charme de toutes les autres femmes que j'ai croisées. Ai-je loupé le véritable amour de ma vie ?

L'erreur consiste sans doute à vouloir tout contrôler, tout décider. Si l'on avait moins peur d'être malheureux, si on savait faire confiance, on aurait certainement moins de mal à accepter de ne pas être celui qui choisit.

Encore faut-il que quelqu'un ait envie de vous, car hormis Zoé par dépit, ni Romane, ni Daphné, ni Véronique ne m'ont donné l'impression que je les tentais sentimentalement. Dois-je vérifier ?

Aurore a bien raison : le facteur humain est une saleté ingérable.

75

Les portes du hangar sont grandes ouvertes mais j'ai beau appeler, personne ne répond. Les bateaux sont sortis. Sa voiture étant sur le parking, Alexandre Lepreux doit ramer avec ses équipiers, quelque part sur la rivière.

Je déambule sur le quai désert. La lumière crue du projecteur étire ma silhouette sur le sol. Je m'approche de la berge. Mon ombre vient de tomber à l'eau.

En aval, je perçois le lointain ronflement du canot d'accompagnement et la voix de l'entraîneur qui se fait de plus en plus nette dans le soir. Cette fois, c'est Quentin qui perd le rythme.

Je m'assois au bord. L'eau clapote paisiblement. Ici, pas de vagues. Les embarcations ne tardent pas à glisser devant moi. Elles filent, poursuivant leur route. L'entraîneur me repère tout de suite et m'adresse un signe. Je lui réponds. Une dernière remontée à plein régime, et il siffle la fin de séance. Les gars cessent aussitôt l'effort et entament les manœuvres de retour.

Le coach accoste le premier. Je lui tends la main pour l'aider à débarquer. Il l'empoigne et saute.

— Je ne vous espérais plus ! Vous êtes venu vous inscrire ?

— Au moins vous saluer, parce que j'ai beaucoup aimé l'aperçu que vous m'avez offert.

— Vous hésitez à nous rejoindre ?

— Quelques complications personnelles m'empêchent d'y voir clair.

— Alors je vous souhaite que tout se simplifie rapidement. Comme je le répète toujours : ramer au club, c'est un plaisir, mais ramer dans la vie, c'est la galère !

Ses équipages regagnent la berge. Lepreux est là. Je le trouve fatigué. Il ne m'a même pas remarqué. Plusieurs autres membres me saluent. Il finit par noter ma présence.

— Jérémie ! Comment vas-tu ?

Bon sang, j'avais oublié qu'ici, je porte un nom de joint haute pression.

— On surnage.

Il sourit pour la forme.

— Tu nous rejoins enfin ? C'est cool.

— Disons que je suis passé faire signe avant de pouvoir m'engager.

— Si tu veux être au point pour les compétitions de l'été, ne tarde pas trop à prendre ta décision.

Je l'aide à ranger. Comme la première fois, on épaule à la proue côte à côte pour replacer l'embarcation dans son rack.

Je le considère cette fois bien différemment de notre première rencontre. Il n'est plus un concurrent, mais plutôt un compagnon d'infortune. J'ai connaissance d'une information qui va impacter son existence. La femme dont il partage la vie va le quitter. Je ne m'en réjouis pas.

Je présume que Cassandra ne lui a encore rien annoncé, parce que si c'était le cas, soit il a une sacrée force de caractère pour donner le change à ce point, soit il n'éprouvait rien de sérieux pour elle. Pour ma santé mentale, je préfère considérer qu'il n'a pas encore été informé de son sort.

— Je file à la douche, tu m'attends ?

C'est vrai qu'on est copains.

— Pas de problème.

J'achève de transporter le reste des équipements avec les autres. Le club a sa routine, dans laquelle chacun joue son rôle. Il y a quelque chose de rassurant à les voir fonctionner naturellement ensemble. J'apprécierais de m'y trouver intégré.

Une fois le matériel en place, les gars se changent, et le coach commence à tout éteindre pour les presser. Les voitures repartent les unes après les autres.

Finalement, j'aime bien rester parmi les derniers. Lorsque quelque chose se termine, une ambiance particulière s'installe toujours, réservée à ceux qui tiennent jusqu'au bout.

Lepreux revient au moment où l'entraîneur et moi refermons les portes du hangar. Il nous prête main-forte. Le coach regagne déjà son véhicule.

— Bonne soirée, messieurs. J'espère à bientôt, monsieur Torpet !

Que puis-je répondre ? « Ça se prononce Torpette mais ça s'écrit Venel. J'ai changé de nom parce que je viens de me marier. Et tant qu'à faire, j'ai aussi changé de prénom... »

Je le salue tandis qu'il démarre déjà. Alexandre et moi restons seuls sur l'esplanade dans le crépuscule.

— C'est sympa de m'avoir attendu, fait-il.

— Je t'en prie. On ne sait jamais. Des fois que tes pneus soient à nouveau crevés...

Il rit mais jette quand même un œil pour vérifier.

— L'ambiance du club t'a manqué, c'est bon signe. Tu vas craquer, sinon pourquoi serais-tu revenu ?

— Je voulais savoir comment tu allais. Même si les circonstances n'étaient pas simples, j'ai vraiment apprécié notre rencontre.

— Tout pareil.

— Comment s'est passé ton anniversaire avec ta copine ? As-tu trouvé le cadeau idéal ?

— J'ai suivi ton idée, mais figure-toi que ça n'a pas produit l'effet espéré.

— Vraiment ?

— Elle a eu l'air de s'en foutre au dernier degré. D'ailleurs, elle ne se souvenait même pas que c'était notre anniversaire. Je me suis retrouvé comme un con avec mon cadeau.

Je joue la surprise.

— Peut-être avait-elle la tête ailleurs...

— Oublier, c'est mon truc, pas le sien. Depuis, je me pose des questions. Mais tu n'es pas venu pour jouer les conseillers conjugaux. D'ailleurs, si je me souviens bien, tu étais toi-même sur une relation qui risquait de redémarrer ?

— C'est terminé. Définitivement.

Il ironise :

— On ferait mieux de discuter de nos jobs, parce que même quand c'est compliqué, c'est quand même plus simple !

Il déclenche l'ouverture de sa voiture, qui clignote deux coups dans la nuit. Il me tend la main.

— Jérémie, c'était vraiment bien de te revoir. Merci d'être passé. J'espère qu'on ramera bientôt ensemble.

C'est déjà le cas, mon gars, mais tu ne le sais pas encore.

Dois-je l'avertir de ce qui l'attend ? Est-ce mon rôle d'intervenir ? Cela pourrait-il seulement atténuer le choc de ce qu'il va subir ? De toute façon, comment vais-je justifier le fait d'être au courant ? Trop de questions, aucune réponse.

— Pareil. Fais gaffe à toi.

Nous regagnons chacun notre véhicule. Je ne peux pourtant pas le laisser partir ainsi. Je l'interpelle :

— Alexandre !

— Ouais ?

— Tu as gardé mon numéro ?

Il tapote la poche qui contient son téléphone.

— Je l'ai.

— On ne se connaît pas bien, mais note ça dans un coin de ta tête : si tu as besoin de parler, je suis là.

— C'est cool, mais pourquoi tu me dis ça ?

— Je ne sais pas. Une intuition. Considère-moi comme le joker que le destin a glissé dans ta manche.

— Merci, mec. Essayons de boire un pot, un de ces quatre.

Essaie déjà de survivre à ce que tu vas te prendre. Moi, j'ai eu du mal.

76

Dans l'entrée, sur le sol entièrement bâché, des sacs d'enduit sont posés à côté de pots de peinture. J'enjambe la boîte à outils ouverte en plein passage. Voilà des années que Nico campe dans l'appartement qu'il a acheté à bas prix parce que tout était à refaire. Il a depuis inventé tous les prétextes possibles et imaginables pour différer les travaux. Le meilleur étant sans conteste son horoscope qui lui déconseillait formellement d'utiliser une perceuse.

Convaincu qu'il ne s'attellerait jamais sérieusement au problème, j'évitais même de lui en parler. On dirait pourtant qu'il a décidé de passer à l'action. Matériaux et équipements sont bien là, les gaines électriques déjà refaites, et une odeur de plâtre frais flotte dans l'air…

Je salue l'ampleur du chantier d'un sifflement admiratif.

— Félicitations, Cro-Magnon ! Tu ne vas plus te contenter d'une caverne et d'un point d'eau…

— On ne peut pas faire du sur-place toute sa vie.

— Excellente attitude.

Je me débarrasse de mon blouson tandis qu'il m'entraîne vers son futur salon. Il désigne de grandes plaques qui attendent de rejoindre leurs rails au plafond.

— C'est pour elles que je t'ai demandé de venir. Impossible de les hisser seul. Si tu pouvais m'aider à les monter et les maintenir pendant que je visse…

— Aucun problème.

Il me jauge.

— Tu es sûr d'être en état de bricoler ?

— J'ai l'air si mal en point ?

— Disons que je t'ai déjà vu mieux.

Chacun à une extrémité, on s'empare d'une première plaque. On l'élève en grimpant en parallèle les marches de nos escabeaux et on la positionne. J'ironise :

— C'est toujours mieux de s'y mettre à froid, comme des brutes…

— Tu verras, après une ou deux, tu seras bien chaud.

On porte tous les deux la plaque à bout de bras, en extension. Armé de sa visseuse, Nico commence à la fixer sur les rails.

— Un jour, tu me raconteras où tu as disparu ?

— J'étais avec un chien, on a creusé. C'était super.

— OK, j'ai compris.

À peine la dernière vis en place, il insiste quand même :

— Tu as au moins trouvé la réponse que tu cherchais ?

— Trop tôt pour le dire.

Si je le laisse faire, il va me harceler comme un enfant qui n'obtient pas ce qu'il veut. Alors que l'on s'attaque déjà à la seconde plaque, j'allume un contre-feu :

— As-tu réussi à parler à Barbara ?

Il manque une marche, mais parvient à se rétablir.

— Ma fille a eu sa dernière séance. Je sais, c'est pas ma fille, mais c'était vraiment sa dernière séance. Ses dents sont soignées. Par contre, moi… C'est plutôt le purgatoire. Déjà, pendant tout le rendez-vous, j'avais l'œil rivé sur l'aiguille des minutes en me demandant comment passer pour autre chose qu'un client aux yeux de Barbara. Par quel biais orienter la conversation sur nous ? Il aurait fallu un miracle pour passer de « Bonjour madame » à « Barbara, fais ta vie avec moi » en moins de vingt minutes… Avec en plus la petite qui écoutait tout !

Il soupire.

— J'ai été minable.

Plongé dans ses regrets, il ne maintient plus la plaque, qui s'incurve dangereusement.

— Nico, s'il te plaît, ne lâche pas.

— T'en as de bonnes, toi ! Faire une déclaration d'amour à quelqu'un qui a surtout remarqué tes molaires…

— Je te parle de ton plafond. La plaque va casser…

Il se reprend aussitôt et redresse la situation.

— Désolé. Mais c'est toi, aussi ! Tu me parles de Barbara, alors forcément, ça me déconcentre… De toute façon, depuis l'autre soir, c'est la série noire. Tout part en cacahuète.

— N'exagérons rien.

Il visse machinalement, le front plissé.

— Tu plaisantes ? On a passé la nuit à l'hôpital à flipper en attendant de savoir comment tu t'en sortais. J'ai même cru que tu pouvais y rester. Horrible. Qu'est-ce que je deviens, moi, si t'es plus là ? À part ton légataire universel avec une petite fortune à gérer...

— Tu as donc enfin lu les papiers ?

— Je les ai signés. Aurore aussi. On a suivi tes instructions, et elle a tout renvoyé aux avocats.

— Merci.

— On n'était pas frais, tous les deux. Un peu le même effet que si on se retrouvait autour de ton cercueil. Même pour elle. C'est une fille bien, tu sais. Elle tient beaucoup à toi.

— Je vous suis reconnaissant, à tous les deux. Mais je ne suis pas encore mort et je te l'ai dit : ces papiers, c'est juste au cas où. Ta série noire est terminée.

On empoigne une troisième plaque.

— Pas tout à fait, grommelle Nico. Hier, ma sœur s'est encore fait boxer par son ex-mari.

Il semble très affecté.

— Elle n'avait pas déjà déposé une plainte ?

— Avec ce genre de type, ça ne sert à rien. Il refuse de lui verser ce qu'il lui doit du divorce. Chaque fois qu'elle menace de le traîner en justice, il débarque et s'en prend à elle. Ce n'est pas une injonction qu'il lui faudrait, c'est une bonne raclée. Ces gars-là ne comprennent que ça.

— Comment va-t-elle ?

— Pas bien du tout. Elle s'est réfugiée chez une amie. Je vais finir par m'en mêler.

— Foncer tête baissée n'arrangera rien.

— Il ne me fait pas peur. Je peux lui faire passer un sale quart d'heure...

— Nico, je te comprends, mais fais gaffe.

On bloque la nouvelle plaque sur les rails.

— Si je ne m'en occupe pas, reprend-il, qui va se charger du problème ? On attend de la récupérer encore plus amochée aux urgences pour réagir ?

— Tu ne résoudras pas cette histoire tout seul.

— C'est toi qui me dis ça ? Monsieur « Je-règle-mes-soucis-dans-mon-coin-sans-donner-de-nouvelles » ?

Il visse, crispé sur son outil. J'abdique :

— C'est bon, je vais t'affranchir : je suis retourné là où mes parents, Julien et moi avons passé nos dernières vacances ensemble.

Il abaisse sa visseuse et sa vis tombe sur le sol en tintant. Il n'y prête aucune attention et me fixe :

— Tu veux dire vos dernières vacances ensemble… avant ?

— C'est ça, juste avant l'accident de Papa. Maintenant, sécurise ta plaque parce que sinon, ton plafond ne sera même pas fini qu'on va déjà se le prendre sur la figure.

Il se dépêche d'engager une nouvelle vis et me regarde à nouveau.

— Était-ce le bon moment pour t'infliger ça alors que tu viens déjà de te prendre Cassandra ?

— Je ne me suis pas posé la question.

— C'est quoi l'idée ? Tu veux que Shakespeare écrive une tragédie sur toi ?

— Si je pouvais le convaincre de reprendre la plume, ce serait bien. Je sais déjà quel rôle tu aurais…

— Rigole. Tu t'es pas vu tomber dans les vapes l'autre soir. T'étais tout blanc.

— Parce que tu m'avais déteint dessus.

— Ça va encore être ma faute ! Donne-moi une seule bonne raison d'accomplir ce pèlerinage dès le lendemain. Tout seul, en plus !

— Je cherche à faire le ménage une bonne fois pour toutes. Parce qu'ensuite…

Il m'interrompt vivement d'un geste de la main.

— Je déteste quand tu parles comme ça.

Il souffle comme un buffle avant de déclarer :

— Ces papiers que tu nous fais signer comme si tu allais crever… Darshan qui t'a fait transporter à l'hôpital en urgence sans même être surpris de ce qui t'arrivait… Toi qui règles toutes tes affaires comme un condamné, quitte à foutre le nez dans tout ce qui t'a fait souffrir… C'est quoi, l'étape d'après ? Tu vas aussi me dire quelle épitaphe tu veux sur ta tombe ?

Pourquoi utilise-t-il cet exemple précis ? Soit il a parlé avec Dieu, soit il a encore bu du gel douche. Il s'agite sur son escabeau en pointant sa visseuse vers moi. On dirait qu'il me braque avec un pistolet de science-fiction. Loin de se calmer, il ajoute :

— Parce que si tu veux faire le ménage, comme tu dis, rappelle-toi que j'ai essayé de t'avertir pour Cassandra. Ça ne me surprend pas qu'elle jette les mecs comme des vieilles pompes. Elle est convaincue que le monde n'existe que pour la servir.

— Inutile de tirer sur l'ambulance.

— Je ne l'ai jamais vraiment appréciée.

— Je m'en souviens parfaitement.

— Sauf quand je l'ai vue courir, parce que là…

Il roule des yeux, rêveur.

— Merci, Nico.

— N'empêche, tu aurais dû m'écouter.

— Il faut parfois le temps de se rendre compte des choses par soi-même.

— Du coup, ça y est ? Tu t'es bien rendu compte « par toi-même » ? Comme ma frangine ? Parce qu'elle aussi, je l'avais prévenue que l'autre bourrin, c'était pas un gentil.

— La prochaine fois, promis, je t'écouterai.

Je lui désigne les travaux autour de nous.

— C'est pour Barbara que tu entreprends enfin tout ça ?

— Évidemment. J'y passe tout mon temps libre, jour et nuit, et elle ne s'en doute même pas. Si un jour elle se pointe, il faudra éviter de lui balancer que j'ai végété dans ce taudis pendant des années. On lui racontera que je viens de l'acheter.

Il marque une pause et secoue la tête.

— Mais pourquoi viendrait-elle ici ? Je ne suis même pas fichu de lui dire autre chose que « bonjour », « merci » et « combien je vous dois ? »

Il reprend le travail, mais je reste sur son problème. Tout à coup, ça grésille dans ma tête.

— Écris-lui.

— Quoi ?

— Écris-lui une lettre.

— Pour lui dire quoi ?

— Tout ce que tu n'es pas capable de lui avouer en face.

Il réfléchit sur son perchoir sans lâcher sa visseuse.

— L'idée n'est pas mauvaise, mais tu as dû oublier combien j'avais en rédaction…

Je descends de l'escabeau et je quitte le salon pour aller chercher mon blouson.

77

Je sors la lettre de ma poche intérieure et la décachette sans hésiter. J'attrape un marqueur dans la boîte à outils de Nico et j'étale mon courrier sur le mur brut.

Ça me trouble de revoir ce document, mais pas tant que ça. Je prends une inspiration et je me lance. Je commence par rayer le nom de Cassandra, au point de le faire définitivement disparaître sous un gribouillis noir. Ni chaud ni froid. Je relis mes mots sans état d'âme, et je biffe tout ce qui ne peut pas servir à Nico.

Sa voix résonne depuis le salon :

— Qu'est-ce que tu fous ? On n'accroche plus les plaques ?

— Deux minutes. Je travaille pour toi.

— C'est sur l'escabeau que tu devrais bosser pour moi !

Je rature le texte. Aussi étrange que cela puisse paraître, ça me fait du bien. Ces phrases, nourries de mes espoirs avant qu'ils volent en éclats, vont peut-être servir. Même si ce n'est pas de la façon que j'imaginais, j'en suis heureux.

Je barre encore, j'élimine. Cette missive – du moins ce qu'il va en rester – n'a plus pour ambition de m'assurer une seconde chance, mais d'en offrir une première à mon complice.

— Adrien, qu'est-ce que tu fabriques ?

— Un tremplin…

Une dernière vérification rapide, et je retourne au salon. Nico est toujours perché. Je lui tends la lettre désormais méconnaissable.

— Tiens. Bien entendu, ce n'est qu'un brouillon. À toi de décider si tu veux lui dire « tu » ou « vous »…

Il commence à lire. Il marmonne le texte. Il a toujours fait ça. Déjà, au lycée, il énervait tout le monde avec cette manie.

— « J'ignore ce que tu fais à l'instant où je t'écris, mais je pense à toi. Cela m'arrive souvent. Tout le temps, pour être honnête. Depuis que je te connais, je ne supporte plus ton absence… »

On dirait qu'il consulte le mode d'emploi d'un four à micro-ondes. Bien qu'il n'y mette aucune intonation, j'ai l'impression que ça lui parle. Il s'assoit au sommet de son escabeau et parcourt le texte en s'y impliquant de plus en plus.

— « … Quelque chose en toi m'attire, me motive et m'élève dans tout ce que je fais. Je ne sais pas le nommer, mais je sais le reconnaître. Assez pour savoir que je ne le trouve nulle part ailleurs. Toi seule allumes cette étincelle qui m'éclaire de l'intérieur. »

Il relève les yeux de la feuille et me regarde étrangement.

— T'as écrit ça dans le couloir, en deux minutes ?

— On s'en fout. Lis.

— « … Je n'avais pas prévu de tomber amoureux. Tout est arrivé par ta faute, ou plutôt grâce à toi. À la seconde où nous avons échangé, je n'ai plus imaginé le monde sans toi, et encore moins ma vie. J'ai quelqu'un à attendre, à espérer, en connaissant son nom et son adresse… »

Il redresse le nez, paniqué.

— Je sais pas où elle habite !

— Tu sais où elle travaille. Aucun problème.

Rassuré, il poursuit :

— « Je ne sais pas m'y prendre, je suis paralysé à l'idée de commettre des erreurs. Suis-je capable de faire ton bonheur ? Je l'ignore, mais je t'en prie, laisse-moi essayer. Je n'ai par contre aucun doute sur le fait que tu peux faire le mien. C'est déjà le cas. Sans même que tu le saches. Tout ce que je veux, c'est rester à tes côtés, te regarder vivre, t'aider à porter tes envies et pourquoi pas, en faire partie. »

Entendre cette déclaration, qui fut si intimement mienne, prononcée à voix haute par un autre, produit un effet inattendu. Je ne le vis pas mal. Au contraire. Les mots s'envolent, s'éloignent, en emportant avec eux le poids de ce qu'ils représentaient. Les offrir à Nico me libère. Mes sentiments n'auront pas été perdus, ils sont transmis.

— « Ces derniers temps, poursuit Nico, je me demande souvent ce que l'on retient d'une vie. Qu'en reste-t-il ? Moi, je rêverais que ce soit toi. Laisse-moi l'occasion de te dire tout ce que tu représentes, tout ce que j'espère pour nous. Il n'y a peut-être qu'une chance sur un milliard pour que ça marche entre nous, mais je veux la saisir. Voilà, tu sais tout… Je t'attends, seulement si tu le veux. »

Nico relève la tête. Il ne m'a jamais regardé ainsi.

— C'est beau. C'est exactement ce que je ressens. Comment t'as fait pour écrire ça en si peu de temps ?

— C'est une longue histoire.

Il semble soudain contrarié.

— C'est vraiment parfait, mais je ne peux pas l'utiliser.

— Pourquoi ?

— Ce n'est pas de moi. Je ne veux pas mentir à Barbara.

— Nico, ça fait un bon moment que personne n'a rien inventé. Ces mots, d'autres les ont déjà employés. On en a fait des chansons, des films, des livres… Sauf que cette fois, c'est ton histoire. Les sentiments sont universels, mais chacun les vit de façon unique. Cette lettre n'est que le début. Un tremplin, comme je te l'ai dit. Ne te trompe pas, c'est pour ce que tu es, pour ce qu'elle a capté de toi, que Barbara aura envie d'y répondre, ou pas.

Il réfléchit intensément. Vu la tête que ça lui fait, il vaudrait mieux qu'il s'en abstienne dans un lieu public.

— Tu as sans doute raison, finit-il par conclure.

— J'en suis certain.

— Merci, vieux frère.

— Je t'en prie. J'espère que ça marchera pour vous deux.

Il retrouve tout à coup son énergie habituelle et brandit la lettre barbouillée de marqueur.

— Tu ne crois pas que si je la recopie, elle perdra de sa force ? Je pourrais la lui donner comme ça ?

— Non, Nico. C'est un torchon. C'est à toi de l'écrire et de la signer.

Résigné, il approuve de la tête.

Nous sommes là tous les deux, sous le plafond de son salon loin d'être terminé. Il murmure :

— Comment pourrais-je un jour te rendre tout ce que tu m'as apporté ?

— Je t'en dois bien autant. D'ailleurs, en discutant avec toi, je me suis aperçu que j'avais encore un truc à faire.

Il change radicalement d'expression.

— Tu ne vas pas repartir ?

— Une dernière fois. C'est important. Après, ce sera terminé.

— Je t'accompagne.

— Je te remercie, mais ça ne servirait à rien. Je préfère que tu avances et que l'on finisse ton plafond dès mon retour. Ne pose aucune question, s'il te plaît.

— D'accord, soupire-t-il. Je n'ai aucune idée de ce que tu vas encore bien pouvoir trafiquer, mais je te souhaite bonne chance.

J'ai attrapé mon blouson. Il pèse vraiment moins lourd sans la lettre.

78

Je suis impressionné par la facilité avec laquelle on peut rassembler des données personnelles sur n'importe qui. Quelques recoupements sur Internet suffisent pour en apprendre beaucoup. Beaucoup trop.

Dans sa nouvelle vie, ma mère n'a pas été longue à se remarier, mais ça n'a pas dû se passer comme elle l'espérait parce que j'ai découvert que voilà trois ans, elle a déménagé à quelques rues de son adresse précédente, en reprenant son nom de jeune fille. De cette seconde union, elle aurait apparemment eu un autre enfant.

Je ne compte pas lui faire de reproches, et encore moins tenter de renouer. J'ai grandi sans elle parce qu'elle nous l'a imposé. C'est ainsi, et je ne peux rien y changer. Je me suis souvent demandé comment une mère pouvait couper les ponts avec ses propres enfants. On se dit que c'est impossible, que c'est contre nature. Pourtant, ça arrive tous les jours, partout dans le monde.

Mon intention n'est pas de la juger, ni d'essayer de la comprendre. La façon dont elle s'arrange avec son passé, c'est son problème. J'ai déjà assez à faire avec les miens. Sans doute avait-elle ses raisons d'agir ainsi, ses limites, ses aspirations, comme nous en avons tous. Je sais désormais à quel point il est risqué de s'aventurer sur les terres du passé. Il n'y a rien à y gagner. C'est un royaume où rôdent regrets et remords, et ceux-ci ont vite fait de vous enchaîner. Les pépites ne se trouvent jamais dans les galeries déjà creusées. Pourtant, parfois, on a simplement besoin de jeter un œil, d'entendre, pour fixer des repères autres que fantasmés et pouvoir passer à autre chose. Ma mère est un gros dossier que j'aimerais bien archiver.

Je me suis demandé comment l'approcher en ayant la possibilité de l'observer impunément, voire d'échanger avec elle, sans éveiller ses soupçons. Une rencontre « fortuite » dans un lieu où elle fait ses courses ? Suer sang et eau sur la machine voisine de la sienne dans le club de sport où elle est inscrite ? Ou même me jeter sur son capot à un carrefour pour qu'elle se porte à mon secours ? Trop compliqué à orchestrer, bien que l'idée qu'elle prenne soin de moi en tant qu'inconnu alors qu'elle ne l'a pas fait en tant que fils m'amuse franchement. Durant mon trajet vers la Côte d'Azur, j'ai eu tout le loisir de m'interroger sur le stratagème le plus adapté.

Sur le site de sa résidence, j'ai déniché un questionnaire de copropriété qui va me fournir un excellent prétexte pour m'adresser à elle – à son domicile de surcroît. Il y est question, entre autres, de l'appréciation de l'entretien des parties communes, de l'évaluation des aménagements et des services. Cela me laissera amplement le temps de l'étudier dans son milieu naturel.

Je ne l'ai pas revue depuis presque vingt ans. J'ai décidé de me présenter à elle tel que je suis, sans rien masquer de mon apparence. Sans doute y a-t-il dans ma démarche une part de provocation, afin de vérifier si elle va me reconnaître ou si je vais au moins lui rappeler quelqu'un. La dernière fois que j'ai vécu ce genre de situation, c'était avec Cassandra, et elle ne m'a pas identifié. Nous verrons si l'instinct d'une mère fait la différence...

Pour pénétrer dans l'immeuble, j'ai attendu que quelqu'un entre, et je me suis faufilé à sa suite sans aucun problème. Les boîtes aux lettres me renseignent. Elle vit au deuxième étage, appartement B203. Ça sonne comme un coup à la bataille navale. J'espère que je ne vais pas couler.

J'avoue que je ne sais pas très bien dans quel état je suis. Curieux de la revoir, sans rien en attendre. Ne cherchons pas plus loin. À partir de là, tout est possible.

J'ai imaginé tant de versions de ces retrouvailles – qui n'en sont que pour moi, et encore. Va-t-elle me claquer la porte au nez parce qu'elle est en conflit avec son syndic ? Me reconnaître et me tomber dans les bras en me demandant pardon ? J'aimerais pouvoir me convaincre que je suis prêt à tout, mais ce serait vachement prétentieux.

Si je n'éprouve aucune rancœur consciente envers elle, je me suis quand même imaginé lui vider mon sac et lui jeter au visage tout ce que je pense de son attitude, au moment de la mort de Papa et ensuite.

J'emprunte l'escalier, afin d'avoir quelques instants de plus pour me préparer à cette étrange confrontation, mais également en espérant que cette modeste activité physique supplémentaire fera un peu retomber la pression.

Je débouche dans son couloir. Voilà sa porte. Respire, Adrien.

Je tends l'oreille, mais je ne capte rien. Je vérifie mon allure, jusqu'à la façon dont je tiens mes feuilles, pour paraître le plus crédible possible. J'aurais dû mettre des lunettes ; ça fait toujours sérieux, les lunettes. Mais pas celles de Zoé.

Je tente de contrôler ma respiration. Je sens que mon cœur bat très vite. Si je portais encore mon Holter, nul doute que les courbes de mon activité cardiaque auraient une forme suspecte.

Je vis l'un de ces moments où ce n'est plus votre âge en années qui vous définit mais votre âge intime, celui auquel vous placent votre expérience et votre aptitude à faire face. J'ai beau être un homme adulte, je me sens comme un môme de seize ans, peu assuré et n'ayant aucune idée des conséquences de ce qu'il s'apprête à faire.

Une profonde inspiration, et je sonne. Je compte les secondes. J'ai fixé à trente le délai avant de sonner à nouveau. Il ne se passe rien jusqu'à douze, et c'est long pour un jeune de seize ans qui n'en mène pas large. Je me répète en boucle ma phrase de présentation pour l'enquête : « Bonjour madame, j'espère ne pas vous déranger, je suis chargé par le… »

Un bruit de porte à l'intérieur. Une voix étouffée, féminine. Des pas, certainement en talons. La clarté qui apparaît dans l'œilleton indique que l'on m'observe. Dans un film, c'est le moment où l'espion risque sa peau. S'il est démasqué, le sol se dérobera sous ses pieds et il se fera dévorer par les requins qui occupent les appartements du dessous. Une petite famille très sympa, mais qui a toujours faim. À moins que le détecteur de fumée au plafond ne dissimule un laser qui va me pulvériser...

La porte de la base secrète s'ouvre. Pas de doute, c'est elle. En une fraction de seconde, je suis submergé par trop d'informations. Ses traits sont plus marqués, forcément, mais pas tant que ça. Son regard est toujours aussi clair, et ravive par surprise d'innombrables réminiscences. Elle est moins grande que dans mon souvenir. La coiffure est très différente, mais en accord avec la mode d'aujourd'hui. La couleur des cheveux est indéfinissable, entre le blond labrador et le roux écureuil, avec un soupçon de tapis de salle de bains. Le décalage capillaire est tellement violent avec l'image que j'en avais gardée qu'il pourrait s'agir d'une perruque.

Elle me regarde à peine et vérifie la pendule de son entrée.

— Vous avez plus d'une heure d'avance, mais ce n'est pas grave. Inès est réveillée. Entrez.

Elle m'accueille et je reste un instant comme un crétin sans savoir quoi faire. Je me ressaisis et, la tête en fusion, je serre la main de ma mère.

Elle m'entraîne à présent à travers son appartement en me parlant, mais je n'écoute pas. Je suis littéralement saturé par tout ce que je vois. Elle, d'abord. Je la détaille de la tête aux pieds, le plus discrètement possible. Je n'ai aucun mal à deviner à quel point elle a dû être belle étant jeune. Elle l'est d'ailleurs encore. Même si je n'y peux rien, je trouve assez glauque de considérer ma génitrice avec un regard mâle, alors que la dernière fois, c'était avec des yeux d'enfant. Le sien, qui plus est.

Mon cerveau est bombardé d'informations qu'il ne parvient pas à trier. Ça tombe de partout. Nous arrivons dans un vaste séjour prolongé sur l'extérieur par un grand balcon dominant la mer. Son appartement coche toutes les cases de l'aménagement tel qu'il se doit d'être. Quelques bibelots dans l'air du temps, mais rien qui dénote une personnalité ou même la vie dont j'ai autrefois fait partie. La décoration de la pièce se résume à certains de ces objets que le bon goût officiel impose d'avoir quand on appartient à sa catégorie sociale. Des toiles qui ne représentent rien, des machins qui ne servent à rien. Pas une seule photo.

Je me concentre sur ce qu'elle m'explique.

— ... Son père juge normal qu'elle fasse un blocage sur les maths puisque c'est une fille, mais je ne suis pas d'accord. Je ne veux pas qu'elle rate son orientation à cause d'une idée préconçue machiste. Vous me comprenez ?

— Tout à fait.

— Je compte sur vous pour me dire si elle est réellement allergique à la matière, ou si elle doit simplement, avec un peu d'aide, prendre confiance en elle et surmonter ses a priori.

Si je n'avais pas de passé avec cette femme, je trouverais son attitude envers sa fille remarquable. Je devrais m'attacher à ce qu'elle me détaille, mais je n'entends que sa voix. Quelques intonations me sont familières, mais plusieurs nuances me déroutent : un léger accent du Sud qu'elle a logiquement pris, et surtout, un vocabulaire et une diction du même registre que sa coiffure, parfaitement en phase avec son milieu mais qui ne correspondent plus au temps où je grandissais près d'elle. Le naturel y a perdu ce que le standing un brin artificiel a gagné.

J'ai du mal à considérer qu'elle m'a porté en elle, donné la vie, bercé et accompagné lors de mes premiers pas. Comment est-il possible de nous tenir là comme des étrangers, alors qu'elle est la source de mon existence ?

Peut-être devrais-je lui révéler mon identité ? Peut-être devrais-je poser ma main sur son bras et lui murmurer : « Maman, c'est moi, Adrien. » Cette révélation produirait sans doute l'effet d'une bombe. Que se passerait-il ensuite ?

Je ne suis pas venu poser une bombe dans son salon, mais observer.

— Ce que j'attends de vous, poursuit-elle, c'est une évaluation objective des capacités de ma fille et ensuite, que vous la sortiez de l'impasse où elle s'est enfermée. Puis-je compter sur vous ?

— Je vais faire mon possible.

C'est au mieux ce qu'elle-même a fait lorsque notre famille s'est disloquée. Son possible. Et je me retrouve là, ce matin, avec une équation à une inconnue. Combien va-t-il me falloir de kilomètres de course à pied ou de litres de rhum pour digérer ça ? Vous pouvez utiliser la calculatrice programmable, mais elle ne vous servira à rien. Vous avez une heure.

79

Pour que ma mère ne puisse pas les apercevoir, je serre mes faux questionnaires de syndic contre moi. Elle ouvre la porte d'une chambre de jeune fille.

— Ne faites pas attention au désordre. Vous savez comment sont les enfants…

Je sais au moins comment sont deux des siens.

— Inès ! appelle-t-elle.

Une voix venue de la salle de bains attenante répond :

— Quoi ?

— Ton prof de maths est là.

Elle m'effleure le bras et me dit à voix basse :

— Je vous fais confiance : évaluez-la et donnez-moi franchement votre avis.

C'est la première fois qu'elle me touche depuis qu'elle a quitté notre maison. N'a-t-elle rien senti, pas même l'étrange frisson qui m'a parcouru ?

Elle tourne les talons et m'abandonne dans la chambre de ma demi-sœur. Super bizarre.

J'étais prêt à baratiner n'importe quoi sur les parties communes ou les poubelles, mais par un nouveau tour dont le destin a le secret, je me retrouve en tant que soutien scolaire de l'enfant que ma mère a eu avec un autre que mon père. Accroche-toi, Adrien. Dis-toi que ce qui ne te tue pas t'occupe en attendant d'y passer.

J'étudie la chambre. Ayant grandi avec un frangin, je n'ai pas l'habitude de ce genre d'environnement aux couleurs assez vives. Des peluches partout, des posters aux murs, des souvenirs, quelques livres, et un grand panneau de liège au-dessus du bureau. Il y a plus de vie dans cette pièce que dans tout le reste de l'appartement. Ma demi-sœur aime les animaux, milite pour l'environnement, et à en juger par les quelques vêtements qui traînent, adore le vert émeraude.

La porte de sa salle de bains s'ouvre. Je m'attendais à voir apparaître une enfant, mais c'est déjà presque une jeune femme que je découvre. Terriblement jolie. Elle est surprise. Est-ce parce qu'elle tombe sur un inconnu dans l'espace très personnel que constitue sa chambre ? Ou parce qu'elle me trouve plutôt âgé pour un étudiant qui donne des cours particuliers ? Je bafouille :

— Pardon pour l'intrusion, c'est votre mère qui m'a demandé de vous attendre ici.

— Pas de problème.

Elle me tend la main alors que je lui adresse un salut qui veut faire jeune. On hésite maladroitement, sans savoir comment nous y prendre. On partage au moins un sourire face au ridicule de la situation.

Elle m'invite à prendre place à son bureau en m'offrant sa chaise pivotante. Elle dégage ensuite le sac posé sur un tabouret qui imite un fût de déchets toxiques et s'y installe.

Un bureau est toujours très révélateur. Celui d'Inès me fournit énormément d'informations, particulièrement le panneau de liège où elle a punaisé beaucoup d'indices. Elle éprouve une fascination pour la Nouvelle-Zélande, collectionne ses anciens tickets de cinéma et de concert, quelques billets de banque étrangers, et de nombreuses photos sur lesquelles elle s'en donne à cœur joie avec ses amies – peut-être même un petit ami étant donné les trois clichés plus grands où elle figure seule avec un jeune homme qui la serre de très très près.

C'est elle qui prend l'initiative.

— Comment voulez-vous que l'on procède ?

Sa diction est claire. Elle n'est pas impressionnée. Au point que je me demande si, au-delà d'accepter ces cours, elle ne les a pas souhaités.

— Dites-moi d'abord où vous en êtes de votre programme et quels sont les points qui vous posent le plus de problèmes.

— On pourrait se dire « tu », si ça ne vous ennuie pas. Ce serait plus facile pour moi. Vous n'avez quand même pas l'âge d'être mon père !

Elle éclate de rire, et ce son-là ravive une émotion que je pensais disparue. Elle a exactement le même rire que sa mère. Que la mienne. Je n'ai certes pas l'âge d'être son père, mais celui d'être son grand frère. Je la contemple comme une surprise, une belle surprise dans cet océan de doutes que je traverse seul sur ma coque de noix.

Nous avons parlé de trigonométrie et de formules. Nous avons aussi évoqué en détail sa façon de poser des équations, d'aborder ses exercices et les maths en général. Je lui ai répété ce que le professeur Taner m'avait lui-même enseigné : bien poser le problème revient déjà à le résoudre en grande partie.

Inès est une jeune fille très fine, vivante. Sa tendance à dévier sur l'humour lorsqu'elle est en difficulté me parle, et je la trouve vraiment drôle. A priori, ses parents ont réussi à lui donner confiance en elle, sans la réduire à sa seule beauté. Elle ne s'est pas construite là-dessus. En jaugeant sa faculté à jongler avec les chiffres, je ne suis pas certain que les matières scientifiques correspondent le mieux à sa nature, mais cela n'empêche pas qu'elle est, j'en suis persuadé, parfaitement capable de les maîtriser si elle le décide.

Je pose des questions, je la regarde se frotter à quelques équations. J'analyse les rouages de son esprit qu'elle sollicite pour les résoudre. Cela me laisse le temps de l'observer. Finalement, nous sommes un peu de la même famille, et cette idée me plaît.

Sur la terrasse, j'entends sa mère qui discute au téléphone. Je ne comprends pas tout ce qu'elle dit, mais il s'agit d'une conversation banale avec un ou une proche. Des mots quotidiens, qu'elle échange en toute simplicité. Cela me perturbe. Sans doute parce que ces paroles mettent en évidence qu'elle a sa vie, dont ni moi, ni Julien, ni Papilau ne faisons partie.

Là, infiltré dans son monde, auprès de sa fille, je n'arrive pas à lui en vouloir. Ce n'est ni de la faiblesse ni du fatalisme, mais une évidence. À quoi bon lui révéler que je suis son fils ? Même si ma vie doit s'achever bientôt, ce n'est pas auprès d'elle que j'ai envie de me réfugier. Tout au plus aimerais-je peut-être me blottir contre l'idée d'une mère, mais elle a tout fait pour ne pas y correspondre.

Inès vient de triompher d'une équation qui lui avait pourtant valu de trébucher lors d'un récent contrôle. Elle semble se surprendre elle-même, et je partage son enthousiasme :

— Excellent !

Je décide de l'entraîner sur un problème plus complexe.

— À toi de jouer. C'est à ta portée. La prétendue difficulté des maths, c'est surtout l'idée qu'on s'en fait.

Je devine une pointe de défi dans son regard. Elle se met à gamberger.

Même si Inès ne va pas radicalement modifier son approche d'un coup de baguette magique, elle a déjà moins peur. Elle ne se dit plus que cette ligne sur sa feuille est un fauve qui va la dévorer. Elle tente de la dompter.

Après quelques fausses pistes, elle parvient à trouver la solution.

— Tu vois que tu en es capable !

Elle est visiblement satisfaite. Voici l'occasion d'approfondir son cas.

— On ne va pas se mentir, Inès. Il est évident que si tu veux, tu peux. Alors quoi ? C'est par principe que tu n'aimes pas les maths ?

— Je ne sais pas trop à quoi ça me servira.

— C'est un outil. Uniquement un outil. Tu sais ce qu'est un marteau-piqueur ?

Elle est décontenancée et rigole à moitié.

— Oui, bien sûr.

— Ça aussi, c'est un outil. Mais il y a de fortes chances que tu ne t'en serves jamais.

Elle rit encore.

— Pourtant tu sais que ça existe, à quoi ça sert, et comment ça fonctionne.

— En gros, oui.

— Si tu en avais besoin, tu saurais que c'est à ta disposition.

— C'est vrai.

— Alors considère les maths comme un marteau-piqueur. Apprends ce que c'est, comment ça marche, et tu décideras ensuite si c'est avec ça que tu veux travailler. Ne te prive jamais d'un outil. Celui-là est puissant. Moi, il m'a aidé à voir le monde autrement.

— À ce point ?

— À ce point. Que tu veuilles bâtir un refuge pour animaux ou aller faire du shopping sans te faire avoir, les maths peuvent t'aider. Aucun outil n'est inutile. Il faut juste décider s'il est adapté.

Tranquillement, elle hoche la tête.

— J'aime bien ta façon d'expliquer.

— Merci, Inès. N'oublie jamais ceci : quoi que tu veuilles entreprendre dans ta vie, ne te dis jamais que c'est impossible. Suis tes envies. Seuls ces élans-là comptent.

Elle m'écoute, sereine. Mieux, je crois qu'elle m'entend. Ce regard que nous échangeons, avec la voix de sa mère en fond, est celui que pourraient partager deux véritables amis, ou un frère et une sœur.

Je ne vais rien dire, je ne vais rien faire, je vais simplement jouer le minuscule rôle qui est le mien à cet instant. Je n'ai pas envie de déséquilibrer la vie d'Inès en réveillant des histoires qu'elle n'a pas à subir.

Le temps est passé trop vite.

80

Avant de repartir, j'ai rassuré ma mère sur les aptitudes de sa fille. Elle était soulagée. Elle a voulu me régler la séance. Je lui ai dit que l'on verrait ça la prochaine fois.

Au seuil de son appartement, au moment de la quitter, quelque chose d'étrange se produit en moi. Tout est clair à présent. Il est probable que je ne la reverrai pas. L'idée est plus impressionnante que le sentiment que cela déclenche en réalité. C'est ici que je décide que plus jamais, je n'appellerai quelqu'un « Maman ».

Que puis-je lui dire en cet instant solennel qui ne dit pas son nom ? Rien ne me vient.

Face à elle, sans qu'elle s'en doute, je suis calmement en train de tourner la page. On se serre la main. Sa peau est presque aussi douce que celle qu'avait ma mère.

— Je vous remercie, me dit-elle, satisfaite de ma visite. Je n'ai jamais vu Inès aussi détendue après avoir fait des maths !

— Vous avez raison de la soutenir, elle en vaut la peine.

Je m'éloigne déjà dans le couloir.

— Pardon, j'ai oublié votre prénom !

— Jérémie. Je m'appelle Jérémie.

— Merci beaucoup Jérémie, à samedi prochain.

Je lui souris. La vie est décidément surprenante. Je m'éloigne sans me retourner. J'entends sa porte qui se referme. Je dévale l'escalier, ni pour fuir, ni pour être seul, mais pour avancer.

Dans le hall de l'immeuble, j'ai croisé un jeune homme ayant tout de l'étudiant de prépa qui vient donner des cours. Il porte des lunettes, ça fait vraiment plus sérieux. Je remercie le ciel qu'il soit en retard. Cela m'a permis de vivre ce moment chez ma mère en m'épargnant l'embarrassante arrivée du vrai prof de maths. J'espère qu'il est bon. Inès le mérite.

81

Le soleil du Sud inonde tout à coup mon visage. Quittant le hall de marbre et sa fraîcheur, j'ai la sensation de plonger dans un bain de chaleur bienfaisante. Comme si, en me retrouvant dehors, je me sentais enfin chez moi. Un frisson parcourt ma peau.

Le boulevard du front de mer paraît beaucoup plus coloré que lorsque je suis arrivé. Plus animé, aussi. Une profusion de vie au centre de laquelle je me tiens, un ballet aussi fluide qu'harmonieux que j'ai l'impression de découvrir pour la première fois. Tout est à sa place. Les robes vives des passantes qui ondulent, les voitures glissant dans des trajectoires parfaites, les étincelants reflets des flots qui dansent. Même les boutiques et leurs devantures criardes semblent servir de décor à une comédie musicale en Technicolor, à laquelle ne manque qu'un orchestre.

Je me retourne une dernière fois vers l'immeuble de ma mère. Lui aussi m'éblouit. J'aperçois son balcon. Ultime coup d'œil avant archivage du dossier, si tant est qu'une étagère puisse être assez solide pour en porter un si lourd.

Mon corps me paraît incroyablement léger, mes poumons plus grands. Et mes pieds ! Ils vont là où je le décide ! Personne ne m'attend. Plus aucune obligation. Si je veux aller à gauche, j'irai ! Tout est possible ! Un potentiel inédit, ou plutôt un nouvel angle d'approche. Si je veux marcher jusqu'à la Méditerranée et me jeter dedans tout habillé pour capturer quelques-uns de ses éclats aveuglants, rien ne m'en empêche. Libre, je suis libre, et c'est ainsi que je me sens.

Une sensation d'ivresse m'envahit. Je ne suis plus le prisonnier de rien ni de personne, pas même de moi. Je suis un évadé !

Une interférence intérieure vient cependant ternir mon exaltation. L'image de ce monde en Technicolor me paraît s'incliner peu à peu, comme si le sol se dérobait. La tête me tourne. Évidemment, tant d'émotions ne pouvaient pas conduire qu'au bonheur. Je vais finir par croire que Romane a raison : chaque fois que vous êtes heureux, vous en recevez forcément la facture.

Je remonte le long du front de mer. Atmosphère estivale. Sur la plage, des enfants jouent joyeusement au ballon. J'ai bien envie d'aller courir avec eux. Un chien cavale après un frisbee rouge vif qu'il attrape au vol.

Je ne vais cependant pas m'aventurer très loin, parce que je me sens aussi désorienté que lorsque je portais les lunettes de Zoé. Disons que je vais tenter de me traîner jusqu'au banc vide et ombragé que j'aperçois là-bas. Ce sera déjà pas mal.

Je l'atteins de justesse et m'y affale. La dernière fois que je me suis retrouvé sur un banc, il faisait nuit, un peu froid. Il pleuvait et je venais d'apprendre qu'il ne me restait pas tant que ça à vivre. Aujourd'hui, le temps est magnifique, un vent léger m'enveloppe d'une douceur bienvenue, et jamais je ne me suis senti ainsi. Tout est allé si vite ces derniers mois. Si fort.

Contre toute attente, j'ai finalement vécu un réveillon de plus – et à la montagne, encore ! J'ai découvert d'autres vies ; j'ai appris à dire non, à ne plus cliquer aveuglément sur « Accepter ». J'ai aussi eu un chien rien qu'à moi, et j'ai même été un super-héros… J'ai rendu Papilau heureux et tenté d'aider ceux auxquels je tiens. Toutes ces choses que je ne pensais plus pouvoir vivre, et même davantage, sont en fin de compte arrivées. J'ai bien sûr quelques cicatrices supplémentaires, mais plus aucun regret. Tellement de choses m'ont tué que désormais, je n'ai plus peur de mourir. Rien que pour connaître ce sentiment, ça valait la peine de tenir.

Quelqu'un s'assoit à l'autre extrémité du banc. Cela ne me dérange pas. Je suis en paix, et la vue mérite d'être partagée. Je reste concentré sur mon horizon qui n'a jamais été aussi dégagé… et vide.

Que vais-je faire à présent ? Instinctivement, mon premier élan me pousse à rentrer chez moi, le plus vite possible. Ce n'est pas tant une adresse que l'endroit où je vis auprès de ceux avec qui je partage. Un nid symbolique, tissé de liens affectifs. C'est plus que jamais de cela que j'ai envie.

Au coin de mon œil, un mouvement attire mon attention. Les pieds de la personne qui s'est assise viennent de s'animer curieusement.

Comme s'ils esquissaient une petite danse, un charmant pas de deux. Je songe à Aurore.

Je tourne la tête, et la jeune femme à l'autre bout du banc lui ressemble effectivement. N'importe quoi. Il faut absolument que j'arrête avec mes visions.

Pourtant, à bien y regarder... Mais oui, c'est elle ! Je m'ébroue pour m'assurer que ce n'est pas une illusion. Comment est-ce possible ?

— Aurore ?

— Adrien.

— Que faites-vous là ?

Elle se contente de sourire. Je suis stupéfait.

— Combien de chances...

Elle me coupe :

— Je vous ai suivi.

— Pardon ?

Elle se glisse plus près de moi.

— J'ai eu peur que vous ne fassiez un nouveau malaise.

Je la dévisage.

— Vous êtes une jeune femme étonnante. Vous cultivez l'art de vous faire oublier, vous attendez que l'on vous remarque pour exister, et vous avez quand même eu le culot de me prendre en filature sur des centaines de kilomètres...

— Vous m'avez repérée ?

— Absolument pas. Ce sont vos pieds qui viennent de m'alerter.

— On n'est jamais trahi que par les siens.

Je ne réalise pas bien, mon cerveau a du mal à embrayer. J'hésite un instant, puis d'un ample geste, je désigne le paysage qui s'offre à nous.

— Voici donc le théâtre de ma première réunion avec ma toute nouvelle directrice adjointe.

Elle fait une petite moue.

— Je ne suis pas là pour ça.

— Rassurez-moi, vous avez bien signé votre contrat ? Nico m'a certifié que vous l'aviez transmis au juridique…

— C'est fait, mais ce n'est pas pour vous remercier que j'ai fait tout ce chemin.

— Vraiment ?

— Votre ami Nicolas m'a parlé.

Je soupire.

— C'était à prévoir, à mon grand désespoir. J'espère qu'il n'a pas…

— Je suis au courant pour la pieuvre. Pour pas mal d'autres choses aussi, d'ailleurs…

— Il me le paiera. Vous avez raison, on n'est jamais trahi que par les siens.

— Moi par contre, j'ai tenu ma langue.

— C'est gentil, mais j'ai bien peur que vous n'ayez rien à lui révéler qui soit plus gênant que tout ce qu'il sait déjà.

— Je ne lui ai rien dit pour le diagnostic de votre syndrome.

J'écarquille les yeux, sidéré.

— Comment avez-vous appris ça ? Vous avez aussi cuisiné Darshan ?

— Non, j'ai lu votre dossier médical.

Je suis estomaqué, mais je n'arrive pas à être scandalisé.

— Comment diable y avez-vous eu accès ?

— Je l'ai subtilisé sur son bureau à l'hôpital pendant qu'il discutait avec vos amis. Je l'ai lu dans les toilettes avant de le déposer au secrétariat en prétendant que je l'avais trouvé.

— Toujours se méfier des gens discrets. Donc, vous connaissez la situation…

— Intégralement. J'avoue que j'ai beaucoup appris en lisant les notes du docteur Neuville.

— Vous savez que c'est illégal ?

— Absolument.

Elle me prend la main. Je suis devenu le lapin, mais je n'ai pas envie de détaler.

— Je sais exactement qui vous êtes, Adrien Venel. Réjouissez-vous : tout ce que j'ai appris confirme ce que j'ai ressenti dès la première fois que je vous ai vu.

— Aurore, vous n'êtes pas en train de me faire une déclaration ?

— J'ai bien peur que si.

— Savez-vous dans quel état je suis ?

— Vous venez de vous faire piétiner le cœur, et vous risquez de mourir dans quelques mois.

— Et vous êtes quand même là, à me faire les yeux doux.

— Saleté de facteur humain.

— C'est de l'abus de faiblesse.

— Faites-moi un procès.

— Laissez-moi quand même vous dire ce que vous ignorez…

— Si c'est au sujet de la fois où vous vous êtes coincé la jambe dans un vide-ordures, ça aussi, votre ami me l'a raconté… On ne doit pas s'ennuyer avec vous.

— Bon sang… Il y a quand même des choses que même lui ne sait pas ! Figurez-vous que je descends tout juste de chez ma mère, qui nous a abandonnés mon frère et moi il y a vingt ans. Je dois aussi vous préciser que la moitié de l'hôpital où je suis suivi pense que je me drogue entre deux partouzes, et pour couronner le tout, je préfère de loin empiler les courgettes plutôt que les poivrons, parce qu'avec leur forme irrégulière, parfois ils s'écroulent quand la pile est presque finie et ça me rend fou furieux.

— Ah. Et vous osez me trouver étonnante ?

— Je me demande si je ne vous préférais pas un poil plus réservée…

Elle m'embrasse. Pas du tout comme une collègue.

— Il va falloir vous y faire, me prévient-elle.

Ses pieds dansent. Elle m'enlace.

— Vous pourriez au moins me demander mon avis.

— La vraie question, Adrien, c'est de savoir si tu as eu assez peur et assez mal pour en être réduit à faire confiance à une fille comme moi.

Cette fois, je l'entends, l'orchestre.

82

En approchant du coin de la rue, Nico décélère et se range idéalement le long du trottoir. On se croirait dans une de ces séries américaines où il y a toujours de la place pour se garer exactement là où on en a besoin. Il coupe le contact.

Depuis notre position, on aperçoit notre cible qui s'affaire dans son garage grand ouvert. Le type n'est pas très grand, mais charpenté. On dirait qu'il range des caisses.

— Nico, pourquoi c'est toi qui es habillé en Batman ?

— Parce que quand on s'occupe de tes plans foireux, c'est toi. Quand on est sur les miens, c'est moi.

Imparable. Il m'inquiète quand même un peu.

— Nous sommes bien d'accord qu'on est là uniquement pour lui faire peur ? Tu ne vas pas nous déclencher une vendetta ?

— Parole ! On lui fiche une bonne trouille pour qu'il règle sa dette à ma sœur et lui foute la paix, et on repart. T'es prêt ?

J'enfile mon casque de moto, je vérifie mes gants et j'abaisse la visière. Cette fois, c'est moi le commando.

Avec une parfaite synchronisation, nous sortons de la voiture. Sans même regarder s'il y a de la circulation, Nico pique droit sur la maison en marchant en plein milieu de la rue. Je le suis en scrutant les parages, des fois qu'on soit vraiment dans une série et qu'il y ait des snipers planqués. Le voisinage semble calme. Avais-je l'air aussi ridicule dans ce costume ?

— Nico, tes petites oreilles gigotent quand tu marches. Ça ne te donne pas l'air intelligent.

— Je ne suis pas là pour avoir l'air futé. S'il te plaît, ne prononce pas mon nom. Appelle-moi Batman.

Ben voyons.

Malgré sa promesse, Nico me paraît prêt à en découdre. Je m'assure qu'on s'est bien compris.

— On lui réclame l'argent fermement, mais poliment. D'accord ?

— T'as raison, ricane Batman. On va être tellement polis qu'il nous proposera en plus de passer l'aspirateur dans la bagnole…

À mesure qu'on approche du bonhomme, je révise mon jugement : il est effectivement charpenté, mais plus grand que je ne l'avais d'abord estimé. Étant donné sa trogne, les chances de nous en tirer simplement m'apparaissent de plus en plus minces. On passe sous la barre des 10 %. J'espère qu'il avait une tête plus sympathique le jour de son mariage, parce que là… Je me demande ce que la sœur de Nico a bien pu lui trouver.

Sans ralentir son allure, Batman me glisse :

— Si je te dis « couche-toi », tu te couches. Reçu ?

— Pourquoi tu dis ça ?

Pas de réponse. Nico s'engage sur l'allée de son ex-beau-frère et l'interpelle :

— Bonjour monsieur.

L'autre se retourne, un sac de sport dans les bras. Il n'a même pas l'air surpris par nos accoutrements.

— Quoi que vous vendiez, je m'en tape. Tirez-vous.

En avançant droit sur lui, Nico réplique :

— On ne vend rien, on vient chercher ce que vous devez...

Le type lâche son sac et se redresse.

— Sortez de chez moi, les bouffons. Le carnaval, c'est deux rues plus loin. Je ne le redirai pas.

Il serre les poings. Il n'a pas l'air intimidé du tout.

Bien que m'ayant donné sa parole, Nico se jette sur lui sans sommation. La diplomatie n'est plus une option. Batman vient de foncer sur son ex-beau-frère. Comme quoi, même les super-héros ont des problèmes de famille.

Bénéficiant à fond de l'effet de surprise, Nico parvient à le déséquilibrer, et les deux hommes chutent lourdement. La situation a dégénéré si brusquement que je reste scotché. Roulant au sol, ils vocifèrent en se lardant de tous les coups possibles dans un désordre absolu.

Avec la cape, je ne vois pas bien, mais je crois que Nico a pris le dessus. Il est en train de le rouer de coups en martelant :

— Je vais t'apprendre à frapper les femmes, tête de cul !

L'autre encaisse en se débattant comme un beau diable. D'un coup de reins, il renverse Nicolas. Le corps-à-corps est violent. Agrippés l'un à l'autre en grognant comme des ours, ils s'empoignent de plus belle, bousculant les caisses. Dans la mêlée, le type arrive à reprendre l'avantage et commence à massacrer mon pote. Mon sang ne fait qu'un tour, je me précipite. En le saisissant par le col, je le tire en arrière.

— Calme-toi ! Paie ce que tu dois et on te laisse tranquille.

Je ne sais pas d'où sort sa jambe, mais il m'envoie un violent coup de latte en pleine poitrine, qui m'expédie au pied de son établi.

— Pauvres débiles, je vais vous broyer !

Nico se rétablit et le boxe à nouveau. Je note qu'il lui manque une oreille. Batman avec une oreille en moins, ce n'est plus tout à fait Batman. Je me redresse pendant qu'ils remettent ça avec une hargne décuplée. Coups de poing, de pied, de genou ; cris de douleur étouffés avec plus ou moins de dignité. La lèvre de Nico saigne, à moins que ce ne soit son nez.

Hors de question que Batman se fasse massacrer par le méchant. Je m'approche, menaçant.

— Lâche-le, ou je t'éclate.

Il n'en a strictement rien à faire. Robin n'est jamais pris au sérieux. Alors j'y vais de bon cœur. Un seul coup de tête, casquée, de toutes mes forces.

Le choc est tel que le type titube et s'affale, sonné. Il s'écroule comme une masse en glissant le long d'une de ses armoires.

Nico se relève. Sa cape est déchirée, son collant aussi, et je ramasse l'oreille arrachée. En essuyant son visage ensanglanté, il bougonne :

— J'allais me le faire…

Une voix aigrelette venue de la rue nous interpelle :

— Vous voulez que j'appelle la police ?

Une charmante petite dame aux cheveux violets s'est arrêtée sur le trottoir. C'est curieux, chaque fois que Nico et moi faisons un truc louche, il y en a une dans les parages.

— Non, merci madame. Tout va bien.

— Alors arrêtez de vous battre !

— On ne se bat pas, on tourne le prochain *Batman*.

Nico la salue d'un geste de la main. Surréaliste.

— Ils tournent le prochain *Batman* ici ?

Elle n'a pas l'air absolument convaincue.

— Là on répète, mais demain, il y aura les caméras et les hélicos.

La petite dame lâche l'affaire et s'éloigne en maugréant. Batman halète.

— La vache, il m'a défoncé !

En m'exhibant sa blessure, il tourne le dos à l'assommé, qui déjà s'anime à nouveau. Pas le temps de prévenir Batman que l'autre, même sans avoir repris tous ses esprits, lui agrippe la jambe pour remettre ça.

Surpris, Nico fait un bond de chat sauvage et pousse un hurlement suraigu. Le son de la terreur pure. Je plonge sur le beau-frère pour l'immobiliser. J'arrive à lui faire une clé au bras. Il se tord de douleur tandis que je le plaque face contre terre.

— Batman, la sangle derrière toi, grouille…

À deux, on l'entrave. Le bougre récupère rapidement, on doit faire vite. On le ligote comme dans les films d'action, chevilles et poignets liés ensemble dans le dos, dans une position qui fait mal rien qu'à la regarder.

Le masque de Nico est en biais. Il n'a plus les yeux en face des trous. Je sais que ce n'est pas le moment, mais je sens le fou rire monter.

— Le saut que tu as fait, et surtout ce cri... C'était grand !

Nico secoue la tête de dépit avec sa seule oreille qui gigote. Je savoure :

— Tu t'étais bien foutu de moi avec la pieuvre, mais là tu décroches la timbale. Toi aussi, t'as cru que le monstre était mort !

Il hausse une épaule dédaigneuse.

— Rien à voir.

— Tu ne te serais pas pissé dessus, par hasard ?

— Vérifie qu'il est bien attaché au lieu de délirer.

Le visage dans la poussière, le ligoté grogne.

— Mais vous êtes qui, bordel ?

— Vous n'avez pas la télé ? Vous n'allez jamais au cinéma ?

Ma réponse l'inquiète. Je rigole de plus belle. Sans doute la pression qui retombe. Je me fous carrément de Nico. J'essaie d'imiter son cri ridicule, mais je n'y arrive pas. Je le préviens :

— T'as cafté le coup de la pieuvre à Aurore, et même l'histoire du vide-ordures ! Compte sur moi pour raconter ce que tu viens de faire à Barbara.

— Ne fais pas ça ! S'il te plaît. Déjà que je ne sais pas comment lui annoncer que ma fille n'est pas ma fille...

Le beau-frère essaie de tourner la tête pour nous voir. Je crois que Nico a oublié qu'il était là. Il continue à réfléchir.

— Tu pourrais prétendre que c'est la tienne ! s'exclame-t-il. On dirait que j'ai pris soin d'elle pour t'aider parce que t'avais honte de ne pas t'occuper des dents de ta propre enfant ?

— Non mais ça va pas ? Comme ça, si Aurore entend parler de cette gamine, c'est moi qui vais hériter des ennuis !

En étouffant à moitié, le type lâche :

— Vous êtes tarés. J'ai la circulation coupée. Je ne sens même plus mes jambes.

Je m'accroupis.

— Si t'étais réglo, t'en serais pas là.

— Relâchez-moi et je promets de ne pas aller voir les flics.

Nico s'agenouille et, dents serrées, lui siffle au ras de la figure :

— On s'en fout que t'ailles voir les flics, mais tu vas payer ce que tu dois à ton ex-femme, et si tu l'approches encore une seule fois, on revient et on te fume. C'est compris ?

Le mastard semble convaincu par la réalité de la menace.

— Elle aura son fric dès lundi, marmonne-t-il. Juré.

— Ne t'avise plus jamais de lever la main sur elle, ni même de la regarder.

— C'est bon, je paie et je l'oublie.

— T'as vraiment intérêt.

Nico se relève. D'un revers de main, il débarrasse ses vêtements de la poussière. Elle tombe sur le gars au sol, qui tousse. Batman déclare :

— Il est temps de rentrer à la base.

Je désigne le vaincu.

— En l'abandonnant comme ça ?

— Il a encore assez de souffle pour appeler au secours, et ça lui fera du bien de méditer… Il me semble que c'est une position de yoga.

On sort du garage. Le type nous supplie de le libérer, mais on s'éloigne déjà. Ma visière est fendue, j'ai mal à la poitrine, et Batman est en lambeaux. Alors que nous traversons la chaussée pour regagner la voiture, sa cape déchirée traîne sur le bitume.

— Nico, je voudrais que tu me dises la vérité…

— Non, je ne me suis pas pissé dessus.

— Tu te souviens quand on a choisi notre orientation après le bac ?

— Qu'est-ce que ça vient faire là ?

— Tu t'es inscrit dans la même école que moi. Était-ce parce que ça t'intéressait vraiment ? Ou parce que tu voulais qu'on reste ensemble ?

Il me regarde avec un franc sourire.

— Tu te poses vraiment la question ?

— Ben oui. Sinon je ne t'en parlerais pas.

Il secoue la tête.

— T'es peut-être pas aussi malin que je le croyais.

83

Si on me demandait ma définition de l'existence, je dirais que c'est comme danser la salsa dans un ascenseur en chute libre. Il y a une sacrée ambiance, on rigole bien, mais on sait où ça va finir.

D'ailleurs, puisqu'on en parle, les études sont unanimes : sauter en l'air juste avant l'impact ne change strictement rien au résultat.

Au bureau, à force de voir courir deux petits lapins dans les couloirs, tout le monde s'est douté qu'il y avait quelque chose entre Aurore et moi. Plus personne ne demande s'il faut fermer la porte quand on reste tous les deux seuls quelque part : ils le font. Le fait qu'elle ait été nommée directrice adjointe pile au moment où on s'est mis ensemble n'a rien simplifié. Maxence et sa créature ne sont plus là, mais la nature humaine a la vie dure. C'est sans importance. On assume et on fait le job. Les plus malins ont déjà compris que c'est juste une belle rencontre.

La boîte ressemble de plus en plus à une petite famille. Aurore se révèle chaque jour meilleure dans son poste. Je n'avais aucun doute. Par contre, je n'avais pas anticipé ce qu'elle devient dans ma vie. On ne voit jamais venir ce qui compte.

Je l'ai présentée à Papilau, qui était bien content, mais qui se demande surtout s'il ne va pas s'acheter une voiture de sport.

J'ai embauché Gibraltar comme coursier. Je ne savais pas qu'il était possible de se faire flasher en trottinette. Surtout pas huit fois pour sa seule première semaine. Je parie qu'il va rapidement prendre d'autres responsabilités chez nous, parce qu'il apprend aussi vite qu'il roule et que la bonne impression qu'il m'avait faite se confirme. Il y a un truc spécial entre nous, presque plus fort que la haine des pastèques. Tout le monde se demande pourquoi le jeune qui porte les plis me balance régulièrement des clémentines en pleine tête.

Romane va emménager avec Gianni. Ensemble, ils vont tenir son restaurant, mais ils prévoient déjà de s'agrandir. Enfin, surtout Romane, qui a de grands projets. Gianni essaie de suivre. Mathis est fou de joie. Il a un nouveau papa qui prépare des plats qui collent au plafond. Batman ne peut rien contre ce superpouvoir-là.

Daphné a quitté mon appartement, officiellement parce qu'avec tout ce que je rapporte de chez Véronique, elle a pris trois kilos. Une autre info a cependant filtré : elle se rapprocherait beaucoup d'un ancien copain d'enfance revu à sa soirée… Je lui ai fait cadeau de l'extracteur de jus. Je sais, c'est moche. Dès que je rencontrerai son mec, je le préviendrai qu'il doit planquer des réserves de nourriture et se méfier des jus, surtout les vert foncé.

Julien s'est fait virer, comme tous ses collègues, mais son moral est malgré tout excellent parce qu'avec certains d'entre eux, il est en train de remonter un atelier ayant un autre but que spéculer. Même si pour cause de superstition, il n'est pas encore supposé me l'annoncer, il m'a quand même déjà confié que Léa était enceinte. Quand ils ont demandé à Timéo s'il préférait un petit frère ou une petite sœur, sans hésiter, il a répondu : « Un chien. » Les enfants, c'est pire que les vieux.

De son côté, Zoé n'attend plus rien des hommes. Du coup, ils lui courent tous après. Là encore, il y a certainement une leçon à tirer de tout ça, mais j'ignore laquelle. On reste très proches, et elle s'entend très bien avec Aurore. Parfois, quand je les écoute, je n'y comprends rien et ça me fait un peu peur. Elles semblent parler une langue inconnue, un dialecte ancestral qui a le pouvoir de les faire rire de nous. Sorcières !

Zoé a quand même fait plusieurs allusions à un type dont le contrat d'assurance vient d'être résilié parce qu'il a une vraie poisse. Il collectionne les sinistres, à tel point que dans mon étude pour les assurances, je l'aurais classé dans les maraboutés. Elle le trouve « touchant », « injustement maltraité ». Elle est convaincue qu'il a le mauvais œil uniquement parce qu'il est seul. Elle a envie de l'aider à lever cette malédiction. Elle sait comment s'y prendre. Tout ceci constitue bien évidemment le fondement même du discours de tout assureur...

Coût pour la compagnie : une blinde. Impact sur la vie de l'assuré : il n'a même pas idée de ce qui l'attend.

Nico a presque achevé ses travaux. Barbara l'aide tous les week-ends, et la première pièce qu'ils ont choisi de terminer est la chambre. Chacun ses priorités. Ils vont bien ensemble et ne perdent pas de temps. Nico m'a déjà parlé de leurs futurs enfants. Ils en veulent deux. Si ce sont des garçons, ils s'appelleront Jonathan et Jonathan. Lorsque j'ai tenté de lui expliquer que personne ne donne le même prénom à ses deux gamins, Nico s'est énervé en disant qu'il n'y avait aucune raison pour que l'un porte le prénom qu'il préfère et pas l'autre. « Il faut être équitable et juste, parce que c'est sérieux, les enfants ! »

Quant à moi, pour les raisons que vous savez, chaque jour dont je vois l'aube est une nouvelle parcelle offerte au tout jeune royaume du futur. J'ai aboli les frontières entre mes différents territoires. Le passé n'est plus une terre hostile. Je n'ai rien oublié, mais je n'en souffre plus.

Darshan est heureux que je me sois mis à creuser en attendant l'arrivée des secours. Il a bon espoir. Le docteur Neuville et les Canadiens sont toujours aussi déroutés par mes résultats. Je ne désespère pas de vivre assez vieux pour avoir mon propre syndrome à mon nom. Ils m'ont même autorisé à pratiquer l'aviron.

En attendant, je suis heureux avec Aurore. Je vis bien davantage que tout ce que j'aurais pu imaginer. Comme quoi, le solde entre ce que l'on espère et ce qui se produit n'est pas toujours négatif. Il y a également de bonnes surprises. C'est la vie.

Moi aussi, je peux témoigner que tout ce qui m'arrive de bien, je le dois à cette jeune femme dont la timidité n'est qu'apparente. Grâce à elle, je n'ai plus le mal de mer. Combien y avait-il de chances pour que ça se passe ainsi ?

Je fais encore des cauchemars de temps en temps, mais je n'en ai plus peur. En déambulant dans le cimetière lugubre, je caresse le chat, je dîne avec le mime une fois par semaine, et le regard bienveillant de mon père me suit toujours. Par contre, je n'ai pas trouvé le saloon.

Sur ma tombe, j'ai enfin réussi à lire mon épitaphe : *Je serais mieux à faire du trampoline*. Je ne suis pas certain de passer à la postérité pour ça.

Le reste du temps, je rêve, même lorsque je suis éveillé. C'est essentiel.

Méfiez-vous de la vie qui file plus vite qu'on ne le pense. Laissez vos pieds s'exprimer, sous la table ou ailleurs. Je suis toujours débutant et je ne sais rien, mais quoi qu'il advienne, cette période épique m'aura révélé une conviction que je suis heureux de vous offrir : la question n'est pas de savoir comment on résiste à ce qui nous tue, mais de découvrir pour qui l'on veut vivre.

Ne laissez jamais la peur gagner le match contre l'envie. Allez-y à fond.

FIN

Et pour finir…

Heureux de vous accueillir dans ces pages plus personnelles. Merci d'être fidèles au rendez-vous. C'est devenu une tradition : lorsque le rideau est tombé, dans la ruelle derrière la salle, à la sortie des artistes, je retrouve celles et ceux qui me font l'amitié de m'attendre. Je ne suis plus que moi-même.

Il fait nuit, un peu froid. Comme chaque fois que j'achève un roman, je n'éprouve aucune fatigue. Je suis surtout heureux d'avoir imaginé, ressenti, écrit, avec l'espoir de vous emporter. L'émotion, bien au-delà du travail. Ce sont mes instants d'éternité, et ils n'ont pas de prix. Pourtant, ils ne trouvent leur véritable valeur que lorsqu'ils sont partagés. Ces moments d'exception justifient à eux seuls tout ce que je tente à votre intention.

Cette histoire est en moi depuis longtemps, mais je trouve qu'elle tombe particulièrement bien cette année. L'époque et ce que nous vivons de singulier nous incitent à considérer ce qui compte vraiment. Nous n'avons plus ni le temps, ni les moyens de nous perdre. De prime abord, cela peut effrayer, mais c'est en fait une excellente nouvelle !

Grâce à vous, j'ai la chance de célébrer un anniversaire qui représente énormément pour moi. Pour marquer le coup et fêter l'événement, je vous propose de dévoiler un peu l'envers du décor. Au-delà des clichés, un aperçu de ma réalité. Je vous dois bien ça.

Mais avant, permettez-moi de commencer par une question : à la place d'Adrien, qu'auriez-vous fait des dessins déterrés ?

Les auriez-vous conservés comme des reliques ? Les auriez-vous jetés au feu ? L'option choisie en dit long sur notre rapport au passé. Détruire ou sacraliser ? Intégrer ou tenter d'oublier ? Le choix appartient à chacun, intime, indiscutable, en fonction de notre personnalité, de notre envie et de ce que nous avons la force de faire.

Est-il possible de tourner certaines pages sans les incendier ? Que peut-on éprouver en voyant de tels documents se consumer dans les flammes ? Qu'en faire, si on les garde ? Les encadrer ? Les ranger pour se contenter de savoir qu'ils existent encore, sans les avoir sous les yeux ?

Je suis convaincu que seuls les bons souvenirs doivent être préservés. Sans cesse s'évertuer à ne retenir que le meilleur, pour voyager plus léger et rester capable de s'envoler. Notre cerveau est un extraordinaire outil de mémoire. Cependant – heureusement ou malheureusement – nous n'avons pas la capacité d'oublier sur commande. Par contre, nous sommes libres de nous infliger des fardeaux supplémentaires… ou pas. Il y a clairement des objets sur lesquels on retombe et qu'il vaut mieux brûler, voire faire exploser s'ils ne sont pas recyclables ! Et puis il y a les autres, ceux qui risquent de faire mal parce qu'ils rappellent des personnes chères ou des temps fabuleux mais disparus. Ceux-là doivent être déminés avec soin, mais si on y parvient, ils peuvent devenir de véritables trésors. Si vous avez déjà été confrontés à ce genre d'alerte à la bombe, vous savez de quoi je parle. Si cela ne vous est encore jamais arrivé, ne vous en faites pas, votre tour viendra. C'est ainsi. Il suffit de laisser le temps et le destin jouer leurs rôles, et ces deux-là ne sont jamais décevants.

Vous pouvez bien sûr ne vivre qu'au présent, sans mémoire, sans aucune attache, mais si vous appréciez mes romans, je suis prêt à parier que ce n'est pas votre cas.

Vous comme moi tenons aux gens, et donc à peu près à tout ce qui peut nous rapprocher d'eux. Se retrouver en présence d'éléments matériels qui rappellent et explicitent des liens peut constituer une épreuve ou une chance, mais la place que nous donnons à ces pépites radioactives surgies de notre propre histoire mérite toute notre attention. Alors, ces dessins, qu'est-ce qu'on en fait ? Donnez-vous la peine d'envisager la situation sérieusement tant qu'elle n'est qu'imaginaire. Ainsi, vous serez moins pris de court lorsque cela vous arrivera réellement. Les fables servent aussi à ressentir sans subir.

Pour ma part, j'aime à croire que j'aurais été assez fort pour dépasser les absences ou le temps révolu, que j'aurais réussi à surmonter ce qui me manque. Je ne suis pas nostalgique et je déborde d'envies, mais l'expérience m'a appris qu'étant donné la force avec laquelle je m'attache à celles et ceux que j'aime, je ne suis jamais capable de me priver du moindre symbole qui peut me relier à eux. Mon quotidien est ponctué d'artefacts très personnels. Je suis un fervent adepte de l'archéologie affective ! Je ne suis pas gardien de musée, mais j'en ai la mémoire. Bien qu'étant en permanence en train de courir vers le futur, j'oublie peu de choses. Un genre de grand écart permanent – et je suis loin d'être souple ! Je n'aurais jamais pu jeter ces dessins dans les flammes. Et vous ?

En préambule, j'évoquais un anniversaire. Nous y voilà. Ce roman marque une importante étape, un cap très symbolique : mes dix premières années en votre compagnie. Une sacrée aventure, qui se poursuit avec bonheur. Une dizaine de romans dont vous avez bien voulu faire des best-sellers, mais qui m'ont surtout permis de devenir moi-même en vous rencontrant. Il n'y a là aucun triomphalisme, je n'y suis pour rien. Je vous le répète régulièrement : tout est arrivé grâce à vous.

Vous ne m'avez pas offert une célébrité, mais une liberté. Pas un statut social, mais une approche humaine. À mes yeux, c'est bien plus important.

Je n'ai jamais eu peur des autres. Depuis que je suis gamin, quand je ne sais pas, je me tourne vers ceux qui paraissent savoir – ce qui m'a régulièrement valu de me fourvoyer, parce que ceux qui ont l'air de savoir ne sont pas toujours ceux qui savent ! Pour partager ce que j'éprouve, je n'ai pas trouvé de meilleur moyen que de raconter des histoires. Alors, j'ai écrit. J'ignore encore quel est mon message – si toutefois j'en ai un –, mais vous m'avez répondu. Comme un fou qui parle, rit et pleure tout seul au bout de la vallée, et qui, un beau matin, entend l'écho qui entame le dialogue avec lui.

Vous m'adressez tant de choses. Vos compliments me touchent, mais ce n'est pas ce que je retiens. Le vrai cadeau, c'est de trouver une résonance en vous, de vous voir réagir à ce que j'imagine et ce que je suis. Il y a bien sûr ceux qui considèrent mes livres comme de pures distractions, ce qui est déjà fantastique, mais je me suis aperçu que souvent, mes personnages vous font de l'effet. Cette interaction dessine une autre cartographie humaine que celle qu'on essaie de nous vendre en ces temps mercantiles. On devrait davantage parler de l'intensité de vie qui se cache derrière nos apparences.

J'écris à propos de ce qui me touche. Je ne fais pas dans l'air du temps. Je ne cherche pas un « marché porteur ». C'est peut-être pour cela que nous avons noué le contact. Pas de fausse complicité. Pas de jeux de rôles. C'est ainsi qu'est née cette proximité au sujet des choses qui comptent à nos yeux. Se croiser, sans fard, sans se prendre au sérieux, à travers une histoire ou une brève rencontre. Se jauger et comprendre bien vite que nous vibrons et tremblons pour les mêmes raisons. J'aime ces échanges, qu'ils soient faits de mots, de regards, ou même d'un simple salut. Le rire n'est que la partie émergée de l'iceberg. Il est l'écrin des battements du cœur, l'emballage cadeau des vrais sentiments.

Je suppose que je me suis mis à écrire pour la même raison que celle qui me conduit à échafauder des plans plus ou moins hasardeux. Pour vivre plus fort, pour ne pas être seul, pour créer l'étincelle qui pousse les gens à exister réellement. Je carbure à ça.

Je n'ai jamais voulu faire carrière, l'orgueil n'est pas mon moteur. Je me moque d'être admiré, je veux surtout essayer d'être heureux parmi ceux à qui je ressemble. J'ai de nombreux défauts, et il n'y a pas beaucoup d'erreurs que je n'ai pas commises. Aucune leçon à donner, et je n'ai survécu que parce que d'autres ont fait preuve à mon égard d'une salvatrice bienveillance. J'essaie de m'y prendre de moins en moins mal, sans savoir si ça marche. Tout ce que je fais, c'est pour aller vers les autres, parce que ça, j'en ai éperdument envie. Avec l'idée de m'amuser avec eux, de rester près d'eux. L'avenir, c'est les autres. Pour cela, je tente tout ce qui est possible. Parfois, le résultat m'a entraîné un peu plus loin que ce que j'avais imaginé... J'en suis là. J'étais le type qui écrit, et vous avez fait de moi le type qui est lu.

Après le décollage de mes premiers romans, après les turbulences de la découverte, j'ai gagné une altitude de croisière, et c'est là que j'ai trouvé ce que je n'osais même pas chercher. Quand on goûte à la réalité de ce que les mots peuvent faire naître entre deux personnes qui ne se connaissent pas, plus aucune autre drogue ne peut rivaliser – d'autant que celle-là n'a rien de destructeur, bien au contraire.

Au début, donc, je désirais juste raconter des histoires qui me parlent, que j'aurais aimé lire, qui me font rire ou me bouleversent. C'est alors que vous êtes entrés dans ma vie.

Dix ans. Ce n'est pas si long, quand on y songe. L'emprise temporelle n'est absolument pas représentative de l'impact que cette première partie de parcours a eu sur moi. Vous n'imaginez pas ce que représente cette décennie à votre service. Il est évident que vous avez changé ma vie et ma façon d'être. Je me suis beaucoup interrogé sur la meilleure façon de vous en donner un aperçu. Les chiffres sont vulgaires quand il est question de passion, mais laissez-moi tout de même vous proposer quelques repères. S'il vous plaît, gardez bien à l'esprit qu'au départ, j'étais juste un petit gars qui rêvait une histoire. Sans trop comprendre comment ni pourquoi, voilà ce que c'est devenu :

En cumulant ces dix premières années en tant que romancier, on arrive à plus de 300 jours de rencontres, dans les librairies, les établissements scolaires, des prisons, des hôpitaux, sur des salons, en France et à l'étranger. Des centaines d'heures pour des milliers de dédicaces et d'échanges, mon record personnel étant de dix heures quinze minutes sans interruption, à Brive-la-Gaillarde. Là encore, l'impact humain est sans commune mesure avec la durée relevée. Je réponds chaque semaine à une trentaine de lettres manuscrites. En dix ans, j'ai répondu à plus de 20 000 e-mails sur les presque 40 000 que j'ai reçus. J'ai offert et expédié plus de 3 500 colis contenant des livres ou des petits cadeaux que je fais personnellement fabriquer pour vous. Chacun de vos prénoms a contribué à façonner un paysage intérieur dans lequel j'évolue. Je ne vous considère absolument pas comme des « fans » – je me méfie de cette notion –, ni comme « mon » public, mais comme des femmes et des hommes de tout âge pour qui je suis heureux d'écrire. Chacune de vos individualités dessine une entité avec laquelle je vis au quotidien, dont on parle à table en famille, dont j'aime être proche.

Rien ne m'avait préparé à gérer cela, il n'existe pas d'études, aucun cours, et rien n'est jamais acquis. Il m'a fallu me débrouiller sur le tas, un peu comme un gamin qui doit d'urgence apprendre à marcher alors qu'il est déjà en retard pour son premier jour d'école. Inutile de regarder comment s'y prennent les confrères : chacun a sa façon de faire et les méthodes des autres ne vous correspondent jamais. Je n'instrumentalise pas vos affections à des fins promotionnelles, je n'ai aucun assistant qui répond pour moi. C'est un vrai choix, par respect pour vous.

Il y a aussi tout ce que je n'avais aucune chance d'imaginer et que je dois à votre inventivité. Vous me faites découvrir vos pays, vos villes, vos métiers, à des heures souvent impossibles. Vous venez me chercher pour des événements qui vous touchent. Les anniversaires de vos proches, les causes qui vous enflamment. Je suis entre autres parrain de huit refuges pour chats et d'un pour chiens, témoin officiel ou honorifique de sept mariages de lectrices et de lecteurs qui se sont rencontrés grâce à mes romans, parrain d'enfants adoptés, et aussi d'associations – la dernière en date favorise la lecture dans les hôpitaux.

J'ai appuyé et encouragé d'innombrables projets caritatifs, au coup de cœur, rencontrant au passage des gens merveilleux absolument indispensables à notre époque. J'essaie de toutes mes forces de tenir mes engagements et mes promesses, même si les journées ne font que vingt-quatre heures. Cette relation avec vous s'est développée en parallèle de ma vie privée. Je suis père, mari, ami et parent, souvent absent dans un entourage humain qui a la bonté de ne pas m'en tenir rigueur. C'est grâce à mon cercle rapproché, à Pascale, nos enfants, nos vrais amis, que je garde les pieds sur terre. Ils sont mon remède miracle, mon carburant bio. J'ai parfois tellement de vies en une seule journée... En quelques heures, je peux passer de questionnements créatifs éreintants à des fous rires partagés avec des salles que vous remplissez. On se parle aussi en tête-à-tête, comme lorsque je vous appelle depuis le confinement. J'ai souvent les larmes aux yeux lorsque vous me confiez ce qui vous touche ou la place que vous m'offrez dans votre quotidien. Nous rions aussi beaucoup... Non, décidément, ce n'est pas un métier. Je vous vois attendre des heures pour passer un moment avec moi. Vous parcourez régulièrement des milliers de kilomètres pour me rencontrer. Vous déployez des trésors d'ingéniosité pour me joindre.

Rien ne peut préparer à vivre cela, mais prendre conscience de ce dont vous êtes capables dans vos vies et dans notre relation est la plus fabuleuse leçon d'humanité qu'il m'ait été donné de recevoir. Nous nous rencontrons dans les endroits les plus improbables. Tout à l'heure, je vous jure que c'est vrai, j'ai encore fait un selfie avec une dame adorable que j'ai croisée en promenant notre chien. Sur sa photo, j'ai la laisse autour du cou...

Nous devons aussi parler de vos cadeaux. Vous m'en avez offert des centaines, et ça ne faiblit pas ! Certains se mangent, d'autres se posent ou se suspendent. Certains, franchement, je ne sais pas trop... Ce sont souvent des porte-bonheur et ils témoignent de votre attachement. Tous vos talents s'expriment, souvent surprenants. Là encore, j'y trouve l'alliance de l'émouvant et du réjouissant que j'affectionne tant. J'ai hérité d'un chat empaillé, parce qu'une délicieuse grand-mère ayant perdu son animal de compagnie adoré voilà des années l'avait fait naturaliser et a souhaité qu'il me revienne à sa disparition. C'est un immense honneur... avec une tête bizarre qui fait peur dans la pénombre. Dans mon musée surréaliste se trouve aussi un portait de moi sous forme de napperon réalisé au crochet. Un pur chef-d'œuvre technique assez déstabilisant. Même si cet objet m'impressionne, je vous jure que je n'avais jamais rêvé d'avoir des pompons tout autour de la tête et un vase sur le pif. Mon visage ne me fait pas rêver, et je me retrouve pourtant avec des dizaines de versions toutes plus attachantes les unes que les autres parce qu'elles viennent de vous.

Vous m'avez fait des cadeaux parfois intransportables – mention spéciale à une sculpture presque aussi grande que moi offerte par une charmante Sylvie, et à une fresque réalisée par des collégiens avec des pots de yaourt... Je suis certain que les voyageurs du TGV s'en souviennent.

Si vous avez vécu une seule de nos rencontres ou de mes séances de signature, vous savez que ce n'est jamais anodin. Je suis impressionné par ce que vous surmontez de timidité, de distance, d'a priori, pour venir me parler simplement comme à un homme à qui vous avez quelque chose à dire. On reste bien après l'heure, on est tous en retard, mais il se passe quelque chose d'exceptionnel. Je pourrais sans problème remplir plusieurs livres de toutes les anecdotes que je vous dois, de la dame qui a accouché parce qu'elle avait trop ri, à ceux qui décident de demander leur compagne ou leur compagnon en mariage parce qu'ils ont trouvé la force de sauter le pas grâce à mes personnages.

Dans cet apprentissage permanent, je me retrouve régulièrement totalement désemparé. Une fois, alors que j'étais au téléphone avec une femme dont le mari m'avait demandé de l'appeler pour lui souhaiter un joyeux anniversaire par surprise pendant qu'ils dînaient au restaurant en famille, la dame a perdu connaissance dans les lavabos où elle s'était isolée pour me parler tranquillement. Nous discutions, elle était très émue, et tout à coup, elle a fait un bruit étrange... J'ai entendu un grand choc, et puis plus rien ! Je ne sais pas si vous vous rendez compte. Je me suis retrouvé comme un crétin, impuissant à l'aider. Je ne disposais que du numéro de portable sur lequel nous conversions, je ne savais pas dans quel resto elle se trouvait, je n'avais aucun moyen d'avertir qui que ce soit… Il a fallu vingt minutes avant que j'aie enfin de ses nouvelles. Allez ensuite raconter que vous faites perdre connaissance aux dames dans les toilettes…

Puisque nous en sommes aux dommages collatéraux, durant ces premières années, quatre personnes se sont évanouies en me rencontrant. Même si je rends vachement bien en napperon, je vous rassure : je n'ai pas la prétention de croire que c'est mon charme qui les a terrassées. Avant que je devienne romancier, la seule femme qui était tombée dans les pommes à cause de moi, c'était ma mère, quand elle a reçu mon bulletin de notes du dernier trimestre de troisième, que j'avais volontairement sabordé pour être sûr de redoubler avec mon meilleur pote, qui sans cela se serait retrouvé isolé. Je ne vous cache pas que lorsque Maman a repris ses esprits, elle était nettement moins émue que les lectrices qui m'ont découvert à leur chevet avec les secouristes…

J'ai dédicacé des livres bien évidemment, mais aussi des tee-shirts, des blousons, un paquet de Pépito, une casserole, un couvercle de poubelle, deux bras – mais pas sur la même personne –, plusieurs paires de chaussures (dont des escarpins sur lesquels j'avais vraiment peu de place pour écrire…), un casque de moto, un robot de cuisine (j'ai juré de ne rien révéler des circonstances), et même une voiture. Vous n'imaginez pas tout ce que j'ai vécu, ressenti, et appris grâce à vous. De vos petits mots aux élans insensés dont vous voulez bien faire preuve à mon égard, ce sont chaque fois autant d'émotions qui se gravent en moi. Grâce à vous, je suis en train de devenir un vieux chêne au tronc couvert d'initiales. Ça me va.

Je n'avais jamais envisagé jusqu'où vous rencontrer m'entraînerait, mais cela ne m'a pourtant pas changé. Mon autre carrière dans le cinéma me permet de côtoyer des gens dont la célébrité est parfois planétaire, et je ne les envie pas. Je ne suis pas assoiffé de reconnaissance, et je ne cherche pas la pleine lumière. Je traque le vrai contact. Les complicités, les alliances. Je suis un inconditionnel des plans foireux affectueux. Je pense être un gentil garçon rigolard, mais je ne suis pas un gentil à l'échelle industrielle. Je ne fais pas semblant d'être sympathique pour avoir une bonne image. Des innombrables rencontres de ces premières dix années, quelques authentiques amitiés sont nées. Des femmes et des hommes dont je n'avais aucune raison de croiser la route, mais avec qui j'espère continuer le chemin longtemps. On avait moins d'une chance sur un milliard de tomber les uns sur les autres, et pourtant... Impossible de les citer tous, mais je dois tout de même un clin d'œil à Nathalie, Nicolas, Delphine, Sophie, Soraya, Benoît, Brigitte, Marie, Pierre, Sandra et Emmanuelle, qui conduit effectivement des camions énormes et dont le regard pétillant et le sourire sont plus lumineux que des phares au xénon...

Les éternels grincheux jugeront le tableau trop parfait – l'histoire n'est pas un conte de fées pour autant. Si je ne partage que le meilleur, j'ai mangé de nombreux chapeaux, avalé bien des couleuvres, et enduré des parcours du combattant que je ne souhaite à personne. Dans ce milieu d'apparences et d'ego où la littérature est plus souvent une posture qu'une sincérité, j'ai perdu énormément d'illusions. Tous les gens que l'on croise ne sont pas aussi nobles que ceux dont ils tentent de copier l'éclat.

Être accessible vous expose aussi à ceux qui désirent seulement vous utiliser. Ça aussi, il faut apprendre à le gérer. Dire « non » sans colère. Il faut même parfois montrer les crocs, parce que certaines et certains vont trop loin. Garder ses distances vis-à-vis de celles et ceux que le seul fait d'être populaire ou d'avoir l'air heureux perturbe, bousculant leur vision étriquée au point de les rendre agressifs. Aucune amertume, mais un instinct de plus en plus affûté. Ne garder que les bons souvenirs.

Le fait est que, humainement, œuvrer pour vous me permet de vivre avec une intensité rare. Quelques bémols ne gâchent en rien mon plaisir, et je savoure chaque jour ce que j'ai le bonheur de vivre.

Que puis-je retenir en fin de compte de cette expérience humaine ? Si je devais mourir demain, que serais-je digne de transmettre en sachant de quoi je parle ? Premièrement, égoïstement, j'ai l'immense chance de bien m'entendre avec celles et ceux pour qui j'écris. Ce n'est pas évident, quand on y réfléchit. Mon père, s'il était témoin de tout ce qui m'arrive, en serait sans doute heureux et me répéterait encore que j'ai trouvé un nouveau moyen pour « agrandir ma famille de cœur ». Il était convaincu que c'était mon moteur dans la vie. J'aimerais qu'il soit là pour me dire ce qu'il en pense aujourd'hui.

Au-delà, vous m'avez aussi révélé une vérité qui change tout : il n'existe pas de gens exceptionnels qui vaudraient plus que les autres ; par contre, il existe en chacun quelque chose d'extraordinaire qu'il faut seulement découvrir. Bon, c'est vrai, il y a aussi des gens complètement pourris, mais ceux-là ne se soucient pas des autres !

Je souhaite également remercier ceux avec qui j'avance : mes éditeurs, la belle équipe de Flammarion, Anna, Patrice, Bruno, Vincent, Béatrice, Marie, Soizic, Hélène, François, Florence, Sophie, Éric et Yves, sans oublier Antoine et Alain ; les libraires qui m'appuient au quotidien, de tous horizons ; mes éditeurs étrangers ; les médiathèques et bibliothèques qui font vivre mes livres, et toutes celles et tous ceux qui font connaître mes histoires, journalistes, blogueuses et blogueurs, ou simplement passionnés.

Pour ce roman, je souhaite particulièrement remercier le docteur Benjamin Rimaud, qui m'a aidé à préciser les aspects médicaux de cette histoire. S'il reste des erreurs, elles ne peuvent être que de mon fait ! Merci Benjamin, même si tu ne me prends pas dans tes bras en cas de mauvaise nouvelle, toi et Nath êtes ce qui se fait de mieux comme complices. Une bise à toute la bande des sables mouvants.

La liste de celles et ceux à qui je dois beaucoup est longue, et c'est un privilège. Mais c'est à vous qui tenez ce livre à cet instant que je dédie cette histoire et cet anniversaire. Pour tout ce que vous me permettez, du fond du cœur, merci.

Où que vous soyez, quelle que soit l'heure, un genou à terre et la main sur le cœur, vous avez ma gratitude, mon respect et mon affection.

À très bientôt.

www.gilles-legardinier.com

Gilles Legardinier
BP 70007
95122 Ermont Cedex
France

13287

Composition
NORD COMPO

Achevé d'imprimer à Barcelone
par CPI Black Print
le 13 septembre 2021.

Dépôt légal : septembre 2021.
EAN 9782290257609
OTP L21EPLN003011N001

ÉDITIONS J'AI LU
87, quai Panhard-et-Levassor, 75013 Paris

Diffusion France et étranger : Flammarion